Aus Freude am Lesen

btb

Buch

Hans Capelen, Arne Dahl, Fredrik Ekelund, Henrik Fock,
Mari Jungstedt, Åsa Larsson, Håkan Nesser, Åke Smedberg
und Liselott Willén – neun verschiedene Autoren, neun
Choreografien des Mordes: ein Schachspieler, der zum
Amokläufer wird. Ein Junge, der seinen Vater ermordet
hat und dafür freigesprochen werden will. Oder ein Zug-
passagier, dessen Leben plötzlich aus dem Ruder läuft,
als er anstelle seines Gepäcks eine Tasche mit einer Pistole
vorfindet.

   Die neun in diesem Band versammelten Originalbeiträge
skandinavischer Bestsellerautoren und Newcomer loten das
Genre aus. Eins allerdings ist bei allen Unterschieden gleich –
egal, ob die Geschichten poetisch raffiniert gestrickt sind
oder ob die Handlung in rasendem Tempo vorangetrieben
wird – alle Beiträge wurden für einen guten Zweck geschrieben: Ein Teil des Erlöses aus dem Verkauf der Bücher geht an
die Organisation ÄRZTE OHNE GRENZEN.

Über Grenzen

Kriminalgeschichten
aus Schweden von
Arne Dahl,
Åsa Larsson,
Håkan Nesser u. a.

Übersetzt von Gabriele Haefs
und Christel Hildebrandt

btb

Die schwedische Originalausgabe erschien 2006 unter dem Titel
»Över Gränsen« bei Albert Bonniers Förlag, Stockholm.

*Gabriele Haefs hat die Geschichten von Arne Dahl, Mari Jungstedt,
Åsa Larsson und Åke Smedberg übersetzt.*

*Christel Hildebrandt hat die Geschichten von Hans Capelen, Fredrik
Ekelund, Henrik Fock, Håkan Nesser und Liselott Willén übersetzt.*

FSC
Mixed Sources
Product group from well-managed
forests and other controlled sources
Cert no. GFA-COC-1223
www.fsc.org
© 1996 Forest Stewardship Council

Verlagsgruppe Random House FSC-DEU-0100
Das für dieses Buch verwendete FSC-zertifizierte Papier *Munken Print*
liefert Arctic Paper Munkedals AB, Schweden.

1. Auflage
Deutsche Erstveröffentlichung Oktober 2007,
btb Verlag in der Verlagsgruppe Random House GmbH, München
Copyright © 2006 by Hans Capelen, Arne Dahl, Fredrik Ekelund,
Henrik Fock, Mari Jungstedt, Åsa Larsson, Håkan Nesser,
Åke Smedberg und Liselott Willén
First published by Albert Bonniers Förlag, Stockholm, Sweden.
Published in the German language by arrangement with
Bonnier Group Agency, Stockholm, Sweden.
Copyright © der deutschsprachigen Ausgabe by btb Verlag
in der Verlagsgruppe Random House GmbH, München
Umschlaggestaltung: Design Team München
Umschlagmotiv: Getty Images/Seifert
Satz: Uhl + Massopust, Aalen
Druck und Einband: Clausen & Bosse, Leck
EM · Herstellung: BB
Printed in Germany
ISBN 978-3-442-73645-4

www.btb-verlag.de

Inhalt

HANS CAPELEN

Rubine im Auge

Der Deckenventilator über dem Bett drehte sich langsam mit einem gedämpften Brummen. Von der Blauen Moschee rief der Muezzin zum Gebet. Die Litanei mischte sich mit dem Lärm der Menschenmenge auf der Straße unter dem Hotelbalkon; den lauten Stimmen der Straßenverkäufer, der Vespas und Motorroller, die vorbeiknatterten; dem schrillen Lärm einer Polizei- oder Krankenwagensirene.

Benjamin saß auf der Bettkante und rauchte die letzte seiner Zigaretten. Er ließ die Kippe zu Boden fallen und trat die Glut auf dem Linoleum aus. Zu seinen Füßen lagen gut zwanzig Kippen, der Rest der Zigaretten, die er in den letzten Stunden geraucht hatte. Sein Hemd war schweißdurchtränkt, das Haar klebte ihm an der Kopfhaut. Er beugte sich stöhnend vor. Sein Magen zog sich in einem krampfartigen Übelkeitsanfall zusammen.

Benjamin stand auf und stolperte ins Badezimmer. Er drehte den Wasserhahn auf und hielt sich mit den Händen am Porzellanrand des Waschbeckens fest. Ein saurer Geschmack stieg ihm in den Mund, aber nach einer Weile legte sich die Übelkeit. Er wusch sich das Gesicht mit lauwarmem Wasser und betrachtete sich im Spiegel. Die Augen waren rotgefleckt, das Gesicht zerfurcht, Kinn und Wangen von mehrtägigen Bartstoppeln bedeckt. Im Spiegel sah er jemanden, der seit zwei Tagen nicht geschlafen hatte; jemanden, der wach gelegen und jedes Geräusch verfolgt hatte, das draußen vom Flur kam. Jemanden, dessen Körper bis zum Zerbersten angespannt war, sobald er Schritte oder Stimmen hörte, die an seiner Tür vorbeigingen.

Er drehte den Wasserhahn zu und streckte sich nach dem Handtuch. Nachdem er sich abgetrocknet hatte, ging er zurück ins Zimmer und setzte sich wieder aufs Bett. In dem kargen Hotelzimmer befand sich nur dieses Möbelstück, dazu ein klappriger Holzstuhl und ein kleines Regal an einer Wand. Über dem Regal hing eine gerahmte Fotografie von Atatürk. Das Foto war bunt, die Farben aber inzwischen fast vollkommen verblichen. Der Staatschef trug einen dunklen Anzug und blickte mit seinen hellen Augen starr in den Raum.

Plötzlich waren vom Flur her Stimmen zu hören, die sich näherten. Benjamin erstarrte und lauschte. Die Schritte kamen näher, gingen vorbei, und gerade als Benjamin sich wieder etwas entspannte, klopfte es an der Tür. Er fuhr mit der Hand unter das Kopfkissen und ergriff die Pistole, die dort lag. Der kalte, geriffelte Kolben schenkte ihm einen Augenblick lang ein Gefühl der Sicherheit.

Erneut klopfte es an der Tür. Benjamin saß regungslos da, ohne zu wissen, was er tun sollte.

»Mr. Cassel? Sind Sie da?«

Benjamin schloss die Augen und holte tief Luft.

»Ja…?«

»Ich habe ein Fax für Sie.«

Benjamin stand auf und ging zur Tür. Er öffnete sie vorsichtig einen Spalt, die Pistole hielt er in der Tasche fest. Das Lächeln des Portiers verschwand.

»Geht es Ihnen nicht gut, Mr. Cassel?«, platzte er heraus.

»Wieso?«

»Sie sehen nicht gesund aus. Sind Sie krank?«

»Nein, kein Problem. Ich habe nur schlecht geschlafen.«

»Ach so… dann werde ich Sie in Ruhe lassen«, sagte der Portier und überreichte das Fax.

Benjamin nahm das Papier in Empfang und wollte die Tür zudrücken.

»Sonst brauchen Sie nichts?«

Benjamin schüttelte den Kopf und schloss die Tür. Er kehrte zum Bett zurück und faltete das Fax auseinander.

Benjamin,
wie du siehst, weiß ich, wo du bist.

Benjamin zerknüllte das Blatt und warf es auf den Boden. Einen Moment lang spürte er eine fast unwiderstehliche Lust, die Pistole herauszuziehen und in die Luft zu schießen. Er versuchte, die aufgestaute Frustration und Wut, die er in den letzten Wochen gespürt hatte, dadurch zu vertreiben.

Er stand auf, trat ans Fenster und schob vorsichtig die Gardine beiseite. Die Straßenverkäufer waren dabei, ihre Ware zusammenzupacken, und die Geschäftsinhaber ließen die Rollläden herunter. Der Mann am Grill direkt gegenüber kippte einen Eimer Wasser auf die Glut. Benjamin nahm den Geruch des Dampfes wahr, der wie eine Säule senkrecht aufstieg. Weiter die Straße hinunter stand ein Mann an einer Vespa und trank gierig aus einer Flasche Mineralwasser. Der Mann leerte die Flasche und warf sie dann auf die Straße. Er schaute zum Hotel hinüber, und für einen Moment schienen sich ihre Blicke zu begegnen. Der Mann starrte ihn an und drehte sich dann zur Seite. Er sagte etwas, lachte und zeigte hinauf zu Benjamins Fenster.

*

Alles hatte zwei Wochen zuvor begonnen.

Benjamin hatte im l'Air de Rien zu Mittag gegessen. Er war auf dem Weg zurück ins Büro und schlenderte durch die Avenue des Nerviens, die aufs Zentrum zulief. Für Anfang Mai war es beißend kalt. Den ganzen Vormittag war es sonnig gewesen, aber dann zogen plötzlich graue Wolken auf. Nach einer Weile fing es an zu regnen, und Benjamin begann schneller zu gehen. Er kürzte seinen Weg durch den Jubelpark ab und rannte fast, um dem kalten Regen zu entkommen, der wie Nadelstiche ins Gesicht stach.

Benjamin passierte die Sicherheitskontrolle an der südlichen Einfahrt. Auf dem EU-Kommissionsgelände sah er, wie drei dunkelblaue Limousinen rasch auf die Garage zufuhren. Benjamin folgte den Wagen mit dem Blick und sah die Wimpel mit dem deutschen Staatsemblem im Fahrtwind flattern.

Er ging weiter zum westlichen Eingang. An den Glastüren hielt er der Wache seinen Passierschein hin und trat ein. Er blieb an der Cafeteria stehen, die hinter den Fahrstühlen lag, und kaufte sich einen doppelten Espresso, den er mitnahm.

Während er auf den Fahrstuhl wartete, lauschte er unbewusst einer Gruppe Engländer, die lautstark miteinander diskutierten. Es ging um die walisische Sprachquotierung. Er trat hinter ihnen in den Fahrstuhl und drückte den Knopf für den fünften Stock.

Benjamin schaute durch die Glaswände des Fahrstuhls hinaus und beobachtete das Menschengewimmel im Atrium unter sich. Er hätte genauso gut die Wartehalle eines Flughafens betrachten können. Gegenüber dem Vormittag war die Zahl der Personen angestiegen. Die Meetings und Konferenzen waren beendet. Jetzt liefen die Leute von einer Delegation zur nächsten und versuchten, Lösungen und Wege zu finden.

Er verließ den Aufzug und folgte dem L-förmigen Korridor zu seinem Arbeitszimmer. Schloss die Tür auf, setzte sich an den Schreibtisch und loggte sich in seinen Computer ein. Auf dem Bildschirm sah er, dass er sechs neue Nachrichten hatte.

Benjamin entfernte den Deckel vom Kaffeebecher und probierte den Espresso. Er öffnete seine Mailbox. Zwei Mitteilungen waren von einem nimmermüden Lobbyisten. Bei drei anderen handelte es sich um Bestätigungen für vorgeschlagene Termine.

Er öffnete die sechste. Sie kam von einer Hotmail-Adresse.

Vor drei Jahren bekam Osiris Industries zusätzliche 6 Millionen Euro an öffentlichen Geldern für das Projekt Eden. Jetzt wurde vor einem Monat die Förderung erneuert. Das geht seit sechzehn Jahren so, und bis heute hat noch keine Evaluation stattgefunden. Warum nicht?

Zoyd

*

Benjamin wachte davon auf, dass jemand die Tür zum Nebenzimmer zuschlug. Er hörte Lachen und Rufe von einer Gruppe, die den Hotelflur entlangging. Die Uhr neben Atatürks Porträt zeigte Viertel nach acht. Draußen war es dunkel und deutlich kühler geworden. Der Lärm von der Straße hatte abgenommen.

Er holte die Pistole hervor, die wieder unter dem Kopfkissen gelegen hatte, und stopfte sie sich in den Hosenbund. Dann stand er auf, zog sich das Jackett über und verließ das Zimmer. Der Flur lag leer da. Eine Wandlampe flackerte unregelmäßig und erhellte den Flur mit ihrem gelblichen Schein. Er ging am Fahrstuhl vorbei und nahm stattdessen die Treppen.

Die Rezeption war leer, als er nach unten kam. Der Pförtner stand vor dem Eingang und rauchte. Er unterhielt sich mit einem Taxifahrer, und Benjamin sah, wie er etwas mit großen, eifrigen Gesten erklärte. Benjamin ließ sich auf einem Ledersofa nieder und wartete. Die Anspannung, die er zuvor gespürt hatte, war jetzt fort. Es interessierte ihn nicht mehr. Alles konnte geschehen, und es gab eigentlich nichts, was er hätte tun können.

Nach einer Weile kam der Portier wieder herein. Er blieb bei Benjamin stehen und fragte, ob er etwas wünsche. Eine Tasse Kaffee, antwortete Benjamin. Der Portier nickte und verschwand in der Küche.

Benjamin nahm eine Zeitschrift, die auf dem kleinen Kupfertisch vor ihm lag. Es war ein türkisches Monatsmagazin mit aufwändigen Annoncen und langen Reportagen. Gedankenverloren blätterte er darin herum und blieb bei der Mittelseite hängen. Dort war eine Anzeige abgedruckt, die ein scheinbar endloses Feld mit Tomatenpflanzen zeigte. Die Früchte waren unnatürlich schön, geradezu perfekt. Sie schienen wie aus rotem Plastik gemacht zu sein. Unter dem Bild stand ein kurzer Text: *Osiris, We Grow the Future.*

Benjamin schlug die Zeitschrift zu. Er schaute sich nach dem Portier um, als sich die Tür zur Toilette öffnete. Ein kräftiger Mann mit kurzgeschnittenem dunklem Haar kam heraus, ging zum Empfangstresen und schlug dort ein paar Mal auf die Glocke. Er lehnte sich an den Tresen und drehte sich zu Benjamin um. Dieser sah, dass es sich um die gleiche Person handelte, die vorher auf der Straße gestanden und auf sein Zimmerfenster gezeigt hatte. Der Mann lächelte und schlug erneut auf die Glocke.

Benjamin stand auf und ging zum Zigarettenautomaten. Er warf Geld ein und zog ein Päckchen Marlboro heraus. Er nahm eine Zigarette, zündete sie sich an und ging in Richtung Küche. Der Portier kam mit einem kleinen Tablett mit Kaffee heraus. Benjamin drängte sich an ihm vorbei und begann zu laufen.

Er rutschte auf dem glatten Küchenfußboden fast aus und schlug gegen den Eisschrank. Er kam wieder auf die Füße und lief den schmalen Gang zwischen den Backöfen entlang. Eine Frau am Abwasch schrie ihm etwas hinterher. Er rannte auf eine halb geöffnete Tür zu und dann weiter eine Treppe hinunter, die ganz im Dunkeln lag. Als er sich umdrehte, sah er eine Gestalt in der Türöffnung stehen.

Benjamin sprintete zu einer Eisentür und drückte sie auf. Der Hof, auf den er gelangte, war leer und dunkel. Er schaute sich um, lief dann auf die Straße zu, an der das Hotel lag. Die Schritte des Mannes hinter ihm hallten zwischen den Häuserwänden. Benjamin warf einen Blick zurück und sah, wie der Mann stehen blieb und auf ihn zielte. Mündungsfeuer flammte auf, aber Benjamin hörte und spürte nichts. Er lief weiter im Zickzack zwischen Tonnen und Müllsäcken hindurch. Plötzlich rutschte er aus und fiel zwischen die Plastiksäcke. Er fand zunächst keinen Halt, konnte sich aber schließlich doch hochziehen. Eine Hand packte ihn an der Schulter, und er spürte eine Pistolenmündung im Nacken. Ein Schuss wurde mit ohrenbetäubender Lautstärke abgefeuert. Es dröhnte in Benjamins Ohren, roch nach verbrannter Haut. Benjamin kam auf unsicheren Beinen hoch. Er sah den Mann auf dem Rücken liegen, sein Bauch war blutig. Der Mann schrie vor Schmerzen. Benjamin umklammerte seine Pistole. Er zielte auf den Mann und ging rückwärts von ihm fort.

Auf der Straße konnte er sich unter die Fußgänger mischen. Das gelbe Schild eines Taxis leuchtete fünfzig Meter vor ihm. Er lief so schnell er konnte und schlug mit der flachen Hand auf das Dach. Der Wagen hielt an, und Benjamin ließ sich auf den Rücksitz fallen.

*

Benjamin saß in Hugo de Grooths Büro im siebten Stock der EU-Kommission. Hugo hockte hinter dem Computerbildschirm und überprüfte Buchführungsposten.

»Wie nett, dass du mir helfen willst.«

»Aber natürlich, ich werde dir alles ausdrucken, was wir über Osiris Industries gespeichert haben«, sagte Hugo. »Falls du noch älteres Material brauchst, musst du dich ans Archiv wenden.«

Benjamin stand auf.

»Kommst du zu dem Empfang heute Abend?«

»Ja, ich muss dringend mal raus«, nickte Hugo. »Ich bin meine Tochter und ihren neuen Freund von Herzen leid. Der Kerl ist überall. Er isst den Kühlschrank leer und verstreut seine verschwitzte Wäsche im ganzen Haus. Du kennst nicht zufällig jemanden, der eine Wohnung zu vermieten hat? Die beiden müssen verschwinden!«

»Ich werde mich umhören«, versprach Benjamin lachend. Er verließ Hugos Büro und ging auf den Flur, Richtung Drucker. Der hatte bereits die ersten Blätter ausgespuckt. Benjamin stellte sich an den Apparat und wartete auf die Papiere. Als alles fertig war, nahm er die Bögen und ging zurück in sein Arbeitszimmer.

Er zog eine Schreibtischschublade heraus, damit er die Beine hochlegen konnte, setzte sich bequem hin und begann zu lesen. Das erste Dokument war ein Antrag von Osiris France an die EU für Forschungsförderung. Die Forschungsabteilung des Unternehmens beantragte gemeinsam mit der Université d'Agriculture eine Unterstützung für die Entwicklung robuster landwirtschaftlicher Produkte, die unter ganz unterschiedlichen Bedingungen angepflanzt werden konnten. Benjamin blätterte weiter. Der Antrag war vom Landwirtschaftsausschuss begutachtet und zur Stellungnahme ans Umweltministerium weitergeleitet worden. Dieses hatte ihn 1989 befürwortet. Die Förderung belief sich insgesamt auf 30 Millionen Franc für einen Zeitraum von drei Jahren.

Das zweite Dokument war ein erneuter Antrag. Er wurde dem Ausschuss im Jahr 1992 vorgelegt, die Summe hatte sich mittlerweile auf 40 Millionen erhöht.

Ein dritter Antrag ging 1995 ein und wurde ebenfalls bewilligt. Aber jetzt war die Université d'Agriculture nicht mehr mit von der Partie. Osiris France hatte die alleinige Verantwortung für das Projekt übernommen. Der Zuschuss belief sich dieses Mal auf 55 Millionen Franc.

Benjamin streckte sich nach dem Telefon und rief im Dokumentenarchiv an. Er bat darum, alle Verträge, die das Projekt Eden betrafen, zugeschickt zu bekommen.

Er nahm die Papiere wieder auf und blätterte sie erneut durch. Nach 1995 waren keine neuen Anträge mehr eingegangen.

Er rief Hugo de Grooth an.

»Hier ist Benjamin. Habe ich alle Unterlagen bekommen? Ich habe keine Anträge nach 1995.«

»Das stimmt, du hast alles gekriegt, was es gibt. Ich habe unter ›Projekt Eden‹ gesucht und drei Anträge gefunden.«

»Hast du Zeit, noch einmal unter ›Osiris France‹ zu suchen?«

»Natürlich, aber da werden jede Menge Dokumente kommen – Sondergenehmigungen, lokale Förderungen, Chemikalienlizenzen. Was suchst du?«

»Ich weiß es selbst nicht so genau. Aber wenn du alles seit 1996 aufrufst, wie viele Treffer hast du dann?«

»Warte … Vierundachtzig.«

»Kannst du sie mir ausdrucken?«

»Alle vierundachtzig Dokumente?«

»Ja, ich muss den ganzen Kram durchsehen.«

»Okay, ich werde mich drum kümmern.«

Benjamin nahm einen kleinen Schluck von seinem Champagner und schaute in die Runde. Hugo stand ein Stück entfernt und unterhielt sich mit zwei Dolmetscherinnen. Er entdeckte Benjamin und nickte ihm zu. Nach einer Weile kam er herüber und stieß mit ihm an.

»Prost.«

»Wie geht's?«, fragte Benjamin.

»Ausgezeichnet. Jetzt bin ich für ein paar Stunden Eurosport und Pierres Gezeter und Geschrei los.«

»Pierre?«

»Der Freund meiner Tochter.«

Ein Kellner kam vorbei, und Benjamin und Hugo nahmen jeweils ein neues Glas.

»Und wie läuft es mit dem Projekt Eden? Hast du was gefunden?«

»Ja, da ist so einiges merkwürdig. Die Grundvoraussetzung für den Förderungsantrag war, dass Osiris France das Projekt gemeinsam mit der Universität durchführt. 1995 hat die Universität sich aber zurückgezogen. Und trotzdem wurden weiterhin Fördergelder ausgezahlt.«

»Ist denn keine andere Universität eingesprungen?«

»Nein, das Geld ging einzig und allein an Osiris.«

»Aber es ist doch sicher erneut geprüft worden?«

»Ja, aber ich verstehe nicht, warum die Universität sich zurückgezogen hat.«

»Ist das nicht aus dem neuen Antrag hervorgegangen?«

»Nein, in keiner Weise. Und das Merkwürdigste: Nach 1995 sind keine neuen Anträge auf Fördermittel eingegangen, aber es wurde regelmäßig Geld ausgezahlt.«

»Dann musst du die Unterlagen aus der Buchführung anfordern. Die helfen dir vielleicht weiter.«

Benjamin leerte sein Glas Champagner.

»Ich habe den Verantwortlichen für das Forschungsprojekt bei Osiris gesucht. Aber es scheint unmöglich zu sein, ihn zu fassen zu kriegen.«

»Und was willst du jetzt tun?«

»Er arbeitet am Firmensitz außerhalb von Paris. Ich habe übermorgen eine Konferenz im Pasteur-Institut. Ich denke, anschließend nutze ich die Gelegenheit, ihn zu besuchen.«

Hugo schaute sich um und nickte zur Bar hin.

»Was meinst du, Benjamin? Wollen wir nicht lieber zu etwas Stärkerem übergehen?«

»Von mir aus gern, ich brauche einen Whisky.«

Benjamin saß im Aux Trois Poussains, das in der Rue de l'Armorique in Paris lag. Die Konferenz war vor einer Stunde zu Ende gegangen. Er war vom Pasteur-Institut zum Restaurant zu Fuß gegangen. Es war Mittagszeit, und das Lokal war voll mit Pensionären und Leuten, die in der Nähe arbeiteten. Am Tag zuvor hatte Benjamin bei der Université d'Agriculture angerufen und einen Termin mit Professor Eric Detour ausgemacht. Sie hatten während des Hauptgerichts Konversation betrieben und warteten jetzt auf den Kaffee.

»Was können Sie mir über das Projekt Eden sagen?«, fragte Benjamin.

»Das war ein Projekt, bei dem es um die Entwicklung von Saatgut ging. Es sollte unter extremen Bedingungen wachsen.«

»In welcher Hinsicht?«

»Kälte, Hitze, nährstoffarme Böden, Trockenheit, zu große Feuchtigkeit, Schädlinge und so weiter.«

»Und wie verlief das Projekt?«

»Nun ja, es gab so einige Ungereimtheiten. Das Modell erstreckte sich über sechs Jahre und resultierte in vier Berichten. Danach wurde es eingestellt.«

Der Kellner kam an den Tisch und brachte ihnen zwei Tassen Kaffee.

»Warum wurde es eingestellt?«

»Die Doktoranden hatten ihre Abhandlungen beendet, und Osiris plädierte dafür, das Projekt nicht weiter fortzusetzen.«

»Was war der Grund?«

»Offenbar vermutete man, dass nicht genügend Potenzial im Projekt steckte. Deshalb sah man keinen Grund, erneut Fördergelder bei der EU zu beantragen.«

»Und was war Ihre Meinung?«

»Ich war anderer Ansicht. Wir waren ziemlich weit gekommen, und ich ging davon aus, dass wir in naher Zukunft Produkte gemäß den Erwartungen bekommen könnten. Aber wir konnten nicht allein weitermachen, und es ist ja nicht ungewöhnlich, dass derartige Projekte abgebrochen werden.«

Der Professor zwirbelte seinen grauen Bart und schaute auf die Straße hinaus.

»Aber ich wunderte mich doch, als ich ein Jahr später erfuhr, dass Osiris die Forschung wieder aufgenommen hat. Obwohl, wieder aufgenommen ist wohl der falsche Begriff, sie haben einfach nur weitergemacht. Ich fühlte mich hinters

Licht geführt. Aber im Grunde genommen war alles korrekt abgelaufen, deshalb hatten wir keine Möglichkeit, etwas zu tun.«

»Gab es irgendwelche Differenzen zwischen der Universität und Osiris?«, fragte Benjamin und trank von seinem Kaffee.

»Es gibt immer Differenzen zwischen der akademischen und der kommerziellen Welt. Der Hauptteil meiner Arbeit besteht darin, zu versuchen, diese zu überbrücken. Aber natürlich gab es in der Zusammenarbeit gewisse Irritationen.«

»Erinnern Sie sich noch genauer?«

»Es war nicht leicht, die Forschung zu vertiefen. Die Doktoranden stehen ja immer unter Zeitdruck. Gegen Ende der sechsjährigen Periode wurde eine Reihe von Tierversuchen gemacht. Das Ergebnis war nicht eindeutig, aber indizierte zumindest ernsthafte Nebenwirkungen.«

»Können Sie das näher ausführen?«

»Die Mäuse wurden mit einem Konzentrat aus genmodifizierten Tomaten gefüttert. Ihre Nachkommen zeigten in einigen Fällen abweichendes Verhalten: Apathie, mangelnder Geschlechtstrieb und motorische Störungen. Einige der Jungen wiesen Pigmentveränderungen auf. Wir wollten das Endresultat abwarten und mit einbeziehen, aber Osiris wollte wie bisher weitermachen. An der Stelle kam es wohl zum Bruch.«

»Wissen Sie, was aus dem Projekt geworden ist?«

»Das läuft immer noch. Einer meiner alten Doktoranden arbeitet bei Osiris. Als ich das letzte Mal mit ihm gesprochen habe, hatte ich den Eindruck, dass die Forschung inzwischen hohe Priorität hat.«

Der Professor schaute auf seine Uhr.

»Leider habe ich nicht so viel Zeit. Konnte ich Ihnen ein wenig helfen?«

»Oh ja, ich habe auch keine weiteren Fragen. Vielen, vielen Dank.«

Der Professor stand auf, gab Benjamin die Hand und verließ das Restaurant.

Benjamin verließ Paris über die E 54. Nach zwei Stunden Autofahrt bog er bei Nangis ab. Die weite Landschaft erstreckte sich vor ihm, und gegen den Horizont zeichneten sich Bauernhöfe ab. Entlang der Straße lagen Felder mit Sonnenblumen, Raps und Weizen. Er kurbelte das Fenster herunter und ließ die milde Mailuft ins Innere des Mietautos. Nach einer Weile kam er durch Saint Quen en Brie. Kurz nach dem Ort bog er Richtung Süden ab und folgte der Ausschilderung nach Salins. Als er in dem verschlafenen kleinen Ort angekommen war, hielt er an einer Tankstelle. Während der Angestellte den Wagen betankte, erkundigte er sich nach dem Weg zu Osiris' Versuchsfeldern.

Benjamin fuhr nach den genauen Angaben des Tankwarts und bog hinter der Kirche links ab. Er gelangte auf einen schmalen Kiesweg, der sich durch die flache Ebene wand. In den tiefen Gräben sah er Mohn und Kornblumen aufblitzen. Nach vier Kilometern erhob sich der Osiris-Betrieb aus der Landschaft. Es war ein Komplex größerer und kleinerer Gebäude mit weißer Fassade. Ein Stück entfernt lagen gut dreißig Gewächshäuser Seite an Seite.

Er bog in die Einfahrt, blieb am Pförtnerhaus stehen und nannte seinen Namen.

»Ich bin um vier Uhr mit Doktor Ganz verabredet.«

Der Pförtner schaute auf seinen Computer und nickte. Er schob Benjamin ein Journal hin.

»Darf ich Sie bitten, die Spalte auf der rechten Seite auszufüllen.«

Benjamin schrieb seinen Namen auf und bekam ein Besucherschild, das er an seiner Jacke befestigte.

»Sie können den Wagen auf dem Besucherparkplatz rechts von Haus A abstellen«, sagte der Pförtner und zeigte ihm die Richtung.

Die Schranke ging hoch, und Benjamin fuhr auf den Parkplatz. Er nahm seine Aktentasche, schloss den Wagen ab und ging auf das größte Gebäude der Anlage zu. Ein Mann in dunkelblauem Anzug stand am Eingang. Er war um die fünfzig, das schwarze Haar war mit einem eleganten Schwung nach hinten gekämmt. Der Mann nahm seine goldgefasste Lesebrille ab und schob sie sich in die Brusttasche.

»Herzlich willkommen«, sagte er und streckte die Hand vor. Sie begrüßten einander, und Doktor Ganz führte Benjamin ins Gebäude.

»Dieses Haus ist erst seit vier Monaten fertig«, erklärte Ganz. »Das Labor ist noch nicht komplett. Wir sind immer noch dabei, die Einrichtung zu installieren. Aber nächsten Monat wollen wir loslegen.«

Sie gingen eine Treppe hinauf und oben einen Flur entlang. An den eierschalenfarbenen Wänden hingen gerahmte Fotos, die Insekten und Pflanzen in Großaufnahme zeigten.

»Bitte schön«, sagte Ganz und hielt die Tür zu seinem Büro auf. Benjamin trat ein, Ganz wies auf einen Sessel und ließ sich selbst hinter dem Schreibtisch nieder. An der Wand hing eine Reihe riesiger Fotos von Tomaten. Sie waren mit einer fast unwirklichen Schärfe aufgenommen worden. Jede Nuance, jeder Farbton trat leuchtend scharf hervor. Auf einer der Tomaten saß ein weißes, spinnenartiges Insekt.

»Diese Tomaten züchten wir auf Lanzarote«, erklärte Ganz und wandte sich den Bildern zu. »Sie wachsen in einer Grotte, fünfzig Meter tief im Berg. Da unten gibt es kein Tageslicht. Nur das Licht phosphoreszierender Algen, die in einer unterirdischen Quelle leben. Trotzdem wachsen die Pflanzen und tragen hervorragende Tomaten.«

Ganz zeigte auf das weiße Insekt.

»Dieses Wesen ist einzigartig, das gibt es nur in dieser Grotte. Es ist blind und farblos und schadet unseren Tomaten nicht. Gott weiß, wovon es lebt.«

Ganz lehnte sich zurück und sah Benjamin an.

»Als wir am Telefon miteinander sprachen«, fuhr er fort, »da sagten Sie, dass Ihre Abteilung EU-geförderte Forschungsprojekte überprüfe.«

»Ja, wir sehen nach, wie die Gelder verteilt wurden und welche Resultate sie erbracht haben.«

»Besuchen Sie alle persönlich, die Fördermittel bekommen haben?«, fragte Ganz lächelnd.

»Nein, nur Osiris.«

Benjamin öffnete seine Aktentasche und zog einen Ordner heraus.

»Das ist eine beeindruckende Anlage, die Sie hier haben. Ist das Osiris' einzige Forschungseinrichtung?«

»Nein, wir haben mehrere. Noch zwei weitere hier in Frankreich und einige in anderen Ländern. Unter anderem eine größere auf Island.«

Ganz überreichte Benjamin eine Broschüre.

»Hier ist der Jahresbericht des Konzerns. Es steht alles zu Ihrer Verfügung.«

Benjamin blätterte in der Akte. Die Informationen wechselten sich mit Fotos von Osiris' verschiedenen Betrieben ab. Auf einer Seite gab es ein Bild, das igluähnliche Gebäude zeigte, die in einer Schlucht lagen. Der Boden war schwarz und der Bergkamm, der sich hinter der Anlage erhob, schneebedeckt. Ganz trommelte mit den Fingern auf seine Schreibtischplatte aus mattiertem Glas.

»Es wäre nett, wenn Sie mir etwas über das Projekt Eden berichten könnten«, sagte Benjamin.

»Das Projekt Eden? Das ist ein altes Projekt. Es ist schon lange aufgegeben worden.«

»Und wie kam es dazu?«

»Wenn ich offen reden darf«, sagte Ganz und zog seine Brille aus der Jackentasche, »dann sind wir die Langsamkeit der akademischen Welt herzlich leid.«

»Dann setzen Sie die Forschungen auf eigene Faust fort?«

»Ja, natürlich«, bestätigte Ganz und lächelte wieder. »Es gab keinen Grund, die Forschungen einzustellen.«

»Aber jetzt finanzieren Sie das Projekt Eden selbst?«

»Das Projekt Eden ist beendet, wie schon gesagt. Es heißt

jetzt ›Edens Früchte‹. Aber um Ihre Frage zu beantworten – Osiris steht ganz allein hinter ›Edens Früchten‹.«

Benjamin öffnete seinen Ordner und blätterte einen Stapel Papiere durch. Er betrachtete eine Seite und legte sie dann auf den Schreibtisch.

»Kennen Sie Global Harvest Incorporated?«

»Nein, davon habe ich noch nie etwas gehört.«

»Global Harvest Incorporated?«

»Tut mir leid, worauf wollen Sie hinaus?«

»Das ist ein Unternehmen mit einem Umsatz von zwanzig Millionen Euro jährlich. Es handelt mit Kunstdünger und ist in Andorra registriert. Seit 2002 hat es sechs Millionen Euro Zuschuss von der EU bekommen …«

»Entschuldigen Sie, aber was wollen Sie damit sagen?«, unterbrach ihn Ganz. »Meine Zeit ist kostbar, ich kann sie nicht damit vergeuden, einem Aktenhengst aus Brüssel zuzuhören, der hier dummes Zeug brabbelt.«

»Das Interessante daran ist, dass Global Harvest Incorporated von Osiris France kontrolliert wird«, fuhr Benjamin unbeirrt fort. »Der Aktienfonds wird einzig und allein von Osiris gehalten. Ich habe Informationen, die besagen, dass der Betrieb am gleichen Tag, als die Fördersumme an Global Harvest ausbezahlt wurde, mehr als zwei Millionen an Osiris France überwiesen hat.«

»Sie müssen wohl die Verfahren überprüfen, was die Förderungen betrifft, Herr Cassel.«

»Auf jeden Fall, wir haben einen Ausschuss eingesetzt. Aber uns fehlen Rechenschaftsberichte von Ihnen.«

»Mein lieber Herr Cassel, ich möchte Sie jetzt bitten, Ihren Papierkram einzusammeln, sich in Ihr kleines Mietauto zu setzen und dahin zurückzufahren, wo Sie hergekommen sind.«

Ganz erhob sich.

»Adieu, Herr Cassel.«

Benjamin schob seine Papiere zusammen und steckte sie zusammen mit dem Jahresbericht von Osiris in seine Tasche.

»Auf Wiedersehen, Herr Doktor Ganz«, sagte Benjamin und wandte sich zur Tür. »Sie werden noch von mir hören.«

Ganz blieb hinter seinem Schreibtisch stehen, ohne die geringsten Anstalten zu machen, Benjamin hinauszubegleiten.

Benjamin saß in Salins' einzigem Gasthaus, trank ein Bier und aß ein Baguette mit Schinken. Er hatte das Auto an der gleichen Tankstelle abgestellt, die er auf der Hinfahrt aufgesucht hatte. An einem Tisch saß eine Familie und aß Eis. Eines der Kinder, ein Mädchen von wohl drei Jahren, konnte nicht still sitzen, sprang die ganze Zeit von seinem Stuhl und kletterte wieder hinauf. Ein Mann im Blaumann kam herein und stellte sich an den Tresen. Er schaute sich im Lokal um und nickte dem Vater der Familie zu. Benjamin hörte, wie der Mann einen Calvados bestellte und sich mit dem Wirt unterhielt.

Die Sonne ging langsam unter, und ihr brandgelbes Licht fiel in den Raum. Benjamin leerte sein Bierglas und schlenderte in die schläfrige Nachmittagsidylle hinaus. Die Familie hatte ihren Tisch verlassen, nur der Sohn war noch dort und wartete. Er saß über einen Malblock gebeugt da, ganz mit seiner Zeichnung beschäftigt. Der Junge war ein paar Jahre älter als seine Schwester. Sein Haar war hellblond, fast weiß. Plötzlich schaute er auf und sah sich unruhig nach der Toilette um. Der Junge erschien fast durchsichtig mit seiner zarten, blassen Haut. Das niedrig stehende Sonnenlicht blendete ihn, und obwohl er die Lider zusammenkniff, sah Benjamin, dass seine Augen rot leuchteten.

Benjamin öffnete die Tür zu seinem Büro und hängte seinen Mantel auf. Bevor er sich hinsetzen konnte, klingelte schon das Telefon.

»Kannst du eben zu mir hochkommen, Benjamin?«

»Jetzt sofort?«

»Ja, sofort. Es ist wichtig, ich habe da eine Sache auf den Tisch gekriegt.«

»Okay, ich bin in zwei Minuten bei dir.«

Benjamin verließ sein Zimmer und nahm den Fahrstuhl in den achten Stock. Er trat aus der Kabine heraus und ging den östlichen Korridor entlang bis zum Konferenzraum. Dort bog er ab, ging auf die Glastüren zu und tippte den Code ein. Hinter der Tür zur Direktionsabteilung wartete der Revisionsleiter Jochen Schmoelling schon vor seinem Zimmer.

»Schön, dass du so schnell kommen konntest«, sagte er und gab Benjamin die Hand. Sie traten ins Zimmer und ließen sich auf den Sesseln am Fenster nieder.

»Worum geht es?«, fragte Benjamin.

»Du bist in Paris gewesen?«

»Ja, ich war auf einer Konferenz beim Pasteurinstitut. Ich bin gestern Abend zurückgekommen.«

»Ich habe einen Anruf von Christophe Ganz von Osiris France in Salins erhalten. Er hat mir erzählt, dass du ihn aufgesucht hast.«

»Ja, das stimmt.«

»Und wieso?«

»Ich untersuche eine Fördergelderangelegenheit. Ich wollte ihm dazu ein paar Fragen stellen, mehr nicht.«

»Ganz war ziemlich aufgewühlt. Er hat behauptet, dass du unter Vortäuschung falscher Tatsachen gehandelt hast. Und dass du eine Reihe irrelevanter und unverschämter Fragen gestellt hast. Das kann doch nicht in deinen Arbeitsbereich fallen. Oder irre ich mich da?«

»Ich überprüfe den Fall aufgrund einer Reihe von Unklarheiten. Deshalb war mein Besuch vollkommen normal.«

»Ich wünsche nicht, dass meine Untergebenen kreuz und quer durch Europa fahren wie schnüffelnde Privatdetektive. Schließlich arbeitest du für die EU!«

Benjamin schaute Schmoelling an. Er sah, wie dessen Gesicht rot vor Erregung wurde.

»Zum Teufel, nun sag schon was!«

»Ich verstehe nicht, warum ich mich verteidigen soll«, entgegnete Benjamin. »Schließlich habe ich nur meinen Job gemacht.«

»Du verstehst offenbar nicht, was ich sage. Ich möchte, dass du diese Sache augenblicklich fallen lässt.«

»Wie meinst du das?«, fragte Benjamin und spürte, wie die Wut in ihm aufstieg.

»Dass du die Überprüfung von Osiris Industries beendest. Ist das deutlich genug?«

»Und wenn ich es nicht tue?«

»Du bist doch kein Dummkopf. Lass es einfach sein. Du hast haufenweise andere Aufgaben, mit denen du dich beschäftigen kannst.«

Benjamin stand auf und ging zur Tür.

»Und vergiss dieses Gespräch, Benjamin. Nimm einfach für den Rest des Tages frei, dann sehen wir uns beim Ausschussessen am Mittwoch.«

Benjamin ging die Treppen zum dritten Stock hinunter, trat in sein Büro und schloss die Tür hinter sich. Nachdem er einige Telefonate geführt hatte, nahm er seine Sachen, zog seinen Mantel über und ging zu Hugo de Grooths Zimmer. Er klopfte an, öffnete die Tür und schob den Kopf hinein.

»Hugo, ich nehme ein paar Tage Urlaub. Am Freitag bin ich wieder da.«

»Wieso das denn? Du bist doch gerade erst aus Paris zurück!«

»Mir ist gerade befohlen worden, die Untersuchung von Osiris fallen zu lassen.«

»Und von wem?«

Benjamin zeigte zur Decke hinauf.

»Jochen war so freundlich, mich darauf hinzuweisen, dass ich anderes zu tun habe.«

»Aber hallo! Dann wird von dort also Druck ausgeübt?«

»Interessant, nicht wahr? Nun, wie dem auch sei, ich werde mir bis Freitag frei nehmen. Bis dann!«

Benjamin sammelte die Papiere und Zeitschriften zusammen, die auf dem Couchtisch im Wohnzimmer herumlagen. Er sortierte sie und ordnete sie zu mehreren Stapeln. Auf dem Titel der Zeitschrift Gaia prangte das Bild eines bärtigen Mannes in den Sechzigern. Benjamin blätterte zu dem Artikel, der von dem Mann handelte. Er griff nach dem Telefon und rief die Auskunft an.

»Ich hätte gern die Telefonnummer von Professor Mullen an der Reykjaviker Universität.«

»Einen Moment bitte… Ich habe hier nur die Nummer der Zentrale der Universität.«

»Können Sie mich mit ihr verbinden?«

Die Telefonistin stellte Benjamin durch, und nach wenigen Sekunden hörte er das Freizeichen.

»Reykjavik Matvælafræði«, meldete sich eine Frau.

»Sprechen Sie Englisch?«, fragte Benjamin. »Ich rufe aus Brüssel an.«

»Ja, wie kann ich Ihnen helfen?«

»Ich würde gern mit Professor Mullen sprechen.«

»Einen Moment, ich verbinde Sie mit seiner Sekretärin.«

Benjamin blätterte den Artikel in der Gaia durch, während er wartete.

»Helga Einarsdottir.«

»Mein Name ist Benjamin Cassel. Ich suche Professor Mullen. Ist er zu sprechen?«

»Er ist heute nicht im Haus.«

»Kann ich ihn über eine andere Telefonnummer erreichen?«

»Worum geht es denn?«

Benjamin erzählte, dass er an Mullens Forschung interessiert war.

»Professor Mullen ist nur selten hier. Meistens arbeitet er zu Hause.«

»Aber dann kann ich ihn vielleicht dort anrufen.«

»Er wohnt in Vestland und hat kein Telefon.«

»Und wann ist er in der Universität?«

»Er kommt ein paar Mal im Monat herein, aber ehrlich gesagt wissen wir selten, wann genau.«

»Ach so ...«

»Man kann sagen, dass Professor Mullen sich zurückgezogen hat. Er ist etwas eigen. Aber er wird sehr geschätzt. Es gibt viele, die ihn als Tutor haben wollen.«

»Und wie funktioniert das? Wenn er nie zu sprechen ist, meine ich.«

»Die fahren dann zu ihm hinaus, das ist kein Problem.«

»Ja, dann möchte ich mich bei Ihnen bedanken.«

»Es tut mir leid, dass ich Ihnen nicht weiterhelfen konnte. Ich hoffe, dass Sie es auf andere Art schaffen.«

18 Stunden später fuhr Benjamin den lehmigen Weg entlang, der sich durch die karge isländische Landschaft wand. Er war morgens von Brüssel nach Reykjavik geflogen, hatte dort Mullens Adresse erfahren, sich ein Auto gemietet und war die hundert Kilometer zu dessen Hof gefahren. Jetzt sah er das rote Haus, das auf einer Anhöhe lag, vor sich. Auf dem letzten Stück wurde der Kiesweg noch schmaler, er bestand nur noch aus zwei lehmigen Wagenspuren. Benjamin bog auf den Hofplatz ab und parkte den Wagen neben zwei Jeeps. Er stieg aus und schaute sich um. Ein Trecker stand halb in einer Scheune, die ein Stück den Abhang hinunter lag. Ein Schaukelgerüst war neben dem Haus aufgestellt. Benjamin hörte, wie die Ketten in der leichten Brise klirrten.

Die Haustür öffnete sich, und ein Mann in grünem Overall trat heraus. Er strich sich über den Bart und schaute Benjamin fragend an.

»Professor Mullen? Darf ich Sie einen Augenblick stören?«

»Das kommt darauf an, was Sie wollen.«

»Ich möchte mit Ihnen über Osiris Industries sprechen.«

Professor Mullen füllte Benjamins Kaffeetasse. Sie saßen in der Küche an einem großen Holztisch. Auf dem Boden lag ein achtlos hingeworfener schmutziger Arbeitsoverall, daneben stand ein Napf mit Katzenfutter. Benjamin schaute aus dem Fenster auf die Schaukel. Ihre Sitze waren schmutzig und abgenutzt, das Gestell fast durchgerostet. Mullen stand auf und holte aus einem Schrank eine Tabakdose. Er ließ sich gegenüber von Benjamin nieder und kratzte seine Pfeife mit einem Streichholz sauber.

»Wir waren gezwungen, das ganze Projekt zu revidieren und zu versuchen, die Nebenwirkungen bei den Versuchstieren zu eliminieren. Ein Enzym hat die Schäden verursacht. Ein Enzym, das von einem Gen ausgelöst wurde, das zu unserer Modifizierung gehörte. Es ging darum, einen Ersatz zu finden, um das gleiche Resultat ohne die Nebenwirkungen zu erzielen. In Venezuela wurde ein Baumschwamm mit einem Gen gefunden, das dasjenige ersetzen konnte, das wir bisher verwendet hatten. Wir haben neues Saatgut produziert und die Tierversuche wieder aufgenommen.«

»Und dann gab es keine Nebenwirkungen mehr?«

»Nein, überhaupt keine. Also haben wir weitergemacht und Saatgut in großem Umfang produziert.«

Mullen öffnete die Dose und stopfte seine Pfeife.

»Osiris betreibt seine Arbeit auf den Versuchshöfen nach bestimmten Richtlinien. Wenn die Grundforschung abgeschlossen ist, wird das getestete Saatgut anschließend auf den lokalen Märkten eingeführt. Den Bauern wird es gratis angeboten. Das Ziel ist, zu sehen, wie es in der Praxis funktioniert – ob die Bauern das Saatgut anwenden können, wie es von den Konsumenten angenommen wird, wie es mit dem Transport klappt und so weiter.«

Mullen zündete sich die Pfeife an.

»Es ist gut eingeschlagen. Die Tomaten waren leicht zu züchten und haben sich besser verkauft als die nicht genmanipulierten.«

»Wieso ließen sie sich besser verkaufen?«

»Wir haben nicht nur daran gearbeitet, das Zuchtpotenzial zu verbessern, sondern haben sie auch ästhetisch ansprechender und schmackhafter gemacht. Wir schienen Erfolg gehabt zu haben. Die Tomaten wurden bereits in großen Mengen in ganz Europa verkauft. Wir haben mit anderen Arten von Saatgut weitergemacht, die wir auf die gleiche Art und Weise entwickelt haben: Reis, Weizen, Kartoffeln und Mais.«

Mullen zog an seiner Pfeife.

»Vier Jahre später, 2002, las ich einen Artikel im John Hopkins Journal. Er war von einem italienischen Forscher verfasst, der eine Reihe von Fällen von Albinismus bei Kindern in der Turiner Region beschrieb. Die Eltern der Kinder arbeiteten in der Landwirtschaft. Der Forscher war verwundert über den hohen Prozentsatz an Albinismus, und er meinte, dass ein bestimmtes Pflanzenschutzmittel der Auslöser dieser genetischen Störung sein müsste. Ein Jahr später tauchte eine weitere Untersuchung über Albinismus bei Kindern auf, dieses Mal aus den Niederlanden. Der Autor meinte, dass die Kinder abgesehen vom Albinismus außerdem autistische Züge zeigten. Und was mir eine Gänsehaut versetzte, war die Tatsache, dass die Untersuchungsgruppe aus Kindern aus Geesthyst bestand. Das ist ein Ort mit 2000 Einwohnern. Der größte Arbeitgeber ist Osiris. Wie sich herausstellte, lebten die Kinder der Turiner Untersuchung in einer Gegend, in der Osiris mehrere Anlagen betreibt.«

Mullen schaute aus dem Fenster auf das Weideland, das sich zum Meer hin erstreckte.

»Mein Sohn war 2002 drei Jahre alt. Wir merkten schon früh, dass etwas nicht stimmte. Wir bekamen keinen Kontakt zu ihm, er war abwesend und desinteressiert. Zunächst glaubten wir, er hätte einen Hörfehler. Dann gingen wir davon aus, dass er unter einem Gehirnschaden leide. Er musste jede Menge Untersuchungen über sich ergehen lassen. Nach zwei Jahren bekamen wir die endgültige Diagnose: Autismus.«

Benjamin schaute Mullen an, der verstummt war. Mullen holte ein eingeschweißtes Foto aus seiner Innentasche und reichte es Benjamin.

»Das ist Torleif, er ist inzwischen fünf Jahre alt. Er wohnt mit seiner Mutter in Reykjavik. Er hat noch nie gesprochen, und ich weiß nicht, ob er mich wiedererkennt, wenn wir uns sehen.«

Auf dem Foto war ein Junge in Jeans und einem gestreiften Pullover. Er saß auf einer Schaukel und schaute in den Himmel. Sein Haar war schneeweiß, seine Haut fast durchsichtig. Die Augen schimmerten rot.

Mullen nahm das Bild zurück und schob es wieder in die Tasche.

»Genau wie die Kinder in Turin und in Geesthyst ist Torleif als Albino geboren. Er musste immer vor der Sonne geschützt werden. Inzwischen trägt er eine Brille mit gefärbtem Glas, damit seine Augen nicht durch das Licht geschädigt werden. Sonst läuft er Gefahr, blind zu werden, bevor er erwachsen ist.«

Mullen stand auf.

»Als ich die Untersuchungsberichte gelesen habe, hatte ich das Gefühl, als bohrte mir jemand ein Messer in den Leib. Meine Forschungen hatten nicht nur das Leben vieler Kinder auf der ganzen Welt zerstört. Ich hatte außerdem das Leben meines eigenen Sohnes zerstört. Ich hätte nie geglaubt, dass…«

Urplötzlich wurde Mullen quer durch den Raum geschleudert und schlug gegen den Kühlschrank. Langsam rutschte er zu Boden und kippte dann zur Seite. Eine breite Blutspur zog sich über die gesamte Kühlschranktür. Mullen hustete, Blut schoss ihm aus dem Mund.

Benjamin sprang auf und wich zurück. Das Fenster zerbarst, die Glassplitter regneten auf den Tisch. Er stand wie in Trance da und schaute auf die Scherben, die auf den Boden gefallen waren. Der Wind wehte durch den Fensterrahmen und schüttelte die Gardinen, die in den Raum hineinflatterten.

Benjamin schaute Mullen an, der schwer keuchend atmete. Er starrte an die Decke und schnappte schnell und gepresst nach Atem. Benjamin ging zögernd zu Mullen hinüber. Er warf einen Blick auf das kaputte Fenster und hockte sich dann auf den Boden.

Mullen atmete nicht mehr. Sein Overall war blutgetränkt. Der Stoff über dem Herzen war zerfetzt, und immer noch breitete sich das Blut unter ihm aus.

Es knallte am Kühlschrank. Benjamin zuckte zusammen und sah ein Loch in der Kühlschranktür, direkt über Mullens Kopf. Das Dröhnen des Schusses hallte durch die Küche, und Benjamin machte einen Satz in Richtung Flur. Mit verkrampften Bewegungen kroch er aus der Küche, weiter ins Haus hinein. Er riss eine Tür auf, hielt inne und lauschte. Es war nichts zu hören, nur der Wind, der ums Haus pfiff. Benjamin schob sich zum Fenster und blieb darunter eine Weile ruhig liegen, bevor er vorsichtig den Kopf hob. Die Landschaft lag leer da, es war nichts zu sehen.

Benjamin drückte sich wieder an den Boden. Er schaute sich im Zimmer um. Auf dem Schreibtisch stand ein Computer, die Wände waren mit Bücherregalen bestückt. In einer Ecke stand ein Waffenschrank. Benjamin kroch dorthin und rüttelte an der Tür. Sie war abgeschlossen.

Plötzlich sprang die Zimmertür durch einen Windzug auf. Benjamin erstarrte, lauschte mit allen Fasern. Langsam erhob er sich, tastete sich oben am Waffenschrank entlang und über die Bücherregale daneben. Anschließend huschte er zum Schreibtisch und zog vorsichtig nacheinander die Schubladen heraus. In der obersten lagen zwischen Büroklammern und Tintenpatronen ein paar Schlüssel. Er nahm sie und ging zurück zum Waffenschrank.

Er versuchte den ersten Schlüssel, aber seine Hand zitterte so sehr, dass er sie mit der anderen ruhig halten musste. Der

Schlüssel passte nicht, er probierte den nächsten. Wieder nichts. Benjamin spürte, wie es ihm sauer aufstieg. Er holte den dritten, letzten Schlüssel hervor. Schob ihn ins Schloss und drehte um, drückte die Klinke herunter und zog die Tür auf.

Eine Schrotflinte stand im Schrank. Benjamin ergriff sie und überprüfte, ob sie geladen war. Beide Läufe waren leer. Er ging in die Knie und zog die Schubladen unten im Schrank heraus, bis er eine Schachtel mit Schrotpatronen fand. Er lud das Gewehr und füllte sich die Taschen mit der restlichen Munition.

Benjamin stellte sich hinter die Tür und wartete. Nach einer ganzen Weile öffnete er sie vorsichtig und schaute durch den Spalt hinaus. Langsam drückte er die Tür mit dem Gewehrlauf weiter auf und ging hinaus. Benjamin musste sich zwingen, bis zur Haustür zu gehen. Sein Mund war vollkommen ausgetrocknet, die Beine trugen ihn kaum. Als er den Flur erreicht hatte, hörte er, wie die Küchendielen knarrten.

Benjamin drehte sich um und ging zurück. Er trat in das Esszimmer, das sich hinter der Küche befand. Durch die halb geöffnete Tür sah er Mullen, der auf der Seite lag. Jemand war in sein Blut getreten, die Spuren der Schuhsohlen zeichneten sich auf dem Boden ab.

Aus dem Flur kam eine Person in die Küche. Der Mann hielt eine Pistole in der Hand, er trug eine dunkelblaue Windjacke und grobe Stiefel. Sein graues Haar war kurz geschnitten, das Gesicht ausdruckslos. Benjamin hob das Gewehr, ein Schuss löste sich. Der Schuss traf ein Tischbein, so dass der Tisch mit einem Knall zu Boden fiel.

»Das war ja nicht mal in der Nähe«, sagte der Mann auf Französisch. Er hob die Pistole und zielte auf Benjamin. Ging dabei auf ihn zu.

»Du hast noch einen Schuss. Willst du versuchen, ob du jetzt triffst?«

Plötzlich zuckte der Mann zusammen. Er rutschte in Mullens Blut aus und verlor für einen Moment das Gleichgewicht. Benjamin drückte erschrocken auf den Abzug. Das Gesicht des Mannes verschwand in einer Wolke aus Blut. Er kippte nach hinten und landete auf Mullens Körper.

Benjamin ging wie betäubt auf die beiden Körper zu. Ließ das Gewehr zu Boden fallen und trat dem Mann die Pistole aus der Hand.

Benjamins Hände und Kleider stanken nach Benzin. Er schaute zu, wie Mullens Haus in der Bucht brannte. Das Feuer wurde stärker, die Flammen stiegen in den grauen Himmel auf. Er öffnete den Kofferraum des Cherokee-Jeeps des Mörders, der ein paar Kilometer von Mullens Haus entfernt stand. Im Kofferraum lagen eine schwarze Bakelittasche und ein Paar Halbschuhe, auf einem Bügel hing ein Jackett. Benjamin öffnete die Tasche. In ihr befanden sich Kleider, ein Pass und Tickets. Es handelte sich um Hin- und Rückflug nach Istanbul. Benjamin öffnete den Pass, er war auf einen Marcel Joubert ausgestellt, geboren in Marseille. Unten in der Tasche lag ein kleinerer Beutel, er sah aus wie eine Kulturtasche. Der Beutel war mit einer grauen Metallfolie ausgeschlagen und enthielt ein geladenes Magazin. Benjamin schob die Pistole des Mörders in den Beutel, schloss den Reißverschluss wieder und auch die Reisetasche. Er schlug die Heckklappe zu und setzte sich auf den Fahrersitz.

Neben der Gangschaltung lag ein Handy. Benjamin nahm es an sich und schaute es an. Er spürte, wie ihm der Schweiß ausbrach und seine Hände anfingen zu zittern.

Als er sich ein wenig beruhigt hatte, wählte er die Wiederholung der zuletzt benutzten Nummer. Fünfmal war ein Freizeichen zu hören, dann erklang eine Stimme:

»Endlich, Marcel, ist alles erledigt?«

Benjamin erstarrte.

»Hallo, Marcel. Bist du da?«

Benjamin erkannte die Stimme. Er hatte sie erst am Vortag gehört.

Es war die seines Chefs, Jochen Schmoelling.

*

Das Taxi wechselte die Spur und bog in einen Kreisverkehr ein. Benjamin drehte sich um und spähte durch das Heckfenster auf Istanbuls Abendverkehr. Die Autos fuhren dicht an dicht. Mopeds und Motorräder wechselten unter Todesverachtung die Spuren.

»Wohin wollen Sie?«, fragte der Taxifahrer.

»Fahren Sie einfach geradeaus. Fahren Sie zu, ich sage Ihnen dann Bescheid.«

Benjamin lehnte sich im Sitz zurück und schloss die Augen. Aus dem Autoradio war blecherne Technomusik zu hören. Er war vollkommen durchgeschwitzt, sein ganzer Körper schmerzte. Er öffnete die Augen und begegnete dem Blick des Taxifahrers im Rückspiegel.

»Sind Sie müde, Mister?«

Benjamin nickte und schob die Pistole zurück, die im Hosenbund drückte. Er öffnete ein paar Hemdknöpfe, um sich abzukühlen, und entdeckte, dass sein Hemd mit feinen Blutflecken gesprenkelt war.

»Können Sie zum Café Bosporus fahren?«, fragte Benjamin.

Der Taxifahrer schaltete herunter und blinkte nach links. Er bog ab auf die Galatabrücke und fuhr auf die nördliche Seite. Am Brückengeländer standen noch immer Fischer und warfen ihre Angeln aus.

Benjamin zog das Handy aus der Jackentasche. Er tippte eine Nummer ein, der Teilnehmer antwortete schon beim dritten Klingeln.

»Hallo, Benjamin«, sagte Jochen Schmoelling. »Lebst du immer noch?«

»Wir müssen uns sehen, Jochen.«

»Ach wirklich, müssen wir das?«

»Wo bist du? Bist du in Istanbul?«

»Ja, ich wohne in meiner Suite im Pera Palace. Im Augenblick sitze ich in der Bar und genieße einen Dry Martini. Hast du den schon mal versucht?«

»Ich habe alle Daten, alle Berichte über Osiris und die Verknüpfung mit der EU an einen sicheren Kontakt geschickt. Wenn du mich nicht in Ruhe lässt, kommt alles heraus.«

»Ach ja…«

»Im Café Bosporus in einer halben Stunde.«

Benjamin drückte das Gespräch weg.

»Sind wir bald da?«

»Wir sind in drei Minuten da«, antwortete der Taxifahrer.

Benjamin hatte sich an den Eingang zum Café Bosporus gesetzt. Es waren nur wenige Gäste im Lokal. Außer Benjamin saßen ein paar Touristen dort und eine Gruppe türkischer Jugendlicher, die sich lautstark unterhielten. Entlang der einen Längsseite des Cafés lief ein Glastresen, auf dem eine Unmenge verschiedener Backwaren aufgereiht standen.

Jochen betrat das Café. Er war sonnengebräunt und trug einen weißen Sommeranzug und ein pistaziengrünes Hemd. In der Hand hielt er eine Zeitung. Er schaute sich um und entdeckte Benjamin.

»Guten Abend, Benjamin«, sagte Jochen und ließ sich an dessen Tisch nieder. Er legte die Zeitung auf den Tisch.

Benjamin schaute an Jochen vorbei auf die Straße.

»Du brauchst dir keine Sorgen zu machen. Ich bin allein gekommen. Hast du schon etwas bestellt?«

Jochen winkte einem Kellner, der herankam und ihnen zwei dicke Mappen auf den Tisch legte.

»Ich weiß, dass du gern Kuchen isst«, sagte Benjamin. »Hier kannst du zwischen zweihundert verschiedenen Sorten wählen.«

»Ich weiß. Ich bin schon früher hier gewesen.«

Jochen blätterte in seiner Mappe.

»Ich glaube, ich nehme Nummer 148. Weiße Schokoladenmousse in einer Rolle aus dunkler Schokolade. Lecker!«

Jochen bestellte, und der Kellner schaute Benjamin fragend an.

»Einen doppelten Espresso für mich.«

»Du musst auch einen Kuchen nehmen«, insistierte Jochen. »Er nimmt den gleichen wie ich.«

Der Kellner ging davon. Jochen schaute ihm nach, dann wandte er sich Benjamin zu.

»Es ist in letzter Zeit ziemlich hektisch für dich gewesen, Benjamin. Wirst du nicht langsam müde?«

Benjamin schaute Jochen an.

»Begreifst du eigentlich, was du da treibst?«, fragte Jochen.

»Das ist doch alles eine Nummer zu groß für dich. Europa wächst jeden Tag. Vor zehn Jahren waren wir dreihundertundfünfzig Millionen, jetzt sind wir fünfhundert Millionen. Jedes neue Land, das sich uns anschließt, sollte die Gemeinschaft größer machen. Aber die Wirtschaft von Russland und Asien wächst, dass es nur so kracht, und die USA machen sowieso, was sie wollen.«

Jochen wedelte mit der Hand in der Luft.

»Wir haben zugesehen, wie die Araber halb London aufgekauft haben und wie sich die Russen unsere ganzen Kunstschätze schnappten. Alles, was ihnen eine Geschichtsschreibung gibt, kaufen sie! In ein paar Jahren wird China der Motor in der Weltwirtschaft sein. Dann wird jedes Schlitzauge ein Handy besitzen. Sie werden den gleichen Lebensstandard wie jeder Westeuropäer haben. Dann gibt es keinen einzigen Pflasterstein in Florenz oder Venedig mehr, den nicht ein Asiat mit Beschlag belegt hat.«

Der Kellner kam mit ihrer Bestellung. Jochen machte sich sofort an seinem Kuchen zu schaffen.

»Die Frage ist, ob wir dem etwas entgegenzusetzen haben? Wie wir genauso stark werden können«, fragte Jochen rhetorisch und wischte sich die Mundwinkel mit der Serviette ab.

»Wir sind gezwungen, etwas zu finden, was uns auf lange Sicht hin stärkt. Osiris ist ein Teil der Lösung unseres Problems. Wir brauchen keinen Reis oder Mais aus Ländern außerhalb der EU mehr zu importieren. Wir werden Selbstversorger und können deren minderwertige Produkte dankend ablehnen. Wir werden unseren eigenen Reis im Po-Delta anpflanzen.«

Benjamin schüttelte den Kopf.

»Das Problem ist, dass du nicht die umfassende Vision siehst. Du verlierst dich in Einzelheiten, in Petitessen.«

»Petitessen? Kinder, die autistisch werden! Und weiß Gott, welche weiteren Schäden Osiris noch verursacht hat!«

»Davon hast du doch keine Ahnung. Alle großen Entdeckungen haben in der Anfangsphase ihren Preis. Das ist ein Naturgesetz.«

Jochen nahm ein großes Stück seines Kuchens und stopfte es sich in den Mund. Er kaute nachdenklich und schluckte dann.

»Ich bin ein bisschen neugierig, Benjamin. Wie bist du eigentlich Osiris auf die Spur gekommen? War das Zoyds E-Mail?«

»Woher weißt du davon?«

»Wir haben uns deinen Computer angeschaut und sie gefunden.«

»Gib dir keine Mühe herauszufinden, von wem die kommt. Ich weiß es selbst nicht.«

»Sie kommt von deinem Kollegen Hugo de Grooth. Die Datenabteilung hat die Mail bei ihm aufgespürt. Und als ich ihn damit konfrontiert habe, hat er zugegeben, dass er sie dir geschickt hat.«

»Hugo?«

»Ja. Er wusste, dass du anbeißen würdest. Und ihm war klar, dass du der Sache auf den Grund gehen würdest. Und dass du dich damit ins Verderben stürzt.«

»Warum sollte Hugo so etwas tun?«

»Er war es leid zuzusehen, wie du die Karriereleiter Stufe um Stufe hochkletterst, während er selbst auf der Stelle tritt. Er wollte dich so strafen.«

Benjamin spürte, wie sich sein Magen zusammenkrampfte.

»Du hast doch wohl nicht ihm das Material geschickt?«, fragte Jochen. »Er ist gestern an einem Herzinfarkt gestorben. Offenbar hat er aus irgendeinem Grund eine viel zu große Dosis seiner Blutdruckmedizin zu sich genommen.«

Jochen wischte sich den Mund ab und stand auf.

»Ich verlasse dich jetzt, Benjamin. Du musst allein zurechtkommen, so gut du kannst.«

»Warst du letzte Woche bei dem Ausschussessen?«, fragte Benjamin.

»Ja«, bestätigte Jochen zögernd. »Warum?«

»Hast du Marie Bernard dort getroffen?«

Jochen blieb stehen.

»Sie ist als Richterin für das Tribunal in Den Haag für den kommenden Herbst vorgeschlagen worden«, sagte Benjamin.

»Woher weißt du das? Das ist doch wohl noch nicht offiziell?«

»Ich habe ihr gestern mit FedEx ein Päckchen geschickt. Ich denke, sie wird bald mit dir reden wollen.«

Jochen schaute Benjamin an und lächelte unsicher.

»Marie hat mich heute angerufen, sie war sehr aufgebracht«, fuhr Benjamin fort. »Sie hat mir erzählt, dass sie eine Untersuchung eingeleitet hat und den Ankläger und das Büro zur Bekämpfung von Betrügereien über deine offene Rechnung mit Osiris informiert hat.«

Jochen erbleichte und ließ sich wieder nieder.

»Du bluffst, Benjamin.«

»Bist du dir dessen sicher?«

»Du warst nie besonders raffiniert. Es sieht dir nicht ähnlich, so eine Initiative zu ergreifen.«

»Nein, das stimmt.«

Die Jugendlichen hinter Jochen und Benjamin lachten laut und brachen dann auf. Jochen folgte ihnen mit dem Blick. Er schaute eine ganze Weile auf die Straße, bevor er sich wieder Benjamin zuwandte.

»Wie viel Zeit habe ich noch?«

»Vielleicht ein paar Tage?«

Jochen zog sein Handy aus der Tasche und wählte eine Nummer.

»Hier ist Jochen Schmoelling. Wir brechen alles ab. Ihr werdet nicht mehr gebraucht.«

Jochen stand auf und musterte Benjamin. Er wandte sich von ihm ab und mischte sich unter die Fußgänger auf der Straße.

Benjamin blieb in dem Café sitzen. Vor ihm stand sein unberührter Kuchen, der mit einer knallroten Erdbeere verziert war. Er nahm die Erdbeere und steckte sie sich in den Mund. Auf dem Tisch lag die Zeitung, die Jochen zurückgelassen hatte. Es war die Frankfurter Allgemeine. Benjamin drehte sie um, und sein Blick fiel auf den Artikel, der aufgeschlagen war. Jochen hatte mehrere Abschnitte im Text markiert. Auf einem Foto sah Benjamin, wie Doktor Ganz dem polnischen Landwirtschaftsminister Krzysztof Jurgiel die Hand schüttelte. Der Bilduntertext informierte darüber, dass ein Vertrag zwischen Osiris Industries und dem polnischen Landwirtschaftsministerium unterzeichnet worden war. Osiris' patentiertes Saatgut sollte für ein umfassendes Anzuchtprojekt lizenziert werden, das Geschäft war im Anfangsstadium bereits drei Milliarden Dollar wert. Die riesigen Feuchtgebiete im südöstlichen Polen sollten für den Anbau von Osiris' neuen Reissorten genutzt werden.

Benjamin schob die Zeitung von sich. Plötzlich spürte er, wie die Zunge in seinem Mund anschwoll. Er spuckte die Beere auf den Teller und schaute sie genauer an.

Das war keine gewöhnliche Erdbeere, die er da hatte essen wollen, das war eine Walderdbeere.

Eine riesenhafte Walderdbeere.

ARNE DAHL

Übermacht

Als der Gerichtspsychiater sich in den Lesesessel seines Büros sinken ließ, in seiner gemütlichen Ecke bei den Bücherregalen, war es nicht irgendein beliebiger Abend, es war der endgültige Abend. Dieser Dezembertag kurz vor Weihnachten hatte ihn – ausgerechnet ihn – zu einem anderen Menschen werden lassen. Als ob alles, was er in den letzten Jahren gelernt hatte, all sein gesammeltes Wissen und seine Erfahrungen, einfach verflogen wäre. Ausradiert von einem frechen Bengel.

Denn wie hätte er ihn sonst nennen sollen?

Der Gerichtspsychiater rieb sich den verspannten Nacken und ließ den Morgen erneut Revue passieren. Er wanderte rückwärts durch den Tag, durch die Verwandlung, wie durch einen Tunnel, der quer zum Strom der Zeit verlief. Und nun saß er hier, an genau derselben Stelle, in genau demselben weichen Sessel in der Ecke bei den Bücherregalen. Aber jetzt war er ein anderer.

Vorher war er ein Betrachter gewesen, ein Beobachter, höchstens noch ein Analytiker.

Jetzt war er ein Akteur. Dem eine Viertelstunde blieb, um zu handeln...

Der Gerichtspsychiater des Morgens, der andere, sah sich, den Laptop auf seinen Knien, den Fall noch einmal durch. Er stellte sich den Laptop immer auf die Knie, trotz aller Warnungen vor Hodenkrebs, Sterilität und Impotenz – ganz zu schweigen von einer ehrlich verbrannten Eichel. Es wäre schon schwereres Geschütz nötig, um einen Mann wie den Gerichtspsychiater dazu zu bringen, dass er seine Gewohnheiten änderte.

Es war Advent, und wie immer, wenn eine Jahreszeit dem Ende entgegenging, musste man ganz schnell alle lose hängenden Fäden der vergangenen Zeit zusammenführen. Es hatte geschneit, was die Welt um einiges heller machte, und dieses verschneite Dezemberlicht fiel fast waagerecht durch die alten, verstaubten Jalousien des Büros. Der Gerichtspsychiater musste den Laptop anders drehen, damit der Bildschirm keine Streifen zeigte und nur noch jede zweite Zeile zu sehen wäre.

Als der Text Gestalt annahm, ergab sich ein ziemlich einfacher Fall, eines von vielen Gewaltverbrechen, begangen von psychisch derart instabilen Teenagern, dass sie sich schon im Grenzbereich zu psychischen Krankheiten befanden. Aber sie waren noch immer klar genug bei Verstand, um zu erfassen, dass das Dasein nach dem Vergehen um einiges einfacher zu bewältigen sein würde, wenn man eine psychische Krankheit simulieren konnte.

Und genau darum ging es hier. Wie immer. Darum, wo die Grenze zur psychischen Krankheit zu setzen ist.

Auf den ersten Blick hatte der Fall nichts Abweichendes oder auch nur Originelles. Der Junge hatte seinen Vater mit einer von dessen zerbrochenen Wodkaflaschen ermordet. Ein Szenario wie aus dem Bilderbuch: der Sohn endlich groß genug, um sich seinem alkoholisierten Vater zu widersetzen, die während seiner ganzen Kindheit aufgestauten, ja, in Flaschen gesperrten Gefühle nehmen überhand, und es kommt zum Eklat.

Was sollte man sagen, überlegte der Gerichtspsychiater und seufzte. In seinem eigenen verschlossenen Zustand, ja, in seiner Flasche – die, wie er gestehen musste, reichlich umfangreich war – gab er zu, dass es ihm schwerfiel, diese explosiven Söhne zu verurteilen, die endlich die Chance sehen, sich für lebenslanges Unrecht zu rächen. Für Unrecht, das sie bis ins Grab verfolgen wird – und oftmals noch weiter. In einer endlosen Reihe von Generationen männlicher Frustration, die zur Gewalt wird.

Vergewaltigung von Töchtern, Misshandlung von Söhnen ...

Nichts Neues unter der Sonne.

Ein phantastisches Wort eigentlich, dachte der Gerichtspsychiater und ließ sich mit den Händen im Nacken zurücksinken. Gewalt. Ein Relikt aus einer anderen Zeit. Ein Wort aus dem fünfzehnten Jahrhundert, das altschwedische »ivirvald«, das eine Gesellschaft andeutete, in der Gewalt an der Tagesordnung war. Aber es gab damals auch eine Art selbstverständlicher Gewalt, die diese Bezeichnung, »Überwalt«, verdient hatte.

Doch was hatten solche Wörter in unserer Zeit zu suchen? War es nur ein alberner historischer Zufall, dass genau sie überlebten?

Seine ein wenig überraschenden sprachwissenschaftlichen Überlegungen – möglicherweise könnte man von Ablenkung reden, aber diese Erkenntnis musste im flaschenartig verkorkten Inneren des Gerichtspsychiaters bleiben – wurden eigentlich nicht unterbrochen. Nein, man kann nicht sagen, dass sie unterbrochen wurden, es gab keine starken äußeren Stimulanzien, die sich auf sein Inneres ausgewirkt hätten. Trotzdem saß er plötzlich einfach so in seinem Sessel vor dem Schreibtisch und sah klein aus.

Ja, das war der erste Eindruck. Obwohl auch der muskulöse Wärter seinen Platz bei der Tür bezogen hatte, in seiner üblichen versteinerten Pose, die Hände auf dem Rücken, den Brustkorb vorgestreckt, war es der Junge, der alle Aufmerksamkeit auf sich lenkte. Eben, da er klein war.

Er hätte den Wärter eigentlich zur Rede stellen müssen, sah aber ein, dass das keinen Sinn gehabt hätte. Er hatte das ja bewusst so gemacht. Vermutlich war das seine Art, einen der schwersten Jobs seiner Zeit auszuüben – dass er immer unangemeldet und ohne anzuklopfen auftauchte. Vermutlich ließ er sich extra Zeit und dokumentierte seinen Rekord in der Kunst, sich unbemerkt im Arbeitszimmer des Zerstreuten aufzuhalten.

Dieses Mal war wohl kaum der persönliche Rekord des Wärters. Etwas an dem Jungen zog ziemlich rasch die Aufmerksamkeit aller auf sich. Ohne eine eigentliche Ursache.

»Danke«, sagte der Gerichtspsychiater zum Wärter. »Sie können draußen warten.«

Mit mürrischer Miene verließ der Wärter das Zimmer.

Psychiatrisches Gutachten. Schon wieder. Der Gerichtspsychiater versuchte nicht einmal, sein Seufzen zu unterdrücken, als er sich zu dem Jungen umdrehte, wie immer auf Wiederholung eingestellt. Darauf, dass sich alles, was er schon über die Welt wusste, ein weiteres Mal bestätigen würde.

»War es wegen Weihnachten?«, fragte er.

Der Junge schaute ihn an und blinzelte überrascht. Das war immer ein guter Anfang.

»Feste, mein Junge«, sagte der Gerichtspsychiater. »An Festtagen ist es immer schlimm. Und Weihnachten ist es am schlimmsten. Habe ich recht?«

Der Junge lachte. Alles, was als Überraschung hätte gedeutet werden können, war wie weggeblasen. Er war vierzehn Jahre alt, klein und schmächtig, und er lachte.

»Wir wohnen in derselben Stadt«, sagte der Junge. »Verdammt, das kann doch wohl nicht wahr sein!«

»Glaubst du, ich hätte so etwas noch nie gesehen?«, fragte der Gerichtspsychiater gelassen. »Am Ende warst du groß genug, um zurückzuschlagen. Ich soll entscheiden, ob du bestraft wirst oder in Behandlung kommst, weil du deinen Papa umgebracht hast. Das verstehst du doch, oder?«

»Strafe oder Behandlung«, wiederholte der Junge. »Von wem denn?«

»Von der Gesellschaft. Das verstehst du doch?«

»Der Gesellschaft«, sagte der Junge. »So was hat es gegeben, als du klein warst.«

»Du hast auch eine Schwester, oder? Eine kleine Schwester.«

Der belustigte Blick des Jungen wurde härter und richtete sich auf das Gesicht des Psychiaters.

»Sie hat nichts damit zu tun. Sie hat geschlafen.«

»Und sie hat weitergeschlafen. Sie lag im Nebenzimmer, als du deinen betrunkenen Vater mit einer abgebrochenen Flasche umgebracht hast, bei einem, wie es aussieht, heftigen Handgemenge, und sie hat weitergeschlafen. Das ist das Einzige, was an dieser Sache seltsam wirkt. Wie konnte sie weiterschlafen? Hattest du sie irgendwie betäubt?«

Der Junge schüttelte stumm den Kopf. Der Gerichtspsychiater betrachtete ihn und suchte nach Anhaltspunkten. Erkannte er das Reaktionsmuster? Gab es hier nicht etwas Vertrautes? Eine Form von – Heroismus? Einen Heldenmut, der nicht gesehen werden will?

»Du hast deine Schwester sehr lieb, nicht wahr?«, fragte er. »Du würdest alles für sie tun.«

Wieder schüttelte der Junge den Kopf. Der Gerichtspsychiater fragte weiter.

»Eure Mutter hat euch vor zwei Jahren verlassen. Ihr lebt allein, ihr beide, bei eurem trinkenden Vater. Wie soll deine Schwester jetzt zurechtkommen? Hast du dir das überlegt?«

Der Junge lächelte ein wenig. Der Gerichtspsychiater wollte dieses Lächeln deuten, wollte es verstehen. Ja, hier handelte es sich um Heroismus, nur begriff er nicht, welche Gestalt der hatte. Lag er mit seiner Annahme wirklich richtig?

»Dein Vater hat sie belästigt, nicht wahr? Du hast sie gerettet. Bei dieser Handlung gibt es keine Spur von mentaler Verwirrung. Du hast die Hinrichtung deines Vaters geplant und ausgeführt. Wie soll ich dir da helfen können?«

Der Junge lächelte wieder dieses Lächeln. Das hätte er in seiner Situation nicht tun dürfen. Der Gerichtspsychiater blätterte fieberhaft in seiner mentalen Handbibliothek. Was war das hier für eine Reaktion? Er fand keine passende Antwort.

»Du bist ein alter Mann«, sagte der Junge nur.

Jetzt war der Gerichtspsychiater durchaus ein wenig gereizt.

»Warum redest du über mein Alter? Was begreife ich nicht?«

»Was begreifst du denn überhaupt?«, rief der Junge und zeigte zum ersten Mal wenigstens eine Spur von Gefühl.

Sie schwiegen eine Weile. Sie beobachteten einander, wie zwei Wesen aus unterschiedlichen Welten. Dann sagte der Junge, und dabei lag echte Enttäuschung in seiner Stimme:

»Du bist genau wie die Polizei. Du übersiehst das, was wichtig ist. Du hast schon entschieden, wie alles zu sein hat.«

Der Gerichtspsychiater beobachtete den Jungen. Jetzt sah er eine Art Stolz, einen Anflug von Hochmut. Dieser Junge wollte etwas erzählen. Aber er wollte das nicht selbst tun. Er wollte verstanden werden, von innen heraus. Der Gerichtspsychiater blätterte in den polizeilichen Unterlagen in seinem Computer, den er noch immer unsicher auf seinen Knien balancierte. Dasselbe Kauderwelsch, die digitalen Krähenfüße kaum des Schreibens kundiger Polizisten. Er wurde immer zum Sprachpolizisten, wenn er mit der Polizistensprache konfrontiert wurde. Sollte er sich durch das hier hindurchquälen? War es das, worum der Junge ihn bat?

Und dann fand er es.

Hier stand es doch, ganz offen. Wie hatte ein so routinierter Fachmann wie der Gerichtspsychiater das übersehen können?

»Zerschlagene Flaschen, überall in der Küche«, sagte er. »Überall Alkohol. Das Badezimmer voller schwarzgebranntem Schnaps. Klassische Schlägerei im Suff. Aber – dein Papa hatte null Komma null Promille Alkohol im Blut, als du ihm die Kehle durchgeschnitten hast ...«

»Es klappt ja doch«, sagte der Junge mürrisch.

Der Gerichtspsychiater schwieg. Er musterte den Jungen und überlegte. Das hier kam ihm seltsam vor. Nicht das Überlegen an sich natürlich, sondern außerhalb der alten, vertrauten Bahnen zu überlegen. Für einen Moment glaubte er, wirklich einige verwirrte Gehirnzellen zu sehen, die sich in bisher unberührte Gehirnwindungen hineinwagten. Er glaubte, ihre Verwirrung beobachten zu können.

»Es sah wie eine Schlägerei aus, dort in der Küche«, sagte er schließlich. »Chaos, Schnapsgestank, das viele Blut. So hat es die Polizei vorgefunden. Aber bei genauerem Hinsehen ist es nicht so. Dein Vater hat sich nicht gewehrt. Man kann also annehmen, dass er geschlafen hat, dass er im Schlaf ermordet wurde, und dass du das Chaos erst später arrangiert hast. Aber es war erst neun Uhr abends, und er war stocknüchtern. Warum sollte er also auf dem Küchenboden liegen bleiben und sich ermorden lassen?«

Der Junge schüttelte nur den Kopf. Aber etwas in seinem Blick hatte sich verändert. Der Gerichtspsychiater wäre nicht so weit gegangen, es Hoffnung zu nennen, aber etwas war dort jetzt anders.

Er tastete sich weiter durch die unberührten Gehirnwindungen. Es tat fast schon weh.

»Aber damit nicht genug. Dein Vater lag auch auf einem Haufen von Glasscherben. Das muss bedeuten, dass … dass das Chaos schon vorhanden war, als er sich hingelegt hat. Dass ihr … das Chaos gemeinsam arrangiert habt?«

Der Junge beobachtete ihn jetzt. Interessiert. Mit einem Blick, der viel zu erwachsen war. Aber er sagte nichts. Er schaute nur. Wie um etwas zu entdecken, das er noch nie gesehen hatte.

Und er war hier nicht der Einzige. Der Gerichtspsychiater trat einen Schritt zurück, versuchte einen neuen Anfang.

»Im Badezimmer war jede Menge Schnaps. Aber dein Vater war kein Alkoholiker. Er verkaufte Schnaps, schwarzgebrannten Schnaps, aus Osteuropa eingeschmuggelten Schnaps. Wem hat er den verkauft? Gaststätten?«

Der Blick des Jungen war ebenso forschend wie bisher. Was wollte er? Eine Umkehr erzwingen? Eine Erkenntnis aufdecken? In seinem Blick lag ein Wille, ein Begehren. Dann schüttelte er den Kopf. Eine Kommunikationsäußerung.

»Nicht?«, fragte der Gerichtspsychiater. »Also – an Jugendliche? Illegalen Schnaps an Jugendliche? Dieses Auto, das bei Schulfesten diskret bei der Schule parkt?«

Derselbe Blick. Kein Kopfschütteln mehr. Der Gerichtspsychiater drückte die Finger an die Stirn und versuchte, seine verwirrten Zellen den richtigen Weg finden zu lassen.

»Aber wo ist der Zusammenhang?«, fragte er. »Ich verstehe das nicht.«

Der Blick des Jungen öffnete sich. Nicht viel, aber ausreichend. Er schien einzusehen, dass der Gerichtspsychiater ohne Hilfe nicht die richtige Spur finden würde. Überaus widerwillig sagte er schließlich:

»Büßen.«

Der Gerichtspsychiater hörte dieses Wort. Er hörte es, und es sprach ihn nicht an. Es brachte keinen Sinn mit sich, aktivierte nicht das kleinste Scherflein Wissen aus seiner inneren Handbibliothek. Der Sprachpolizist in ihm zuckte ein wenig zusammen, zog sich aber rasch wieder zurück, momentan standen wichtigere Dinge auf dem Spiel.

Jetzt war er derjenige, der den Kopf schüttelte.

»Büßen?«, fragte er.

»Wenn du büßen musst, bist du am Ende«, sagte der Junge leise. »Es geht nur darum, nicht wiedergutmachen zu müssen.«

»Tut mir leid«, sagte der Gerichtspsychiater. »Ich verstehe einfach nicht, wovon du da redest.«

Der Junge seufzte. Der Gerichtspsychiater arbeitete sich mit einer Intensität durch diese rudimentäre Information, die einem viel, viel jüngeren Gerichtspsychiater gehörte, einem, der sich vor dreißig Jahren damit beschäftigt hatte, lange bevor die Menschen angefangen hatten, gegen die Wand zu laufen, gegen die Wand gelaufen waren in ihrem Versuch, die Irrwege der menschlichen Psyche zu begreifen. Er fragte:

»Das ist also eine Strafe. Eine Drohung?«

Der Junge schwieg und beobachtete. Er schien zu versuchen, die zähflüssige Erkenntnis durch seine Blicke zu beschleunigen. Der Gerichtspsychiater rang um Worte, um eins nach dem anderen.

»Es sind Konkurrenten deines Vaters aufgetaucht. Sie haben nicht nach denselben Regeln gespielt, den alten Regeln. Sie haben nicht nur Schnaps gebracht, sondern auch ein ganz neues System von Regeln, ein ganz neues gesellschaftliches Klima. Sie haben dich eines Tages in der Schule beiseitegenommen. Sie haben gesagt, dein Papa müsste seine Tätigkeit sofort einstellen und ihnen seinen Schnaps aushändigen. Russenmafia?«

Der Junge schien jetzt aufzugeben. Er seufzte und sagte: »Das ist keine Mafia. Das sind wir selbst.«

»Wie meinst du das?«

»Leute aus meiner Klasse. Es kann jeder sein, und es kann alles sein. Plötzlich kommt in der Schule einfach einer auf dich zu und sagt, dass du büßen musst. Er will bis Freitag dreitausend Kronen, sonst bringt er deine Mutter um. Es ist einfach eine gute Methode, um sich Geld zu verschaffen.«

»Ich verstehe das noch immer nicht. Nehmt ihr denn diese Drohung ernst?«

Der Junge zuckte mit den Schultern und sagte: »Und ich verstehe das Wort Drohung nicht.«

Der Gerichtspsychiater holte tief Luft und ließ sich im Sessel zurücksinken. Er schloss die Augen und fragte: »Kannst du erklären, was du gerade gesagt hast?«

»Drohung gibt's nicht mehr. Das ist alter Kram.«

»Wie ich«, sagte der Gerichtspsychiater und versuchte sich

an einem Lächeln. Er merkte sofort, wie wenig ihm das gelang, und löschte es gleich wieder.

»Ja«, sagte der Junge, ohne eine Miene zu verziehen. »Genau wie du.«

»Soll ich das also so verstehen, dass es nicht um Drohungen geht, sondern um Tatsachen?«

»Wenn man sagt, dass man irgendwen umbringen wird, dann tut man das auch. Wenn man nicht vorher sein Geld kriegt. Drohungen können leer sein. Büßen muss man immer.«

»Und das spielt sich an allen Schulen ab?«

»An allen Schulen, die ich kenne.«

Der Gerichtspsychiater ließ seinen Blick zur Tür wandern. Oben am Rahmen hing ein Mistelzweig. Der Gerichtspsychiater hatte ihn selbst dort befestigt. Möglicherweise hatte er auf einen Kuss von seinen Assistentinnen gehofft. Er hatte auch einige Christbaumkugeln an die Wand gehängt. Sie funkelten träge im schneegesättigten Dezemberlicht. Wie ein Zwinkern aus einer anderen Zeit.

Weihnachten, dachte er und lächelte ein wenig. Weihnachten ist alt.

In seiner Seele hatte es schon lange nicht mehr wehgetan. Richtig weh.

Jetzt tat es weh.

Die Welt sah anders aus. Alles hatte sich verändert. Was ging denn nur in Schweden vor sich? In was für einer Welt sollten seine Enkelkinder aufwachsen?

Er war sonst nicht sonderlich defätistisch. Die Welt kam immer wieder ins Gleichgewicht. Er war auch nicht von der nostalgischen Sorte. Früher war nicht alles besser gewesen. Es gab keine paradiesischen Zustände, nach denen man sich zurücksehnen könnte.

Aber das hier war etwas anderes. Die Mechanisierung des Menschen, die totale Instrumentalisierung. Andere Menschen gab es nur noch, um aus ihnen Nutzen zu ziehen. Sie hatten keinen Menschenwert mehr. Etwas war gestorben, davon war er überzeugt. Etwas stirbt gerade in den Menschen.

Als er jetzt sprach, erkannte er seine eigene Stimme nicht wieder.

»Du musstest jemandem büßen, indem du deinen eigenen Vater umgebracht hast.«

Der Junge blieb ganz neutral. Seine Neutralität war beängstigend. Er sagte kein einziges Wort.

»Deine Schwester«, sagte der Gerichtspsychiater und nickte. »Du musstest deinen Vater umbringen, sonst hätten sie deine Schwester umgebracht. Du hattest die Wahl zwischen deinem Vater und deiner Schwester.«

Er erwiderte den Blick des Jungen. So saßen sie dann eine Weile da. Sie sahen einander tief in die Augen – und dort gab es nicht einen Schatten von Kontakt. Sie saßen auf gegenüberliegenden Seiten eines sich endlos ausdehnenden Universums.

Und bald war Weihnachten. Bald würden wir durch einen ständig zunehmenden Strom von Weihnachtsgeschenken für unsere Abwesenheit und unser Wegsehen bezahlen.

Was haben wir mit euch gemacht?, fragte sich der Gerichtspsychiater und hatte das Gefühl zu zerbrechen, als werfe sein Körper Risse und sein Inneres werde hinaus in das durch und durch gefrorene, ins Endlose expandierende Universum gezogen. Er sagte:

»Nein. Das stimmt nicht.«

Der Junge starrte ihn an, und jetzt war sein Blick fast herablassend. Der Gerichtspsychiater fuhr fort:

»Du hast deinem Vater vom Büßen erzählt. Er hatte sich in deiner Welt lange genug umgesehen, um zu begreifen, dass die Sache gelaufen war. Ich glaube, er war ein verdammt guter Papa. Vielleicht zu gut ...«

Der Gerichtspsychiater beobachtete den Jungen, um zu sehen, ob er ihm eine Reaktion entlocken könnte. Das konnte er nicht. Derselbe neutrale und doch zielgerichtete Blick.

»Er hat sich genau vorbereitet, oder? Es war wichtig, dass es aussah, als ob du ihn umgebracht hättest, darum geht es doch beim Büßen. Als du mit deiner Schwester nach Hause kamst, war er schon tot. Er hat euch beide gerettet, indem er sich das Leben genommen hat – und weil es so aussieht, als ob du es getan hättest.«

Der Gerichtspsychiater wusste nicht mehr, wie viel von seiner eigenen Welt er im Blick des Jungen sah. Er begriff, dass er hier einem Muster begegnete, dem er noch nie zuvor begegnet war, einem, dem kein Handbuch auf der ganzen Welt gewachsen war.

Aber jetzt schien sich in dem Jungen etwas zu bewegen. Er änderte seine Haltung und ließ sich zurücksinken. Sah er möglicherweise zufrieden aus? Aber mit wem? Sich selbst?

Der Gerichtspsychiater sagte:

»Dann schreibe ich jetzt also, dass du unschuldig bist, damit du sofort auf freien Fuß gesetzt wirst.«

Doch der Junge sagte, ohne seine Stimme auch nur mit einem Hauch von Gefühl zu besudeln:

»Nein.«

»Nein?«, fragte der Gerichtspsychiater.

»Ja«, sagte der Junge. »Nein.«

»Willst du nicht frei sein?«

»Doch. Aber du darfst nicht schreiben, dass ich unschuldig bin. Ich muss auf eine andere Weise freikommen.«

»Aber ich kann nicht lügen.«

»Natürlich kannst du. Du musst büßen.«

Der Gerichtspsychiater merkte, dass er die Augen aufriss. Er ließ seinen Blick über den Jungen wandern und blinzelte. Hatte er richtig gehört?

»Willst du mir drohen?«, fragte er. »Ich bin ein überaus erfahrener Gerichtspsychiater. Verstehst du, wie oft ich in all meinen Jahren schon bedroht worden bin? Verstehst du, dass es nie funktioniert hat?«

»Ich drohe dir nicht«, sagte der Junge. »Ich lasse dich wiedergutmachen.«

Und dann sagte er, ganz ruhig und ohne die Stimme auch nur im Geringsten zu erheben, die Namen der vier Enkelkinder des Gerichtspsychiaters. Er nannte ihre Adressen, zählte auf, welche Schulen sie besuchten. Danach leierte er ihre Personenkennnummern herunter. Und schloss mit den Worten:

»Bis sechs Uhr heute Abend hast du meine Freilassungspapiere unterschrieben. Daraus muss hervorgehen, dass ich schuldig bin, dass ich aber aufgrund von – wie nennt ihr das – technischen Umständen auf freien Fuß gesetzt werde.«

»Du willst es also schriftlich haben, dass du deinen eigenen Vater ermordet hast?«

»Damit wäre man schon zufrieden«, sagte der Junge und erhob sich.

Der andere Gerichtspsychiater, die aktualisierte Abendversion, ließ sich durch die Äonen zurücktragen. Er flog durch ein erlöschendes Universum und landete im selben Sessel, aus dem er gestartet war, dem weichen in der Ecke bei den Bücherregalen. Der Sessel kam ihm nicht sonderlich behaglich vor.

Er schaute sich im Zimmer um. Schon längst hatte die Dezemberdunkelheit sich gesenkt. Der Raum lag in einem vagen, gleichsam glimmenden Halbdunkel da. Und die Uhr an der Wand, ganz dicht bei den albernen Christbaumkugeln, zeigte zehn vor sechs.

Noch zehn Minuten für die schicksalhafte Entscheidung.

Er war häufiger bedroht worden, als er sich überhaupt erinnern konnte, war verfolgt und schikaniert worden. Er hatte zwanzigmal die Telefonnummer gewechselt und einmal sogar umziehen müssen. Die Welt, in der er sich aufhielt, war immer bedrohlich gewesen. War es jetzt wirklich anders?

Er reckte sich, rieb sich den verspannten Nacken, dachte an die Verletzlichkeit aller Dinge. Sowie man etwas Menschliches aufbaut, wird man verletzlich.

Der Gerichtspsychiater liebte seine Enkelkinder über alles. Er liebte natürlich auch seine Kinder, seine beiden Söhne, aber die Enkelkinder waren eher Geschenke, späte Beweise dafür, dass man in diesem Leben doch immerhin etwas richtig gemacht hatte.

Er hatte niemals nachgegeben. In seinem ganzen Berufsleben hatte er nicht nachgegeben. Es musste noch Menschen geben, die – ja, die was verteidigen könnten? Das System? Vielleicht nicht direkt, er hatte kein besonderes Vertrauen zu einem Rechtssystem, das Pädophile nach ein paar Jahren so einfach wieder laufen ließ. Was also dann? Die Demokratie? Gleiches Recht für alle, egal, wie stark sie waren? Das vielleicht schon eher. Aber ihm war zutiefst bewusst, dass auch die Demokratie relativ war. Der Starke siegte.

Nein, er musste etwas anderes verteidigen. Da saß er in seinem kleinen Schlupfwinkel, in der Weihnachtsdämmerung in dem alten Lesesessel, und versuchte sich zu erinnern, was das war. Ihm blieb nicht mehr viel Zeit, um es zu begreifen.

Bilder seiner Enkelkinder zogen an ihm vorbei. Sie wollten bei ihm zu Hause Weihnachten feiern, er wollte sie alle vier mit viel zu vielen und zu teuren Weihnachtsgeschenken verwöhnen. Waren es dieselben weichen Wangen, über die er mit seinen Handflächen streichen würde, wenn er nachgäbe? Oder würden sie sich verändern? Streichelte er die Wange einer Zukunft, die jegliche Empathie verloren hatte? Das konnte nicht möglich sein.

Und dann fiel es ihm ein. Empathie.

Ein ziemlich scheußliches Wort. Aber es fasste alles zusammen. Glaubte er für einen Moment.

Das, was wir früher einmal Mitgefühl genannt haben.

Er schloss die Augen und betrachtete das, was er in den vergangenen fünf Minuten geschrieben hatte. Natürlich hatte er das Schlupfloch gefunden, das war immer möglich. Er kannte alle Schwächen der Polizei, er kannte sie in- und auswendig, und natürlich hatten sie bei der Festnahme vieles verpfuscht. Er hatte das alles glasklar zusammengefasst. Jetzt brauchte er das Schreiben nur noch wegzuschicken. Dann würde der Junge auf freien Fuß gesetzt werden, obwohl er ein Mörder war. Genau, wie er das wollte.

Es wäre genau das, was der Junge brauchte, damit dieses System, das neue System, funktionierte. Und er war natürlich ein Opfer dieses Systems.

Aber wenn der Gerichtspsychiater das nun machte – und jetzt blieben ihm noch fünf Minuten –, würde der Weg frei sein. Das Rechtssystem würde einen Eckpfeiler verlieren. Er würde den ersten klaffenden Riss ins Gesellschaftsgebäude schlagen.

Er gab sich eine Minute. Eine stumme Minute.

Und trauerte.

Dann brachte er das Dokument auf den Weg.

Er schaute die Misteln an, die tristen Christbaumkugeln, in denen sich die Dezemberdunkelheit widerspiegelte, und er dachte:

Die Zukunft ist da.

Zum ersten Mal in diesem Jahr sehnte er sich nach dem Heiligen Abend.

FREDRIK EKELUND

Gambit

»Accept the sacrifice! If you don't take the pawn I won't continue the game! There was nothing I could do. I accepted the old master's gambit.«

aus »200 Open Games«
von David Bronstein

Worterklärungen

Gambit = Schacheröffnung, bei der ein Stein, meistens ein Bauer, geopfert wird, um bessere Angriffsmöglichkeiten zu erlangen

L   = Abkürzung für Läufer
T   = Abkürzung für Turm
S   = Abkürzung für Springer
D   = Abkürzung für Dame
K   = Abkürzung für König
o–o = kleine Rochade (ein Zug, der den König in Sicherheit bringt)
o–o–o = große Rochade (-«-)

Wenn keine Versalie vorangestellt wird und nur beispielsweise e4 dasteht, bedeutet das, dass ein Bauer auf das Feld e4 gezogen wird.

x = ein Stein wird geschlagen, z. B. bxc oder Dc4xLc3

+ = ein Stein bietet Schach, z. B. Da4+ bedeutet, dass der Gegner mit der Dame auf Feld a4 Schach bietet.

! = ein guter Zug
? = ein fragwürdiger Zug
!? = ein Zug, der Aufmerksamkeit verdient

Ich liebte es mehr als alles andere, und ich weiß nicht, wie viele Stunden meines Lebens dafür schon draufgegangen sind. Es war auch der Grund für die Scheidung. Damals war ich nicht der gleichen Meinung wie Anette, dass es wohl so war, aber... jetzt muss ich zugeben, dass sie recht hatte. Ich habe vergessen, dass sie existierte! Jedes Mal, wenn ich ein großes Turnier spielte, löste sie sich auf und wurde auf eine vage Ansammlung von Erinnerungsstücken reduziert, die ab und zu auftauchen konnten, aber nie mit größerer Kraft. Das Spiel hielt mich in seinem Bann, und je besser ich wurde, umso tiefer geriet ich in seine Fänge. Und nicht nur während der Partien und Vorbereitungen, sondern auch bei den anschließenden Analysen, wenn ich versuchte, den Zug zu finden, der mir zum Sieg hätte verhelfen *können.*

Ich fiel so tief, dass ich von meiner Arbeitsstelle gefeuert wurde. Der Chef kam mehrere Male zu mir herein, während ich gerade im Internet spielte, und da ich auf meinem Posten als Wirtschaftsprüfer Zugang zum Netz haben musste, endete es damit, dass er eines Tages zu mir kam und mir voller Bedauern mitteilte, dass er sich gezwungen sehe, mir zu kündigen.

»*Ich verstehe dich, Anders*«, war mein einziger Kommentar. Was hätte ich sagen sollen? *Du bist ein Schwein, dass du mich feuerst, warum schickst du mich nicht auf Kosten der Firma zum Entzug?* Übrigens, wieso Entzug? Wie kam ich darauf? Alkoholiker, Junkies und Sexbesessene, an die denkt man bei dem Wort. Aber wer denkt an uns Schachsüchtige?

Ich musste gehen und hatte ihm nichts vorzuwerfen. Ich will mich auch gar nicht beklagen. Ich hätte in seiner Situation das Gleiche getan. Ich schaffte ja nichts mehr, außer natürlich Schachpartien zu analysieren. Während der Arbeitszeit.

Nein, wie gesagt, ich will mich nicht beklagen. Ich habe ein wenig Geld zurückgelegt, keine nennenswerten Schulden, und außerdem gehe ich stempeln. In gewisser Weise geht es mir jetzt besser als zu der Zeit, als ich Arbeit hatte und verheiratet war. Nach der Scheidung und dem Abschied von der Wirtschaftsprüfungsfirma begann ich ein anderes Leben. Ich stand um halb neun Uhr auf, aß Frühstück, las die Morgenzeitung, schaute mir die Schachspalte an, duschte, spielte drei Stunden am Computer, und dann ging ich raus in die Stadt, zur Buchhandlung, um zu sehen, ob vielleicht etwas Neues hereingekommen war, interessante Literatur (ich sammelte alles über Gambits). Dann fuhr ich eine Weile mit dem Fahrrad, schaute mir hübsche Frauen an und aß irgendwo etwas. Ich schaue mich gern nach neuen Möglichkeiten um, etwas zu essen. Vielleicht hat das damit zu tun, dass mein Leben ansonsten so festgelegt ist…

Freunde? Doch, ja. Einige Männer, aber im Laufe der Jahre wurde der Kontakt schwächer und ritualisierter, was mich stört. Warum muss alles nach Riten verlaufen, nur weil man die Leute eine ziemlich lange Zeit kennt? Das begreife ich nicht, und am wohlsten fühle ich mich im Club. Oder fühlte ich mich, besser gesagt.

Ich hatte eigentlich aufhören wollen zu spielen, doch als sie mich anriefen, ließ ich mich überreden, meine Anmeldung für die Wettkämpfe abzugeben.

Ohne dich ist es keine richtige Clubmeisterschaft, sagten sie.

Was antwortet man auf so etwas? Ich habe sechs Mal gewonnen, das letzte Mal vor fünf Jahren. Vor ein paar Jahren kam ein neuer Spieler dazu, nun ja, nicht so richtig neu: Karl-Erik Larsson. Wir waren gleichzeitig Junioren. Dann ging er in einen anderen Club, da seine Familie aufs Land zog. Er ist tüchtig, ein sicherer Positionsspieler, geht kein Risiko ein, und er hat auf ziemlich hohem Niveau gespielt. Er wäre vor ein paar Jahren fast für die Wettkämpfe um die Schwedische Meisterschaft aufgestellt worden und ist auf den Clubtitel abonniert, seit er zu uns zurückgekommen ist.

Mein Problem? Ich verabscheue ihn. Sein Schweigen und sein verhaltenes Grinsen haben mir schon immer Übelkeit bereitet. Und wie er mich mit dem Blick hinter seiner Brille sucht. Wir geben uns vor dem Spiel die Hand, aber mehr auch nicht, nie ein Gespräch, nie eine gemeinsame Analyse hinterher. Was soll man mit einem Mann besprechen, der nur ein einziges Interesse auf der Welt hat? Er weiß nichts über Politik, liest nie ein Buch. Tschechow, Kafka oder Joyce? Sollte jemand diese Namen in seinem Beisein erwähnen, würde er vermutlich glauben, es handelte sich um Schacheröffnungen. Die Tschechoweröffnung? Hat man davon schon mal gehört? Das passt sicher zu einem russischen Dorf, gern mit verträumten Adelsdamen, die sich nach einem besseren Leben in Moskau sehnen!

Es ist jetzt drei Wochen her. Ich war wie eine Dampfwalze vorgegangen und hatte alle meine Partien gewonnen; fünf leicht, die sechste nach acht Stunden hartem Kampf. Zur gleichen Zeit hatte er seine Gegner überrollt. Er *zermalmt* sie. Nie ein Opfer, nie etwas Spektakuläres oder Publikumswirksames. Sein Gehirn ist ein Geigerzähler, der sich zu der entscheidenden Schwäche in der Stellung seines Gegners vortastet, und wenn der Zähler ausschlägt, setzt er alle Kräfte daran, die Lücke auszunutzen, die er gefunden hat, langsam und methodisch, so dass alles zusammenbricht, was oft auf eine harakiriähnliche Art und Weise geschieht, als würde der Gegner seine Überlegenheit erkennen und – vor dem letzten, todbringenden Gnadenstoß – rufen: *Du hast recht, Karl-Erik! Du hast die Schwäche in meiner Stellung gesehen, und deshalb beuge ich jetzt meinen Nacken vor deinem letzten Stoß! Führe ihn aus, um des Schachs und der Wahrheit willen!*

Dass ich und er im Clubmeisterschafts-Finale stehen würden, das war keine Überraschung.

Ich war schon früh im Club, half beim Kaffeekochen und ließ mich dann in einer Ecke nieder, in einer Art Meditation. Ich ging noch einmal die Eröffnung durch, die ich geplant hatte. Ich sollte Weiß haben und hoffte auf ein Königsgambit, für das ich – wenn ich es selbst so sagen darf – eine Art Spezialist bin. Natürlich spielte ich mit dem Gedanken, er könnte e5 vermeiden und eine andere Eröffnung nehmen, aber da er genauso ehrgeizig war wie ich und einen ebenso starken Willen wie ich hatte, *mir zu zeigen,* dass er keine Angst vor mir hatte und dass er mich auf *meinem Kindheitsspielplatz* schlagen würde, ging ich davon aus, dass es so kommen würde, wie ich es mir erhoffte. Ich war mit anderen Worten sicher, ihn auf diesen heruntergekommenen Hinterhof zu locken, der das Königsgambit nun einmal ist. Also eine dreckige Prügelei statt eines sophisticated Steinerücken auf einer sonnigen Sommerveranda in Mölle!

Die Partie? Ich habe sie vor mir liegen. Ich habe fast drei Wochen über ihr gehockt und kann immer noch nicht begreifen, wie sie so enden konnte.

1. e4 also. Wie geplant. Er lächelte, minimal und ironisch. Seine Antwort kam umgehend, unglaublich aggressiv und mit der üblichen Dosis an Verachtung in der Steinführung: 1. …e5. Er sagte also Ja zum Königsgambit. Obwohl ich mir dieses Zugs sicher gewesen war, zuckte ich dennoch zusammen. Was wollte er *eigentlich?* Dass er mich demütigen wollte, das nahm ich als gegeben hin, aber dass er so schnell und

selbstverständlich ein Königsgambit bekräftigen würde, das überraschte mich. Er weiß, wusste, meine ich, dass ich derjenige hier im Club bin, der diese Eröffnung am besten kann, ja, dass ich in den Augen von vielen, den unerschütterlichen Verteidigern der wilden Romantik, das personifizierte Königsgambit bin. Und jetzt trat er, ganz verwegen, in einen Wald an Varianten, von dem er doch wissen musste, dass ich die meisten Pfade kannte. Mut oder Dummdreistigkeit? Ich weiß es nicht. Eigentlich glaube ich, dass es etwas mit seiner Verachtung meiner Person zu tun hatte. Er wollte mir so übel zusetzen, wie es nur ging, und mich in eine zwölf Stunden lange Partie hineinmanövrieren, bei der ihn die Positionsgedanken letztlich weniger lockten als die Vorstellung, mich mit einer eleganten Kombination hinzurichten, aus einer Eröffnung resultierend, die *meine* war. Verachtung und Trotz also.

2. f4. Natürlich. Ein Zug, den mein Vater mich gelehrt hatte. *Du darfst kein Feigling sein, Tom. Werde niemals zu einem Feigling!* Ich kann mir immer noch den Geruch des Wachstischtuchs in der Küche in Erinnerung rufen. *Sei kein Feigling!* Nein, er kann mir viel vorwerfen, aber das nicht. Man spielt so, wie man ist, kam mir schon früh in den Sinn. Wenn man mein Temperament und meine Lust aufs Leben hat, kann man unmöglich ruhig und positionsorientiert spielen. 2. …e5xf4, er schlug also mit seinem Bauern. Und das war nicht Falkbeers Gegengambit. Wieder überraschte er mich.

3. Sf3, dieser Springerzug gefällt mir, es ist ein Gefühl, als stellte ich ihn als Wache vors Haus. 3. …g5, antwortete er darauf. Kieseritzky! Noch eine Überraschung. Ich hatte etwas Robusteres erwartet, Fischers Verteidigung zum Beispiel. 3. …g5 ist etwas verrückt, und ich warf ihm einen kurzen Blick zu, um zumindest zu überprüfen, ob es irgendeine Veränderung in seinem Gesicht gab. Nichts da! Das Einzige, was ich bemerkte, war der Geruch eines leisen Rülpsers. Das ist übrigens einer seiner gängigen Tricks: den Gegner durch seine

Körpergerüche aus dem Gleichgewicht zu bringen. Es ist schon passiert, dass er vor bestimmten Partien rohen Knoblauch gegessen hat. Er rülpst und räuspert sich, und nicht selten schält er Apfelsinen, so dass der Orangensaft nur so um das Brett spritzt. Verstehen Sie, um was für eine Person es sich hier handelt? Dieses Mal war es kein Knoblauch, sondern ein anderer Geruch, als hätte er eingelegten Hering gegessen, widerlich!

Ich bin im Laufe der Zeit abgehärtet und wusste, dass unsere Partie zu einem Krieg werden würde, bei dem alle Mittel erlaubt waren, also war ich vorbereitet. Nachdem er 3. ... g5 gezogen hatte, stand er auf, unbeholfen – wie immer –, so dass der Tisch erzitterte, und ging zur Kaffeemaschine. Um die zwanzig Mitglieder waren versammelt. Die meisten waren mit ihren eigenen Partien beschäftigt, aber ein paar hatten sich um unser Brett versammelt. Ich sah, wie er zu Einar ging und wie sein fetter Arsch wackelte, selbstsicher und Siegesgewissheit ausstrahlend – nach drei Zügen! Unglaublich. Der Gedanke an einen Auftragsmörder schoss mir durch den Kopf, nur für den Bruchteil einer Sekunde, um gleich wieder zu verschwinden.

4. h4, logisch und die einzig mögliche Antwort. Sein Schlangenblick bemerkte, dass ich gezogen hatte, und jetzt kam er mit einer großen Tasse Kaffee angewackelt, ließ sich auf seinen Stuhl fallen und zog ein schnelles 4. ... g4, woraufhin er sich auf seinem Stuhl zurücklehnte, den Kaffeebecher sicher in der Hand, um mich zu betrachten. Es schüttelte mich vor Unbehagen, und ein Bild zeichnet sich auf meiner Netzhaut ab. In meiner Jugend hatte ich einmal in einem der besseren Hotels der Stadt eine Arbeit als Nachtportier gesucht. Der Chef kam ins Foyer, ich erklärte ihm, worum es ging, und dann – er war Engländer, was mein Gefühl der Unterlegenheit noch verstärkte – verschränkte er die Arme vor der Brust und betrachtete mich, hochmütig und ohne ein Wort zu sagen. Ich glaube, ich habe mich noch nie so klein gefühlt. Ich will nicht

sagen, dass er mich mit seinem Blick vernichtete, nein, das tat er nicht, aber er ließ mich zu einem lächerlichen kleinen Zwerg schrumpfen, der sich erdreistet, einfach so in sein vornehmes Hotel zu spazieren und nach Arbeit zu fragen: *I don't think you are the person we are looking for*, sagte er dann in seinem Oberklassenenglisch.

Und jetzt saß Karl-Erik da und versuchte mich mit seinem Blick aus dem Gleichgewicht zu bringen, indem er durch mich hindurchsah, als wäre ich ein Nichts. Ich wich seinem Blick aus und konzentrierte mich auf das Spiel. Es sah gut aus. Die Varianten, die kommen konnten, beherrschte ich, und das Einzige, was mich hätte beunruhigen können, wäre gewesen, wenn er etwas Neues auf dem Brett zustande gebracht hätte, was ich nicht mitbekommen hatte.

Ich spielte: 5. Se5, woraufhin er mit einem erwarteten 5. … Sf6 konterte, das von meinem natürlichen 6. d4 gefolgt wurde, beantwortet mit einem ebenso natürlichen 6. … d6, als wären wir uns darüber einig, dass es für beide die vorgegebenen Züge wären. Eine Art Konsensus also, mitten auf dem Schlachtfeld; zwei Generäle, die einander eine Weile gewähren lassen, um bessere Positionen für die schwere Artillerie einnehmen zu können.

Jetzt sah er mich nicht mehr an, und ich sah ihn dafür an. Er wurde dort auf der gegenüberliegenden Seite immer mehr zu einem fleischigen Wesen, einem Wesen, aus dem ab und zu schmierige Finger herausragten. Ich ließ mich mit einem Gefühl des Glücks in die Partie sinken. Diese meditative Phase setzte ein, in der jeder Gegner und das gesamte Publikum verblassen zugunsten dessen, was ich als *das Spiel an sich* bezeichne. Oh ja, ich kenne meinen Kant und glaube daran, dass es diesen begnadeten Augenblick gibt, in dem die Wirklichkeit sich so offenbart, wie sie *gedacht* war. Und jetzt war ich dort angekommen, tief in der Welt des Spiels, und ich schwöre – nicht einmal ein Granateneinschlag im gleichen Stadtviertel würde meine Kreise stören!

Die Partie bekam so langsam ihren eigenen Charakter. Ich spielte 7. Sd3, woraufhin er auf e4 mit seinem Springer meinen Bauern nahm, was mir erlaubte, den Bauern mit dem Läufer auf f4 zu schlagen. Worauf ein ziemlich logisches 8. … De7 folgte mit der deutlichen Drohung, ein Abzugsschach zu geben. Ich beantwortete den Damenzug, indem ich meinen weißfeldrigen Läufer auf das weiße Feld e2 zog, und musste gleichzeitig feststellen, dass mein König gefährlich frei stand. Doch unter Kontrolle! Ich liebe diese offene Landschaft, wenn die Läufer, Springer und Türme sich wie wilde Fohlen auf der Jagd nach frischem Grün über das Brett bewegen können. Zwar sah es ein wenig bedrohlich aus, aber das war eine Gefahr, die ich gewohnt war, und es gefiel mir, mich in ihrer Nähe zu befinden; das Sichere ist noch nie meine Welt gewesen. Ich bin der Sohn meines Vaters. *Das regelt sich schon, Tom!*, waren immer seine Worte gewesen. Er fuhr viele Jahre lang zur See, begann als Leichtmatrose und endete schließlich als Kapitän auf der Johnsonlinie. Er war schon diverse Jahre im Süden zur See gefahren, bevor er mich bekam, und das Schachspiel hatte er von einem Indianer auf dem Kai von Valparaiso gelernt, wie er behauptete. Und dort hatte er auch gelernt, es zu wagen, etwas zu opfern. Meine Mutter war der absolute Gegensatz: *Du musst dir einen Platz im Leben suchen, Tom…* Das war ihr Credo: sich Sicherheit zu verschaffen und nie etwas zu riskieren, sondern immer *das Sichere dem Unsicheren vorzuziehen.* Als Wirtschaftsprüfer bin ich ironischerweise eher in ihrer Welt gelandet, und vielleicht kompensiere ich ja gerade das durch meine Art, Schach zu spielen.

Er fuhr fort mit 9. … Lg7. Sicher, das ist ein Entwicklungszug, aber ich hatte etwas anderes erwartet. Er *schraubte* den Läufer förmlich fest, theatralisch, als wollte er demonstrieren, dass das der einzige Zug war, den er in dieser Stellung hätte machen können. Aber was konnte man von dieser tragikomischen Figur auch anderes erwarten als diese Art alberner

Spielform, geeignet, sich bei den weniger Begabten im Publikum einzuschmeicheln?

Ich spielte ein ruhiges 10. Sc3, und alles schien gut zu sein. Meine Konzentration war hundertprozentig. Seine Odeurs und albernen Manöver störten mich nicht im Geringsten, und ich verspürte keinerlei Nervosität – noch nicht. Ich genoss es, dass der Clubmeister-Titel auf dem Spiel stand, den äußeren Rahmen und die Gruppe, die mich schätzte, die aber auch ihn schätzte, *IFK Looser*, wie ich sie nannte, oder, wenn ich etwas schroffer wurde, meist nach einigen Bieren: *Der Club der Nie Gebumsten,* denn wenn es etwas gab, das Karl-Erik und seine kleine Fangemeinde auszeichnete, dann war es diese fette, bleiche Haut, ihre wispernde, kriecherische und hinterhältige Schleimigkeit. Keiner von ihnen war, soweit ich wusste, jemals auch nur in die Nähe des schönen Geschlechts gekommen. Huren, ja, schon möglich. Schach, im Club oder im Netz, das war ihre Welt, als sublimierten sie ihre gesamte erotische Energie durch Analysen und Partien. Und das sage ich nicht aus einer Don-Juan-Position heraus. So jemand bin ich nie gewesen, auch wenn … ja, einige habe ich schon gehabt, nach Anette, aber ich wollte *frei* sein und bleiben, und sporadische Begegnungen erotischer Natur erschienen mir genau passend. Gleichzeitig kann man ja nie wissen. Vielleicht bekommt man ja doch noch Lust, sich wieder zu binden. Übrigens, was für ein ekliger Begriff! *Sich binden?* Man denkt dabei sofort an ein Pferd, oder?

10. … Lxd4. Natürlich, das habe ich gesehen. Kein Problem, mein Herr! Aber wissenschaftlich schlecht! Ich opferte meinen d-Bauern, gemäß meinen Berechnungen und gemäß meiner Philosophie: Weg mit den kleinen Leuten und her mit den Kanonen! Soldaten wohnen auf den Kanonen … Aber ich bitte Sie, daraus keine politischen Schlussfolgerungen zu ziehen. Ich selbst stamme von *kleinen Leuten* ab (welch ein Wort!), und der Hass auf diesen Affen auf der anderen Seite des Spielbretts war kein Klassenhass, auch wenn er aus *be-*

scheidenen Verhältnissen stammte, wie er es einmal nannte (forderten sie nie etwas in seiner Familie?, fragte ich mich einmal, Worte und Gedanken waren ja nie seine starke Seite gewesen, und, wie gesagt, der Krieg gegen ihn hatte keine klassenbezogenen Wurzeln, der Krieg, den ich führte, er ging gegen Dummheit & Phantasielosigkeit, nada mas que eso!).

11. Sd5! Ja, das Ausrufungszeichen habe ich selbst dorthin gesetzt. Hier witterte ich den Sieg, ich hatte alle meine schwachen Steine im Spiel, das Einzige, was fehlte, war eine Rochade, möglichst eine große, und dann ging es nur noch darum, ihn zu überrennen. Operation Barbarossa war angelaufen!

11. ...Dd8. Was sollte er auch tun? Das war ein erzwungener Zug. Ich straffte die Zügel und machte mich bereit, diese verachtenswerte Dreistigkeit, mit der er in Kieseritzkys, das heißt, in meine Welt, eingedrungen war, zu bestrafen.

12. c3, ein unangenehmer Bauernzug mit dem Ziel, seinen schwarzen Läufer zu verjagen. Nun wurde ich von einer sonderbaren Konzentrationsschwäche ereilt. Während doch alles bestens lief, hörte ich plötzlich die Stimme meiner Mutter. Ist so etwas nicht merkwürdig? Dass man nie einen Überblick über sich selbst und seine eigene Seele hat: *Warum bekamen Anette und du keine Kinder?* Was? Ich weiß nicht, ob es der kleine Bauer zwischen meinen Fingern war, der auf irgendeine unergründliche Art und Weise meine Gedanken auf die Frage lenkte, Kinder zu haben oder nicht. Plötzlich verlor ich das Ziel aus den Augen und ertappte mich selbst dabei, die neugierige Frage meiner Mutter zu repetieren, die noch dazu mit einer Dosis Enttäuschung gewürzt war. Ich hatte ihr nie darauf geantwortet. Nicht direkt. Hatte nur gesagt: *Ich weiß es nicht, Mutter.* Obwohl ich es wusste. Anette hatte Angst, allein mit dem Kind zu bleiben. Sie war einmal schwanger, aber davon weiß meine Mutter nichts. Als die Schwangerschaft festgestellt worden war, fragte Anette mich, ob ich *bereit sei für das, was auf mich zukomme. Und was?*, wollte ich wissen.

Dass du dein Schachspielen reduzieren musst. Und als sie das Zittern in meinem Blick sah, merkte, wie ein leichter Schatten über mein Gesicht huschte, da entschied sie sich – für die Abtreibung. Sie glaubte nicht, dass es mir gelingen würde, mich vom Schach fernzuhalten.

Ein paar Monate später war unsere Beziehung zu Ende, und jetzt lebt sie mit einem neuen Mann zusammen, von dem sie zwei Kinder hat. Ich habe sie vor einer Weile bei Storlivs getroffen. Habe ich diese Frau geliebt? Haben wir tatsächlich zusammengelebt, du und ich?, fragte ich mich. Sie war gestresst. Wir wechselten ein paar Worte, aber das Einzige, was mir einfiel, war die Bemerkung: *Du hast da an der Seite ein graues Haar gekriegt, Anette...* Dann verschwand sie hinter der Grillkohle. *Du hast da an der Seite ein graues Haar gekriegt?* Manchmal fragt man sich selbst, wer man *eigentlich* ist.

Mein Bauernzug ließ ihn nicht wie erwartet reagieren, der Neandertaler auf der anderen Tischseite spielte stattdessen einen Zug, den ich nicht einkalkuliert hatte: 12. ...Le6.

Ich erstarrte und legte eine längere Denkpause ein, die erste in diesem Spiel. Es gelang mir, die Stimme meiner Mutter zu verdrängen und mich wieder zu konzentrieren. Elf Minuten später zog ich: 13. Da4+, was er mit 13. ...Sc6 beantwortete. Nun machte ich einen, wie ich finde, wunderbaren, gewagten Zug. Ich genoss es in vollen Zügen (!), als ich meinen König in Sicherheit brachte: 14. o-o-o (!), und als ließe er sich nicht durch meine Frechheit beeindrucken, schlug er – direkt – mit seinem Läufer, 14. ...Lxd5, woraufhin ich meinen Springer in einem meisterlichen Zug ins Spiel brachte, 15. Sb4(!!), und nur um ihn zu reizen, schrieb ich zwei Ausrufungszeichen, so dass er sie sah. Etwas, was ich umgehend bereuen sollte. Mit seinen schmierigen Würstchenfingern schlug er auf c3 mit seinem Springer zu, 15. ...Sxc3. Ein Schock. Ich fiel auf meinem Stuhl zusammen, die Hände fest an die Schläfen gepresst. Hatte ich meine Stellung überschätzt? Diesen Verdacht hegte ich, als ich seine Kumpel hinten an der Kaffeemaschine murmeln hörte.

Nach einigen schnellen Schnappatemzügen konnte ich wieder Optimismus tanken:

16. bxc Lxc3
17. Sxd5 Lg7
18. Lxg4

Nun war ich meines Sieges wieder sicher. Er rochierte kurz, 18...o–o, und jetzt hatte ich das Gefühl, ihn überrennen zu können, obwohl mein König unangenehm frei stand – wie auf einem windumtosten Turm.

Der Clubmeistertitel interessierte mich nicht besonders, eigentlich ging es mir nur darum, diesen Mann zu vernichten – obwohl: Mann? Nein, dieses Riesenbaby – das zu einem Symbol für alles herangewachsen war, was ich im Leben verabscheute: Schweigen, asoziales Verhalten, Phantasielosigkeit und die Unfähigkeit, das Leben zu genießen. Ich hatte das Gefühl, als fehlte nur noch eine offene Linie, ein Gefühl, das sich mit den folgenden Zügen verstärkte: 19. h5 Se5 20. Lxe5 Lxe5 21. De4 – natürlich! Hier war ich meiner Sache so sicher, dass ich mir eine kleine Demonstration nicht verkneifen konnte: Ich schob den Stuhl zurück, schnell und selbstbewusst, warf ihm und seiner Stellung einen Blick zu – und verließ den Clubraum!

Ich ging hinaus in den Garten und zündete mir eine Zigarette an, überzeugt davon, dass alles klar war. Es war ein schöner Abend, sternenklar und ruhig. Die Räumlichkeiten lagen in einem Mietshaus am Stadtrand. Das Gebäude befand sich in einer ruhigen Gegend; die Leute kannten uns und nickten freundlich, wenn wir kamen oder gingen. Gerade als ich die Zigarette ausdrückte, überfiel mich kurz ein Gefühl des Unbehagens – hatte ich etwas bei meiner Analyse vergessen? Ich hatte erwartet, ihn tief übers Brett gebeugt zu finden, den rotgeflammten Schweinehals kaum hinter den Händen zu sehen, als ich in den Keller zurückkam. Doch nein! Stattdessen stand er an der Kaffeemaschine, strahlend wie eine Sonne mitten unter seinen Bewunderern. Sie schauten mich alle an, als ich eintrat. Ich ahnte etwas Unangenehmes, und als ich zum Brett kam, sah ich es: 21 ....f5.

Natürlich, wie dumm konnte man nur sein? Ich spürte gleichzeitig Schock und Wut, dieses Mal gegen mich selbst gerichtet. Schnell schlug ich mit dem Läufer zurück, 22. Lxf5, und sah *nicht* das giftige 22. Dc4, ein Riesenfehler. Er konterte mit einem ekligen Damenschach, 22. ...Dg5+. Nun war ich schlecht dran, und ich spürte, wie ich einen langen Abhang hinunterrutschte, langsam, aber unerbittlich. Jetzt war er derjenige, der die Initiative ergriffen hatte, 23. Kc2, was sollte ich sonst tun? 23...Txf5. Ich sah ihm an, wie er die Situation genoss. Dann kam ich drauf, wie eine Eingabe Gottes: 24. Se7+(!). Manchmal muss man sich wirklich fragen, woher diese Züge kommen. Kann es sein, dass gewisse Züge im Himmel ruhen, wie ungeborene Kinder, und darauf warten, *geboren* zu werden? Es scheint so. Das gab erneut Luft! 24. ...Dxe7. Erzwungen. 25. Dxf5: Ich fühlte mich erleichtert. 25. ...Tf8 26. Dg4+ Kh8 27. Th-f1 Tg8 28. Df3 Dd7 29. Dxb7. Dumm, wie ich hinterher feststellte. Verdammt dumm. Man soll nicht alles essen, was einem vorgesetzt wird. 29. ...Da4+. Seine Steine spielten perfekt zusammen, Kugelsalven über ein Feld, auf dem die einzige Möglichkeit der Deckung in einem dünnen Baum mitten auf dem Feld bestand.

30. Db3 De4+ 31. Dd3 Tg2+. Die Zugfolge wurde schnell ausgeführt. Langsam kamen wir beide in Zeitnot, und was das betraf, ging es uns ziemlich ähnlich: Es fiel uns beiden leicht, unter Zeitdruck schnell zu denken und einen Entschluss zu fassen. Wieder scharten sich die Leute um unser Brett. Die Stellung war *unklar,* wie es in der Schachsprache heißt, und mir, mit meiner Veranlagung, hätte es leichter fallen sollen als ihm, damit zu manövrieren, aber wenn es an diesem Abend etwas gab, das mich überraschte – es schmerzt, das zugeben zu müssen –, dann war es die Leichtigkeit, mit der er auf

meine taktischen Winkelzüge einging. Er schien nicht einen Moment von Panik erfasst zu sein. Diese Röte am Hals, die sich immer bei ihm zeigte, wenn er vor der Niederlage stand oder in Stellungen geriet, die er nicht meistern konnte, wollte sich einfach nicht zeigen.

Die Zeit lief uns beiden davon, und was glauben Sie, was er tat? Er zog tatsächlich ein Lehrbuch heraus: Elektronik für Fortgeschrittene, 7! Er ging auf die Technische Hochschule und machte eine Ausbildung zum Elektronikingenieur. Er begann in dem Buch zu blättern und würzte diese Geste noch mit verhaltenem Gähnen. Mir wurde ganz kalt vor Wut, und ich bekam Atemprobleme. Dennoch zog ich: 32. Td2 Dc6+ 33. Kb1 Tg3 34. Dd5 Db6+. Nun hatte er noch drei Minuten übrig, ich zwei und eine halbe. 35. Kc1 Tc3+ 36. Tc2 De3+ 37. Dd2 Dh3. Jetzt hatte ich nicht einmal mehr eine Minute bis zur Zeitkontrolle. 38. De2. Katastrophe! Ich erkannte es schon in dem Moment, als ich diesen Damenteufel hinstellte. 38. ...Tx2+, ja, natürlich! Erneutes Gähnen. 39. Kxc2 zwangsläufig. 39. ...Dc3+ tödlich! Hier hätte ich aufgeben sollen, konnte den Gedanken, mich so zu erniedrigen und die Hand zu heben, aber nicht ertragen. Bei jedem anderen hätte ich es getan, aber bei ihm – niemals! 40. Kd1 Da1+. Jetzt war jedenfalls keine Zeitnot mehr. Ich hatte es geschafft, und nach 41. Kc2 ging ich noch einmal auf den Hof und zündete mir eine Zigarette an, um den Eindruck zu erwecken, ich wäre vollkommen ruhig. Ich wollte für mich sein, die Resignation einatmen und schmecken, die sich immer weiter in mir ausbreitete. Er hatte 41. ...Dxa2+ gezogen, als ich zurückkam. Ich antwortete trotzig mit 42. Kd3, woraufhin er, lustvoll und mit aller Akkuratesse, die ein geübter Henker besitzt, 42. ...Dd5+ ausführte. Nicht einmal jetzt gab ich auf, nein, der Masochist in mir machte verwegen weiter. Ein Gefühl überkam mich, das ich wiedererkannte, wenn alles um einen herum zur Wüste wird, weil die Niederlage unausweichlich ist. Das Leben verliert seinen Sinn und man – man? ich! –

sieht plötzlich, wie einsam die Glühbirne an der Decke zu sein scheint, wie schlecht es den Brotkrümeln auf dem Boden zu gehen scheint, ja, wie *atomisiert* jedes einzelne Lebewesen zu sein scheint. Mein Leben, ein Fiasko! Dennoch zog ich: 43. Ke3. Seine Antwort kam prompt: 43. ...Dd4+. 44. Kf3 Df4+. Ich war jetzt ohne jeglichen Verstand und versuchte ihn dadurch zu erniedrigen, dass ich mich selbst erniedrigte. 45. Kg2 und dann: 45. ...Dg3+, gefolgt von 46. Kh1. Ein Todesröcheln, gefolgt vom letzten Zug der Partie: 45. ...Dh3+.

Game over, wie es bei den Jugendlichen heißt.

Eine vollkommen leere Ruhe überfiel mich, ich legte die Hand auf die Uhr und gab auf. Ich vermied seinen Blick, unterschrieb mein Protokoll, erhob mich von meinem Platz und machte ein paar eilige Schritte zur Hutablage hin, wo ich meine Jacke vom Haken riss und schnell den Raum verließ, hoch und hinaus in den Winterabend eilte. Ich lief zu meinem Wagen, öffnete die Autotür und ließ mich hinter das Lenkrad sinken, wie ein Kind weinend. Ich weinte, wie ich nicht mehr geweint hatte, seit ich fünfzehn gewesen war und jemand mir mein neu gekauftes Moped gestohlen hatte. Ja, ich weinte, dass ich *ohnmächtig* wurde. Nach einer Weile wachte ich durch den Klang von Stimmen in der Nähe auf. Es war Karl-Erik mit seinen Kumpels. Sie standen vor dem Clubeingang. Ich hörte Lachen und meinen Namen. Ich konnte sie sehen, aber sie sahen mich nicht. Nach einer Weile verabschiedeten sie sich voneinander, und er ging zu seinem Fahrrad. Er schloss es auf und fuhr in das Viertel, in dem er wohnte. Ich startete den Motor. Er hatte kein Licht, wie ich feststellte. Es war dunkel, und er hatte es ziemlich weit bis nach Hause. Nyvägen, fuhr es mir durch den Kopf. Dort ist die Beleuchtung schlecht. Das darfst du nicht, hörte ich eine andere Stimme, und ich wendete und fuhr zu mir nach Hause, in den Teil der Stadt, in dem ich wohnte. Nyvägen, hörte ich es wieder, und plötzlich hatte ich wieder gewendet. Die Frage, die sich mir stellte: Gibt es einen Raum in uns, in dem Wut und Hass konstant leben, einen Raum mit Türen, die jeden Moment aufgerissen werden können?

Es war nur wenig Verkehr. Zuerst sah ich ihn nicht, dann, ein Stück schon den Nyvägen hoch, entdeckte ich ihn, allein in der Dunkelheit. Ein Reflektor blitzte vor dem Wald auf, der schwarz den Hintergrund bildete. Ich wartete ein paar Autos ab, ließ sie vorbeifahren, dann trat ich aufs Gaspedal. Achtzig. Neunzig. Hundert. In dem Moment, als ich ihn traf und sah, wie er fiel, zuerst in die Luft, dann zu Boden, hart auf den Asphalt, hatte ich das Gefühl, *einen Spielstein geschlagen zu haben.* Sonst nichts. Daheim in der Garage konnte ich erkennen, dass eine kleine Delle die einzige Spur war, eine Delle, die ich schnell wieder herausdrücken konnte. Am nächsten Tag war eine Notiz zu lesen – mehr nicht – über einen *mysteriösen Autounfall auf Nyvägen,* bei dem ein Mann in den Dreißigern *verunglückte.* Ich atmete erleichtert auf. Niemand hatte etwas gesehen, und niemand wusste, wer der Fahrer war, der Fahrerflucht begangen hatte, wie es da hieß.

Inzwischen ist einige Zeit vergangen. Für seine Beerdigung wurde im Club gesammelt, und es wurde eine kleine Rede gehalten, in der er als *der beste Spieler des Clubs aller Zeiten* bezeichnet wurde. Ich – ausgerechnet ich! – lobte ihn für sein verwegenes Spiel im Finale um die Clubmeisterschaft. Seit diesem Tag habe ich mich nicht mehr im Club gezeigt. Ich spiele auch nicht mehr im Internet. Ein merkwürdiges Gefühl.

Als wäre ich endlich geheilt.

HENRIK FOCK

Hobsons Wahl

Es heißt, dass der Täter immer wieder zum Tatort zurückkehrt. Aber das bin ich nicht, obwohl inzwischen mehr als dreißig Jahre vergangen sind. Die Polizei hat sicher die Suche aufgegeben, aber die Tat ist nicht verjährt. Das britische Rechtswesen vergisst nie. Ein Mörder in England kann niemals zur Ruhe kommen, denn für Mord gibt es hier keine Verjährungsfrist. Deshalb habe ich mich ferngehalten, aber genau wie die Justiz habe ich nichts vergessen. Alles, was geschah, ist mir noch präsent, in großen Buchstaben in das Buch meiner Erinnerung geschrieben. Alle einzelnen Geschehnisse, die im Laufe der Jahre darübergeschichtet wurden, können es nicht verdecken. Es sickert ständig durch. Ich werde nie frei davon sein.

Vor einer knappen Stunde stieg ich trotzdem in London in den Zug. Ich bin auf dem Weg dorthin, wohin ich nicht gehen sollte, an den Ort, den zu besuchen mich eine kluge Vorsicht bisher gehindert hat. Aber zum Schluss musste es offensichtlich doch geschehen.

Der Sommernachmittag gleitet draußen vorbei, grüne Wiesen und dichte Getreidefelder, und in einiger Entfernung ab und zu ein Haus. Es gibt kein Brachland, nur beackerte, flache Kulturlandschaft. Ich suche in meiner Erinnerung, bin mir nicht sicher, aber wahrscheinlich hat die Natur sich nicht verändert. Doch der Zug ist anders. Er ist blau, eher eine Art Vorortzug mit praktischer, wenn auch langweiliger Plastikeinrichtung. Früher war die Farbe gedämpft braun, irgendwie würdiger, und jedes Abteil hatte eine eigene Tür, so dass man direkt vom Bahnsteig aus einsteigen konnte.

Ich zucke zusammen, weil jemand direkt neben mir steht, die Angst packt mich beim Anblick einer Uniform. Aber es ist nur die Schaffnerin, die nach meiner Fahrkarte fragt, und sie hat nicht einmal glänzende Knöpfe an ihrer Uniformjacke, die sieht eher aus wie ein Freizeitblouson. Sie knipst meine Karte und lächelt freundlich.

»Cambridge ist die nächste Station nach Audley End«, sagt sie und beantwortet damit eine Frage, die in der Luft hängt.

*

Ich hatte bei Mrs. Watson am Rande der Stadt ein Zimmer zur Untermiete und lernte einen Sommerkurs lang Englisch. Mrs. Watson wohnte in einer heruntergekommenen Reihenhauszeile aus grauen Ziegelsteinen. Vor dem Haus verlief eine niedrige Mauer aus der gleichen Art von Ziegeln. In all dem Grau leuchteten nur die Haustüren, in klaren Farben lackiert. Mrs. Watsons Tür war rot glänzend. Auf einem Schild gleich hinter der Haustür stand *Shirley's House,* vielleicht war das ihr Vorname, vielleicht hatte es auch etwas mit einem früheren Besitzer zu tun. Ich habe nie gefragt.

Auf dem Gartenstück hinter dem Haus durfte wachsen, was da wachsen wollte. Mr. Watson, der an mehreren Stellen im Haus hinter Glas und Rahmen zu besichtigen war, immer fotografiert in Uniform und mit gestutztem Schnauzer, hatte sich für den Gemüseanbau interessiert. Aber seither waren schon diverse Jahre vergangen.

Ab und zu fühlte ich mich schon einsam. Aber in einem anderen Land zu sein, das hatte auch etwas ganz Besonderes an sich, es war eine Herausforderung, und das war wichtig. Es gab einen Sinn, diese Herausforderung sollte mir weiterhelfen. Meine Sinne waren weit geöffnet, ich versuchte mich in die Zukunft hineinzuschnuppern, durch alle Eindrücke, die mir entgegenströmten. Sicher war ich naiv, aber das kann einem Achtzehnjährigen nicht vorgeworfen werden. Irgendwo habe ich die Zeilen gelesen: »Die zahmen Vögel haben eine Sehnsucht, die freien fliegen.« Diese Worte sprachen mir aus der Seele. Denn ich hatte eine Sehnsucht, wenn ich auch nicht wusste, wonach, und am liebsten wollte ich fliegen, ebenso unwissend, was das bedeuten konnte.

Gegen sieben Uhr waren wir aufgebrochen, schon ziemlich albern, nachdem wir mit ein, zwei Pint Bier nachgeholfen hatten. Ich saß eingezwängt auf dem Rücksitz in einer sogenannten »Hundehütte«. Es war gerade Mode, darum zu wetteifern, wie viele Menschen in eine Telefonzelle passten, und hier verhielt es sich ähnlich. Wir waren sechs Personen im Auto, und zu behaupten, wir säßen da drinnen wie in einer Sardinenbüchse, wäre der Enge nicht gerecht geworden. Die Straße war schmal, oft von hohen, dichten Hecken begrenzt, die sich durch die Landschaft schlängelten. Die Hundehütte, von ihrer schweren Last und einem Fahrer mit Bleifuß belastet, machte wahrscheinlich mehr Lärm als Geschwindigkeit, aber wir hatten das Gefühl, wir flögen dahin.

Red fuhr, während er uns gleichzeitig unterhielt, mit nicht enden wollenden Scherzen, die alle im Auto dazu brachten, sich vor Lachen zu krümmen. Ich weiß nicht, ob er wirklich so witzig war, aber wir wollten ja lachen. Es brauchte nicht viel, damit wir loskicherten, und nachdem wir erst einmal warm geworden waren, lief es wie von selbst. John, genauso laut und schallend lachend, aber mit einem ganz anderen Aussehen, dunkel und mit großen Augen, war Reds engster Waffenbruder. Ich saß auf der Rückbank auf seinem Schoß. Mitten in dem Lärm versuchte er mir ins Ohr zu schreien und mir von den anderen zu erzählen. Es war unmöglich, auch nur ein Wort zu verstehen, aber die Autofahrt sagte mehr über die Gesellschaft aus, als Johns Worte es hätten tun können.

Ohne zu blinken, überholte Red andere Autos bergauf oder in den Kurven. Sicherheitshalber hupte er. Wäre uns einer begegnet, hätte das nichts genützt, das Hupen war eher eine Art Beschwörung, ein Versuch, das Unglück fernzuhalten. Außerdem wedelte er mit den Armen, so gut es in der Enge möglich war, als wollte er damit seinen Geschichten noch mehr Nachdruck verleihen, und ich fragte mich, wie er überhaupt in der Lage sein konnte, das Auto unter Kontrolle zu halten. Vermutlich war die Antwort ganz einfach: Er hatte es nicht unter Kontrolle, es musste kommen, wie es kommen sollte. Ein paar Mal hatte ich Angst, aber dann wuchs ein anderes Gefühl in mir. Es gab keine Gefahr. Wir standen unter einem sonderbaren göttlichen Schutz, es war ein Gefühl, als wäre alles verzaubert. Die Abendsonne schien von der Seite auf unsere Körper und malte den Bäumen lange Schatten. Die Lachsalven donnerten, kamen und gingen in Wellen, während der Automotor vor Überanstrengung am Rande eines Kollapses aufheulte.

Ich hatte Red in einem Aufenthaltsraum des Colleges kennengelernt, in dem mein Sommerkurs stattfand. Warum er Red genannt wurde, war leicht zu erraten – er hatte dichtes, rotes Haar. Von der gleichen kräftigen Farbe, wie ich sie als Kind gehabt hatte. Red war älter als ich, sicher sechsundzwanzig, vielleicht auch siebenundzwanzig. Er war wohl so ein Typ, den man ein »älteres Semester« nannte, jemand, der ständig wichtigere Sachen als das Studium im Kopf hatte und der mehr vom Leben als aus den Büchern lernte.

In dem Aufenthaltsraum stand eine Tischtennisplatte. Und weil er wahrscheinlich lieber Tischtennis spielte, als zu pauken, war Red an der Platte sehr gut. Er gewann locker gegen alle, die sich ihm stellten, und ich bekam Lust, ihn herauszufordern. Das Match war ausgeglichen, ich hatte Reds Respekt gewonnen, und seitdem unterhielten wir uns immer mal wieder miteinander. Bei so einer Gelegenheit hatte er mich zu dem Fest eingeladen.

Little Wilbraham stand auf dem Schild an der Straße, die danach zweimal nach links einen Bogen machte. Wäre Red weiter geradeaus gefahren, wäre er in ein altes, weiß verputztes Haus gekracht. Vielleicht hatte ja mal jemand vergessen, die Kurve zu nehmen, und war stattdessen direkt in die Hauswand geknallt, denn am Giebel hing ein Schild, das verkündete, dass sich hier das Pub »The Hole in the Wall« befand.

Unter lachendem Geschwätz darüber, wem welches Körperteil gehörte, schälten wir uns aus dem Wagen. Das zweite Auto aus Cambridge tauchte gleich nach uns auf, und auch dieses spuckte eine unglaubliche Anzahl von Menschen aus. Dann nahm die Gesellschaft aus der Stadt etwas geordnetere Formen an. An der Spitze ging ein hochgewachsener Mann in zerknittertem Anzug mit Schlips und Kragen. Er hatte entschlossene Gesichtszüge und einige Tage alte Bartstoppeln.

»Nenn ihn einfach Captain Bolton«, erklärte John. »Er hatte seine Glanzzeit während des Krieges, als er in Nordafrika Panzer fuhr. Jetzt züchtet er Schweine.«

Die Gesellschaft betrat das Pub. Nachdem wir die Haustür geöffnet hatten und in einen großen Vorraum gelangt waren, bogen wir nach rechts in einen gut besuchten Raum ab, einfach eingerichtet mit Holzbänken und blanken Tischen.

Ein grünliches Getränk, »rough cider«, wurde in halbhohen Gläsern serviert. Ich überlegte, was wohl *rough* zu bedeuten hatte. War der Cidre nicht ganz reif, oder war er besonders stark? Nach einer Weile tippte ich auf Letzteres.

Mit dem Cidre wuchs die Verzauberung, und der Geräuschpegel im Lokal stieg beträchtlich. Alles war plötzlich in Einklang mit sich selbst. Jenes ängstliche Gefühl, außen vor zu sein, das ich während meiner Zeit in Cambridge empfunden hatte, war wie weggeblasen.

Red kletterte auf einen Stuhl, schwankte und lief Gefahr hinunterzufallen, aber das war nur ein Scherz, eine Art Gezappel à la Charlie Chaplin, und nachdem sich das Lachen etwas gelegt hatte, begann er mit kräftiger, schöner Stimme

zu singen. Irgendjemand begleitete ihn am Klavier, und alle
stimmten in den Refrain mit ein.

*

Ich steige am Cambridge Central aus, durchquere in schnellem
Schritt die kleine Ankunftshalle und gehe hinaus auf den Vorplatz. Ein Stück weiter rechts finden meine Augen das, was
ich suche, einen Taxistand. Ein paar Autos stehen dort, und
ich gehe zu dem ersten, öffne die Hintertür und lasse mich
auf den Rücksitz sinken. Zu Hause habe ich eine »sentimen-
tale Schublade«. Da hinein werfe ich Dinge, die ich aus irgendeinem Grund nicht wegwerfen mag. Das kann ein Foto
sein, ein Brief oder ein herausgerissener Zeitungsartikel. In
ihr liegt eine Menge unsortierter Kram. Letztens habe ich in
der Schublade herumgewühlt, nach einem Klassenfoto für irgendein Schuljubiläum gesucht und dabei etwas ganz anderes
gefunden. Eines der sogenannten Gedichte aus meiner Jugend,
dreißig Jahre alt. Zuerst war ich überrascht über meine Handschrift, kindlich und leicht zu entziffern, dann las ich:

You and me, never again
Still, the same sun is warming our bodies
Still, the same stars are brightening our souls

Die Zeilen riefen mir wieder das bittere Gefühl in Erinnerung,
das ich gespürt hatte, während ich sie schrieb. Ich musste
mehrmals tief Luft holen. Ist eine stürmische Jugendliebe gemäß britischem Recht mit einem Mord zu vergleichen? Verjährt sie nie? Liebe ist genau wie ein Verbrechen. Die Tat blu-
tet durch die Bandagen der Zeit hindurch und wirft Fragen
auf, die, je mehr Zeit vergeht, umso schwerer zu beantworten
sind. Ich weiß nicht, ob nach all den Jahren überhaupt in
Cambridge Antworten zu finden sind, aber ich will frei sein.
Ich möchte alles hinter mir lassen können.

*

Während des Gesangs im Pub »The Hole in the Wall« kam eine Gruppe herein und ließ sich an einem Tisch nicht weit von uns entfernt nieder. Es war ein Paar mittleren Alters, die Frau hatte den Mann untergehakt, während sie zum Tisch gingen. Gleich hinter ihnen kam eine junge Frau. Eine Frau war es auf jeden Fall, dass sie jung war, das war eine Vermutung von mir. Ich sah sie nur von hinten, halblanges blondes Haar, das in dem schwachen Licht der Kneipenlampen, die inzwischen eingeschaltet worden waren, leuchtete. Eine Frau in Bluse und schwarzer Hose, sie hatte nichts Spektakuläres an sich, ich hatte keine Worte dafür, aber sie war auf irgendeine Art und Weise »richtig«. Ich betrachtete sie, starrte sie ganz ungeniert an. Sie konnte mich ja sowieso nicht bemerken, niemand hat Augen im Rücken. Es war das Licht ihres Haars, die Rundung ihrer Schultern, ihre Art, die Hände zu bewegen, wenn sie mit ihren Begleitern sprach, ja, eigentlich wusste ich nicht so recht, was es eigentlich war. Aber meine Neugier nahm nur zu. Wie sah sie aus? Legten ihr Rücken und ihr Haar mich herein? War sie auch mittleren Alters wie das Paar, mit dem sie an einem Tisch saß? Saß ich hier, achtzehn Jahre alt, und starrte eine Frau an, die meine Mutter hätte sein können?

Dann fiel mir ein, dass ich ihr Gesicht sehen könnte, wenn ich mich in die Tür zum Lokal stellte. Ich stand auf, die Toiletten draußen beim Eingang boten einen guten Vorwand, und schielte in ihre Richtung, als ich ging. Aber im entscheidenden Augenblick drehte sie ihren Kopf zur Seite.

Ich betätigte die Spülung und warf einen schnellen Blick in den Spiegel. Leicht rot war ich im Gesicht, es war warm im Lokal, und der Cidre tat das Seine. Mein Haar war zerzaust. Ich hatte keinen Kamm, fuhr mir ein paar Mal mit der Hand durch die Strähnen, die davon nicht besser wurden, aber darum kümmerte ich mich nicht.

Ich öffnete die Tür und ging hinaus, sah mich nicht richtig vor, und fast wäre ich mit ihr zusammengestoßen.

»Oi..!«, riefen wir beide und traten schnell einen Schritt zurück. Einen Moment lang zögerten wir, ob wir nun links oder rechts aneinander vorbeigehen sollten, wir lachten, als wäre die Situation viel lustiger, als sie es tatsächlich war.

Langsam ging ich zurück zu meinem Tisch. Mein Herz schlug heftig. Sie sah nicht so aus, wie ich gedacht hatte. Es war keine hässliche Alte, aber auch keine filmstarähnliche Schönheit. Sie war niedlich, aber das war nicht alles. Sie strahlte ein Licht aus. Es schimmerte nicht nur um ihr Haar herum, es befand sich auch in ihrem Blick, kam aus ihren großen, kindlichen, unschuldigen Augen. Diese Augen hatten mich angesehen, als würden wir einander kennen, als wären wir schon immer einander nah gewesen. Der Blick lud mich ein, er war offen, weit entfernt von dem angespannten Zögern einer ersten Begegnung. Konnte sie alle Menschen so ansehen? Hatten alle die gleichen Gefühle wie ich, wenn sie sie ansahen? Nein, auf keinen Fall, das musste etwas sein, was nur mir galt, nur uns betraf. Ich setzte mich wieder, erschöpft und verwirrt.

Ich bestellte ein weiteres Glas Cidre und wartete, dass sie zurückkäme. Und sie kam auch bald, ging schnell zu dem Tisch, an dem ihre Begleitung wartete. Plötzlich, auf halbem Weg, drehte sie den Kopf und sah mich an. Das Licht strahlte, der Blick war intensiv, und ich lächelte sie an wie jemand, der etwas mit dem anderen gemeinsam hat.

Ich gehe zu ihr an den Tisch, dachte ich. Gleich tue ich es.

Ich entdeckte Red neben mir.

»Geht es dir gut?«

»Ja«, murmelte ich und fühlte mich innerlich ganz heiß.

»Mit dem Cidre ist nicht zu spaßen. Bist du beschwipst?«

»Schon möglich«, sagte ich, dachte dabei aber nicht an den Cidre.

»Was starrst du denn so, ist dein Nacken irgendwie verklemmt?«

Für einen Moment schaute ich Red an.

»Ich kann die Augen einfach nicht von ihr losreißen. Was soll ich sagen ... sie ist so wunderbar, sie ...« Ich murmelte etwas vor mich hin und erwartete, dass Red es mit Superlativen ergänzen würde. Aber Red runzelte nur die Stirn.

»Nun ja«, sagte er verhalten, wie jemand, der alles schon erlebt hatte. »Vielleicht fast zu perfekt. Man weiß nicht, wer sie eigentlich ist, vielleicht eine Puppe?«

Ich musste laut loslachen.

»Red, sie ist genau richtig, irgendwie stimmt alles.«

Wie konnte Red nur zweifeln? Das war nicht nur dumm, das war fast eine Beleidigung.

Aber er ließ nicht locker: »Ja, sicher, über Geschmack lässt sich streiten. Aber was ist denn an ihr genau richtig?«

»Schwer zu sagen ... ich glaube, es ist das Licht«, sagte ich. »Sie strahlt. Das ist so ein Gefühl, plötzlich weiß ich es, frag mich nicht, wieso.«

Red musste lachen, legte mir den Arm um die Schulter, ganz der große Bruder.

»So, so, du hast also das Licht gesehen? Sie heißt Sylvia. Sie ...«

Ich unterbrach ihn sofort. »Kennst du sie?«

»Kennen? Wer kennt Sylvia? Aber ich weiß, wer sie ist, und sie weiß, wer ich bin. Sie ...«

Wieder unterbrach ich ihn: »Dann musst du mich ihr vorstellen. Ich will an ihrem Tisch sitzen. Und das ist einfacher, wenn du mich als einen deiner Freunde vorstellst.«

Red schüttelte den Kopf wie über einen kleinen Bruder, der dabei war, Abenteuer zu planen, die über seine Fähigkeiten hinaus gingen.

»Christian, vergiss sie. Sie ist vergeben.«

»Sie trägt keinen Ring«, erwiderte ich.

»Vielleicht wird da jemand verdammt sauer auf dich. Jemand wie sie, der viel älter ist als du.«

»Älter? Sie sieht fast aus, als wäre sie jünger als ich!« Ich spürte, dass ich auf alles eine Antwort wusste. Der Zauber des

Abends gab mir Kraft, aber Reds amüsierter Blick war inzwischen ernster geworden.

»Es ist nicht alles so, wie es scheint«, sagte er. »Und schon gar nicht, wenn es Sylvia betrifft.« Da lag etwas in seinem Ton. Machte er sich Sorgen, was ich anstellen könnte? Oder war da mehr, eine Warnung?

»Machst du Scherze, oder steckt mehr dahinter?«

»Nichts, was du wirklich wissen willst. Auf jeden Fall brechen wir jetzt auf. Die Party geht bei Captain Bolton zu Hause weiter.«

Red stand auf. Ich blieb am Tisch sitzen. Seine Worte hatten keinen Eindruck auf mich gemacht, sie wurden von meiner eigenen Überzeugung weggeschoben. Wirklich vergeben konnte sie nicht sein, das hatte ich in ihren Augen gesehen.

»Time, gentlemen, please!«

Der Pubbesitzer rief laut durchs Lokal, und das Licht flackerte, als er den Lichtschalter ein paar Mal ein- und ausschaltete. Das Pub sollte geschlossen werden. Ich fand, es war ein überraschend früher Zeitpunkt dafür, begriff aber schnell, dass diese Regel nicht das Feiern an sich betraf, sondern nur die Örtlichkeit der Feier. Der Pubbesitzer, ein Mann mit dickem Bauch und riesiger Hose, die auf sonderbare Art und Weise an breiten Hosenträgern hing, ohne seinen Körper zu berühren, war vollauf damit beschäftigt, einige Tabletts mit Bier und Cidre zu füllen. Captain Bolton ging zu ihm, holte seine Brieftasche hervor und machte sich daran, für die Tabletts zu bezahlen.

Plötzlich standen alle auf, Stühle schrammten über den Steinfußboden, die Leute drängten zur Tür, und es gab ein großes Durcheinander.

»Auf zu ›The Manor House‹!« Captain Bolton nahm eines der Tabletts und setzte sich an die Spitze des Zuges. Red und John schnappten sich jeweils ein weiteres Tablett, und mit den Gästen, die das Lokal verließen, verschwanden auch die Getränke. Der Pubbesitzer mit der weiten Hose suchte in seinen

Taschen nach dem Schlüssel und machte sich bereit, die Kneipe abzuschließen. Er starrte mich an, der ich allein zurückgeblieben war. Ich hatte gedacht, dass Sylvia auf mich warten würde, was sie natürlich nicht getan hatte. Jetzt fragte ich mich, wohin sie in dem allgemeinen Aufruhr wohl gegangen war.

Ich trat hinaus auf den Hofplatz und wurde von einer warmen Dunkelheit empfangen. Hier und dort waren Rufe und Lachen von der Straße her zu hören. Ich ging ihnen nach.

Die Luft vibrierte von dem unaufhörlichen Zirpen der Grillen, unzählige Sterne leuchteten am Himmel. »The Manor House« lag nur ein paar hundert Meter weiter die Straße hinunter, wie die meisten anderen Häuser teilweise hinter einer hohen Hecke verborgen. Einige Lampen am Haus warfen ein schwaches Licht auf den Rasen zwischen Hecke und Fassade. Das Haus war alt und groß, es hatte zwei Stockwerke und war weiß verputzt. Der Putz zeigte einige Risse, und ich fragte mich, ob nicht ein Teil des Hauses schief stand. Oder zu viel Cidre bekommen hatte, dachte ich.

Es standen Leute auf dem Rasen, sie unterhielten sich lautstark, aber ich konnte kein Wort verstehen. John kam vorbei und drückte mir ein Glas in die Hand.

»Du sollst doch nicht verdursten«, sagte er. »Das ist streng verboten daheim bei Captain Bolton.«

»Hier wohnt er also?«

»Ja. Captain Bolton hat es gern, wenn etwas los ist. Und seine Frau auch, sie steht da hinten.« John nickte einer Frau zu, die in einem langen Baumwollkleid mit einem Glas in der Hand bei einer Gruppe stand. Ich erkannte sie aus dem Pub wieder, doch meine Gedanken waren ganz woanders.

»Hast du Sylvia gesehen?«, fragte ich John.

Johns Augen, groß und dunkel, sahen mich an. Er schien nicht gehört zu haben. Jemand sprach mit ihm, und er wandte sich von mir ab. Aber ich ließ nicht locker, drängte mich ihm auf.

»Sylvia!«, schrie ich ihm ins Ohr und versuchte die anderen zu übertönen.

»Sylvia, wer ist das?«, antwortete John und glitt fort in die Menschenmasse, die sich auf dem Rasen scharte.

»Red?«, versuchte ich es.

John drehte sich lachend um, seine Augen waren trüb. »Ich glaube, er ist mit einer Braut weg.«

»Mit wem?«

»Keine Ahnung. Red schnappt sich immer irgendwelche Bräute.« John grinste und verschwand hinter einer Menschengruppe, die gerade laut auflachte. Ich tat es ihm nach, lief herum und zwängte mich zwischen die murmelnden Menschen auf dem Rasen.

Ich ging ins Haus. Der Zigarettenrauch war dicht, und hier drinnen schien es noch enger. Ich entdeckte das Paar mittleren Alters, mit dem Sylvia im Pub gewesen war. Sie saßen eingezwängt auf einem Sofa im Wohnzimmer und passten nicht in die Umgebung. Sie versuchten eine Art von Konversation zu führen, doch das war schwierig bei all dem Geplapper, außerdem hatte noch jemand eine Schallplatte aufgelegt und die Lautstärke aufgedreht.

»Ist Sylvia hier?«, fragte ich. Die beiden mussten doch wissen, wo sie war.

»Was?«, fragte der Mann zurück und beugte sich zu mir vor, wobei er sich gleichzeitig die Hand hinters Ohr hielt.

»Wissen Sie, wo Sylvia ist?«, schrie ich.

»Bei diesem Lärm kann man sich unmöglich unterhalten«, erklärte der Mann und wirkte verärgert. »Wir wollen gerade gehen.« Das Paar zwängte sich durch das Gedränge im Vorraum und an der Haustür.

Eine Doppeltür führte auf die Terrasse und zum Garten hinter dem Haus. Ich stellte mich in die Öffnung, um frische Luft zu schnappen. Etwas zog mich weiter auf die Terrasse hinaus. Das Licht aus dem Haus warf einen schwachen Schein auf die Steinplatten und die Balustrade. Ich lief zu der Treppe, die in den Garten dahinter führte. Je weiter ich kam, umso dunkler wurde es, ich ging weiter bis zum Rasen, und das Geräusch der Grillen übertönte langsam die Musik aus dem Haus. Bald hatte ich den Lichtschein des Hauses hinter mir gelassen, und der Lärm wurde immer schwächer. Mit der Zeit gewöhnte ich mich an die Dunkelheit. Hier gab es ein paar kleine Schuppen und weiter hinten einen verfallenen Zaun, der auf ein offenes Feld führte. Ich kletterte hinüber und ging weiter auf das Feld hinaus. Fünf Minuten lang ging ich, während die Stille weiter anwuchs. Dann kehrte ich um, sah die Silhouette von The Manor House und seine erleuchteten Fenster einige Meter weiter entfernt.

Ich legte mich auf den Boden und betrachtete den intensiven Sternenhimmel. Einen Moment lang spürte ich das Verlangen, die Sternbilder zu lokalisieren und mir in Erinnerung zu rufen, wie sie hießen, aber es wimmelte nur so von ihnen, es waren einfach zu viele.

Die Unruhe wollte mich nicht loslassen. Der Blick, den sie mir zugeworfen hatte, war wohl nicht falsch zu deuten? Oder war ich nur ein Idiot?

Nach einer Weile setzte ich mich auf. Da entdeckte ich eine Gestalt auf dem Feld zwischen mir und dem Haus. Es war nur ein Schatten, aber trotz allem war es doch wohl ein Mensch? Die Gestalt bewegte sich hin und her, als suchte sie etwas. Dann stand sie plötzlich still. Einen Moment lang glaubte ich, ich hätte mir alles nur eingebildet. Es ließ sich nicht sagen, ob sich da etwas bewegte, die Dinge wurden eins in der Dunkelheit. Vielleicht war es nur ein Windstoß, der einen Busch ergriffen hatte, vielleicht war es nur … Dann kam die Bewegung zurück, die Gestalt wurde wieder sichtbar – und kam auf mich zu. Sie ging langsam, aber zielstrebig. Es gab keinen Zweifel, sie wusste, wohin sie gehen wollte, und ich war das Ziel.

Ich blieb auf dem Boden sitzen, wartete. Einen Augenblick überlegte ich, ob es wohl verboten war, das Gelände hier zu betreten, doch auch wenn dem so wäre, würde keiner nachts herumlaufen, um jemanden wegzujagen, der da draußen saß und sich die Sterne anguckte. Es musste sich um etwas anderes handeln.

Dann wusste ich, wer die Gestalt war. Durch die Bewegung, die Art zu gehen. Mein Herz schlug, ich stand auf und lief ihr entgegen.

»Hallo.« Sylvia flüsterte fast, den Kopf ein wenig schräg gelegt, die Augen kleidsam ein wenig scheu.

»Ja, hallo.« Was hätte ich sagen sollen?

»Ich habe gesehen, wie du in den Garten und dann aufs Feld gegangen bist. Ich bin dir nachgegangen, aber dann warst du verschwunden. Und plötzlich habe ich dich wieder entdeckt.«

»Ich habe mich aufgesetzt, deshalb hast du mich sehen können.«

»Hast du auf dem Boden gelegen?« Sie sah mich verwundert an.

»Ich habe die Sterne betrachtet«, sagte ich wahrheitsgetreu.

»Junger Mann sieht sich einsam in einer warmen Sommernacht die Sterne an …« Sie lächelte. »So einen Moment sollte man mit jemandem teilen.«

Ich blickte in ihr Gesicht, das jetzt ganz nah war. Ihre Augen sahen mich unschuldig an. Es gab einen offenen Weg in ihr Inneres, das sie, ohne zu zögern, vor mir bloßlegte. Ich war willkommen. Auf irgendeine merkwürdige Art und Weise kannten wir einander.

»Gern«, sagte ich und nahm ihre Hand. »Lass uns diesen Moment teilen.« Ich setzte mich wieder auf den Boden, und sie tat es mir nach. Ich legte mich auf den Rücken, den Blick zum Himmelsgewölbe gerichtet, und sie tat das Gleiche. So blieben wir ein Stück voneinander entfernt liegen, Hand in Hand, während der Sternenhimmel sich wie eine strahlende Decke über uns wölbte.

»Ich habe bemerkt, wie du mich im Pub angesehen hast«,

sagte sie. »Ich konnte dein Spiegelbild in dem Fenster vor mir sehen.«

Ich ergriff ihre Hand, und sie erwiderte meinen Druck.

»Woher kommst du?«, fragte sie.

»Aus Schweden.«

»Wann fährst du zurück?«

»Nie«, antwortete ich.

Sie sagte nichts mehr, drückte nur meine Hand, drehte sich zu mir, zog sich auf die Ellbogen hoch und schaute mich von oben her an. Die Sternbilder verschwanden, wurden von ihrem Gesicht verdrängt. Sie beugte sich zu mir hinunter, berührte meine Stirn mit ihren Lippen, ließ sie über meine Wangen wandern. Ich legte die Arme um sie und küsste sie. Die Umarmung währte lange, ich wollte mehr, aber plötzlich zog sie sich zurück. Wir sahen uns aus nächster Nähe an.

»Wie alt bist du?«, fragte sie.

»Einundzwanzig«, log ich. »Solltest du nicht als Erstes fragen, wie ich heiße?«

»Ich weiß, wie du heißt«, sagte Sylvia. »Du heißt Christian. Und ich bin ein paar Jahre älter als du. Aber das macht nichts. Die Leute sagen sowieso immer, dass ich so kindlich aussehe.«

Hand in Hand gingen wir zurück zu »The Manor House«.

»Ich muss gehen«, sagte sie genau in dem Moment, als wir über den Zaun geklettert waren und den Rasen unterhalb der Terrasse erreicht hatten. Ihre Stimme klang anders.

»Aber ...«, sagte ich.

Sie lief zur Steintreppe, und ich wusste, sie durfte die Terrasse nicht erreichen. Dann hätte ich sie verloren. Etwas musste passieren, es musste etwas gesagt oder irgendwie sonst bestätigt werden, dass zwischen uns eine Verbindung bestand. Bevor sie den letzten Schritt tun konnte, schlang ich ihr die Arme um die Taille und stoppte sie. Ich drehte sie herum. Ich war zwar größer als sie, aber sie stand eine Stufe höher. Mein Kopf war auf der Höhe ihres Halses, berührte den hochgeschlagenen Kragen ihrer Bluse. Ich wollte nicht loslassen. Sie flüsterte mir ins Ohr: »An der Fußgängerbrücke über den River Cam unterhalb des King's College. Morgen Vormittag um elf Uhr.«

Dann ging sie auf die Terrasse und verschwand.

Ich blieb allein zurück, konnte aber ihren Duft auf meiner Kleidung und meinem Gesicht spüren. Das war nicht der schwache Duft eines Parfüms, das war etwas anderes. Ich atmete nur verhalten. Mein Herz pochte heftig. Ich versuchte auszurechnen, wie viele Stunden es noch bis elf Uhr am nächsten Tag waren.

Mein Gehirn arbeitete die ganze Nacht über fieberhaft. Plötzlich meinte ich zu wissen, was es bedeutete »zu fliegen«. Ich hatte das Gefühl, als segelte ich frei im Universum, fast in Lichtgeschwindigkeit, während ich meine Bahn mit meinen zu Flügeln ausgestreckten Armen hielt. Ich schaute auf die Erde hinunter wie auf etwas, das nur mir gehörte, ich ließ mich in ihre Richtung sinken, sauste in schneller Fahrt über das Land, um durch ein Fenster in Mrs. Watsons Haus zu segeln und in meinem Bett zu landen. Da lag ich, umklammerte mein Kissen und spürte, wie Sylvias Wärme mich durchströmte.

Ich schlief unruhig, schreckte immer wieder auf, mal aus Sehnsucht nach ihr, mal aus einer Erregung heraus, die eine ungeahnte Kraft in sich barg.

Kurz bevor der Wecker klingelte, wachte ich schweißgebadet auf und sprang aus dem Bett. Ich badete heiß und duschte kalt. Ich hatte keinen Appetit aufs Frühstück. Mrs. Watson musterte mich beim Essen. Nach einer Weile wollte sie wissen, ob ich krank sei.

»Ja, ich fühle mich etwas merkwürdig«, sagte ich, wies aber jede Andeutung dahingehend zurück, das könnte etwas mit dem Fest am Abend zuvor zu tun haben oder damit, dass ich vielleicht ein Mädchen kennengelernt hätte.

»Es ist nämlich immer so«, behauptete Mrs. Watson und

verriet auf diese Weise ihr umfangreiches Wissen. »Entweder ein Kater oder Liebesleiden, vielleicht ja auch beides«, schmunzelte sie. »Ich kann mich noch sehr gut daran erinnern, wie das mit Mr. Watson war. Jedenfalls, wenn er einen Kater hatte.«

»Mm«, sagte ich.

»Aber du fährst ja bald nach Hause. Da solltest du dich lieber nicht in ein Mädchen aus Cambridge verlieben.«

Ich sah Mrs. Watson an, ohne etwas zu sagen, fragte mich, wie wenig sie eigentlich vom Leben verstand.

Der Rasen war nach all dem Regen, der im Frühsommer gefallen war, immer noch grün, er erstreckte sich zwischen dem King's College und dem River Cam. Zunächst stellte ich mich an die Fußgängerbrücke, dann ging ich den kleinen Kiesweg den Fluss entlang, der in Schweden garantiert nur als Bach bezeichnet worden wäre, bis zur Mauer, die das King's vom nächsten College trennte. Und dann kehrte ich wieder um, immer ungeduldiger. Viele saßen auf dem Rasen. Einige sonnten sich einfach nur, andere machten Mittagspause, das war ein schöner Platz, sein Brot zu verzehren.

Ich lief am Treffpunkt hin und her, schaute auf die Uhr und sah, dass es inzwischen schon Viertel nach elf war, bald sogar halb zwölf. Meine Unruhe wuchs, sie ergriff den ganzen Körper.

Warum kam sie nicht? Warum kam sie nicht?

Plötzlich stand Sylvia da, und ich merkte, dass ich sie anlächelte.

»Ich war schon ganz unruhig«, sagte ich. »Warum bist du so spät?«

Es zeigte sich eine Falte zwischen ihren Augen, und sie antwortete leicht verärgert.

»Ich bin nicht spät.«

Aus Angst, etwas Dummes gesagt und der Stimmung vollkommen unnötig einen Dämpfer versetzt zu haben, wehrte ich ab.

»Ich freue mich so, dass du hier bist.«

Sie gab sich damit zufrieden, ich sah es ihrem Blick an, und sie fragte: »Ich kenne ein gutes Pub in der Market Street. Wie wäre es mit einem Mittagessen?«

Sie ging los, und ich folgte ihr.

*

Gestern zog ich ins Guest House ein, das liegt ein Stück außerhalb des Zentrums an der Chesterton Lane. Ich ging von der Straße ab, überquerte auf einer Fußgängerbrücke den Wasserlauf, blieb für einen Moment in ihrer Mitte stehen und schaute mir die hausbootähnlichen Schleppkähne an, die an den Ufern verankert lagen. Ich setzte meinen Spaziergang fort durch den Jesus Park, der mir wie eine große grüne Heide mit vereinzelten Bäumen erschien, aber mit gepflegten Rasenflächen und asphaltierten Wegen. Ich brauchte nicht mehr als eine knappe halbe Stunde bis zu der Grasfläche am River Cam hinter dem King's College. Ich musste überhaupt nicht darüber nachdenken, hierhin wollte ich. Und hier hatte sich merkwürdigerweise so gut wie nichts verändert.

Der Spaziergang tat mir gut. Ich bin mir vollkommen im Klaren darüber, dass ich wahrscheinlich keine Antwort auf meine Fragen erhalte, nur weil ich in Cambridge herumlaufe. Aber hier zu sein, kann mir vielleicht doch dabei helfen, einen Schlusspunkt zu setzen, die Tür zur Vergangenheit zu schließen, die mich die Jahre hindurch verfolgt hat.

Ich habe nie ein besonders intensives Schuldgefühl empfunden, stattdessen ein großes Unbehagen. Nicht zuletzt in meinen Träumen. Ich sehe den Blick des sterbenden Mannes. Er ist fragend, das Böse, das sich in ihm befunden haben muss, ist verschwunden. Die Frage bleibt dennoch unbeantwortet. Wie kann ein scheinbar ganz normaler, netter Mensch so böse sein? Und ich begegne seiner Bosheit mit Bosheit. Es gibt sie auch in mir, einem anderen netten, normalen Menschen. War das nötig? Es war die einzige Möglichkeit, rede ich mir ein, wie ich es immer schon getan habe. Ich hatte keine andere Wahl. Und dennoch zeigt sich in regelmäßigen Abständen der Zweifel. Hat man nicht immer eine Wahl?

Ich beginne am River Cam, gehe den Weg, den ich damals mit Sylvia gegangen bin. Ich folge dem gepflasterten Spazierweg, komme am Giebel eines langen, grauen Gebäudes vorbei, dessen Längsseite parallel zum Wasser verläuft, um dahinter auf einen großen Hof zu gelangen, der fast vollkommen von einer intensiv grünen Rasenfläche bedeckt ist, mit einer Figur in einem kleinen Teich in der Mitte. Von der anderen Seite begrenzt der braune Sandstein von King's Chapel den Hof. Die Fassade wird von regelmäßigen, sich zur Spitze hin verjüngenden Pfeilern getragen, die bis über das Dach hinausragen. Zwischen den Pfeilern liegen große Fenster, die wiederum in viele kleine Scheiben unterteilt sind. Ich kann es von hier aus nicht genau erkennen, aber sie sind wahrscheinlich auch mit Glasmalereien bedeckt.

Ich verlasse den Hof durch einen Torbogen zur Straße hin, King's Parade, der ich ein kurzes Stück bis zu St. Mary's folge, wo ich nach rechts in einen kleinen Fußweg abbiege. An dem niedrigen, schwarz lackierten Eisengitter, das die Kirche einzäunt, sind überall Fahrräder abgestellt. Eine Menschengruppe steht vor zwei Geldautomaten an dem Gebäude auf der anderen Seite des Fußwegs Schlange. Market Hill, der Marktplatz, präsentiert sich mit vielen Ständen unter Markisen in den verschiedensten Farben.

Ich finde den Weg. Ich spüre, wie die Erinnerung an Sylvia in mir wächst. Ich höre ihre Stimme, ich folge ihren Schritten, und ich weiß, dass ich ihr damals vor dreißig Jahren überallhin gefolgt wäre.

In einer Ecke auf der anderen Seite des Platzes führt die Market Street zur Sidney Street hinauf. Ich gehe sie entlang und suche nach dem Pub, in dem wir zu Mittag gegessen haben, finde es aber nicht. Vielleicht erinnere ich mich nicht mehr richtig, vielleicht sind im Laufe der dreißig Jahre viele

Pubs eröffnet und geschlossen worden. Dort, wo es meiner Meinung nach gelegen hat, befindet sich jetzt Caffé Nero, eine italienische Espressobar. Ich gehe hinein, bestelle mir einen Caffé latte und ein Croissant und setze mich. An der Wand neben mir hängen Zeitungen. Ich kann an dem Bartresen vorbei auf die Straße sehen. Hier fing sie plötzlich an, von Hobsons Wahl zu sprechen.

*

Sylvia öffnete die Pubtür.

»Vor ein paar hundert Jahren lebte ein Mann in Cambridge, der hieß Hobson«, sagte sie. »Ich weiß nicht, warum, aber auf jeden Fall hatte er so eine Art Monopol für den Verleih von Pferden. Und er hatte beschlossen, dass jeder Kunde das Pferd bekommen sollte, das er haben wollte, solange es das war, das am nächsten zur Stalltür stand. Das wurde ›Hobsons Wahl‹ genannt, du musst auswählen, aber es gibt nur eine Möglichkeit. Und die gefällt dir möglicherweise nicht. Wollen wir reingehen?«

Ich lächelte sie an.

»Momentan keine schwierige Wahl.«

Ich suchte in der Speisekarte nach etwas Billigem, es wurde Omelett mit Käse und Schinken. Um etwas zu sagen, erwähnte ich unseren gemeinsamen Bekannten.

»Du kennst doch Red, oder?«

Sie nickte. »Ich kenne Red, das ist ein toller Bursche. Wenn doch alle so wären wie er.«

Sie war gut gelaunt und fröhlich, und ich überließ ihr gern die Initiative.

»Welche Wahl hast du für dein Leben getroffen?«, fragte sie mich.

Ich zuckte bei dieser Frage zusammen, sie kam unerwartet und war zu groß, um schnell beantwortet zu werden. Ich war bisher ja nur zur Schule gegangen, hatte meinen Militärdienst abgeleistet und war kurz davor, an der Universität anzufangen. Außerdem hatte ich heimlich samstags gesoffen und ein paar kurze, aber nicht besonders geglückte Liebesaffären durchlaufen …

»Bisher habe ich noch keine wirkliche Wahl für mein Leben getroffen«, versuchte ich mich herauszureden.

Sie sah mich als, als wäre sie fast enttäuscht von mir. Aber sie enttäuschen war das Letzte, was ich wollte, also fuhr ich fort. »Bisher ist noch nicht viel passiert, bis ich dich getroffen habe.«

»Du bist lustig«, sagte sie lächelnd. »Warum ist bisher denn bei dir nicht viel passiert?«

»Nun ja, ich weiß nicht so recht, es lief eigentlich alles ganz gut, und nach der Universität, da will ich …«

»Ja, genau«, unterbrach sie mich, »man muss ein Ziel für die Zukunft haben.«

»Ich bin mir nicht sicher. Vielleicht werde ich Journalist. Aber ich nehme die Dinge, wie sie kommen, ich will das nicht so genau planen.«

»Du schreibst also?«

»Ja, ein bisschen. Literaturanalysen und ein paar Gedichte.«

Das mit den Gedichten kam mir nur schwer über die Lippen, aber dennoch war es wichtig. Ich dachte, das sei ein wichtiger Schritt, wenn auch nur ein zögerlicher, für das Gebäude, das meine Person ausmachen sollte.

»Sag mir mal eins. Eins, das du selbst geschrieben hast!« Sie schaute mich erwartungsvoll an, fast als erwartete sie, dass ich in der letzten Nacht gerade über sie etwas geschrieben hätte. Ich bereute, dass ich das nicht getan hatte, dass ich nicht daran gedacht hatte.

Ich schaute ihr in die Augen, sie packten mich, sie strahlten, aber schnell musste ich meinen Blick abwenden. Das Strahlen war zu stark. Ich wusste, es würde für unzählige Gedichte reichen.

»Die Gedichte sind auf Schwedisch. Du würdest sie nicht

verstehen. Sie sind vielleicht auch nicht so gut. In erster Linie sind sie für mich wie ein Tagebuch der Gefühle. Wenn ich in ihnen blättere, erinnere ich mich daran, wie ich mich gefühlt habe, als ich sie schrieb. Das mache ich schon, seit ich dreizehn bin.«

Sie sah mich verwundert an, und dann ließ sie das Thema Gedichte fallen und wandte sich wieder der Frage zu, wie wichtig es doch sei, ein Ziel zu haben.

»Wenn du nicht weißt, was du werden willst, kannst du es auch nicht werden«, erklärte sie neunmalklug. »Ich denke genau umgekehrt, ich bestimme, wie es werden soll. Ich sage mir selbst, wie ich es haben will, und dann ist es, als würde die Welt sich verändern und genau so werden, wie ich es mir wünsche. Ich weiß selbst nicht so genau, wie das funktioniert.«

Ich wunderte mich darüber, dass sich so eine Willensstärke hinter diesen unschuldigen Augen verbergen konnte.

Sie beugte sich vor, streckte sich über den Tisch und berührte meinen Oberarm. »Im Augenblick möchte ich mit dir zusammen sein. Aber ich will viele verschiedene Dinge. Und manchmal ändern die sich auch. Manchmal passen sie nicht einmal zusammen, die verschiedenen Dinge, die ich will, und dann wird alles nur merkwürdig. Aber das Wichtigste ist: Reichtum, Freiheit und Liebe.« Sie ratterte das wie einen gut gelernten Vers herunter.

Wieder streckte sie die Hand über den Tisch vor, und dieses Mal berührte sie kurz meine Wange. Ihre Hand war warm, und ich sog ihren Duft ein. Die erotische Ladung in der Luft war die ganze Zeit angestiegen, das Gespräch war nur etwas, das neben der eigentlichen Handlung dahinplätscherte. Ihre Berührung verstärkte die Spannung noch einmal, und plötzlich hatte ich das Gefühl, als zitterte die Luft.

»Reichtum, das heißt viel Geld zu haben und alles kaufen zu können, was man will. Freiheit, das bedeutet, dass keiner über dich bestimmt und dass man unabhängig ist. Liebe«, sagte sie, und ihre Augen funkelten, »das bedeutet, geliebt zu werden.«

Ich aß mein Omelett auf, aber etwas protestierte in meinem Körper. Als ich sie ansah, war ich mir sicher, dass Liebe nicht bedeutete, geliebt zu werden, sondern jemanden zu lieben. Und beinhaltet das nicht wiederum eine große Abhängigkeit? Aber ich wollte das nicht diskutieren, ich wollte das Risiko nicht eingehen, dass die erotische Spannung einen Kurzschluss erleiden könnte. Ich wollte ihr näher kommen, da war es besser, ihr nicht zu widersprechen.

»Dich zu lieben ist einfach. Aber was das Geld betrifft, da darfst du nicht auf mich zählen.«

»Geld habe ich bereits«, sagte sie und trank den Rest Wasser aus, der sich noch in ihrem Glas befand. Dann schaute sie auf die Uhr und zuckte zusammen.

»Oje, wie die Zeit vergeht!« Sie stand auf. »Ich habe einen Termin.«

»Ich begleite dich dorthin.« Mein Körper schrie geradezu danach. Ich musste sie umarmen, sie in irgendeiner Toreinfahrt küssen, etwas tun, um zu zeigen, dass wir zusammengehörten.

»Wir können ein Stück miteinander gehen«, sagte sie. »Dann muss ich zu meinem Doktor.«

Ich wollte nach dem Doktor fragen, tat es aber nicht. Hätte sie mir sagen wollen, um was für einen Arzt es sich handelte, dann hätte sie es von allein getan.

Von der Market Street gingen wir zurück zu den Collegegebäuden am Fluss. Sie nahm meine Hand und zeigte mir den Weg zum Clare College gleich neben dem King's. Hand in Hand liefen wir zwischen hohen, schwarzen Gitterzäunen entlang, über eine Rasenfläche vor dem ersten Gebäude, durch dessen Gewölbe und hinaus auf einen inneren Hof, überquerten diesen und gingen durch das nächste Gebäudegewölbe. Wir kamen direkt am Flussufer heraus, wo eine kleine Steinbrücke mit gemauertem Geländer sich über den schmalen

Bach wölbte. Auf der anderen Uferseite erstreckte sich rechter Hand eine Rasenfläche mit hohen Bäumen und dichtem Buschwerk. Wir gingen zwischen Bäumen und Büschen hindurch. Plötzlich waren wir ganz allein. Sie lehnte sich gegen einen Baum, streckte mir ihre Arme entgegen, und ich war ein glückliches, hilfloses Opfer, als das Feuer ausbrach.

Nach dem ersten Kuss nahm sie mit beiden Händen meinen Hosenbund und zog mich an sich, öffnete mit einem Handgriff Gürtel, Knopf und Reißverschluss und umfasste mich mit der einen Hand, während sie gleichzeitig mit der anderen ihr Kleid anhob und ihren Slip hinunterschob. Sie drückte sich an mich, hielt mich fest und rieb sich an meinem Unterleib.

Ich wurde doppelt getroffen, zum einen von der Erregung, zum anderen von der Kraft ihrer ungehemmten Sexualität. Das war zunächst überraschend, anschließend fast erschreckend, dann sah ich ein, dass alle Schranken gefallen waren, sie gehörte mir, und ich konnte erleichtert meinen Rausch ausleben.

Sie keuchte, bewegte ihren Unterleib, während ich in ihrem Dekolleté ertrank, nach ihrer Brust griff, die angespannt war, mit steifen Brustwarzen.

»Au!«, schrie sie plötzlich und ließ mich los. Vollkommen verwandelt stieß sie mich von sich, zog ihren Slip hoch und richtete ihr Kleid.

»Hier können wir nicht stehen bleiben, es kann jeden Moment jemand kommen…«

Ich folgte ihrem Beispiel und zog wie unter Zwang meine Kleidung zurecht.

»Du hast ›au‹ gerufen.«

»Da war nichts.«

»Habe ich dir wehgetan?«

»Kümmere dich nicht drum.«

Aber ich wusste, ich hatte ihr wehgetan, und ich wusste, wieso. Gleichzeitig fiel es mir schwer, meine Erregung unter Kontrolle zu halten.

»Wir müssen irgendwohin gehen«, sagte ich. »Wir müssen…«

»Ich weiß, was wir müssen. Ein andermal.«

»Wann?«, wollte ich wissen und hörte das Devote und Verzweifelte in meiner Stimme.

»Morgen«, sagte sie. »Aber du darfst niemandem erzählen, dass wir uns getroffen haben. Versprich mir das!« Sie sah mich mit strengem Blick an, es war ihr voller Ernst.

Ich nickte zur Antwort, und sie drehte sich um und ging. Ich sah ihr nach, wie sie über die Brücke eilte und durch das Gewölbe zurück über den Hof des Colleges lief. Sie drehte sich kein einziges Mal um.

Nachdem sie verschwunden war, drängte sich mir ein Bild auf, das ich nicht sehen wollte. Sie hatte Kratzer auf der Brust, bis zum Hals hoch. Rote Striche, offenbar Wunden. Ich hatte ihr wehgetan, sie musste dort unglaublich empfindlich sein. Und ich war mir ziemlich sicher, die Wunden hatte es noch nicht gegeben, als wir auf der Treppe zur Terrasse gestanden hatten.

Hatte sie sich verletzt? Ich tröstete mich damit, dass sie sicher auf dem Weg zu ihrem Arzt war. Sie würde dort bestimmt die Hilfe bekommen, die sie brauchte.

*

Heute, in der Zeit des Rückblicks, trinke ich meinen Caffé latte im Caffé Nero aus. Ich war damals die Arglosigkeit in Person, die einfach regungslos dort stehen blieb, keuchend und mit offenem Mund. Die Unschuld und das Biest, denke ich plötzlich. Das habe ich bisher nie gedacht: *das Biest*. Dann schäme ich mich für den Gedanken, spüre wieder die Zartheit, von irgendwoher steigt sie in mir auf. Aber hätte ich nicht damals sofort auf ihre Verletzungen reagieren sollen?

Ich denke über dieses heiße Gefühl nach. Ist meine hektische Arbeit daran schuld, dass sich nie Platz für jemanden in meinem Leben gefunden hat? Oder war dieser Platz die ganze

Zeit besetzt? Vielleicht hat ja eine Liebe, die nie die Möglichkeit hatte zu reifen, die ganze Zeit wie eine glimmende Glut unter der Oberfläche gelegen und auf ein wenig Sauerstoff gewartet?

Wie sieht sie heute aus? Ich rufe mir ihr Bild in Erinnerung. Ich bekomme große Lust, sie wiederzusehen. Aber ich höre, wie die Stimme der Vernunft mich bittet, davon Abstand zu nehmen. Lass es sein, halte dich fern von ihr, sagt die Stimme, genau wie Red damals. Sie ist die Einzige, die mich ins Gefängnis bringen kann.

Aber hätte ich auf die Stimme der Vernunft gehört, hätte ich sicher nie den Zug nach Cambridge genommen.

*

Ich traf Sylvia am nächsten Tag. Dieses Mal wollte sie nicht in Cambridge bleiben, es schien, als wäre sie plötzlich schüchtern geworden. Was mir ausgezeichnet passte. Ich kannte Mrs. Watsons Gewohnheiten. Sie ging fast immer um die Mittagszeit aus, um einzukaufen. Dass es verboten war, »Mädchen« mit aufs Zimmer zu nehmen, war gar keine Frage. Ich signalisierte vom Fenster im ersten Stock aus, dass die Luft rein war. Sylvia wartete an der Häuserecke ein Stück weiter die Straße hinunter, und sie erreichte die Haustür fast genau in dem Moment, als ich sie von innen öffnete. Wir liefen die Treppe in den ersten Stock hinauf, in mein Zimmer. Wir liebten uns heftig und wortlos. Und wir liebten uns noch einmal und schafften es schließlich, den Augenblick abzupassen, in dem Mrs. Watson erneut fortging, so dass Sylvia hinaushuschen konnte.

Danach kam Sylvia jeden Tag. Jetzt gab es nichts anderes mehr für mich, ich ging nur noch sporadisch zu meinem Kurs. Ich war wie besessen von Sylvia, ganz gleich, wo ich auch war. Ich lief wie in Trance herum, wie berauscht von einem Cocktail, zu gleichen Teilen aus himmlischer Liebe und irdischer Triebhaftigkeit gemischt. Es gab nur einen Weg nach vorn, dorthin, wo der Himmel leuchtete, und wohin mein Schwanz zeigte. Ich hatte Geschmack daran gefunden, war davon abhängig wie von einer Droge. Doch obwohl der Glücksrausch mich umtoste, hatte ich Angst, es könnte ein Ende nehmen. Es durfte nicht aufhören, ich durfte nicht aus dem Himmel fallen, wo ich endlich flog, um möglicherweise in meinem alten Leben eine Bruchlandung zu riskieren. Und die Medizin gegen die Angst war leicht zu bekommen; ich nahm einfach immer mehr von der Droge.

Schon zu Beginn hatte ich meine Rückreise nach Schweden erwähnt. Aber Sylvia sprach nicht gern darüber, dass wir uns würden trennen müssen. Irgendwie kamen wir überein, dass meine Heimreise nicht existierte. Es gab nur uns beide, sonst nichts, während der Zeit, die wir hatten. Mehr wollten wir nicht verlangen, nicht zu viele Fragen stellen. Wir wollten uns nicht um unsere Vergangenheit kümmern, nicht um unsere Zukunft oder unser übriges Leben. Es gab nur uns beide, hier und jetzt. Allen anderen gegenüber hielten wir das geheim. Wir schlossen uns in unsere eigene Welt ein, in einen Kokon, die Treppe hoch bei Mrs. Watson.

Ein paar Mal traf ich Red in Cambridge. Natürlich hatte ich ihm erzählen müssen, dass ich Sylvia getroffen hatte. Ich merkte, dass es ihn interessierte, was mit mir geschah. Aber seine negative Einstellung Sylvia gegenüber schien durch seine Worte durch, es war, als wollte er mir mein Glück nicht gönnen. Nach einigen Gläsern nahm er das Thema auf.

»Lass es nicht zu weit kommen.«

»Zu weit?« Ich schüttelte den Kopf. Red kapierte ja gar nichts. »Begreifst du nicht, es kann gar nicht weiter gehen, als es bereits geht!«

»Oh, doch«, sagte Red ganz ruhig, als wüsste er um ein Geheimnis, das ich nicht kannte. Und dann fing er wieder an, von ihrem Alter zu reden. »Du weißt doch, dass sie älter ist als du?«

»Ich habe ihr gesagt, dass ich älter bin, als ich es wirklich bin, das ist kein Problem«, wischte ich lachend diesen Einwand beiseite.

»Sie hat sicher auch gelogen, aber in die andere Richtung«, konterte Red, ohne zu lachen.

Da wurde ich wütend. Das war so mies, so billig. Er verhöhnte das Heiligste. Und ich hob meine Stimme, als ich weitersprach.

»Wir lieben uns, begreifst du das? Ein paar Jahre mehr oder weniger, die haben überhaupt keine Bedeutung!«

Aber das beeindruckte Red nicht.

»Wenn das Alter nicht wichtig ist, dann aber doch wohl die Tatsache, dass ihr euch gegenseitig anlügt.«

Ich spürte, dass er recht hatte, wollte es mir aber nicht eingestehen. Es nagte in mir. Er sah es mir wohl an, denn er legte mir die Hand auf die Schulter und fuhr freundlicher fort:

»Du hast doch nicht deine Pläne hinsichtlich deiner Heimreise geändert?«

»Nein«, sagte ich.

»Gut«, sagte er. »Wenn es Probleme gibt, komm zu mir.«

»Probleme?«

»Sie kann, wie soll ich sagen… etwas schwierig sein, ziemlich viel fordern.«

Red stand auf und ließ mich am Bartresen zurück. Ich sah ihm nach, wie er zu einem Tisch mit anderen Kameraden ging. Er bewegte sich geschmeidig, hielt das Bierglas in festem Griff und suchte sich einen Platz an dem Tisch, ohne etwas zu verschütten. Was er gesagt hatte, gefiel mir nicht. Er schien den Samen des Zweifels auf meine blühende Wiese säen zu wollen. Und was wusste er eigentlich von ihr?

Die Tage liefen in immer schnellerem Takt dahin, die Hitzewelle hielt sich, genau wie der Rausch. Wir unterhielten uns und liebten uns, liebten und unterhielten uns. Ich kann mich nicht mehr genau daran erinnern, worüber wir sprachen. Der Begriff »wir« war etwas vollkommen Neues, er musste in jedem Detail erforscht werden. Dieses *Wir* hatte etwas Merkwürdiges an sich. Es gelang uns, über das Gemeinsame zu sprechen, ohne wirklich viel von uns zu erzählen.

Wir umarmten uns und schwebten im Paradies. So war es meistens, das sind die Stunden, an die ich mich am besten erinnere. Das waren so starke Gefühle, die man einfach nicht vergessen kann.

Ich sagte das, was sie hören wollte, ich wollte alles dafür tun, dass sie mich mochte. Aber dann musste ich gegen meinen Willen einsehen, dass Sylvias Launen sehr schwankten. Je mehr Zeit verging, umso deutlicher war es zu bemerken. Ich erzählte ihr von Red.

»Erinnerst du dich an Red? Ich habe doch gesagt, dass ich ihn kenne, als wir uns das erste Mal gesehen haben…«

»Red? Erwähne bloß nicht seinen Namen. Einen größeren Idioten gibt es nicht.«

Ein anderes Mal: Sylvia saß im Bett. Sie hätte schon längst gehen sollen, aber das ging nicht, weil Mrs. Watson unbedingt den Flur im ersten Stock saugen musste. Und sie machte besonders intensiv sauber. Sylvia wurde wütend, sie hatte einen Termin. Mit ihrer Wut vertiefte sich die Falte zwischen ihren Augen. Sie saß mit zerzaustem Haar im Bett, die Beine gekreuzt. Sie sah aus wie ein kleines Mädchen.

»Weißt du, was wir in diesem Land mit bösen Menschen tun?«, fragte sie plötzlich. »Wir hängen sie auf.« Sie schob eine Locke hinters Ohr. »Das ist eine echte Wissenschaft. Man muss wissen, wie viel sie wiegen, dann kann man ausrechnen, welches Seil dafür benötigt wird. Es muss im Verhältnis zum Gewicht des Opfers die richtige Fallhöhe sein. Es ist eine bestimmte Geschwindigkeit und Kraft erforderlich, damit das Genick bricht.«

»Wieso denkst du an so etwas?«, murmelte ich.

»Es gibt immer noch solche Gesetze in diesem Land hier«, fuhr sie ernsthaft fort, ohne auf meine Frage zu antworten. »Ich möchte wissen, was das für ein Gefühl ist, wenn der Henker einen anguckt, das Gewicht und die Größe notiert und ausrechnet, welches Seil gebraucht wird. Und dann, wenn man zur Hinrichtung geht. Die sind pünktlich, man wartet auf den Glockenschlag, noch eine Minute, fünfzehn Sekunden, zehn, fünf, drei, zwei…«

»Warum redest du so?«

»Ich stelle mir oft vor, dass ich es selbst bin, die da steht. Ich soll meine Strafe erhalten, und das ist ein schönes Gefühl.«

Sie zeigte auf ihre blauen Flecken. Sie hatte immer neue, große oder kleine, und einige waren am Verblassen. »Ich kriege sie so leicht, wenn ich mich irgendwo stoße oder so…«

Eines Abends hing ich mit Red am Tresen in Cambridge. Vermutlich war ich eine anstrengende Gesellschaft. Red war meiner überdrüssig. Ich war natürlich unerschütterlich, vielleicht packte er mich deshalb an den Schultern, als er versuchte, mich auf den Boden der Tatsachen zu holen.

»Sie scheint in Körper und Seele so perfekt zu sein, dass ihr einfach der Charakter fehlt. Es wäre besser, wenn sie zumindest eine zu große Nase hätte, einen schiefen Zahn oder etwas abstehende Ohren. Weißt du, wer sie ist?«

»Natürlich weiß ich das.«

»Dann erzähl es mir. Und vermeide alle Begriffe wie *wunderbar, schön, phantastisch…* Beschreibe ihren Charakter mit Worten, die etwas aussagen, die einen konkreten Inhalt haben!«

Ich öffnete den Mund. Es kam kein Wort hervor. Das war absurd.

»Du bist von ihr besessen, du bist vollkommen verblendet! Ich frage mich langsam, wer von euch beiden wahnsinniger ist.«

Einen Moment lang spürte ich etwas in der Luft. Ich hatte immer das Gefühl gehabt, dass er mir wohlgesonnen war. Aber stimmte das wirklich? War er nicht ganz einfach eifersüchtig?

Dann kamen die Tage, an denen Sylvia begann, über ihre Ängste zu sprechen. Die Selbstsichere und Fröhliche wurde zunächst immer launischer, um zum Schluss richtig ängstlich zu erscheinen. Die Furcht war ihr anzusehen. Wenn sie davon sprach, verkroch sie sich wie ein verängstigter Hund, der hört, dass sein boshafter Herr nach Hause kommt und im Flur herumstampft.

»Wovor hast du Angst?«, wollte ich wissen.

»Ich weiß es nicht«, sagte sie. »Aber eines Tages werde ich deine Hilfe brauchen. Eines Tages wirst du keine andere Wahl haben.« Sie klang sehr ernst.

Ich verstand nicht, was sie meinte. Aber ich zögerte nicht, ihr ein Versprechen zu geben.

»Ich werde dir immer helfen.«

Ich versuchte sie auszufragen. Ich wollte wissen, worum es eigentlich ging. Aber sie wich aus, sprach von etwas anderem.

Dann rasten die Tage nur so auf meine Abreise zu. Wir trafen uns wie üblich in meinem Zimmer, immer unvorsichtiger, was Mrs. Watson betraf.

Sylvia hatte eine Weile geschlafen und gerade die Augen aufgeschlagen. Ich schob meinen Kopf ein Stück auf dem Kissen zurück, um ihr ganzes Gesicht sehen zu können. Sie sah mich nicht an, schaute stattdessen auf die Wand mit der geblümten Tapete, vielleicht auch auf das Fenster, durch das die Sonne hereinschien. Wir wagten nie, das Rollo herunterzuziehen. Vielleicht würde Mrs. Watson dann begreifen, was da vor sich ging. Sylvias Gesicht war ausdruckslos, die hellblauen Augen ganz groß. Sie war wie ein Gemälde, eine Art moderne, unergründliche Mona Lisa.

»Deine Familie hat also auf dem Land ein Haus gebaut?«, versuchte ich ein Thema wieder aufzugreifen, über das wir uns unterhalten hatten, bevor wir einander in die Arme gefallen waren.

»Ja, ein großes. Mit viel Land drumherum.«

»Ja, ich kann mich erinnern, dass du gesagt hast, du seist reich.«

»Genau, in gewisser Weise gehört es allein mir…« Sie legte sich auf den Rücken und versuchte, das zerknüllte Laken unter sich glattzustreichen.

»Und deine Familie?«, fuhr ich fort. »Warum müssen wir eigentlich immer so geheimnisvoll tun? Du willst nicht, dass ich anrufe, nicht erzähle, dass wir uns sehen.«

»Du bist mein wunderbares Geheimnis.«

»Ich will nicht dein Geheimnis sein«, sagte ich. »Ich will richtig dir gehören…«

»Du bist süß«, sagte sie fast mechanisch, schaute mich dabei jedoch nicht an, sondern starrte zur Decke. »Aber das geht nicht.« Sie schwang die Beine über die Bettkante und suchte ihre Kleider zusammen, die im Zimmer verstreut lagen.

*

An der Market Street im heutigen Cambridge gehe ich vom Caffè Nero das kurze Stück bis zur Sidney Street und biege dann rechts ab. Wie im größten Teil von Cambridge City sind hier Fußgängerzonen. Ich spüre eine zunehmende Spannung, eine immer stärker werdende Lust, einen tieferen Spatenstich in das Vergangene zu wagen. Vielleicht sollte ich sie einfach besuchen, bei ihr in der Tür stehen und sagen: »Hallo, Liebling, erinnerst du dich noch an mich?« Ich werde bei diesem Gedanken ganz aufgekratzt, denn plötzlich bin ich fest davon überzeugt, dass sie mein Lächeln erwidern wird. Aber es kann ja auch ganz anders kommen, vielleicht stoße ich auf eine große Kinderschar und einen mürrischen Ehemann in Unterhemd, den ich bei einem Fußballspiel im Fernsehen störe.

Die Stimmen der Vernunft und der Unvernunft buhlen um meine Aufmerksamkeit. Beide rufen sie immer lauter, bis sie einen Kompromiss finden. Den entdecke ich im Hauptpostamt ein Stück weiter die Straße hinunter. Ich blättere im Telefonbuch. Mein innerer Kampf der Stimmen kann vielleicht gelöst werden. Es ist wohl anzunehmen, dass sie gar nicht mehr hier wohnt, dass sie schon vor langer Zeit weggezogen ist.

Mein Zeigefinger streicht über die Seite und bleibt stehen, der gleiche Name, die gleiche Adresse. Ich schlucke, spüre, wie mein Herz noch heftiger schlägt. Ihre Wärme kommt näher, aber auch die Augen des sterbenden Mannes. Ich will nicht daran denken, gehe wieder hinaus auf die Straße und laufe auf gut Glück herum. Weit komme ich nicht, da stehe ich an einem Ort, den ich sofort wiedererkenne, dem Busbahnhof. Hinter einem langgestreckten zweigeschossigen Gebäude mit Dachwohnungen und Giebeln, alles in graubraunem, schmutzigem Ziegelstein, breitet sich ein gepflasterter, großer Platz aus. Drummer Street, hier kommen die Busse an und biegen in die Haltebuchten ein, eine für jede Buslinie, wo sie warten, bis sie zur nächsten Fahrt rückwärts wieder hinausmanövrieren. Vor den Bussen, unter einem langen Plastikdach, das auf Stahlträger montiert ist, warten die Fahrgäste auf ihre Linie. Ich meine mich genau erinnern zu können, dass die Busse damals rot waren. Jetzt sind sie blau, oder genauer gesagt blau und weiß.

Ich trete unters Dach. Vielleicht ist das gar kein Zufall, aber plötzlich sehe ich einen Fahrplan, auf dem steht *Richtung New Market*. Und auf dem Weg dorthin gibt es eine Haltestelle: Little Wilbraham. Der Bus steht bereit, ein paar Fahrgäste steigen zu. Ich fasse einen schnellen Entschluss, gerade bevor der gestresste Fahrer die Türen schließt. Er ist so in Hektik, dass er nicht einmal Geld von mir haben will, sondern mir nur durch eine Handbewegung zu verstehen gibt, ich solle mich hinsetzen.

Während der Bus sich auf die Newmarket Road zubewegt, überkommt mich ein Gefühl, das ich auch als junger Mensch oft hatte, Neugier und Angst zugleich. Aber ich beruhige mich. Nach Little Wilbraham zu fahren, bedeutet noch lange nicht, dass ich Sylvia besuchen werde. Sie wohnt ja trotz allem noch ein Stück weiter. Aber warum nicht das Pub wieder aufsuchen, wenn es das noch gibt? Vielleicht ist es ja möglich, im »The Hole in the Wall« zu Mittag zu essen.

*

Wie üblich kam Sylvia am nächsten Tag. Bereits durchs Fenster konnte ich an der Art, wie sie aufs Haus zuging, erkennen, dass etwas passiert war. Als ich die Haustür öffnete, war es offensichtlich. Ich vermisste den kurzen Augenaufschlag, der nur mir galt: Wir haben ein Geheimnis, ich sehne mich danach, wir werden gleich…

Sicher in meinem Zimmer angelangt, wollte ich sie wie immer in die Arme nehmen, ihr die Kleider Stück für Stück ausziehen. Aber sie entzog sich mir. Unruhe drang in mich wie das Wasser in ein auf den Grund sinkendes Wrack.

Sie trug einen Seidenschal, der Teile ihres Gesichts und Halses verbarg. Das Tuch war rot, es hatte etwas Erregendes an sich. Zuerst glaubte ich, sie trüge es deshalb. Ich wollte es aufbinden.

»Lass das«, sagte sie. Aber das war keine Stimme, die mich überzeugte. Ich löste den Knoten und zog das Tuch herunter. Zwei große, blaurote Flecken saßen auf jeder Seite der Luftröhre an ihrem Hals. Ein ähnlicher, aber viel größerer blauer Fleck erstreckte sich über einen Wangenknochen. Sie hob eine Hand, um die Verletzungen zu verbergen.

»Was um alles in der Welt ist das?«, rief ich aus.

»Am Hals sind es die Abdrücke von Daumen«, sagte sie flüsternd, aber äußerst deutlich. »Zwei Daumen, die den Hals zudrücken, genau da, wo das Blut am stärksten fließt. Du weißt sicher, was passiert, wenn man die Blutzufuhr zum Gehirn stoppt? Das wäre geschehen, wenn er ein wenig länger zugedrückt hätte.« Sie schluchzte, ihre Hände zitterten.

»Sylvia…« Ich wusste nicht, was ich sagen sollte.

»Trotzdem bin ich zu dir gekommen.« Ihre unschuldigen Augen klammerten sich an meinem Gesicht fest. »Aber du schreist und fluchst nur, wenn ich dich am dringendsten brauche.«

»Entschuldige«, sagte ich. Ich setzte mich neben sie aufs Bett und nahm sie in die Arme. Sie lehnte ihren Kopf an meine Schulter, und ich murmelte reuevoll: »Verzeih, verzeih mir, du Ärmste, meine Geliebte, niemand darf dir wehtun...«, während das Unfassbare mir in aller Deutlichkeit klar wurde und die Vorwürfe mir selbst gegenüber sich in Wut gegen jemand anderen verwandelten.

»Wer?«, zischte ich, als ihr Schluchzen langsam abebbte.

»Das spielt doch keine Rolle«, sagte Sylvia. »Du kannst sowieso nichts dagegen tun. Aber du sollst alles sehen.« Langsam zog sie sich Pullover und Hose aus, der Bauch war voller blauer Flecken, die Oberschenkel vollkommen rot und blau. Und die Unterarme entlang liefen frische rote Streifen, weitere Wunden. »Er hat sich nicht damit zufriedengegeben, mich erwürgen zu wollen.«

Jetzt stand es für mich unerschütterlich fest, Sylvia musste beschützt werden, und derjenige, der das getan hatte, musste bestraft werden und zwar hart bestraft!

»Wer?«, schrie ich. Aber mein Wutausbruch schien die falsche Wirkung zu haben. Es sah so aus, als würde Sylvia auch vor mir Angst bekommen. Sie rollte sich zusammen und begann erneut zu weinen. Erst nach einer ganzen Weile war sie wieder fähig zu sprechen.

»Niemand, den du kennst. Du verstehst nicht...«

»Nein, aber ich will verstehen, und ich will auch, dass dieses Monster versteht!«

Das Zimmer war heiß wie immer, die Sonne schien durch das Fenster herein, das auf den verwilderten Garten zeigte. Dennoch schien sie zu frieren, vielleicht wollte sie auch nur ihre Nacktheit und ihre Blessuren verbergen, jedenfalls zog sie sich das Laken über den Körper. Sie saß im Bett, den Rücken gegen das Kopfteil gelehnt, die Beine an den Körper gezogen.

»Er ist eifersüchtig, deshalb ist es passiert. Dieses Mal.«

»Wo?«

»Zu Hause.«

Ich setzte mich ebenfalls aufs Bett. Jetzt wollte ich alles von ihr wissen. Bisher hatte das keine größere Rolle gespielt. Unser gemeinsames Leben bestand nur aus uns beiden in einem stickigen Zimmer am Nachmittag, sie bei einem Ausländer zufällig zu Besuch, ich in einem fremden Land, das ich bald wieder verlassen sollte, verliebt in eine Frau, die ich nicht wirklich begriff. Wir hatten keine andere Chance gehabt, uns nicht getraut, mehr zu wagen. Doch jetzt war alles anders. Die Welt um uns herum drängte sich uns auf, sie war brutal in unsere eingedrungen.

»Ist das jemand bei dir zu Hause, der ...?«

»Ja.« Dann sah ich die Falte zwischen ihren Augenbrauen, und sie fiel noch mehr in sich zusammen. »Er heißt Michael.«

»Bist du verheiratet?«, fragte ich, die Welt schien unter mir zu schwanken.

»Nein, nein ...«, versicherte sie mir und schüttelte energisch den Kopf.

»Dein Vater? Dein Bruder?«

»Nein, Michael ist mit meiner Mutter verheiratet. Er ist mein Stiefvater.« Sie leckte sich die Lippen, umschlang sich mit den Armen und legte sich die Handflächen auf die eigenen Schultern. Wie ein kleines, verschüchtertes Häufchen saß sie da auf dem Bett und umklammerte sich selbst. Dann holte sie tief Luft und fuhr fort.

»Meine Mutter ist momentan so gut wie nie zu Hause. Die beiden haben vor ein paar Jahren geheiratet. Mama ist schön, sie ist immer umschwärmt gewesen. Vielleicht sucht sie sich einfach die falschen Männer aus. Denn sie hat ihn ausgewählt. Sie hat Michael umgarnt, sein Interesse geweckt, ihn langsam um den kleinen Finger gewickelt, so dass er zum Schluss vor ihr auf die Knie gefallen ist, um sie zu bekommen. Er konnte einfach nicht ohne sie sein. Als das geschehen war, hat sie sich verändert. Das schöne Haus, in das sie vorher unbedingt ziehen wollte, interessierte sie immer weniger. Die beiden sehen sich kaum noch. Zuerst tat Michael mir leid, dann merkte ich, dass auch seine Gefühle für meine Mutter immer mehr abkühlten. Er hat sich wahrscheinlich einfach reingelegt gefühlt.«

Sylvia legte die Hände auf die Knie, faltete sie, öffnete sie wieder, wollte plötzlich das Laken umklammern, sich durch die Haare fahren, mit allem herumfingern, was ihr in die Hände kam. Sie schaute auf, sah mich an, schlug aber gleich wieder die Augen nieder. Sie erzählte weiter, als spräche sie nur zu sich selbst.

»Ich wollte eigentlich nie dort wohnen. Aber das Haus ist groß, und ich konnte ganz für mich sein, wie in einer eigenen Wohnung. Das gefiel mir als Übergangslösung, ich hatte nicht mehr lange bis zu meinem Examen, und es war billig. Eines Nachts kam er betrunken nach Hause. Er war zwar immer etwas schwer zu verstehen gewesen, und wir waren uns auch nie wirklich nah, aber bis dahin hatte ich keine Angst vor ihm gehabt. Jetzt kam er in den ersten Stock, riss die Tür zu meinem Zimmer auf, weckte mich und schrie: ›Du siehst genauso aus wie deine verfluchte Mutter! Nur noch hübscher als sie!‹ Dann zog er sich aus und kroch zu mir ins Bett. Michael ist natürlich viel älter als ich, aber er ist ein großer, kräftiger Mann. Ich wusste, er würde mich vergewaltigen, und das tat er auch. Aber Widerstand leisten, das traute ich mich nicht. Und ich frage mich, ob er überhaupt begriffen hat, was er da tat. Seitdem ist es die Hölle für mich.«

»Wie lange geht das schon?«

»Seit mehreren Monaten, vielleicht ein halbes Jahr, immer mal wieder. Ab und zu schlägt er mich. Und manchmal kommt er nachts zu mir.«

»Sylvia, Liebes, ich habe nie etwas gemerkt, du warst immer so fröhlich … Das ist nicht möglich.«

»Doch.«

»Aber warum bist du nicht einfach ausgezogen? Und hast ihn bei der Polizei angezeigt.«

»Das ist nicht so leicht.« Sie sah verärgert aus und brachte mich wieder dazu, mich zu schämen. »Michael verfolgt mich, er bedroht mich. Und was die Polizei betrifft, so glauben die ihm bestimmt eher als mir, du weißt doch, wie das ist. Er ist ein angesehener Professor an der Universität.«

»Das spielt keine Rolle, du musst da weg.«

»Gestern saß er auf der Terrasse zum Garten hin, als ich von dir heimkam. Er hatte getrunken. Ich huschte vorbei nach oben, in mein Badezimmer. Gerade als ich mich ausgezogen hatte, riss er die Tür auf. ›Verdammte Hure!‹, hat er geschrien. ›Du bist genau wie deine Mutter!‹ Dann hat er mich geschlagen und schließlich gewürgt. Als ich wieder zu mir kam, lag ich auf dem Badezimmerboden.«

»Du gehst nicht wieder dorthin zurück. Niemals!«

»Michael ist heute in London, da wird mir nichts passieren. Aber du hast recht. Es ist eigentlich sonnenklar. Ich muss von dort weg.«

»Und zur Polizei gehen!«

»Ja, aber ich muss erst darüber nachdenken, mir klar darüber werden, wie ich vorgehe. Willst du mir helfen?«

Sie sah so zerbrechlich aus, wie sie da saß, wie ein verletztes Vogeljunges. Ihr Blick hing an mir, so unschuldig wie immer, aber er bat mich um etwas. Sie war nicht mehr die Überlegene, jetzt brauchte sie Hilfe. Ich spürte, wie mein Körper stark und mächtig wurde. Nie, niemals würde ich sie im Stich lassen. Es gab nur eine Wahl, und ich nahm sie mit Freuden an.

»Du kannst mir vertrauen«, sagte ich und hörte, wie sicher meine Stimme klang. »Du kannst mit mir nach Schweden kommen, und dort wird er dich nicht finden.«

»Du bist so lieb«, murmelte sie.

Sie band sich sorgfältig das Seidentuch um den Hals, stand auf und zog sich an. Stellte sich vor den kleinen Spiegel, der schief hing, konnte sich kaum darin sehen, denn der Spiegel war ein wenig zu hoch für sie. Sie stellte sich auf die Zehenspitzen und kämmte sich die Haare. Und es schien, als fasste sie neuen Mut, während sie das tat. Plötzlich lachte sie auf und wandte sich mir zu.

Sie ging zur Tür, warf dabei kurz einen Blick aus dem Fenster und erstarrte. Schnell wich sie wieder ein paar Schritte zurück.

»Was ist?«, fragte ich.

»Ich glaube, ich habe jemanden da draußen gesehen. Michael, meine ich. Ich habe immer Angst, dass er irgendwo auftauchen könnte.«

Ich trat ans Fenster und schaute hinaus. Der frühere Gemüsegarten sah immer noch so verwildert aus wie eh und je, auch wenn die Hitzewelle langsam ihre Spuren in dem Wildwuchs hinterließ. Das Grundstück links, mit einem gepflasterten Vorplatz und winziger Rasenfläche, lag vollkommen leer und verlassen auf der anderen Seite des niedrigen Zauns. Auf dem Grundstück zur Rechten befand sich jemand, er hockte ganz hinten in einer Ecke. Ich bohrte meinen Blick in seine Richtung.

»Ich denke, Michael ist in London?«

»Ja, das hat er gesagt. Aber man kann nie sicher sein. Er hat das Talent, überall aufzutauchen. Ich bin der Meinung, ich hätte jemanden gesehen, der über das Grundstück lief. Kannst du etwas erkennen?«

»Ja. Wie sieht Michael aus?«

»Michael ... Ja ... Du, ich bin einfach nicht in der Lage, über ihn zu reden ...«

Ich nahm wahr, wie der Mann auf dem Grundstück nebenan aufstand. Es sah so aus, als hätte er da gehockt und all seine Energie darauf verwendet, ein Stück Land vom Unkraut zu befreien. Jetzt betrachtete er sein Werk mit einer gewissen Zufriedenheit. Er nahm eine Gießkanne hoch und begoss den Flecken.

»Trägt Michael ein blaues Hemd?«, fragte ich.

Sylvia zuckte zusammen, als bestätigte meine Frage, dass Michael tatsächlich da unten stand.

»Ja, er hat ein blaues Hemd«, sagte Sylvia.

»Ich frage mich, ob nicht die meisten Männer ein blaues Hemd haben«, versuchte ich die Dramatik etwas abzumildern.

»Der Mann, der da draußen steht, trägt ein blaues Hemd, aber das muss einer der Nachbarn sein. Du bildest dir Dinge ein, weil du Angst hast.«

»Der Mann, den ich gesehen habe, hatte etwas Blaues an.«

Die Sonne schien grell auf die Gärten zwischen den Reihenhäusern. Die einzige Person weit und breit war der Mann, der seine Pflanzen goss.

»Komm, sieh selbst«, sagte ich, um sie zu beruhigen.

Sylvia trat ans Fenster und warf einen kurzen Blick auf den Mann.

»Nein, das ist nicht Michael«, sagte sie. »Aber ich habe geglaubt… Ich muss nachdenken«, wiederholte sie. »Wir reden morgen weiter.«

Ich ging die Treppe hinunter, in die Küche zu Mrs. Watson. Als die Haustür ins Schloss fiel, brummte die alte Dame, ohne aufzublicken: »Na, irgendwann könntest du sie mir auch vorstellen. Ihr seid nicht besonders gut im Versteckspiel.«

*

Das Pub »The Hole in the Wall« ist nicht mehr das alte. Das Haus ist renoviert worden, der Putz eher weiß als grau, wie ich ihn in Erinnerung habe. Das Schild mit dem Namen an der Häuserecke ist durch ein moderneres ersetzt worden, und das große Schild zur Straße hin »The Star Brewery Cambridge Ltd.« ist fort. Auf dem Platz vor dem Haus sind Blumen und eine Rasenfläche angelegt worden. An einer Ecke ist ein Anbau zu sehen.

Ich gehe hinein und bemerke weitere Veränderungen. Die einfachen Bänke sind verschwunden. Der hintere Teil, wo ich an jenem Abend saß, als ich Sylvia kennenlernte, ist jetzt eine Bar mit offenem Kamin, Tresen, an den Wänden stehenden Sofas und einigen Tischen und Stühlen, mit rotem Plüsch gepolstert. Links neben der Tür, die zu dem Anbau führen muss, gibt es einen Speisesaal. Hier haben die Tische weiße Decken, und auf den Tellern liegen gefaltete Servietten.

Ich sehe mich um, trotz der Veränderung ist alles noch da. Ich fühle, wie Sylvia stehen bleibt, um ein Zusammenstoßen zu verhindern, ihr Lächeln trifft mich mit der gleichen Wucht wie damals.

Es ist genau zwölf Uhr. Ich setze mich in die Bar, um Mittag zu essen, während ich das Milieu und die Vergangenheit einatme. Irgendwie lässt mich Sylvia wieder fröhlich werden, während der inzwischen vergangenen Jahre hat sie mich eher unruhig gemacht. Die Zeit hat mich in allem gestärkt, außer in meinem Verhältnis zu Sylvia. Jetzt fühle ich mich plötzlich auch in dieser Beziehung stark und muss mir eingestehen, dass ich damals ein vor Liebe blinder junger Mann war, der ihr so willenlos folgte wie ein Blatt dem Wind. Ich weiß, dass mir so etwas heute nie wieder passieren würde.

Vor gar nicht vielen Jahren habe ich eines Abends einem Freund davon erzählt, es war das erste Mal, dass ich mit jemandem über meine Beziehung zu Sylvia sprach, gestärkt durch diverse Gläser Whisky. Ich erwähnte nicht alles, und schon gar nichts von dem Mord und auch nichts davon, dass ihr Stiefvater sie misshandelte. Mein Freund ist Psychiater, und trotz Whisky konnte er seine Berufsrolle nicht so recht ablegen.

»Leidenschaft?«

»Ja, das kann man wohl sagen ...«

»Aber wer warst du damals? Ich kenne dich als eine ziemlich selbstsichere und rationale Person, wenn auch ein wenig zurückhaltend.«

»Das ist lange her, damals war ich noch ganz anders.«

»Du kannst dich an eine Person erinnern, die achtzehn

Jahre alt war«, sagte mein Freund. »Und diesem Achtzehnjährigen hast du nie erlaubt, erwachsen zu werden, zusammen mit dem Rest von dir. Er scheint in der Entwicklung stecken geblieben zu sein.«

»Ja«, sagte ich. »Vielleicht bin ich in der Entwicklung stecken geblieben, was sie betrifft.«

»Hättet ihr euch noch ein paar Wochen länger getroffen, wäre das vielleicht vorübergegangen, zu etwas geworden, woran du dich kaum noch erinnern kannst.«

»Das glaube ich auf keinen Fall!«

»Nein, natürlich tust du das nicht«, nickte er. Er schaute mich verstohlen an und fuhr fort. »Aber diese Sylvia... Sie hat wahrscheinlich Hilfe gebraucht.«

»Ich habe ihr geholfen«, rutschte es mir heraus.

»Ich meine professionelle Hilfe.«

»Wieso?«

»Das ist schwer zu sagen. Aber verletzlich und launenhaft, an einem Tag himmelhoch jauchzend, am nächsten zu Tode betrübt, etwas weltfremd, sexuell hemmungslos... da fehlt nur noch die große Angst, verlassen zu werden. So etwas zwischen Psychose und Neurose... aber entschuldige, ich sollte hier nicht deine alten Jugendlieben analysieren. Die pflegen ja eigentlich immer auf irgendeine Art und Weise verrückt zu sein.« Er lachte verhalten.

Aber seine Worte blieben mir im Kopf. Vielleicht habe ich sie ja nie richtig gesehen, sah immer nur mich selbst, suhlte mich in meiner eigenen Besessenheit?

Es ist fast zwei Uhr. Die Mittagsgäste, einige Touristen und Geschäftsleute aus Cambridge, haben nach und nach das Pub verlassen, das jetzt fast leer ist. Ich bitte um eine weitere Tasse Kaffee. Die Kellnerin, die während der Stoßzeit einen gehetzten Eindruck machte, kann jetzt das Tempo drosseln und hat einen Moment Zeit, als sie mit dem Kaffee zu mir kommt.

»Schön, es ruhiger angehen zu können«, sagt sie, und ich

weiß nicht, ob sie von sich selbst spricht oder von mir. Aber das spielt auch keine Rolle, wichtig ist nur der Kontakt.

»Ich schaue mich ein wenig in der Gegend um«, erkläre ich. »Das letzte Mal war ich vor dreißig Jahren hier. Inzwischen sieht vieles anders aus.«

»Das kann ich mir denken«, stimmt sie mir zu, und mir kommt in den Sinn, dass sie kaum älter als fünfundzwanzig ist.

»Kennen Sie die Leute hier in der Gegend?«

»Teils, teils. Natürlich gibt es Stammgäste aus der Umgebung, aber ich jobbe hier nur ab und zu.«

»Dann kennen Sie Captain Bolton nicht?«, frage ich und versuche gleichzeitig auszurechnen, wie alt er inzwischen sein muss. So um die achtzig, wenn er noch lebt. »Er wohnt, oder er hat zumindest hier in der Straße gewohnt.«

Sie schüttelt den Kopf. »Nein, den kenne ich nicht. Wollten Sie ihn hier nach all den Jahren wiedertreffen?«

»Ich weiß es nicht, schon möglich.«

Sie beugt sich zu mir vor und sagt mit leiserer Stimme: »Wenn Sie etwas über die Bewohner hier im Viertel wissen wollen, dann müssen Sie mit Mrs. Cooper reden. Sie sitzt da hinten. Sie wohnt hier.« Ich folge ihrem Blick und sehe eine Frau in den Siebzigern mit wachen Augen und scharfen Gesichtszügen. Vielleicht ist ihre Nase etwas gerötet, aber sie strahlt eine Art selbstverständliche Würde aus. Es scheint, als gehöre ihr der Platz, auf dem sie sitzt. Als ich hereingekommen bin, habe ich sie nicht bemerkt, aber jetzt ist mein Interesse geweckt. Die Kellnerin beugt sich noch weiter zu mir vor und senkt die Stimme noch mehr, als sie fortfährt: »Mrs. Cooper schaut jeden Tag gegen zwei Uhr auf ein Glas herein. Ich weiß nicht, was für sie wichtiger ist, ein Glas zu trinken oder sich eine Weile zu unterhalten. Sie hat ihr ganzes Leben lang hier im Ort gewohnt, sie ist ein wandelndes Lexikon. Das Problem ist nur, dass die Bewohner mittlerweile keine Lust mehr haben, dieses Buch aufzuschlagen.«

Ich gehe hinüber zu Mrs. Coopers Tisch und frage sie, ob ich mich zu ihr setzen darf. Sie schaut mich neugierig an, und als ich ihr sage, dass ich jemanden suche, der die Geschichte des Ortes kennt, erstrahlt sie.

»Junger Mann«, sagt sie zu mir. Während ich noch überlege, ob sie eine Brille braucht oder ob das eine Redensart ist, fährt sie fort: »Bei mir sind Sie genau richtig.«

*

Später am gleichen Abend machte ich mir große Sorgen um Sylvia. Immer wieder sah ich in Gedanken ihre blauen Flecken und bereute, dass ich sie überhaupt hatte gehen lassen. Plötzlich hörte ich das leise Surren des Telefons unten im Flur. Es klingelte ein paar Mal, dann war es still. Kurz danach ahnte ich Mrs. Watsons langsame, kaum hörbare Schritte auf der Treppe, und als sie oben auf den Flur kam, wusste ich, dass etwas passiert war. Mrs. Watson war nach der Treppe etwas außer Atem, sie sah beunruhigt aus.

»Da will jemand mit dir sprechen… Ich glaube, *sie* ist das.«

Voller böser Vorahnungen eilte ich die Treppe zum Flur hinunter, wo Mrs. Watson den Telefonhörer abgelegt hatte.

Sylvia hatte Angst, große Angst. Ihre Stimme zitterte, sie redete schnell, und es fiel ihr schwer, die Worte herauszubringen.

»Er ist zu Hause, es tut so weh. Er hat mich wieder geschlagen. Ich habe Angst, dass er mich totschlägt.«

»Kannst du abhauen?«

»Möglich, ich weiß es nicht. Ich habe von dir erzählt. Von unserer Beziehung.«

Vor mir sah ich den gewalttätigen Mann, rasend vor Eifersucht.

»Warum hast du davon erzählt?«, rutschte es mir heraus.

»Ich musste es, ich kann nicht mehr so leben. Du hast doch gesagt, dass ich mit dir nach Schweden gehen kann. Ich will mich nicht von dir trennen.«

»Gut.«

»Willst du mir helfen oder nicht?«

»Ich komme sofort. Dann fahren wir zusammen weg. Er wird uns nicht aufhalten können.«

»Es ist schlimmer, als du denkst. Er kann uns aufhalten. Er hat eine Waffe, eine Pistole, und er droht damit, mich zu töten, wenn ich so etwas versuche. Und dich auch, wenn du hier auftauchst.«

Ich schluckte. »Ich bringe die Polizei mit!«

»Auf keinen Fall! Wenn er nur einen Polizeiwagen in der Nähe sieht oder ein Polizist hier an die Tür klopft, dann bedeutet das, dass ich tot bin.«

»Ich kann doch nicht nur hier herumsitzen ...«

»Es gibt eine Möglichkeit«, sagte Sylvia, plötzlich etwas ruhiger, während ich dagegen vollkommen aufgeregt war. »Wir müssen einen Nachbarn besuchen, einen Freund von ihm, und dort werden wir den ganzen Abend bleiben. Ich lege Michaels Pistole in der Eingangshalle in die oberste Schublade.«

Ich hörte zu, wollte sie nicht unterbrechen. »Hörst du?«, flüsterte sie. »Ich muss mich beeilen, er ist auf dem Weg hierher, wo ich mit dem Telefon stehe.« Jetzt redete sie immer schneller. »Ich sorge dafür, dass die Haustür nicht verschlossen ist. Komm genau um halb zehn Uhr ins Haus. Nimm die Pistole, so dass er sie nicht holen und uns schaden kann. Um halb zehn werde ich so tun, als müsste ich zur Toilette. Stattdessen laufe ich hinaus in den Wald, der ein paar hundert Meter hinter unserem Haus beginnt. Dort warte ich auf dich. Du kannst direkt durch das Haus gehen, hinaus auf die Terrasse und dann einfach immer weiter geradeaus, wir sehen uns dort. Und dann hauen wir ab.«

»Und wenn er kommt?«

»Er kommt gegen uns beide ohne Waffe nicht an, und wenn er es versucht, musst du ihn mit der Pistole bedrohen. Davor wird er Angst haben! Jetzt ist er auf dem Weg hierher. Ich muss aufhören. Wenn du mich liebst, darfst du mich nicht enttäuschen.«

Plötzlich war es still am anderen Ende, und dann legte jemand den Hörer auf. Ich wurde von Panik ergriffen. Ich fühlte Sylvias Angst, als wäre es meine eigene, und bekam eine Riesenwut auf den Teufel, der ihr so übel mitspielte. Und das gab mir Energie. Schließlich war das Ganze ja gar nicht so kompliziert. Ich schaute auf die Uhr. Es war halb neun. Ich würde es mit dem Bus schaffen, auch wenn er nicht ganz dorthin fuhr. Die letzten zwanzig Minuten würde ich gehen müssen.

Ich brach auf, nachdem ich mir noch schnell einen dunklen Pullover über das Hemd gezogen hatte. Mrs. Watsons Blick taxierte mich auf dem Weg hinaus.

»Liebeskummer?« Sie sah mich mitleidig an.

»Kein Problem«, murmelte ich, als die Haustür schon wieder hinter mir ins Schloss fiel. Ich war Hals über Kopf aufgebrochen, hatte nicht weiter nachgedacht, aber es gab auch keine echten Alternativen. Jetzt musste gehandelt werden. Nachdem ich aus dem Bus gestiegen war, beeilte ich mich die letzten zwanzig Minuten, während ich mir immer wieder Sylvias Anweisungen ins Gedächtnis rief. Solange ihr Stiefvater im Nachbarhaus war, bestand keine Gefahr. Ich kannte die Adresse, war aber noch nie vorher dort gewesen. Um zwanzig nach neun kam ich ans Ziel. Es war dunkel bis auf das Licht aus den Fenstern dreier großer Villen, die an der Straße lagen.

Ich schlich in Richtung Haus und wartete in der Dunkelheit hinter einem Gebüsch.

Zwei Minuten vor halb zehn. Geduckt betrat ich das Grundstück, voller Angst, jemand könnte meinen Schatten aus einem der Fenster sehen. Ich wurde die Auffahrt zum Haus hinauf schneller und konnte schon die Eingangstür erkennen. Die Lampe, die dort hing, war dunkel, was mich beruhigte. Ich blieb auf der Fußmatte stehen und lauschte, hörte aber nichts. Dann sah ich auf die Uhr, genau halb zehn. Ich legte die Hand auf die Klinke und drückte sie langsam nach unten, dann zog ich die Tür auf. Es war, wie Sylvia gesagt hatte, die Tür war unverschlossen, und sie glitt ohne einen Laut auf. In der Eingangshalle war es dunkel. Ein schwaches Licht drang aus einem großen Raum im Haus in meine Richtung. Es gab große Panoramafenster, die jetzt bei der Dunkelheit draußen aber nur wie Spiegel funktionierten. Ich schaute mich um. Gemälde bedeckten einen großen Teil der einen Wand der Eingangshalle, und unter einem kleinen Spiegel stand eine Kommode. Die oberste Schublade? Ich sah mich weiter um, an der Wand stand ein antiker Schrank. Ganz unten im Schrank gab es Schubladen. Einen Moment lang zögerte ich. Kommode oder Schrank, beide hatten Schubladen. Ich musste weiter, hatte es eilig, keine Zeit, um nachzudenken … Ich machte einen Schritt auf den Schrank zu und entdeckte daneben ein Telefontischchen. Das Telefon erschien mir vertraut, aber da lag noch etwas. Ich trat an das Tischchen. Dort befand sich eine Pistole. Ich ergriff sie, mein Herz schlug so laut, dass ich kein anderes Geräusch bemerkt hätte, wäre eines zu hören gewesen. Hatte Sylvia es nicht geschafft, sie in die Schublade zu legen? Hatte sie sofort nach unserem Gespräch vom Telefon wegrennen müssen, damit er nicht sah, dass sie die Pistole hatte?

An der Wand über Schrank und Telefontisch hingen gekreuzte Schwerter und andere alte Waffen. Eine böse Ahnung ergriff mich. Vielleicht gab es noch mehr Waffen. Konnte ein Mann wie Michael nicht mehrere Waffen besitzen? Wenn er Sylvia und denjenigen verfolgte, der mit ihr fliehen wollte, jemanden, der ihm gefährlich werden konnte, indem er ihn entlarvte, würde er dann nicht bewaffnet sein?

Aber es blieb keine Zeit, darüber nachzudenken, jetzt hieß es handeln. Also schob ich alle Bedenken beiseite. Sylvia musste es ja wissen. Und auch wenn mein Herz weiter wie verrückt schlug, spürte ich, wie mit der Pistole in der Hand meine Zuversicht wuchs. Ich wollte meine Geliebte retten, wir würden die Möglichkeit bekommen, richtig miteinander zu leben, uns bis ins Innerste kennenzulernen und unsere

Liebe nicht auf eine kurze Zeit von einigen Wochen begrenzen müssen. Ich ging zu dem Panoramafenster, schaute auf die Uhr, zwei Minuten nach halb. Zwischen zwei großen Fenstern befand sich die Terrassentür, durch die ich hinausging. Draußen holte ich erst einmal tief Luft. Ich durchquerte den Garten. Immer geradeaus, hatte Sylvia gesagt. Ich wartete kurz, damit sich meine Augen an die Dunkelheit gewöhnten, dann ging ich los. Es war nicht vollkommen schwarz. Der Abend war klar, der Sternenhimmel wölbte sich über mir. Vielleicht würde ja bald der Mond aufgehen. Man konnte ein Stück Weg erahnen. Ich ging hastig weiter, voller Angst, zu spät zu kommen, den Vorsprung wieder zu verlieren, den Sylvia uns verschafft hatte, als sie hinausschlüpfte.

Plötzlich sah ich sie in einiger Entfernung in einem hellen Kleid. Es schien zu leuchten, hob sie hervor, während alles um sie herum undeutlich war. Vielleicht waren es die Sterne, ich konnte es nicht sagen, auf jeden Fall sah ich die vereinzelt stehenden Bäume im Dunkel und Sylvia wie eine Lichtgestalt ein Stück weiter, während die Dunkelheit hinter ihr nur umso dichter wurde. Sie stand da, die Arme um den Leib geschlungen. Ich sah, dass sie Angst hatte. Aber ich bewunderte ihren Mut. Die Anspannung, die ich den ganzen Abend gespürt hatte, die sich noch gesteigert hatte, als ich mich ihrem Haus näherte, und fast unerträglich gewesen war, als ich hineinging, hatte mich immer noch in ihrem Griff. Dennoch blieb ich einen Moment stehen, ich war gezwungen, sie einfach nur anzusehen, mein Licht, wie sie nur gut zwanzig Meter von mir entfernt im Dunkeln strahlte.

Genau in dem Moment hörte ich ein Geräusch, irgendwo nicht weit von uns entfernt knackte etwas. Ein Tier, das sich bewegte? Ein Zweig, der von einem Baum fiel? Aber der Abend war ruhig, und instinktiv wusste ich, was es war. Das musste er sein. Die Bestätigung bekam ich umgehend von Sylvia. Sie hielt sich noch fester umschlungen, und ihr Schrei sagte alles, es war nicht nur das grelle Geräusch, das die Dunkelheit durchschnitt, es war die absolute Angst, die aus ihrer Stimme klang.

»Hilfe! Er will mich umbringen! Er hat eine Pistole!«

Es schien, als wollte der Ruf nicht verklingen, er drang mir direkt in den Kopf und wirbelte in meinem Gehirn herum, während ich fieberhaft versuchte, das Richtige zu tun. Hinterher war mir klar, dass alles blitzschnell abgelaufen sein musste, aber während der kurzen Zeit, als es passierte, erschien es mir genau andersherum. Es war ein Geschehen in Zeitlupe, bei dem wenige Sekunden sich in Ewigkeiten erstreckten, während derer viele Gedanken, wie unfertig und verwirrend auch immer, mir durch den Kopf schießen konnten.

Nach ihrem Schrei bewegte sich der Mann nicht mehr vorsichtig. Stattdessen schoss er wie ein Wahnsinniger hervor, ohne auch nur im Geringsten zu versuchen, die Geräusche seines Laufs zu dämpfen. Ich sah ihn in der Dunkelheit, und er rannte wie besessen auf Sylvia zu. Erneut hörte ich ihren panischen Schrei: »Er hat eine Pistole!«

Da gab es nur eins zu tun, ich musste versuchen, den Mann abzufangen, musste ihn um jeden Preis aufhalten. Anfangs war ich noch etwas langsam, gelähmt von dem Unfassbaren, das da vor sich ging, aber schnell wurde es besser. Er muss mich gesehen haben, dachte ich, genau wie ich ihn sah, wie wir beide auf Sylvia zustürmten. Ich erwartete, dass er mich angreifen würde, versuchte zu sehen, wie er die Pistole hielt, und fürchtete mich vor seinem Schuss. Doch der Mann kümmerte sich gar nicht um mich. Ohne auch nur eine Sekunde zu zögern, steuerte er zielbewusst auf Sylvia zu. Wir näherten einander, und ich konnte die Pistole fühlen. Sie lag kalt und schwer in der Hand, und ich musste mich entscheiden. Die Zeit dazu war extrem kurz. Ich war jetzt noch zehn Meter von Sylvia entfernt und er wohl höchstens fünf. Ich blieb stehen, hob die Pistole, von dem Gedanken erfüllt, ich könnte Sylvia treffen, wartete ich noch länger, vielleicht würde er ja wie durch ein Wunder plötzlich kehrtmachen und fliehen.

Irgendwo im Hinterkopf sah ich jene Pappfiguren in grüngrauen Camouflageuniformen vor mir auftauchen, die es bei Militärübungen gegeben hatte. Zögert nicht, hatte der Feldwebel geschrien. So viele Schüsse, wie ihr schafft, je mehr Löcher die Typen kriegen, umso besser, gebt ihnen nicht die Chance zurückzuschießen, kräftiges Sturmfeuer... Und die Pappfiguren sahen anschließend aus wie Siebe.

Der Mann musste gesehen haben, dass ich die Pistole gehoben hatte, schien sich aber überhaupt nicht darum zu kümmern. Während ich »Halt, bleib stehen!« brüllte, unternahm er ganz im Gegenteil eine letzte Kraftanstrengung.

Er machte einen Satz, warf sich ihr entgegen, flog die letzten Meter mit nach vorn ausgestreckten Armen durch die Luft. Ich meinte, kurz seinen Blick erkennen zu können. Im Nachhinein habe ich mich gefragt, wie das hätte möglich sein können, vielleicht war es auch etwas anderes, etwas in seiner Haltung oder in der Bewegung des Körpers. Aber woran ich mich erinnere, das war ein Auge, ein Blick der Verzweiflung und der Angst, nicht des Hasses oder des Wahnsinns. Aber was soll man von so etwas schon halten?

Währenddessen schickte mein von Panik erfülltes Gehirn ein Signal an meinen rechten Zeigefinger, der den Abzug umklammerte.

Ich spürte den Rückstoß, als die Waffe nach oben gerissen wurde, und hörte einen hässlichen Knall im Wald verhallen. Aber sonst geschah nichts. Der Mann flog weiter mit seinen vorgestreckten Armen durch die Luft, und die Kraft seines Sprungs und das Gewicht seines Körpers warfen Sylvia um. Sie fielen beide zusammen hin. Ich lief die letzten Schritte auf sie zu. Er lag auf ihr. Er drehte sein Gesicht, um mich anzusehen, hob den Kopf, aber der fiel wieder zurück und blieb auf Sylvias Schulter liegen. Einen Moment lang schloss er die Augen, und dann sah er mich mit mattem Blick an, öffnete den Mund, als wollte er etwas sagen, doch es kam kein Laut heraus.

Da sah ich das Dunkle unter ihm, die Pfütze, die sich vergrößerte und Sylvias weißes Kleid färbte. Ich begriff, dass sein Herz mit letzter Kraft das Blut aus seinem Körper pumpte. Sylvia riss sich von ihm los, richtete sich auf und starrte ihn mit regloser Miene an, fast genauso bleich wie der sterbende Mann. Mein Entsetzen ließ mich erstarren, er war bald tot, und ich war derjenige, der ihn getötet hatte. Gleichzeitig war die Erleichterung unsagbar, ich hatte Sylvia gerettet.

Als wäre mir vorher nie der Gedanke gekommen, traf mich die Vorstellung jetzt umso härter, dass hier ein Mensch mir zu Füßen lag, kein Monster, das aus dem Wald gekommen war. Es war ein Mann, er schien nicht sehr viel älter als Sylvia zu sein, war gut gekleidet, mit Weste und Krawatte. Es sah so aus, als hätte er eben erst sein Jackett bei seinem Nachbarn ausgezogen und sich mit der Kaffeetasse hingesetzt, um einen Cognac dazu zu trinken.

Der Blick des Mannes erlosch. Sylvia hatte seine letzten Qualen mit erschrockener Miene verfolgt. Jetzt wandte sie sich mir zu. Die Nacht war mild, das Dunkel und die Schatten spielten um uns herum. Ich sah sie an, aber das war nicht mehr sie. Ihre Augen, die mir immer einen offenen Weg in ihr Inneres gewiesen hatten, glänzten, ich spiegelte mich in ihnen wie in einem Spiegel, ich war einsam, bekam keinen Kontakt. Mir war klar, dass sie vollkommen außer sich war, und deshalb wollte ich versuchen, sie zu trösten und vor all dem Schrecklichen zu beschützen. Ich streckte ihr meine Arme entgegen, die Geborgenheit in ihnen war alles, was ich ihr im Augenblick bieten konnte. Doch sie zog sich zurück.

Da hörte ich in weiter Ferne Sirenen. Das musste ja nichts mit uns zu tun haben, brauchte nicht daran zu liegen, dass jemand den Schuss gehört oder etwas gesehen hatte. Wir lauschten dennoch eine Weile, und die Sirenen wurden immer lauter.

»Sylvia, Liebes«, versuchte ich es. »Du hast es geschafft, er konnte nicht … Es ist geschafft.«

»Es ist gar nicht geschafft«, murmelte sie.

»Wir werden alles erklären können«, sagte ich und versuchte aufmunternd zu klingen. »Man wird uns verstehen. Das war doch Notwehr, um dich zu retten.«

»Keiner wird es verstehen. Nicht einmal du.«

Während ich überlegte, was sie damit meinte, hörten wir, dass zusammen mit den Sirenen auch Stimmen näher kamen. Jemand rief in den Wald.

»Hallo! Was ist passiert? Wo seid ihr?«

Sylvia sah mich mit großen Augen aus kaltem Glas an.

»Lauf weg«, zischte sie. »Hau ab, nimm den Weg übers Feld hinter dem Wald. Der führt auf die Landstraße. Von dort kommst du weiter.«

»Sylvia...«, sagte ich, aber sie unterbrach mich.

»Und sieh zu, dass die Pistole irgendwo verschwindet, wo sie niemand finden kann.«

»Sylvia...«, versuchte ich es wieder. Aber sie unterbrach mich, ohne zuzuhören.

»Wir werden uns nie wiedersehen. Ich kenne dich nicht, habe dich nie gesehen.« Plötzlich war ich Luft für sie, ich interessierte sie nicht mehr. Sie stand wie eine Fremde in ihrem blutigen Kleid da.

»Hallo, ihr da! Ist alles in Ordnung? Das klang wie ein Schuss.«

Ich sah eine Taschenlampe in der Dunkelheit, einen Lichtstrahl, der zwischen den Bäumen hin und her hüpfte und nach etwas suchte. Gleichzeitig wurde das Sirenengeheul sehr laut. Der Polizeiwagen, denn jetzt war ich ganz sicher, dass es sich um einen handelte, war bestimmt an ihrem Haus angekommen. Und das bedeutete, dass die Polizei in wenigen Minuten hier sein würde.

»Begreif doch, das ist das Beste für alle«, hörte ich Sylvia sagen, während ich loslief. Dabei stolperte ich über eine Wurzel und fiel der Länge nach hin. Als ich mich aufrappelte, packte mich jemand und leuchtete mir mit der Taschenlampe direkt ins Gesicht. Instinktiv riss ich mich los. Jetzt ging es besser, und ich bekam einen Vorsprung.

»Stehen bleiben!«, schrie der Mann mit der Lampe, aber ich tat genau das Gegenteil. Ich rannte so schnell ich konnte, weg von dem Mann, den Waldrand entlang. Er schrie weiter hinter mir her, schien mir aber nicht zu folgen, denn seine Rufe wurden immer leiser, vom Abstand und dem Wald gedämpft. Als ich den Lichtstrahl seiner Taschenlampe nicht mehr zwischen den Bäumen herumhuschen sah, wechselte ich die Richtung und lief durch den Wald. Wie Sylvia gesagt hatte, gelangte ich nach einer Weile auf ein Feld. In dieser Gegend gab es keine ausgedehnten Wälder. Ich kletterte über einige Steinmauern und kam bald auf eine kleine Landstraße. Ich nahm das Magazin aus der Pistole. Wischte es ab und drückte es in den Lehm genau dort, wo ein Rohr unter der Fahrbahn verlief. Ich schraubte den Lauf ab, er landete unter einem Felsen am Rand eines Zauns. Dann lief ich den Weg entlang. Ich erkannte die Gegend wieder, es war die Straße nach Cambridge, und hier verkehrten auch die Busse, zuverlässige rote Doppeldecker.

In meinem Kopf waren nur zwei Gedanken, zum einen, wegzukommen, und zum anderen, nicht gesehen zu werden. Aus der Entfernung sah ich den Bus kommen, der die Straße vor sich erhellte. Im Licht der Scheinwerfer konnte ich auch eine Haltestelle erkennen.

Ich zögerte, der Bus bedeutete, dass ich von hier fortkam, er bedeutete aber auch, dass jemand, zumindest der Fahrer, mich sehen würde, wenn ich mein Ticket kaufte. Aber dann gewann mein Wunsch wegzukommen die Oberhand. Ich schob den Rest der Pistole in die Tasche und stieg ein, als der Bus angehalten hatte. Es gab nur wenige Fahrgäste, aber zumindest war ich nicht allein, und das war nur gut so. Je mehr Personen, umso kleiner das Risiko, dass sich jemand an mich erinnerte.

Ich ging die Wendeltreppe hinauf zum oberen Stockwerk und setzte mich ganz vorn hin, wo mir niemand ins Gesicht sehen konnte. Nach einigen Haltestellen musste ich feststellen, dass der Bus in die falsche Richtung fuhr, nicht nach Cambridge, sondern in die entgegengesetzte. Zuerst bekam ich einen Riesenschreck, dann sah ich ein, dass das sogar gut war. So würde vielleicht später jemand sagen: »Er fuhr in die andere Richtung.«

Ich ließ mich zurück auf den Sitz fallen und spürte, dass mein ganzer Rücken feucht war. Das war Schweiß, und das war nicht normal, der Schweiß lief mir in Bächen über Rücken und Bauch. Was nicht nur daran lag, dass ich gerannt war, es gab etwas in meinem Körper, das nicht stimmte. Ich spürte die Übelkeit, hätte mich am liebsten übergeben, unterdrückte das Gefühl jedoch. Ruhig atmen, ganz ruhig atmen.

Es war, als stünde auf meinem ganzen Körper geschrieben: Hier sitzt einer, der getötet hat und auf der Flucht ist, hier sitzt einer voller Panik. Gleichzeitig sah ich das Bild meiner selbst in der Fensterscheibe neben mir. Das Bild zeigte mich nicht so, wie ich mich innerlich fühlte. Nein, ich sah eigentlich aus wie immer. Aber Mörder sehen wahrscheinlich auch aus wie ganz gewöhnliche Menschen.

Ich kam erst sehr spät in der Nacht zu Mrs. Watsons Reihenhaus zurück, huschte wie eine ängstliche Maus hinein und legte mich aufs Bett. Ich hatte einen anderen Weg nach Cambridge genommen, den Pistolenkörper und das Endstück in einen Brunnen geworfen, den ich neben der Straße entdeckt hatte. Auf dem Bett liegend versuchte ich, meine Gedanken wieder unter Kontrolle zu bekommen, meine Angst und meine Erleichterung darüber, Sylvia gerettet zu haben. Während die Zeit verging, wuchs die Einsicht in meinem Bewusstsein. Ich hätte bleiben sollen, ruhig auf die Polizei warten, alles war doch so einfach zu erklären … Jetzt war es viel schlimmer, ich war geflohen, hatte mich der Pistole entledigt. Ich drehte mich nervös auf dem Bett hin und her, während die Nacht langsam in den Tag überging.

Schließlich muss ich wohl doch eingeschlafen sein. Ich

wachte schweißgebadet davon auf, dass jemand an die Tür hämmerte, warf einen Blick auf die Uhr und sah, dass es schon zehn Uhr morgens war. Schnell setzte ich mich in meinen verknitterten Kleidern im Bett auf, da klopfte es erneut an der Tür. Ich war mir ganz sicher, dass es die Polizei war. Sylvia musste die Wahrheit gesagt haben. Das Geräusch machte mir Angst, gleichzeitig erleichterte es mich. Ich stand auf, sah auf meine Schuhe, die deutliche Spuren meiner Flucht durch den Wald und über die Felder zeigten, und ging zur Tür.

»Christian! Bist du da?« Mrs. Watsons Stimme war nicht zu verkennen. »Ich habe dich beim Frühstück vermisst, mir aber schon gedacht, dass du ausschlafen willst.«

Ich öffnete vorsichtig die Tür und schaute hinaus. Vielleicht hätte ich lieber vorher in den Spiegel sehen sollen. Jetzt konnte ich meinen Zustand in Mrs. Watsons beunruhigtem Blick erahnen.

»Ist alles in Ordnung?«

»Ich habe nur in den Kleidern geschlafen. Ich muss schrecklich müde gewesen sein«, murmelte ich und wollte die Tür wieder zuziehen.

»Unten ist jemand für dich. Sonst hätte ich dich gar nicht geweckt. Ich habe ihn gebeten, sich einen Moment zu gedulden.«

Ich zog die Tür wieder zu und ging zum Waschbecken. Nachdem ich mir etwas Wasser ins Gesicht gespritzt hatte, mit dem Kamm durch die Haare gefahren war und saubere Kleidung angezogen hatte, betrachtete ich mich im Spiegel. Trotz allem sah ich wohl fast so aus wie immer. Ich ging aus dem Zimmer und hinunter auf den Flur. Red stand an der Haustür, gegen den Türpfosten gelehnt. Er hatte eine Zeitung unter dem Arm.

»Lass uns rausgehen, dann können wir reden«, schlug er vor.

Wir liefen über den kleinen gepflasterten Vorplatz, öffneten die Pforte und traten hinaus auf den Bürgersteig. Anschließend gingen wir die Straße hinunter, entlang an all den ebenso grauen Reihenhäusern.

»Hast du die Zeitung gelesen? Oder Radio gehört?« Red betrachtete mich mit wachsamem Blick.

»Nein«, sagte ich, mein Blick war auf den Randstein geheftet.

»Aber du weißt davon?«

Ich schaute zu Red auf, trotzig, wie ich denke. Wenn er mich schon aufgesucht hatte, sollte er gefälligst sagen, was er wollte.

»Von dem Mord daheim bei Sylvia.« Er machte eine kleine Pause. »Es steht schon in der Zeitung. Nur eine kurze Notiz. Aber es scheint, als wäre jemand ins Haus eingedrungen, hätte eine Pistole gestohlen und anschließend den Hausbesitzer erschossen.«

»Wie geht es Sylvia?« Das war trotz allem das Allerwichtigste.

»Ich weiß es nicht«, sagte Red. »Über sie steht nichts in der Zeitung.«

Wir gingen weiter die Straße entlang. Erst jetzt konnte ich meine eigenen Schritte hören und sehen, wie meine lehmigen Schuhe den Asphalt berührten. Ich hob den Blick. Der Himmel war blau. Wie konnte nur so schönes Wetter sein? Das war absurd, die Sonne schien, als wenn nichts passiert wäre.

Für eine Weile war Red still. Ich hatte das Gefühl, als wollte er mir die Gelegenheit geben, selbst das Gespräch anzufangen. Doch das gelang ihm nicht, also fuhr er schließlich mit leiser Stimme fort.

»Warst du gestern Abend bei ihr?«

»Wir können uns nicht in ihrem Haus sehen.«

»Ich weiß«, sagte Red.

»Ach ja. Woher weißt du das?«, fragte ich.

»Schließlich wohnt sie nicht allein«, erklärte er sachlich. »Und ein heimlicher Liebhaber passt nicht ins Bild.«

»Wir treffen uns immer in meinem Zimmer. Und nur dort.«

Es gefiel mir nicht, dass er das Wort »Liebhaber« benutzte. Um das zu beschreiben, was zwischen mir und Sylvia existierte, war eine andere Sprache nötig.

»Habt ihr euch getrennt?«

»Ich weiß es nicht so genau«, sagte ich wahrheitsgemäß.

»Was ich vorhin fragen wollte«, beharrte Red, »war, ob du sie gestern Abend getroffen hast.«

»Nein.«

Wir gingen noch eine Weile weiter, dann blieb Red stehen und baute sich vor mir auf. Er packte meine Schultern mit festem Griff und versuchte meinen Blick einzufangen, aber ich schaute lieber auf die Straße.

»Jetzt hör mir mal zu«, forderte er. »In der Zeitung steht nicht viel. Aber ich weiß, dass die Polizei in Sylvias Bekanntenkreis sucht. Zwei freundliche Herren haben um sieben Uhr morgens bei mir geklopft. Dann durfte ich fast eine Stunde auf dem Polizeirevier sitzen. Ich war gerade erst nach Hause gekommen, als die Polizei kam, denn ich war letzte Nacht nicht in meinem Bett. Was mein Glück war, so konnte meine Nachtgesellschaft bezeugen, wo ich die ganze Zeit gewesen bin.«

»Hat die Polizei etwa geglaubt, du wärst es gewesen?« Verwundert hob ich schließlich doch meinen Blick und schaute ihm in die Augen. Sie waren müde und ernst.

»Sie hatten einen bestimmten Grund, mich zu befragen. Sie scheinen nicht viele Spuren zu haben, aber ein Nachbar von Sylvia, der mit der Taschenlampe herbeigelaufen war, behauptet steif und fest, gesehen zu haben, dass der Mörder rothaarig war. Und ein Busfahrer hat einen rothaarigen Mann gesehen, der ein paar Kilometer entfernt kurz nach der Tat in den Bus eingestiegen ist.«

»Es gibt ziemlich viele rothaarige Männer in England«, murmelte ich, hob die Augenbrauen und versuchte das Ganze so lächerlich hinzustellen, wie es ja auch war.

»Sicher, aber in ihrem Bekanntenkreis ist die Anzahl doch

begrenzt. Ich bin mir nicht sicher, aber nach allem, was ich bei der Polizei so gehört habe, steckt da noch etwas anderes dahinter, ein Problem zwischen ihm und Sylvia ... Auch wenn es ein Geheimnis ist, so weiß ich ja doch, dass ihr ein Paar wart. Weißt du etwas von einem Problem?«

»Ein Paar« klang besser als »Liebhaber«, und das machte mich ihm wohlgesonnener. Red wusste von unserem Geheimnis, und offensichtlich hatte er der Polizei gegenüber nichts von seinem rothaarigen, schwedischen Freund erwähnt. Aber ich wollte ganz sichergehen.

»Hast du der Polizei gesagt, dass wir ... dass wir ein Paar sind?«

»Nein, warum auch? Du hast doch wohl nichts damit zu tun.«

»Es gab ein Problem. Sylvia ist misshandelt worden«, sagte ich.

Er sah mich an, als verwunderte ihn das nicht im Geringsten.

»Weißt du, wer sie geschlagen hat?«

»Er war es. Ihr Stiefvater.«

Meine Erklärung hatte einen merkwürdigen Effekt auf ihn. Er ließ meine Schultern los, senkte die Arme, hob sie erneut und senkte sie wieder. Es sah aus, als benutzte er seinen gesamten Körper, als er mir antwortete.

»Nein!«, rief er und wiederholte murmelnd: »Nein, nein ...!«

»Doch«, widersprach ich entschlossen und merkte, dass mich sein Widerspruch wütend machte.

»Das hast du falsch verstanden.«

»Ich habe doch gesehen, dass sie grün und blau geschlagen war, da gab es gar nichts falsch zu verstehen!« Meine Wut wuchs zu einem mächtigen Crescendo, und ich schrie: »Dir hat es doch nie gefallen, dass wir zusammen waren. Das hast du ein paar Mal gesagt. Glaubst du nicht, ich hätte es kapiert? Du bist doch nur eifersüchtig! Du hast es wohl schon selbst versucht, was? Und bist abgeblitzt! Und deshalb willst du dich jetzt an mir rächen!«

Red trat einen Schritt zurück, überrascht von der Heftigkeit meines Wutausbruchs.

»Wenn du es genau wissen willst«, sagte er daraufhin und zog eine Players und eine Schachtel Streichhölzer heraus. Er ließ sich viel Zeit, schob die Zigarette in den Mundwinkel und zündete sie an. Dann nahm er einen tiefen Zug und begann zu sprechen, während er gleichzeitig den Rauch durch Mund und Nase ausblies. »Ich bin nicht abgeblitzt. Wir haben uns eine Weile getroffen. Das war noch, bevor du überhaupt einen Fuß in dieses Land gesetzt hast. Und ich war derjenige, der Schluss gemacht hat. Willst du wissen, warum?«

»Nein, das ist mir ziemlich egal.«

»Aber ich sage es dir trotzdem. Weil ich es nicht mehr ertragen habe. Es gab einfach zu viele hysterische Gefühlsausbrüche, zu viele verrückte Ideen. Ehrlich gesagt glaube ich, sie ist nicht ganz richtig im Kopf.«

Er sah mich an, als erwartete er, dass ich auf ihn losgehen würde. Aber ich war viel zu resigniert, zu erschüttert. Ich starrte ihn nur an. »Nicht richtig im Kopf?« Sicher, sie war irgendwie anders, aber… eine so bedrohte Person, eine verfolgte, misshandelte Frau anzuklagen, das war doch grotesk. Das war zu viel, ein normaler Mensch hätte ihr geholfen, nicht sie angeklagt.

»Das bist wohl eher du, der nicht ganz richtig im Kopf ist«, sagte ich.

»Oder du«, erwiderte er ohne Zorn. »Ich will dir nur helfen.«

»Das ist aber eine komische Form von Hilfe.«

»Wenn Sylvia der Polizei nichts erzählt, dann wird niemand etwas von dir erfahren. Ich jedenfalls sage nichts. Und wenn ich du wäre, dann würde ich die Klappe halten, nichts unternehmen und zurück nach Schweden fahren, wenn es so weit ist. Das ist doch in den nächsten Tagen, oder?«

Ich wusste nicht, was ich hätte sagen sollen. Ich war wütend auf ihn, und neben der Wut brodelte außerdem die Eifersucht wie klebriger Teer in meinem Körper. Ich hatte nicht übel Lust, ihn zu verprügeln, musste mich aber dennoch dafür bedanken, dass er nichts sagen wollte. Aber das war mir einfach nicht möglich, denn ein Dank wäre ja gleichbedeutend mit einem Geständnis gewesen. Ich blieb schweigend stehen, während das Gefühl eines endgültigen Abschieds in mir Gestalt annahm.

»Red, ich begreife nicht so recht, warum du hier bist.«

»Ich bin hergekommen, um zu sehen, ob du Hilfe brauchst. Ich wollte sichergehen, dass du auch abreist.«

»Warum wolltest du mir helfen?«

»Vielleicht weil ich mich wie eine Art großer Bruder dir gegenüber gefühlt habe. Ein großer Bruder, der nicht gut genug auf den kleinen geachtet hat.« Er brachte ein leises Lächeln zustande, vielleicht war es auch nur eine Grimasse.

»Wir schreiben uns«, sagte ich.

»Natürlich schreiben wir uns«, stimmte Red mir zu. Obwohl wir beide nur zu gut wussten, dass nie ein Brief geschrieben werden würde. Als er sich schon umdrehen wollte, um wegzugehen, sagte er noch:

»Ach, eines solltest du wissen. Sylvia hat keinen Stiefvater.«

Ich schaute ihm nach, als er die Straße hinunter verschwand. Was meinte er damit? Wenn es jemanden gab, der wusste, dass Sylvia keinen Stiefvater hatte, dann war es ja wohl ich, der ihn getötet hatte. Aber dass der Stiefvater tot war, darüber hatten wir doch schon gesprochen. Meine innere Festung begann zu bröckeln, die Mauern bekamen Risse. Ich wollte gar nicht mehr wissen, aber im Laufe der Jahre habe ich mich immer wieder gefragt, was Red damit eigentlich gemeint hatte.

Drei Tage vergingen in einem tranceähnlichen Zustand, ein albtraumhafter Wachtraum, ich war wie vergiftet vor Angst, entdeckt zu werden, und vor Reue, getötet zu haben. Das Gesicht des Mannes tauchte immer wieder vor meinem inneren Auge auf, wie konnte so ein alltäglicher Mann ein Monster sein? Aber ich kannte ja die Antwort, das war nicht verwunderlicher als die Tatsache, dass eine rothaarige Person mit einem ansonsten ganz alltäglichen Aussehen jemanden ermordet hatte. Über all das wölbte sich die Sehnsucht nach Sylvia. Ich nahm an, sie würde von sich hören lassen. Ich erwartete einen Brief, eine Mitteilung in dem Pub bei der Universität oder einen Telefonanruf daheim bei Mrs. Watson. Aber nichts.

Ich besuchte die letzten Tage meines Kurses. Ich war hoffnungslos ins Hintertreffen geraten, Sylvia hatte all meine Zeit in Anspruch genommen. Ich hörte die Worte des Redners, doch sie sagten mir nichts, es war, als hörte ich jemanden aus dem Telefonbuch vorlesen, ein sinnloses Herunterrattern von Worten ohne jeden Zusammenhang.

In den Zeitungen wurde über den Mord geschrieben, aber mit jedem Tag weniger. Ich las, dass »die betroffene Frau« sich durch den Schock ganz verschlossen und bis jetzt kein Wort gesagt hatte. Sie befand sich im Krankenhaus.

Ein paar Tage später stieg ich am Cambridge Central in den Zug, ließ mich in einem Abteil nieder und lehnte den Kopf gegen die Nackenstütze. Dieser Tag, an den ich während meiner Zeit mit Sylvia mit größtem Unbehagen gedacht hatte, erschien mir jetzt wie eine Erleichterung.

Langsam setzte sich der Zug in Bewegung, arbeitete sich langsam zum Fahrttempo hoch und ließ Cambridge hinter sich. Ich schloss die Augen und lauschte den Rädern, die immer schneller gegen die Schienenschwellen klopften. Ich wollte nur noch eines, dass die Zeit verginge, dass ich alles hinter mir lassen konnte.

*

Während die Nachmittagssonne ins Pub »The Hole in the Wall« scheint, frage ich Mrs. Cooper nach Captain Bolton und wie es hier früher war. Ich erfahre, dass er und seine Familie vor mehr als zwanzig Jahren fortgezogen sind. Sie erzählt von ihm, erwähnt seine Geschäfte in Nordafrika, nickt nachdenklich und scheint dem Himmel dafür zu danken, dass es Männer wie Captain Bolton gibt. Als sie nach Atem schnappt, bitte ich, eine weitere Runde ausgeben zu dürfen, und sie sagt, dass sie nie mehr als ein Glas trinkt, aber heute wäre ein zweites Glas vielleicht doch angebracht.

Ich frage nach den Festen früher bei Captain Bolton und seiner Frau, und sie lächelt bei den Erinnerungen.

»Ja, da war wohl immer ein Fest. Das war schön, denn dort waren so viele aus dem Ort versammelt. Später kam dann die Jugend aus Cambridge dazu. Das war eine schöne Mischung von Leuten ganz verschiedenen Alters. Das waren wirklich Momente, an die man sich gern erinnert.«

»Ich war auch einmal dabei«, warf ich ein.

»Wirklich? Diejenigen, die nur einmal dabei waren, an die kann ich mich nicht mehr so gut erinnern. Manchmal wird das einfach zu viel.« Sie kichert über irgendwelche Erinnerungen, von denen ich nichts weiß.

»Erinnern Sie sich an jemanden mit dem Namen Red?«, frage ich.

»Red? Aber natürlich. Er hieß nicht wirklich Red. Das war er nur, sein Haar, meine ich.« Sie schielt auf meinen inzwischen ziemlich verblassten Schopf. »Nun ja, Sie hätten sich sicher nie mit ihm messen können«, erklärt sie und fährt dann wie nebenbei fort: »Er ist jetzt Rechtsanwalt, soweit ich weiß. Wohnt irgendwo in London. Sehr erfolgreich, wie es heißt.«

»Dann haben die Zusammenkünfte hier in Little Wilbraham aufgehört, nachdem Captain Bolton und seine Familie weggezogen sind?«

»Das ist schon viel früher immer weniger geworden. Es ist nie wieder das Gleiche gewesen nach diesem Sommer, als das Schreckliche passiert ist. Das hat einen Schleier über die Fröhlichkeit geworfen. Außerdem gab es Stimmen, die behaupteten, alles läge nur daran, dass diese Sommerfeste Verrückte angezogen haben. Aber das ist natürlich ein ziemlich lächerlicher Vorwurf.«

Ich spüre ein Schuldgefühl, versuche es abzuwehren.

»Was ist denn passiert?«, frage ich, und die Neugier, die offizielle Version zu hören, ist größer als meine Gewissensbisse.

»Das haben Sie nicht mitbekommen?« Ihre scharfen braunen Augen bohren sich in mich wie in ein Beutetier. Sie beugt sich vor und scheint erpicht darauf, eine gute Geschichte erzählen zu können.

»Heute spricht man nicht mehr darüber, aber damals und auch noch viele Jahre später, war es immer wieder Thema. Viele hier hatten Angst, dass der Wahnsinnige wieder auftauchen könnte. Er ist jedenfalls nie gefasst worden, wissen Sie. Und es gab Zeiten, da kursierten hier die verschiedensten Gerüchte, die Leute verdächtigten sich gegenseitig. Es war ja auch eine sonderbare Geschichte. Und es gab einen Held, den der Ort nie vergessen wird.«

»Was ist denn passiert?«, wiederhole ich.

»Was wirklich passiert ist, das weiß niemand. Eine arme Frau, Sylvia heißt sie, wurde schwer getroffen, und sie ist wohl die Einzige, die überhaupt erzählen könnte, was geschah ... aber sie ist nie dazu in der Lage gewesen. Vielleicht wusste sie selbst gar nichts Genaues, oder aber es war das Trauma, das sie hat durchleben müssen, was sie dazu gebracht hat, alles zu verdrängen. Nur der Hintergrund ist klar.« Mrs. Cooper schaut auf den Tisch. Von der Bar sind Geräusche zu hören, jemand spült Gläser, ein anderer ruft in die Küche. Von draußen ist Gelächter zu vernehmen.

»Sylvia wohnte in einem großen, vornehmen Haus. Ihre Familie war sehr begütert. Ja, geradezu reich. Und nicht nur so vermögend, dass es einem ganz gut geht, nein, sondern wirklich reich, es gab mehr Geld, als man ausgeben konnte. Also, Sylvia ging es gut, wirklich gut. Doch dann geschah etwas. Jemand hat sie verfolgt. Anfangs hat sie sich nicht besonders darum gekümmert. Ich meine, sie war schön, sehr anziehend, und sie sah es als Verehrung an, als ein Kompliment. Doch dann wurde es mit der Zeit doch unangenehm. Er tauchte an den merkwürdigsten Orten auf, er wusste Dinge von ihr, die er eigentlich nicht wissen konnte. Aber sie behielt das lange Zeit für sich. Ja, Sie kennen Sylvia nicht, aber sie war etwas speziell. Eine ganz normale Person hätte sicher zumindest mit der eigenen Familie darüber gesprochen, nicht aber sie. Es gab vielleicht einen Grund dafür, dass sie nichts gesagt hat. Es hat Zeiten gegeben, da hat sie sich Geschichten ausgedacht, da hat sie eine Art Doppelleben geführt, dafür gibt es bestimmt einen Begriff in der Fachsprache. Später hat sie erzählt, dass sie fürchtete, niemand würde ihr glauben, wenn sie das erzählte. Dass jeder denken würde, sie hätte es sich nur ausgedacht.«

Mrs. Cooper hält einen Moment inne, um etwas zu trinken. Sie nimmt einen Schluck, drückt anschließend eine Papierserviette leicht an den Mund, dann fährt sie fort.

»Auf jeden Fall ging es so weit, dass sie dieser Unbekannte, der sie verfolgte, zum Schluss sogar misshandelt hat. Zuerst hat er sich ihr aufgedrängt, wenn sie spätabends auf dem Heimweg war. Sie war gerade aus dem Bus gestiegen. Er drängte sie an eine Mauer, sagte, sie gehöre nur ihm und dass er sie umbringen würde, wenn ein anderer Mann ihr nahe kommen sollte, er schlug sie, quälte sie als Warnung. Es gelang ihr loszukommen und wegzulaufen, und der Mann verschwand in der Dunkelheit.«

»Hat man denn nicht versucht, ihn zu ergreifen?« Ich spürte wieder die alte Wut in mir aufsteigen und hatte große Lust zu erzählen, wie es wirklich gewesen war. Ich weiß, wer es getan hat!

»Und das wiederholte sich, sie wurde mehrere Male angegriffen. Nach einigen dieser Attacken hat sie einen Arzt aufgesucht. Es waren nicht nur die physischen Verletzungen, das Ganze hatte sie auch psychisch labil gemacht, ängstlich, ja, vollkommen verstört. Ihr Arzt, auf den sie zu hören schien, kannte sie gut und bemerkte ihren Zustand. Und er konnte problemlos ihre Verletzungen diagnostizieren.«

»Und der Arzt …«

»Wie es genau ablief, das ist natürlich in der Familie geblieben.«

»Aber hätte sie denn nicht zur Polizei gehen müssen?«

»Doch, es ist auch Anzeige erstattet worden, aber die Ermittlungen sind wohl gerade erst aufgenommen worden, als das Schicksal seinen Lauf nahm. Es schien, als hätte der Wahnsinnige es eilig, als wüsste er, dass er handeln musste, bevor die Polizei Witterung aufnehmen und ihr Schutz bieten konnte.«

»Der Wahnsinnige?«, murmele ich, warum ihn nicht beim Namen nennen. Mrs. Cooper sieht mich mit hochgezogenen Augenbrauen an.

»Ja, der Wahnsinnige, anders kann man ihn ja wohl nicht bezeichnen. So ein Mensch ist doch nicht bei Sinn und Verstand.«

»Aber es lief dann nicht so ab, wie er, der Wahnsinnige, es sich gedacht hat, oder?«, fragte ich.

Mrs. Cooper schüttelt bedächtig den Kopf. »Es gibt wohl niemanden, der genau weiß, was er vorgehabt hat. Es ist nicht so leicht, einen Wahnsinnigen zu verstehen. Ich glaube, die verstehen sich selbst nicht einmal.«

Die Kellnerin erschien und schaute auf die Uhr. Das Pub sollte für die Nachmittagsstunden geschlossen werden, aber einige Minuten lang konnte noch bestellt werden, und es war auch kein Problem, nur so noch eine Weile sitzen zu bleiben. Wir schüttelten beide leicht den Kopf.

»Eines Abends, als sie und ihr Mann …«

»Ihr Mann …?«, unterbreche ich sie.

»Ja, natürlich, ihr Mann. Die beiden waren seit einem Jahr verheiratet. George war so ein netter Mann, und er war schrecklich verliebt in sie. Er war ihr mit Haut und Haaren verfallen, und zwar so sehr, dass er nie wieder von ihr hätte loskommen können, auch wenn er weitergelebt hätte. Sie kam eines Tages von irgendwoher und trat in sein Leben. Einige behaupteten, er wäre um sein Glück betrogen worden, aber so denke ich nicht. Die Liebe, die er erlebt hat, die war sicher alles wert.«

Jetzt starrte ich Mrs. Cooper voller böser Ahnungen an.

»Und ihr Stiefvater ...?«, murmelte ich.

»Stiefvater? Nein, Sylvia und George wohnten allein in dem großen Haus. Ich weiß nichts von einem Stiefvater. Und an jenem Abend waren sie auch allein im Haus. Sylvia hat draußen im Garten etwas gehört, und daraufhin sind sie rausgegangen. Was genau geschehen ist, das weiß wohl niemand, aber es scheint, als hätte George nichts gehört, Sylvia aber darauf beharrt. George hat gezögert, dann hat er aber doch die Polizei angerufen, weil er fürchtete, dass es dieser Wahnsinnige sein könnte, und dann ist er in die Richtung gegangen, aus der Sylvia etwas gehört zu haben meinte. Dort ist er eine Weile herumgelaufen. Und dann hörte er ihren Schrei, zweimal hat sie herzzerreißend geschrien: ›Er hat eine Pistole!‹ Ein Nachbar, der ein Stück entfernt wohnte und von der Bedrohung wusste, hörte ebenfalls ihren Schrei, er ging wohl durch Mark und Bein. Er war gerade draußen, die Blumen gießen, also holte er sich eine Taschenlampe und lief in die Richtung, aus der das Geräusch kam.«

In meiner Erinnerung bin ich wieder zwischen den Bäumen, wo der Wald beginnt. Ich sehe Sylvia vor mir wie eine Lichtgestalt im Dunkeln, und ich höre ihren Schrei, dass es mir eiskalt den Rücken hinunterläuft.

»Aber George war schneller als der Nachbar, der dann alles mit ansehen musste«, fährt Mrs. Cooper fort. »George lief auf Sylvia zu, so schnell er nur konnte. Vermutlich sah er den Wahnsinnigen, aber was hätte er machen sollen? Er hatte nur einen Gedanken im Sinn, und zwar seine geliebte Sylvia zu retten. Deshalb rannte er zu ihr, die wie erstarrt dort stand und

140

erwartete, erschossen zu werden. Es gelang ihm, sich über sie zu werfen und sie zu Boden zu reißen, sie mit seinem Körper zu schützen. Als der Schuss fiel, als der Wahnsinnige schoss, traf er George. Dieser beschützte Sylvia mit seinem eigenen Körper. Er rettete ihr das Leben, auf Kosten seines eigenen.«

Mrs. Cooper schaut mich an, ich sage nichts, aber wie eine Bestätigung dessen, was sie in meinen Gesichtszügen lesen kann, fügt sie hinzu:

»Ja, das ist wirklich eine schreckliche Geschichte.«

Ich schlucke, sehe, wie die Augen des Mannes langsam erlöschen, während sein Herz das Blut aus seinem Körper herauspumpt. Ich sehe Sylvias gläsernen Blick und ihr blutbespritztes weißes Kleid.

»Und Sylvia?«, bringe ich heraus.

»Ihre psychischen Probleme wurden natürlich nur noch schlimmer. Sie verschloss sich gegenüber allem und jedem. Lange Zeit war sie im Krankenhaus. Aber dann ist sie schließlich zurück in das Haus gezogen. Es heißt, dass sie sich mit niemandem trifft. Sie muss ein sehr einsamer Mensch sein.«

Ich schaue in Mrs. Coopers kleine braune Augen, die mich festhalten, und lasse die Geschichte in mir sinken. Dann wirkt sie ganz plötzlich müde, sie seufzt, entlässt mich aus ihrem Blick und schaut auf die Uhr.

»Aber es ist lange her, dass das passiert ist. Und im Grunde nichts, was Sie interessieren könnte. Trotzdem vielen Dank für die nette Plauderstunde und für das Gläschen.« Sie steht auf, nimmt ihre Handtasche, verabschiedet sich von mir und ruft ein Adieu zum Tresen hinüber, wo sich im Augenblick niemand aufhält, erhält aber eine Antwort aus der Küche. Sie steht ungefähr am gleichen Platz, an dem ich Sylvia zum ersten Mal begegnet bin. Die Tür schlägt zu, und Mrs. Cooper ist verschwunden.

In meinem Kopf dreht sich alles. Die Gedanken wirbeln hin und her, ich kann sie nicht zu fassen kriegen, alles tut mir weh.

Ich gehe zum Tresen und rufe in die Küche. Die Kellnerin, die mich bedient hat, kommt heraus.

»Einen großen Whisky, bitte.«

»Aber wir haben geschlossen…«

Ich senke die Stimme und wiederhole langsam: »Einen großen Whisky, bitte.«

Sie hält mitten in der Bewegung inne und sieht mich an. Dann nimmt sie ein Glas vom Regal und schenkt ein.

»Ist alles in Ordnung?«, fragt sie und sieht mich beunruhigt an.

»Nein, alles ist beschissen«, murmele ich, stemme die Ellbogen auf den Tresen und lege den Kopf in die Hände. Zwei Gedanken ereilen mich aus verschiedenen Richtungen: Ich habe niemanden verteidigt. Ich habe einen unschuldigen Menschen ermordet. Sylvia, die ich geliebt habe, hat mich dazu gebracht. Die Gedanken kollidieren in meinem Kopf, verwirbeln sich zu einem großen Blutpropf.

Ich trinke den Whisky.

»Kann ich irgendwie helfen?«, will die Kellnerin wissen und sieht fast ängstlich aus.

»Nein«, beruhige ich sie. »Vielen Dank, nein…«

Nach einer halben Stunde bitte ich sie, ein Taxi zu rufen, und während ich warte, gehe ich auf die Toilette. Ich wasche mir das Gesicht mit kaltem Wasser und schaue mich im Spiegel an. Was ich da sehe, gefällt mir nicht, aber das tut es im Augenblick eigentlich nie.

Die Sonne scheint, ich werfe einen letzten Blick auf »The Hole in the Wall«, während das Taxi auf den Vorplatz fährt und der Kies unter den Rädern knirscht. Ich setze mich auf die Rückbank und gebe dem Fahrer Sylvias Adresse an, wobei sich eine merkwürdige Kälte über mich senkt. Da war etwas, das nicht stimmte, eigentlich habe ich das schon immer gewusst. Aber das hier… Jetzt will ich alles wissen, um es anschließend vergessen zu können.

Es dauert nur eine Viertelstunde, dann bin ich da. Ihr Haus

erkenne ich sofort. Groß und mit konservativer Eleganz liegt es auf einer Anhöhe. Die Bäume drumherum sind groß mit weit ausgebreiteten grünen Kronen, viel größer als früher schützen sie das Haus und beschatten das Grundstück. Das Tor zur Einfahrt steht offen, das Grundstück wird von einem hohen Lattenzaun aus schwarzem Metall begrenzt. Ich sehe Schilder, die darauf hinweisen, dass es Bewegungsmelder gibt. In der Auffahrt hinter dem Tor steht ein roter Jaguar.

Ich gehe zum Haus hinauf und sehe eine Frau, die die Scheiben putzt, im Erdgeschoss an einem offenen Fenster. Sie entdeckt mich und verschwindet schnell nach unten, als hätte sie auf einer Leiter gestanden, kurz darauf sehe ich ihren Kopf wieder, jetzt ist sie auf der Terrasse hinter einer blühenden Hecke. Ich ändere die Richtung, gehe auf die Terrasse zu. Eine kleine Treppe führt hinauf. Nur vage erinnere ich mich, dort schon einmal gegangen zu sein, aber in die andere Richtung. Nur ein paar Schritte, dann bin ich oben. Die Frau, die das Fenster putzte, steht dort, sieht mich wachsam an, bereit einzugreifen. Vor ihr in einem Liegestuhl sitzt eine andere Frau.

Dreißig Jahre sind eine lange Zeit, aber ich erkenne sie wieder. Sie hat sich nicht verändert und gleichzeitig sehr verändert. Sie sitzt im Schatten unter einer Markise, blass und irgendwie weit weg. Ich sehe ihr in die Augen, sie erwidert meinen Blick mit leerem, verwundertem Ausdruck, dann weicht sie mir aus. Ich fühle mich wie ein Eindringling, wie ein fliegender Händler, der sich jemandem aufdrängt, der eigentlich seine Ruhe haben will. Aber ich bleibe auf meinem Fleck stehen.

Das ist doch unmöglich, erkennt sie mich wirklich nicht wieder? Da sehe ich die Jahre in ihrem Gesicht. Sie haben Spuren hinterlassen, bei ihr wie bei mir.

»Ich bin es, Christian«, sage ich trocken und sachlich.

»Christian?« Sie hebt die Augenbrauen, schaut mich verwundert an.

Ich kann meine Frustration nicht länger zurückhalten, sie

hat mich dazu gebracht, einen Menschen zu töten, und jetzt erinnert sie sich nicht einmal an mich.

»Vielleicht erinnerst du dich noch an die gute alte Mrs. Watson und das Zimmer im ersten Stock, da haben wir es getan, jeden Nachmittag – uns geliebt.« Ich höre meine eigene Stimme, fest und kalt, und ich trete näher an sie heran. Die Frau, die hinter Sylvias Liegestuhl steht, macht auch einige Schritte nach vorn, aber jetzt hebt Sylvia die Hand, als wollte sie sie wegwedeln. Die andere Frau verlässt zögernd die Terrasse. Sie geht hinein und schließt die Terrassentür, bleibt aber hinter der Scheibe stehen und betrachtet mich misstrauisch.

»Die Verabredungen bei Mrs. Watson... ja, das waren ein paar Wochen vor hundert Jahren. Daran würde ich mich bestimmt nicht mehr erinnern, wenn nicht das andere passiert wäre.«

Langsam werde ich wütend, muss aber zugeben, dass sie in gewisser Weise recht hat. Was bedeuten schon ein paar Wochen vor dreißig Jahren? Ich wünschte, ich könnte wie sie empfinden, und vielleicht tue ich es ja bereits. Die Frau, die vor mir sitzt, ist niemand, den ich kenne. Der Achtzehnjährige verblasst langsam im Laufe dieses Gesprächs, er verschwindet nach dort, wo er hingehört, in ein anderes Zeitalter.

»Ich habe aufgehört mich zu fragen, ob du wohl eines Tages auftauchen würdest. Aber ich kann nicht behaupten, dass ich mich freue, dich zu sehen.« Sylvias Blick flackert.

»Du brauchst dich nicht zu freuen«, sage ich. »Ich freue mich auch nicht.«

Sie zuckt mit den Schultern. »Jetzt, wo du sowieso hier bist, kannst du dich ja zu mir setzen.«

Aber ich bleibe dort stehen, wo ich bin, ohne etwas zu sagen. Sie schaut zu mir auf.

»Dann weißt du jetzt, wie es abgelaufen ist?«, fährt sie fort. »Aber ich habe nie jemandem erzählt, dass du ihn getötet hast.«

»Du meinst, dass ich derjenige war, der dich davor gerettet

hat, von deinem Stiefvater erschossen zu werden, der dich schon so lange misshandelt hatte?«

»Du warst so kindisch. Ich glaube, ich habe nie jemanden kennengelernt, der so naiv war, so schrecklich jung.«

»Das verwächst sich mit der Zeit«, schneide ich ihr das Wort ab.

»Ja, jetzt wirkst du anders«, fährt sie fort. »Du warst so klein. Dumm und süß... jetzt wirkst du groß, stark und ein bisschen gemein.«

»Auf jeden Fall verärgert«, sage ich, aber die Lust, gemein zu sein, spüre ich tatsächlich in mir, als ich fortfahre: »Und bist du es geworden? Reich, frei und geliebt?«

»Reich, frei und geliebt?«

»Das wolltest du doch werden.«

»Daran kann ich mich nicht mehr erinnern.«

»Ist auch nicht so wichtig«, sage ich und bereue schon, so gemein gewesen zu sein. »Aber ich muss es wissen: *warum*? Dann werde ich wieder gehen.«

»Das ist so lange her. Ich bin mir nicht sicher, ob ich das noch weiß. Ob ich es jemals gewusst habe.«

»Ich glaube dir nicht!« Mein Ton wird scharf, vielleicht zu scharf. Doch er erfüllt seinen Zweck, sie zuckt zusammen, und es scheint, als fühlte sie sich gezwungen, zumindest zu versuchen, eine Antwort zu geben.

»Ich war krank. Vielleicht bin ich es immer noch.« Sie klingt weinerlich, räuspert sich. »Es gab mehrere Welten für mich. In denen ich gleichzeitig gelebt habe. Es ist mir gesagt worden, dass es so war, dass ich Phantasiewelten hatte. Aber weder du noch George waren eine Phantasiewelt. Um jedoch mit dir zusammen sein zu können, musste George eine Phantasiewelt sein, und um mit George zusammen zu sein, musstest du eine sein. Also wart ihr Phantasie und Wirklichkeit zugleich. Verstehst du?«

»Nein, ich verstehe überhaupt nichts!«

Sie fährt fort: »Nein, genauso war es damals. Du hast überhaupt nichts begriffen. Du warst ein Spielzeug für mich, ich hatte immer wieder Spielzeuge, nicht nur dich. Aber eigentlich ging es nur um George. George war erfahren und klug. Er wusste, dass ich manchmal Phantasien hatte, dass es Teile meiner Welt gab, die nicht immer existierten, auch wenn ich von ihnen erzählte. George war kein Kindskopf wie du, den man dirigieren konnte und dazu bringen, alles zu tun. Er liebte mich wirklich, aber es war sicher nicht einfach, mit mir zu leben. Deshalb kam mir mit der Zeit der Verdacht, dass er mich verlassen wollte. Zuerst war das nur so eine Unruhe, dann wuchs die Angst, um zum Schluss zur absoluten Panik zu werden.

Das verstehst du sicher nicht, aber verlassen zu werden... Das wäre die totale Katastrophe gewesen, das hätte mich vollkommen zerstört. Und da habe ich George von dir erzählt, von dem Mann, der mich verfolgte und misshandelte.«

»Ich habe dich nicht verfolgt, und misshandelt habe ich dich auch nicht«, stelle ich fest.

»Nein, das habe ich mir nur ausgedacht. Ich habe geglaubt, dass George sich dann um mich kümmern würde, mich beschützen, wenn er hörte, was passiert war. Aber er reagierte nur mit Zögern. ›Ist das wieder so eine von deinen Geschichten? Ich kann nicht länger mit dir zusammenleben, wenn du dich so verhältst.‹ Er wollte mir zwar glauben, aber ich spürte, dass er im tiefsten Inneren zweifelte. Ich weinte und weinte, bekam immer mehr Angst. Zum Schluss kam mir die Idee: Ich musste beweisen, dass ich es mir nicht ausgedacht hatte. Und du, mein kleines Spielzeug, dich gab es ja.«

»Hör auf, mich Spielzeug zu nennen!«

»Aber das warst du. Du warst bereit, alles für mich zu tun. Du warst überzeugt davon, keine andere Wahl zu haben.«

»Hobson«, murmele ich.

»Du warst derjenige, der sterben sollte«, sagt sie, ohne eine Miene zu verziehen. Während sie weiterspricht, schaut sie zu Boden. »Aber alles ging schief. Du hast die falsche Pistole genommen, Christian, das werde ich dir nie verzeihen. Du hättest die ungeladene nehmen sollen. Sie lag in der Eingangshalle, genau, wie ich gesagt hatte. Aber du hast die geladene genommen. Ich weiß nicht, wo du sie gefunden hast.«

»Ich habe die Pistole genommen, die neben dem Telefon lag«, erkläre ich. »Wovon redest du? Gab es denn mehrere Pistolen?«

Sie schaut auf den Boden, als untersuche sie genau die Fugen zwischen den Terrassenplatten.

»Da hat er sie also hingelegt. Du hast Georges Pistole genommen«, spricht sie weiter. »Die war geladen, ich wollte, dass er sie nimmt. Ich hatte sie ihm gegeben, hatte gesagt, dass wir sie an diesem Abend zum Schutz brauchen. Aber er war nicht so folgsam wie du. Nein, wahrscheinlich hat er sie irgendwo hingelegt und stattdessen die Polizei gerufen. Das war wohl seine Art. Und draußen am Waldrand, da war er dann unbewaffnet. Aber als ihr in der Dunkelheit auf mich zugelaufen seid, da dachte ich, alles würde wie geplant ablaufen. Dass George eine scharf geladene Pistole hätte und du eine ungeladene. Und dass das Ergebnis feststünde. Ich wusste, dass George ein ausgezeichneter Schütze war.«

»Du wolltest, dass er mich tötet?«

»Nein, ich wollte nur, dass er mir glaubt; er sollte mich retten, und ich hätte dann beruhigt bei ihm bleiben können.«

»Ist das nicht das Gleiche?«

»Nein, absolut nicht. Dein Tod war nicht wichtig, das war nur etwas, das mir helfen sollte.«

Ich öffne den Mund, um zu schreien, zu argumentieren, bekomme aber keine Luft. Ich bin plötzlich leer, vollkommen leer. Ich sehe sie an, ohne zu zögern, bezwinge den Wunsch, einfach wegzulaufen. Das muss zu Ende gebracht werden.

»Wer hat dich geschlagen?«, frage ich. Das ist das letzte Puzzleteilchen. Ich kenne die Antwort bereits, aber ich will es aus ihrem Mund hören.

»Es ist nicht schwer, sich blaue Flecken zuzufügen, wenn

man es wirklich will. Das war nicht das erste Mal, dass ich das gemacht habe, und auch nicht das erste Mal, dass ich mich mit einer Rasierklinge geritzt habe. Das gefiel mir sogar.«

Ich wende mich ab und gehe, spüre ihren Blick in meinem Rücken. Sie sprach von Hobsons Wahl. Es war natürlich ein Zufall, dass sie das erwähnte, aber dennoch. Ich habe nichts in Frage gestellt, wollte einfach nur ihr zu Willen sein. Aber das stimmt nicht, Hobsons Wahl gibt es nicht, es gibt immer die Möglichkeit einer richtigen Wahl.

Dreißig Jahre hätten es werden können… ja, das, was ich gewählt hätte, wozu ich mich entschieden hätte. Vielleicht ist noch Zeit. Ich bin jetzt ein ganzer Mensch, es ist kein Teil von mir länger achtzehn, er ist befreit und zu den Erinnerungen geschoben, wo er hingehört. Die Baumkronen beschatten das Grundstück. Aber draußen, auf der anderen Seite des Eisenzauns, scheint die Sonne. Ich habe es plötzlich sehr eilig, dorthin zu kommen.

MARI JUNGSTEDT

Ein Wochenende auf dem Lande

Der Regen erinnerte an einen tropischen Wolkenbruch, zumindest, was seine Stärke anging. Ansonsten war wohl ein feuchtkalter Montagmorgen in einem novembergrauen Stockholm so weit von den Tropen entfernt, wie man es sich überhaupt nur vorstellen konnte.

Die länglichen Regentropfen schlugen zielstrebig auf den Asphalt und spritzten auf Menschen und Autos. Ihr Aufprall war hart und misstönend und schien kein Ende zu nehmen. Es hatte schon die ganze Nacht geregnet.

Antonia Berger fröstelte unter ihrem Regenschirm, als sie da auf dem Bürgersteig stand und zwischen den Autos nach einer Lücke Ausschau hielt, die groß genug wäre, um hindurchzuschlüpfen. Der Regen schob sich wie ein gestreifter Vorhang zwischen sie und die andere Straßenseite, während sie darauf wartete, dass ein Autofahrer sie durchließ. Sie hatte ihre Tage und wunde Stellen am Mund, außerdem hatte sie sich die Haare nicht mehr waschen können, weil sie verschlafen hatte. Jetzt würde sie den ganzen Tag mit leblosen Strähnen bei der Arbeit sitzen müssen, und das war so ungefähr das Schlimmste, was ihr passieren konnte. Zu allem Überfluss hatte sie in der U-Bahn eine Tafel Schokolade verschlungen, auch wenn ihr aufs Unangenehmste klar war, dass sie abnehmen musste. Dass der Tag noch dazu mit einem Besuch bei ihrer Therapeutin anfing, machte das alles nicht besser.

Fehlt nur noch, dass ich überfahren werde, dachte sie, als

sie sich kühn in den Verkehr hinauswagte, um irgendwie das elegante Östermalmshaus zu erreichen, wo die Therapeutin ihre Praxis hatte.

Als sie endlich ins Warme gelangt war und die schwere Haustür hinter ihr zufiel, atmete sie auf. Sie blieb in dem stillen mit Marmor ausgekleideten Treppenhaus stehen und schüttelte ihren Regenschirm. Warf einen unzufriedenen Blick auf ihre durchweichten Lederschuhe – selbst ihre schwarze Hose wies kleine helle Schlammflecke auf.

Während der Fahrstuhl mühsam zum dritten Stock hochrumpelte, wischte sie sich vor dem Spiegel die verschmierte Wimperntusche ab.

Sie stieß ein leichtes Seufzen aus. Seit Monaten ging sie schon zu dieser Psychologin und drehte ihre Probleme hin und her, aber bisher hatten diese Gespräche noch keinen wirklichen Einfluss auf ihr Leben gehabt.

In einem Alter von achtunddreißig hatte sie noch immer keine Beziehung aufrechterhalten können, ihr Selbstvertrauen lag hartnäckig im Keller, und sie bekam ihr Leben einfach nicht in den Griff.

Posttraumatischer Stress, lautete die Diagnose. Antonia Berger litt unter Ängsten, seit einem Erlebnis in ihrer Kindheit, das ihr gesamtes Leben geprägt hatte und von dem sie sich offenbar nicht befreien konnte.

Vielleicht war es naiv zu glauben, dass die Gesprächstherapie sie von den Erinnerungen erlösen könnte. Ab und zu hatte sie mit dem Gedanken gespielt, die Therapeutin zu wechseln, aber das wäre dann auch wieder symptomatisch für ihr Verhalten gewesen. Dass sie niemals etwas abschloss. Wie ein Schmetterling auf einer Sommerwiese flatterte sie von einem zum anderen, auf ihrer trostlosen Suche nach innerer Ruhe. Sie bezweifelte, dass sie die jemals finden würde.

Nach dem zweiten Klopfen wurde die Tür geöffnet. Klingeln war hier verboten, das stellte ein handgeschriebener Zettel klar, der mit Klebeband über dem blanken Stahlknopf befestigt war. Warum das so war, wusste Antonia nicht. Sie hatte nie gefragt.

Die Therapeutin war eine große, magere Frau, die sich sehr gerade hielt, sie war einige Jahre älter als Antonia. Ihr ungeschminktes Gesicht war bleich und ziemlich runzlig, die Furchen an ihrem langen Hals verrieten, dass das Alter seinen Tribut gefordert hatte. Sie war wie immer korrekt gekleidet. Zumeist trug sie zu ihrem langen grauen Wollrock eine diskrete Bluse, dazu eine weinrote Strickjacke und eine Brille. Sie hatte eine undefinierbare Kurzhaarfrisur in einer ebenso undefinierbaren Farbe. Nylonstrümpfe und schwarze blanke Schuhe mit flachen Absätzen.

Antonia hatte sich schon oft gefragt, was sich hinter dieser kontrollierten Fassade verbarg. Wie die Therapeutin aussah, wenn sie lachte, berauscht war oder tanzte. Ob sie verheiratet war und Kinder hatte. An ihren schmalen weißen Fingern steckte kein Ring.

Das Zimmer war still und kühl. Die hohen Wände schenkten Weite, und ein tiefer Erker mit schönen Fenstern schaute auf Humlegården. In der einen Ecke stand eine Chaiselongue. Die hatte Antonia nie benutzt. Vor den Fenstern hingen dünne, weiße Baumwollgardinen. Das Rauschen des Verkehrs war kaum zu hören.

Sie setzten sich einander gegenüber in Sessel, zwischen ihnen stand ein kleiner viereckiger Tisch, auf dem sich eine Schachtel mit Servietten, eine Kanne Wasser und ein Glas für die Patientin befand. Die Patientin. Es fiel Antonia schwer, sich als eine solche zu sehen. Sie kam sich nicht krank vor, war es aber vielleicht doch. Wahrscheinlich kam sie deshalb hierher.

Manchmal wurde es still zwischen ihnen. Viele Minuten konnten vergehen, ohne dass ein Wort gesagt wurde. Und dann wusste Antonia nicht so recht, wie sie sich verhalten sollte. Ihre Blicke wanderten zwischen den drei Bildern an der Wand hin und her. Die Motive waren nichtssagend, sie verschwammen in ihrer Erinnerung, wenn sie versuchte, zu Hause daran zu denken. Und doch hatten sich ihre Augen so oft auf diesen Bildern ausgeruht.

»Also, wo wollen wir heute anfangen?«

Die Therapeutin stellte diese Frage mit einem Anflug von einem aufmunternden Lächeln in den Mundwinkeln.

Antonia merkte sofort, wie ihr Blick begann, durch das Zimmer zu jagen, als brauche sie Hilfe, um ein passendes Thema zu finden.

»Tja, ich weiß nicht«, sagte sie zögernd. »Ich hatte wieder so einen Traum. Du weißt schon, einen wahren Traum.«

»Erzähl davon.«

»Das hast du alles schon gehört.«

»Spielt keine Rolle.«

»Es war dieses Wochenende, du weißt. Als ich mit meinem Vater aufs Land fahren sollte. Ich weiß noch genau, wie froh und erwartungsvoll ich war, zugleich konnte ich es fast nicht glauben, dass ich ein ganzes Wochenende mit Papa verbringen durfte. Nur er und ich. Dass er sich sozusagen mit mir zufriedengab.«

»Warum fiel es dir so schwer, das zu glauben?«

»Er verbrachte doch nie Zeit mit mir, nicht einmal früher, als er und meine Mutter noch verheiratet waren. Ich kann mich nicht daran erinnern, dass er und ich jemals etwas Schönes miteinander unternommen hätten. Bei ihrer Scheidung war ich schon dreizehn, aber ich habe aus der ganzen Zeit davor so gut wie keine normalen Erinnerungen an ihn.«

»Was nennst du normale Erinnerungen?«

»Das, was andere Eltern gemacht haben, zum Einkaufen fahren, Spiele spielen, Puzzle legen, Hausaufgaben abhören oder Schlitten fahren, zum Beispiel. In meiner Erinnerung war er betrunken, oder sie stritten sich, und Mama goss die Schnapsflasche aus oder versteckte Flaschen im Wäscheschrank.«

»Man erinnert sich meistens an das Unangenehme. Oder

man verdrängt es aus verschiedenen Gründen, vielleicht, um sich zu schützen. Ich glaube, du hast beides getan.«

»Aber ich begreife trotzdem nicht, warum ich so wenige Erinnerungen habe, obwohl ich mir doch wirklich alle Mühe gebe, mich zu erinnern. Ich habe zum Beispiel keine Bilder von ihm in der Küche, dass er gekocht hat, meine ich, oder aus der Waschküche oder mit dem Staubsauger. Ich kann mich nicht an seine Umarmungen erinnern – hat er mich denn jemals umarmt? Wie hat er gute Nacht gesagt? Und doch hat er so viele Jahre bei uns gewohnt, waren wir eine Familie. Warum weiß ich davon nichts mehr?«

Die Frage blieb in der Luft hängen.

*

Der Bus hatte nur noch einen Fahrgast, als er die Endhaltestelle erreichte. Die Novemberdunkelheit schloss sich um die Hochhäuser, die wie stumme Riesen in Reih und Glied dastanden. Hinter den meisten Fenstern waren schon vor Stunden die Lampen gelöscht worden.

Tommy Eriksson stieg aus, und die Kälte traf sein Gesicht wie eine Eiswand. Das Wetter war umgeschlagen, es schneite jetzt. Hier auf der Anhöhe war es außerdem immer kälter. In der Einsamkeit und Dunkelheit wirkte die heruntergekommene Wohngegend wie ein letzter vergessener Vorposten.

In der Hand hielt er die grüne Tüte des staatlichen Alkoholladens, und das Klirren verriet, dass in ihr mehr als eine Flasche steckte. Die Flaschen hatten schon den ganzen Abend in der Tüte verbracht, ohne getrunken worden zu sein. Fast schon ein Rekord. Tommy war bei Roffe auf dem Sofa eingeschlafen. Sie hatten Heroin geraucht, und der Schnaps, den er gekauft hatte, war nicht nötig gewesen.

Sie waren sich vor dem Alkoholladen begegnet, als Tommy schon auf dem Heimweg gewesen war. Widerwillig hatte er sich überreden lassen, mit zu Roffe zu gehen. Tommy versuchte, die Finger von den Drogen zu lassen, und trank vor allem Alkohol. Er hatte nur ein wenig versuchen wollen. Als er neben Roffes Schäferhund auf dem Sofa erwacht war, hatte er keine Ahnung gehabt, wie viel Zeit verstrichen war. Er hatte offenbar lange geschlafen, denn draußen war es stockfinster, und Roffe war nicht zu sehen. Der Hund kläffte, aber das war Tommy egal, er nahm seinen Kram und verließ die Wohnung.

Der Hunger zog und zerrte an seinem Magen, und um den ärgsten Hunger zu stillen, hatte er sich am Kiosk einen Wrap und eine Cola gekauft, ehe er in den Bus gestiegen war. Sein Mund war so ausgedörrt, als ob er ein Staubtuch verschluckt hätte. Der Fahrer hatte geknurrt, dass im Bus Essen verboten sei, aber das war Tommy doch schnurz.

Der Bus brummte los, verschwand um die Ecke und überließ Tommy seinem Schicksal. Er ging über den Fußweg auf die Wohnsiedlung zu. Es schneite jetzt nicht mehr. Um nach Hause zu kommen, musste er durch einen fünfzig Meter langen Fußgängertunnel. Der war mit Graffiti vollgeschmiert und lag im Dunkeln, da alle Lampen an den Wänden zerschlagen worden waren.

Ein harscher Uringestank schlug ihm entgegen, als er die schwarze Öffnung betrat.

Im Tunnel umfing ihn Dunkelheit, und er konnte kaum die Hand vor Augen sehen. Als er einige Meter weitergegangen war, ließ ein unerwartetes Geräusch ihn zusammenzucken. Weiter vorn im Tunnel jammerte jemand. Tommy blieb stehen und horchte. Es hörte sich an, als ob da ein Mädchen weinte. Sein erster Gedanke war, dass er nirgendwo hineingezogen werden wollte und besser kehrtmachte. Er war unschlüssig. Wenn er umkehrte, würde er einen Umweg machen müssen, der mindestens zwanzig weitere Minuten in der Kälte bedeutete. Das erschien ihm unerträglich.

Zögernd ging er tiefer in den Tunnel hinein, während das Jammern des Mädchens lauter wurde. Das Geräusch hatte et-

154

was Unnatürliches, es war mechanisch, wurde hin und her geworfen. Vielleicht machte die Akustik im Tunnel zusammen mit der Dunkelheit alles so beängstigend. Tommy keuchte auf und lief schneller, konnte aber nicht entkommen, der Lärm wurde nur schlimmer, je weiter er kam. Weinen und Geschrei umgaben ihn, drangen von den Wänden her auf ihn ein. Es wurde unerträglich, die Panik packte seine Kehle, und er musste weg hier. Schließlich nahm er die Beine in die Hand und jagte auf das andere Ende zu, wo er Licht ahnte. Die Verzweiflung des Mädchens war jetzt überall zu hören, und sie schien ihn zerstören zu wollen.

Dann plötzlich, wie eine Sternschnuppe vor seinem Gesicht, schlug ihm ein starkes, weißes Licht entgegen. Die Polizei, war sein erster Gedanke, das ist die Polizei. Vor Erleichterung wurde ihm schwindlig. Das Licht blendete ihn, und er hielt sich eine Hand vor seine zusammengekniffenen Augen.

»Was ist denn hier los?«, rief er.

Er ahnte die Umrisse einer Person, die ein Stück vor ihm stand und eine hell leuchtende Lampe wie eine Waffe auf ihn richtete.

Zu spät ging ihm auf, dass er doch besser einen anderen Weg genommen hätte.

TT (Södertälje)
Montag, 13. November, 06:37

Ein Mann wurde vor knapp einer Stunde tot in einem Fußgängertunnel im Wohngebiet Ronna in Södertälje gefunden. Der Mann, etwa Mitte sechzig, wurde mit mehreren Schüssen in den Kopf getötet. Der Leichnam wurde kurz vor sechs Uhr heute Morgen von einem Passanten entdeckt. Die Polizei befragt zurzeit die Nachbarschaft, hat aber noch keinen Hinweis auf den Täter. Der Mann konnte noch nicht identifiziert werden.

»Kannst du beschreiben, wie dir an diesem Tag zumute war?«

»Wann denn?«

»Als ihr aufs Land gefahren seid.«

Antonia seufzte gereizt und strich sich den Pony aus der Stirn.

»Sicher, aber das habe ich doch schon erzählt.«

»Das spielt keine Rolle. Ich möchte es noch einmal hören.«

»Ich begreife nicht, warum ich mich die ganze Zeit wiederholen soll«, sagte Antonia wütend. »Das bringt uns doch nicht weiter. Warum fragst du nicht lieber, wie es mir heute geht?«

»Wie geht es dir heute?«

»Sauschlecht.«

»Danke, dann weiß ich das. Und jetzt erzähl, wie dir zumute war, als ihr damals losgefahren seid.«

Antonia starrte ihr Gegenüber verärgert an. Wie konnte die nur so perfekt sein, kein Haar lag falsch, ihre Kleidung wies keine Falte auf. Und immer setzte sie ihren Willen durch. So lief es die ganze Zeit. Die Therapeutin behandelte sie wie ein Kind, und das Schlimmste war, dass Antonia sich widerspruchslos fügte. Sie seufzte resigniert.

»Ich war wahnsinnig froh, konnte es aber nicht richtig glauben. Dass wir zusammen sein würden, nur er und ich. Jetzt im Nachhinein ist mir ja klar, wie sehr ich mich nach einem Vater gesehnt habe. Wie sehr er mir fehlte, obwohl er das wirklich nicht verdient hatte. Denn es war ein einseitiges Interesse. Aber ich sehnte mich jedenfalls nach ihm. Und ich liebte ihn wohl auch auf eine seltsame, kindliche Weise. Nur, weil er mein Papa war, nicht, weil er meine Liebe wirklich verdient hatte«, schnaubte sie und warf verächtlich den Kopf in den Nacken. »Aber Kinder sind eben so. Sie lieben ihre Eltern ganz einfach.«

Ihre Stimme versagte, und sie wurde stumm. Die Stille im Zimmer war greifbar – hier drang der Lärm der Stadt nicht ein. Sie schienen in einer Blase zu sitzen, unerreichbar für den

Rest der Welt. Hier konnte sie alles sagen. Auch wenn es manchmal quälend war, hierherzugehen, kam sie sich doch wichtig vor, wenn sie hier saß. Vielleicht kam sie deshalb immer wieder her.

Es war immer kühl hier. Das Fenster stand offen, wenn sie kam. Als wollte die Therapeutin die eine Patientin auslüften, um Platz für die nächste zu machen. Antonia schmunzelte bei dieser Vorstellung in Gedanken. Raus mit alter Angst, rein mit neuer Frustration. Manchmal fragte sie sich, was diese Gespräche überhaupt für einen Sinn hatten. Wurde sie gesünder davon, harmonischer? Eher im Gegenteil. Vielleicht war sie ein hoffnungsloser Fall. Dass die Therapeutin es über sich brachte, mit diesem Unsinn weiterzumachen – das stärkste Gefühl war bisher, dass sie nirgendwohin kamen.

»Was passierte, als ihr dann auf dem Land wart?«

»Ich war immer schrecklich froh, wenn ich das Haus hinter der letzten Kurve auftauchen sah. Wir packten unsere Taschen und das mitgebrachte Essen aus. Papa kochte, Steak und Pommes frites und Sauce Béarnaise, das war unser beider Lieblingsessen. Ich deckte den Tisch. Aber ich weiß noch, dass er etwas Angespanntes hatte, das mich verunsicherte. Er versuchte zu scherzen, aber etwas schien ihn zu belasten.«

»Und dann?«

»Zuerst aßen wir, und danach wurde bald an die Tür geklopft. Und dann kamen sie. Drei wildfremde Menschen, die ich noch nie gesehen hatte. Eine Frau und zwei Männer. Die Frau und einer der Männer waren zusammen, der andere war ein Freund von ihnen. Mein Vater schien sie offenbar alle gut zu kennen, obwohl ich noch nie von ihnen gehört hatte. Sie füllten das ganze Wohnzimmer aus, und sie hatten jede Menge Flaschen mitgebracht. Ich war unbeschreiblich enttäuscht. Sie schienen das schon vorher so verabredet zu haben. Der Besuch war kein spontaner Einfall.«

»Was hast du gemacht?«

»Nichts Besonderes. Auf irgendeine Weise schienen meine

Befürchtungen sich erfüllt zu haben. Ich hatte ja doch nicht richtig geglaubt, dass er und ich ein ganzes Wochenende miteinander verbringen würden.«

Sie verstummte, und ihr Blick verschwamm für einige Sekunden.

»Papa tat so, als ob er keine Ahnung davon gehabt hätte, dass sie kommen würden. Und ich verhielt mich so, wie Kinder das eben machen. Passte mich den Erwachsenen an. Da diese Fremden schon im Wohnzimmer saßen und Papa sie offenbar bleiben lassen wollte, musste ich ein fröhliches Gesicht aufsetzen und mithalten. Sie saßen um den Tisch, spielten Karten und tranken. Ich versuchte, das toll zu finden. Sie boten auch mir Schnaps an. Rosita Bitter mit Limo. Es schmeckte nicht gut, aber ich trank. Ich weiß noch, dass mir wirr im Kopf wurde und dass ich dann ins Bett ging.«

»Aber in dieser ersten Nacht ist nichts passiert?«

»Nein, da ist nichts passiert.«

Die Frauenabteilung der JVA Svartsjö lag ein wenig abseits von der Männerabteilung. Zum Abendessen hatten sich an diesem kühlen Novemberabend viele eingefunden, weil es etwas Besonderes geben sollte. Karin und Ulla hatten Plätzchen gebacken, die in den Gängen den Duft von Vanille und Zitrone verbreiteten.

Die Frauen am Tisch redeten wild durcheinander und tranken Kaffee, während sie darauf warteten, dass das Gebäck aus dem Ofen genommen werden könnte. Wären nicht die verhärmten Gesichter gewesen, die Zahnlücken und die Einstichnarben an den Armen, hätte das Bild auch irgendeinen Arbeitsplatz oder ein Nähkränzchen zeigen können. Vielleicht waren die Stimmen ein wenig rauer, vielleicht fiel das eine oder andere Wort, das nicht in feine Salons gehörte, vielleicht nuschelte manch eine etwas zu sehr nach Jahren des Alkohol- und Drogenmissbrauchs. Ansonsten wurden Frauenleiden,

Kinder und Kerle besprochen – wie bei jedem anderen Kaffee-klatsch auch.

Kajsa Lundkvist ließ sich auf einen der Kiefernholzstühle am Tisch sinken. Ihr Körper schmerzte, das tat er jetzt fast immer, vor allem der Rücken. Sie litt unter Bandscheibenschä-den, und die Sache wurde nicht besser davon, dass sie den ganzen Tag in der Wäscherei arbeiten musste. Die Wäscherei war der mieseste Arbeitsplatz in der Anstalt. Dort wurden die eingesetzt, die in der Hackordnung ganz unten standen, die bei Bullen und Insassinnen gleichermaßen unbeliebt waren. Kajsa konnte einfach nicht begreifen, warum gerade ihr das passiert war. Sie saß jetzt seit drei Monaten und hatte nie-mals großen Wirbel um sich gemacht. Hatte sich alle Mühe gegeben, nett zu den anderen zu sein, Süßigkeiten und Ziga-retten angeboten, aber das schien nichts zu helfen. Zum Glück musste sie jetzt nur noch fünf Monate absitzen. Die vier Mo-nate Untersuchungshaft wurden abgezogen. Dort war es wirk-lich besser gewesen, dachte sie. Da hatte sie wenigstens nicht arbeiten müssen, sondern den ganzen Tag fernsehen und lesen können. Und Kreuzworträtsel lösen. Das war ihre Lieblings-beschäftigung und außerdem eine gute Gehirngymnastik. Hielt die grauen Zellen auf Trab, wie sie immer sagte.

Sie gähnte ausgiebig und kratzte sich am Bauch.

Dann wurde sie davon aus ihren Gedanken gerissen, dass die Plätzchen auf den Tisch kamen und alle es sich schmecken ließen. Sie krümelten und kosteten und genossen. Eine kurze Zeit lang war es richtig gemütlich, aber dann gerieten Nettan und Solveig in Streit. Das passierte jedes Mal. Kajsa hatte die Sache satt und ging nach draußen, um eine zu rauchen. Keine der anderen wollte mitkommen, obwohl fast alle Rauche-rinnen waren. Es sei zu kalt, meinten sie und zogen den Rau-cherraum vor. Nicht so Kajsa – die wollte raus, da konnte sie besser abschalten.

Draußen war es kalt und dunkel. Sie sah die Lichter der Männerabteilung, die weit weg zu liegen schien. Langsam ging sie über den Hof, der auch als Raucherzone benutzt wurde. Die Frauenabteilung war offener als die der Männer, die Regeln waren nicht ganz so streng. Vielleicht galten die Frauen als weniger ausbruchsgefährdet.

Sie zog lange an ihrer Zigarette. Sie war jetzt eine alte Frau, an ihr war nicht mehr viel dran. Fett und versoffen, und das Einzige, was sie in ihrem Leben hatte behalten können, war ihre Wohnung. Und ihr geliebter Wellensittich. Den hatte sie mit in den Knast bringen dürfen. Sie hatte sonst keinen Menschen, der sich um ihn kümmern könnte, und so lange sie sich gut benahm, durfte sie ihn in ihrer Zelle haben. Sie hatte den Wellensittich Svennis getauft, nach dem schwedischen Trainer der englischen Fußballnationalmannschaft. Sie waren auf der Schule im värmländischen Torsby in eine Klasse gegangen. Der Wellensittich Svennis war ihre größte Liebe, und ohne ihn hätte sie nicht überleben können. Er zwitscherte immer so fröhlich, und sie konnte ihn in der Zelle frei fliegen lassen. Wenn sie auf dem Bett lag und las, spazierte er über ihren Bauch, und manchmal zog er mit seinem kleinen Schnabel an ihren Blusenknöpfen. Wollte ebenso eifrig die Blusenknöpfe öffnen wie der echte Svennis, lachte sie dann immer. Der Wellensittich war das einzige lebende Wesen, das sie zum Lachen brachte.

Sie machte einen letzten Zug an ihrer Zigarette und merkte, dass sie noch eine brauchte. Schüttelte sie aus der zerknüllten Packung und gab sich Feuer. In dem Moment, als sie den Rauch in den nachtschwarzen Himmel blies, hörte sie auf der anderen Seite des hohen Stacheldrahtzauns den Kies knirschen.

Sie ließ die Hand mit der Zigarette sinken, blieb stehen und horchte angestrengt. Ein großer Busch in der Nähe raschelte. Ihr erster Gedanke war, ganz schnell ins Haus zu laufen, aber dann überlegte sie sich die Sache anders und blieb stehen. Ob da jemand aus der Männerabteilung ausgebrochen war?

Sie brauchte sich wirklich keine Sorgen zu machen – hier

auf dem Gefängnishof war sie in Sicherheit. Der Hof wurde beleuchtet, und es gab Überwachungskameras. Das Gefängnispersonal war in Hörweite, und wer immer das Rascheln verursachte, befand sich auf der anderen Seite des Zaunes und konnte ihr nichts tun.

Dann hörte sie plötzlich ein leises Jammern, es schien von einem jungen Mädchen zu stammen. Sie blieb stehen, die Zigarette auf halbem Weg zum Mund, und starrte zu dem schwarzen Gebüsch hinüber.

Die Klagen des unsichtbaren Mädchens wurden immer lauter, und ihr herzzerreißendes Weinen mischte sich mit dem Dröhnen einer Männerstimme. Kajsa stand mit halboffenem Mund wie erstarrt da und horchte, und die Tränen strömten ihr über die Wangen. Das Geräusch erweckte Erinnerungen zum Leben, die sie schon vor vielen Jahren vergraben hatte. Mit einem Schlag waren sie wieder da.

Auf dem Titelblatt von Aftonbladet, Mittwoch, 19. November:

**Insassin der JVA erschossen –
die Polizei jagt Doppelmörder**

Eine Insassin der Frauenabteilung der JVA Svartsjö wurde gestern Abend tot auf dem Hof der Anstalt aufgefunden. Die Frau, 55, war aus nächster Nähe in die Brust geschossen worden. Der Schuss war vermutlich außerhalb des Hofs abgegeben worden. Die Polizei sucht jetzt einen Zusammenhang zwischen dieser Tat und dem Mord an einem 63-jährigen Mann in Södertälje am Dienstag der vergangenen Woche. Die Polizei kann nicht ausschließen, dass es sich um denselben Täter handelt.

»Du siehst müde aus.«
»Findest du?«
»Ja.«

»Sollen wir da weitermachen, wo wir beim letzten Mal aufgehört haben?«

»Ich weiß nicht, ob ich es heute über mich bringe, darüber zu reden.«

»Aber meiner Ansicht nach solltest du das tun.«

»Wieso denn?«

»Es ist gut, über die Dinge offen zu reden.«

»Ich dachte, das hätten wir schon längst.«

»Was denn?«

»Alles über diese Episode gesagt«, sagte Antonia und verdrehte gereizt die Augen.

»Nennst du das eine Episode – findest du, das ist das richtige Wort?«

»Ja, oder den Zwiiiiischenfall.«

»Was ist heute los mit dir?«

»Nichts, ich kann dich nur ab und zu nicht ertragen.«

»Das ist absolut in Ordnung. Du bist böse auf mich, weil ich das symbolisiere, was dir gerade Probleme macht. Das ist ganz natürlich.«

»Musst du so schrecklich verständnisvoll sein? Wirst du nie wütend?«

»Natürlich werde ich das. Privat. Nicht auf meine Patientinnen.«

Antonia seufzte tief und schaute zu Boden. Sie konnte die kühle, beherrschte Gestalt ihrer Therapeutin nicht ertragen.

Ein langes Schweigen folgte. Am Ende wuchs ihre Gereiztheit. Dafür bezahlte sie ja wohl nicht diesen schweineteuren Preis. Für ein verdammt dickes Schweigen.

»Okay, wo waren wir?«

»Das Wochenende mit deinem Vater auf dem Lande. Am ersten Abend warst du schlafen gegangen.«

»Am Freitag, ja. Am Samstag sollten wir wieder zu diesen Leuten fahren, das sagte mein Vater schon beim Frühstück. Ich kann mich nicht erinnern, ob ich protestiert habe. Ich hatte mein eigenes Geld mitgenommen, für den Fall, dass wir am Samstag nach Vaxholm fahren würden. Traurig, was? Dass ich nicht kapierte, dass daraus natürlich nichts werden würde. Wir fuhren also mit dem Wagen zu diesen Leuten, die nur einige Kilometer von uns entfernt ein Sommerhaus am Wasser hatten. Wir wollten mit ihrem Boot losfahren und Strömlinge angeln. Das hörte sich gar nicht schlecht an, und da war ich doch ein bisschen froh. Aber es wurde zur Hölle. Wir saßen in diesem verdammten Boot, sie soffen wie die Schweine und benahmen sich auch wie welche. Diese alte Kuh pisste vom Boot direkt ins Wasser, und die Typen taten es ihr nach. Ich weiß noch, dass ich versuchte, mich nur aufs Angeln zu konzentrieren, und ich hoffte, dass niemand uns bemerkte. Es war so peinlich. Ein Mann, der mit einem größeren Boot an uns vorbeifuhr, rief, sie sollten nicht trinken und sich so aufführen, wo sie doch ein Kind bei sich hatten, aber mein Vater schrie zurück, er sollte die Klappe halten und sich nicht in anderer Leute Privatleben einmischen. Und ich wollte mich nur verstecken.«

»Und was passierte dann?«

»Wir kamen zurück zu dem Haus dieses Paars. Die Frau briet die Strömlinge und machte Kartoffelpüree. Sie aßen und tranken noch mehr. Ich weiß noch, dass sie Trinklieder sangen, und ich ging nach draußen und setzte mich auf die Treppe, um mir nicht ansehen zu müssen, wie sie immer besoffener wurden. Seit damals habe ich nie wieder Strömling essen können. Ich kann auch den Geruch nicht ertragen. Nach dem Essen quetschten sich alle in unser Auto, und Papa fuhr – dass er sternhagelvoll war, störte ihn nicht weiter. Ich hatte Todesangst. Er fuhr in einem wahnsinnigen Tempo, und ich saß eingeklemmt auf dem Rücksitz und war davon überzeugt, dass ich sterben müsste.«

Ihre Stimme versagte, und sie schüttelte den Kopf.

»Wie durch ein Wunder ging aber alles gut, und wir kamen zu unserem Haus. Dort wurde weitergezecht. Ich ging nach oben auf mein Zimmer und wollte lesen, aber es fiel mir schwer, mich zu konzentrieren, weil sie unten solchen Lärm machten. Ich wagte nicht, runterzugehen, aus Angst davor, was ich dort sehen würde. Deshalb hörte ich Musik auf dem Tonbandgerät, das ich mitgebracht hatte. Und ich nahm Märchen auf, die ich mir ausgedacht hatte.«

»Du hast sie aufgenommen?«

»Ja, mit dem Gerät konnte man auch aufnehmen, es gab ein kleines Mikrofon, mit dem ich oft herumspielte. Manchmal sang ich ein Lied, es kam auch vor, dass ich etwas erzählte, was ich erlebt hatte, und einige Male nahm ich eben Märchen auf.«

»Wovon handelten diese Märchen?«

»Wenn etwas unangenehm war und ich weg wollte, wie eben damals, konnte ich mir die phantastischsten Geschichten ausdenken. Ich stellte mir vor, das einem anderen Kind zu erzählen, es war immer ein Mädchen, das mit großen Augen und weit aufgerissenem Mund fasziniert jedem Wort lauschte. Das half mir, vor dem Schrecklichen zu fliehen.«

»War es diesmal auch so?«

»Ja, aber...«

»Aber?«

»Ich wurde unterbrochen.«

»Wie denn?«

»Plötzlich waren sie unten ganz leise geworden, und dann hörte ich die Treppe knacken. Sie tuschelten miteinander, sie glaubten offenbar, dass ich schon schlief.«

»Und was hast du gemacht?«

»Ich habe die Lampe ausgeknipst und mich schlafend gestellt. Aber sie haben mich geweckt.«

»Wirklich?«

»Ja.«

Als Sylvia Mendel durch das enge Garagentor fuhr, hätte sie um ein Haar die Seite des blanken Toyota aufgeschrammt. Gähnend schaltete sie den Motor aus, streckte die Hand nach der Tasche auf dem Beifahrersitz aus und öffnete vorsichtig die Wagentür. Sie verabscheute die enge Garage und fluchte vor sich hin, als sie sich zwischen ihrem und dem Auto des Nachbarn hindurchzwängte. Sie konnte einfach nicht begreifen, warum Reihenhausbewohner, die ohnehin schon so eng aufeinandersaßen und sich gegenseitig in die Küche sahen, noch weiter erniedrigt werden mussten. Die Garage war so schmal gebaut worden, dass ihr das Herz immer bis zum Hals schlug, wenn sie mit dem Wagen ein- oder ausfuhr. Es war ein Hohn. Als sollten sie andauernd daran erinnert werden, dass sie keine Villenbewohner waren.

Sie zog das schwere Tor nach unten, das mit einem Knall zufiel, schloss ab und steuerte die Reihenhäuser an. Sie hatte Hunger, es war nach sechs. Jan würde etwas Leckeres kochen, das hatte er versprochen, um ihren Namenstag zu feiern. Die Kinder hatten ein Geschenk vorbereitet, das wusste sie, denn sie hatten ihr am Vorabend verboten, die Waschküche zu betreten. Sofort besserte sich ihre Laune. Es ging ihnen gut, und das war das Wichtigste. Der Weg zu diesem jetzigen ruhigen Leben war nicht leicht gewesen. Sie hatte Jan Mendel mit dreiundzwanzig kennengelernt. Er war fünfundzwanzig Jahre älter und hatte eine Tochter, zu der er schon lange keinen Kontakt mehr hatte. Er hatte Alkoholprobleme gehabt, aber nach einem halben Jahr hatte sie ihm ein Ultimatum gestellt. Entweder Entziehungskur oder die Beziehung wäre zu Ende.

Aller Wahrscheinlichkeit zum Trotz hatte die Behandlung Erfolg gehabt. Jetzt trank er seit fünfzehn Jahren nicht mehr, und sie hatten es noch immer gut. Die Kinder waren zu brauchbaren Menschen herangewachsen, nur machte sie sich in letzter Zeit Sorgen um ihre Tochter. Linda aß wie ein Vögelchen und schloss sich immer öfter in ihrem Zimmer ein. Aber so sind wohl die meisten Vierzehnjährigen, dachte sie und stieß einen Seufzer aus.

Die Reihenhaussiedlung bestand aus etwa einem Dutzend Reihen, die in Etappen auf einer zum Wasser abfallenden Anhöhe errichtet worden waren. Auf beiden Seiten lag Wald und ein Fußweg mit Treppen, der sich um die ganze Anlage schlängelte.

Der Weg zu ihrem Haus lag ganz hinten vorm Wald. Um diese Zeit fand Sylvia das nicht unangenehm, auch wenn es schon dunkel war.

Ihre Absätze echoten dumpf auf dem regennassen Asphalt.

Sylvia fuhr zusammen, als sie ein Geräusch aus dem Dickicht hörte, es klang wie ein Wimmern. Ihr war noch nie aufgefallen, wie groß der Wald war. Die Kinder hatten dort gespielt und Baumhäuser gebaut, als sie noch kleiner waren. Sylvia stolperte über eine Wurzel und wäre fast zu Boden gegangen. Das Jammern wurde lauter und klang, als ob da jemand weinte, vielleicht ein Kind. Verwirrt blieb sie zwischen den Bäumen stehen, für einen Moment unschlüssig. Das Weinen klang hohl, künstlich – nicht echt. Aber es war ein Mädchen, das dort wimmerte, ganz bestimmt.

Sylvia verdrängte den verlockenden Gedanken, das alles zu vergessen und zum Essen nach Hause zu laufen. Stattdessen beschloss sie herauszufinden, was dort los war. Mit klopfendem Herzen ging sie weiter, kam aber nicht weit, denn plötzlich fand sie ihren Mann. Oder das, was von ihm noch übrig war.

(TT) Stockholm, Donnerstag, 27. November

Der Serienmörder schlägt wieder zu

Gestern Abend wurde in einer Reihenhaussiedlung in Ormina in Nacka, südlich von Stockholm, ein Toter gefunden. Der Mann wurde gegen 20 Uhr in einem nahegelegenen Wald entdeckt. Er war aus nächster Nähe durch mehrere Kopfschüsse getötet worden. Die Polizei sucht jetzt nach einem Zusammenhang zwischen diesem und den beiden anderen Morden, die sich in jüngster Zeit in der Umgebung von Stockholm zugetragen haben. Vor zwei Wochen wurde in einem Fußgängertunnel in Södertälje ein Mann erschossen, am vergangenen Dienstag kam eine Insassin der JVA Svartsjö auf die gleiche Weise ums Leben.

»Wie lange komme ich jetzt schon zu dir?«

»Was glaubst du selbst?«

Sie seufzte gereizt. Dass die Psychologin ihre Fragen auch immer mit einer Gegenfrage beantworten musste. Auf die Dauer war das ermüdend.

»Vielleicht ein halbes Jahr oder mehr?«

»Neun Monate. Du kommst seit neun Monaten her.«

»Wirklich schon so lange?«

»Die Zeit vergeht schneller, als man denkt.«

»Ja, vielleicht.«

»Warum hast du diese Frage gestellt?«

»Welche denn?«

»Wie lange du schon herkommst.«

»Ich weiß nicht, ich frage mich wohl, ob ich überhaupt irgendeinen Fortschritt mache.«

»Das glaube ich schon.«

»In welcher Weise?«

»In jeder möglichen Weise, aber darüber will ich jetzt nicht sprechen«, wehrte die Therapeutin ab. »Ich will, dass du weiter von dem Wochenende auf dem Lande erzählst.«

»Nicht schon wieder.«

»Das ist gut für dich.«

»Wieso denn gut? Warum fragst du nicht lieber, wie es mir geht? Deshalb komme ich doch her – damit es mir besser geht?«

»Natürlich.« Die Therapeutin lächelte. »Der Weg dahin kann dir unübersichtlich vorkommen, aber hinter allem, was wir hier sagen, steckt ein Sinn, auch wenn du den im Moment nicht erkennen kannst.«

»Ach?«

Die Irritation schmerzte hinter ihren Augen, und Antonia musste sich gewaltig zusammenreißen, um nicht einfach aufzustehen und zu gehen.

»Du bearbeitest es jedes Mal.«

Die Therapeutin klang ganz leicht ungeduldig und legte ein Bein über das andere. Bereit zum Zuhören. Der Rock hing sittsam und faltenlos auf ihre Knöchel. Antonia hätte ihr gern eine heruntergehauen.

»Sie haben dich geweckt«, sagte die Therapeutin auffordernd.

»Nicht direkt«, seufzte Antonia müde. »Ich war ja wach, hab mich nur schlafend gestellt.«

»Und was haben sie gemacht?«

»Papa zog mir die Decke weg, und ich weiß noch genau, was er sagte: ›Seht nur, was für eine kleine Rosenknospe – die zeig ich euch jetzt!‹ Und dann zog er mir das Nachthemd bis zum Hals hoch, und ich lag ganz nackt da.«

»Was hast du getan?«

»Ich wollte mich natürlich verstecken, aber ich wagte nicht, mich zu bewegen. Ich hatte schreckliche Angst, und ich schämte mich, weil ich nackt war. ›Ja, die bringt's – in ein paar Jahren‹, hörte ich meinen Vater sagen. Dann lachten sie, und dann gingen er und dieses Paar wieder nach unten. Aber der andere Mann blieb da. Er setzte sich auf die Bettkante und fing an, meine Beine zu streicheln. Ich war wie gelähmt, wagte nicht, mich zu wehren. Es wurde immer schlimmer.«

Jetzt strömten Antonia die Tränen übers Gesicht. Das passierte ihr immer, wenn sie an diese Stelle kamen.

»Und dann?«

»Plötzlich sprang er auf, und ich dachte, er wäre zufrieden. Würde jetzt gehen. Aber stattdessen schloss er die Tür ab, kam zurück und vergewaltigte mich.«

»Hast du nicht versucht, um Hilfe zu rufen?«

»Ich weinte und versuchte zu schreien, aber er hielt mir den Mund zu und sagte, er würde mich umbringen, wenn ich schrie. Ich glaube, dann bin ich in Ohnmacht gefallen. Und danach kann ich mich nicht mehr erinnern. Am nächsten Morgen wachte ich erst spät auf, und mir tat alles weh.«

Sie fuhr sich mit einem Finger über die Wange, und ihre Stimme versagte.

»Ich schaute aus dem Fenster und sah, dass mein Vater schon das Auto belud. Ich hätte mich fast nicht die Treppe hinuntergewagt.«

»Und was hat er gemacht, als du nach unten gekommen bist?«

»Er sagte nur, das Frühstück stehe in der Küche und ich solle mich beeilen, damit wir nach Hause fahren könnten. Ich brachte keinen Bissen hinunter, mir war viel zu schlecht.«

»Hat er nichts gesagt?«

»Das weißt du doch. Zuerst hat er den Übergriff nicht erwähnt. Aber natürlich wusste er, was passiert war. Das stellte sich ja später heraus. Es muss zu hören gewesen sein. Alle, die da waren, hatten es mitbekommen. Im Auto sagte er, ich dürfte keinem Menschen sagen, was an diesem Wochenende passiert war. Denn sonst würde Mama schrecklich böse werden, und das würde alles noch schlimmer machen. Das versprach ich. Auf dem Heimweg hielten wir bei der Bäckerei in Vaxholm, und er kaufte mir einen ganzen Karton mit Kokoskugeln, weil er wusste, dass ich die liebte. Wir aßen fast alles auf, ich stopfte mich einfach damit voll. Er glaubte wohl, das würde die Erinnerung daran tilgen, was dieser Abschaum mit mir gemacht hatte. Das war doch Wahnsinn. Aber er hatte Erfolg. Als wir nach Hause kamen, habe ich Mama von den Kokoskugeln erzählt. Nur davon.«

In der Bowlinghalle wimmelte es von Leuten. Es war Freitagabend, und die Farstahalle war ein beliebter Treffpunkt für viele, die die Arbeitswoche damit abschließen wollten, dass sie sich bei Bowling und ein oder zwei Bieren entspannten. Es gab warmes Essen, und das Bier wurde in großen Krügen serviert. Hier durfte man sogar rauchen, es war eine der wenigen Tränken für Raucher, die es noch gab.

Robert gehörte zwar nicht gerade zur besseren Gesellschaft von Farsta, hielt nach außen aber eine adrette Fassade aufrecht. In jüngeren Jahren war er ein gutaussehender Mann gewesen, und die Eitelkeit hatte ihn noch nicht verlassen. Soviel er auch trank, an gewissen Dingen hielt er fest. Das sei wichtig für die Würde eines Mannes, sagte er immer, was für Robert bedeutete, saubere und heile Kleidung zu tragen, gut zu riechen, glattrasiert zu sein und geputzte Schuhe zu haben.

An diesem Abend lief alles gut. Seine Kumpels waren da, und er hatte soeben seine Frührente bekommen. Sie bestellten ein Bier nach dem anderen und amüsierten sich köstlich in der Halle, bis der Betreiber ihr Gejohle satthatte und sie trotz ihres lautstarken Protests vor die Tür setzte. Berra hatte einen Flachmann bei sich, aus dem sie im kalten Wind vor der Halle tranken. Farsta war ein verdammt windiges Loch. Die Kälte hatte sich festgesetzt, es waren acht Grad unter Null, und eine dünne Schneedecke lag auf dem Boden. Der Abend war noch jung, und sie gingen zu Berra, der am nächsten wohnte und außerdem zu Hause Schnaps hatte. Janusz, Torkel, Maggan und Berit kamen auch mit. Sie spielten Karten und tranken Schwarzgebrannten, und er schob mit Maggan auf der Toilette eine Nummer. Als Berra entdeckte, was sie da trieben, drehte er durch, und Robert streifte ganz schnell seine Jacke über und verzog sich, ehe es zu einer Schlägerei kommen konnte. Er hatte keine Lust, sich mit seinem besten Kumpel zu prügeln, und außerdem würde dann doch sicher die Bullerei anrücken, und das musste er nun wirklich nicht haben.

Er wohnte auf der anderen Seite von Farsta, vor ihm lag also ein ziemlicher Marsch. Er fluchte leise, als er durch die eiskalte Nacht nach Hause torkelte, weil er Mütze und Handschuhe vergessen hatte.

Als er endlich das Haus betrat und vor seiner Wohnungstür

stand, bemerkte er sofort, dass hier etwas nicht stimmte. Die Tür war angelehnt, Licht fiel aus der Diele, und er hörte drinnen ein Geräusch, das wohl von einem Radio oder Fernseher stammte. Hatte er einen ungebetenen Gast? Außer der Nachbarin, die er schon seit einer Ewigkeit kannte, hatte niemand den Wohnungsschlüssel, und die Nachbarin schlief doch sicher schon längst.

Vorsichtig betrat er die erleuchtete Diele. Jetzt hörte er das Radio deutlicher, aber es war keine Musik, die gespielt wurde, sondern ein Jammern, ein Weinen, das sich anhörte wie das eines Kindes. Ganz tief in seinem Unterbewusstsein erwachte etwas zum Leben. Er erkannte dieses Weinen. Er kannte es sehr gut. Bei der Erinnerung zitterte er am ganzen Leib.

»Und wo fangen wir heute an?«

Die Stimme der Therapeutin war leise und geschäftsmäßig wie immer. Als sei ihr die Antwort egal, als verrichte sie einfach ihre Arbeit. Vielleicht hatte sie diesen Tonfall aber auch bewusst ausgesucht, wie sie das mit allem machte. Sie wollte nicht zu interessiert klingen. Wollte das Ganze sozusagen weniger dramatisch machen und der Patientin eine Art Sicherheit geben. Antonia wusste nicht, was es bezwecken sollte. Sie verstand sich ja selbst nicht, wie hätte sie da begreifen sollen, was in einer Psychotherapeutin vor sich ging?

»Ja, ich weiß nicht. Seit dem letzten Mal ist nicht viel passiert«, antwortete sie vage. Ihr Blick suchte einen Punkt, auf dem er sich ausruhen konnte. »Aber ich habe mir etwas überlegt.«

»Was denn?«

Ein Funken von Interesse hinter der Brille.

»Ich habe meine Kindheit ja jetzt schon ziemlich lange hin und her gedreht, und das war sicher in gewisser Hinsicht gut, aber ehrlich gesagt weiß ich nicht, ob es wirklich von Bedeutung war. Ich habe nicht das Gefühl, dass es mich irgendwohin führt. Ich glaube, es ist Zeit, etwas Konkretes zu tun.«

»Was denn?«

Antonia redete weiter, ohne Notiz von dieser Frage zu nehmen.

»Dieser Übergriff auf dem Lande war ja nicht der Einzige.«

»Ist es noch einmal passiert?«

»Ja. Meine Eltern ließen sich scheiden, und mein Vater zog in eine Wohnung auf der anderen Seite der Stadt. Wenn ich ihn dort besuchte, kam es vor, dass dieser Mann auftauchte.«

»Du meinst den, der dich vergewaltigt hatte?«

»Genau den.«

»Wie hieß er? Weißt du das noch?«

Die Stimme der Therapeutin wurde eifrig, obwohl Antonia wusste, dass sie die Antwort sehr gut kannte. Sie hatte diese Geschichte schon viele Male erzählt.

»Janne.«

»Was hat er gemacht, wenn er in die Wohnung kam, dieser Janne?«

»Er hat mich abgeholt, und wir sind zu ihm nach Hause gegangen.«

»Und was ist dort passiert?«

»Das weißt du doch schon.«

»Erzähl es trotzdem.«

Antonia seufzte.

»Er hat mich vergewaltigt und mich zu schrecklichen Dingen gezwungen, die ich dir schon erzählt habe. Müssen wir das alles wiederholen?«

Die Therapeutin achtete nicht auf ihre Irritation.

»Wo wohnte er?«

»Ganz in der Nähe, wir brauchten nur fünf Minuten dorthin.«

»Lebte er allein?«

»Vermutlich, da war jedenfalls sonst niemand. Aber ich glaube, dass er Kinder hatte.«

»Warum das?«

»Ich habe da einmal eine Barbiepuppe und ein Paar rosa Pantoffeln gesehen. Solche hatte ich auch.«

Die Psychologin verstummte. Das tat sie immer an dieser Stelle. Mehrere Minuten vergingen, und das Schweigen wurde langsam erdrückend.

»Und du hast deiner Mutter noch immer nichts gesagt?«

»Nein.«

»Wie kam es, dass die Übergriffe aufhörten?«

»Ich habe meinen Vater nicht mehr besucht.«

»Wie hast du das begründet?«

»Ich habe gesagt, dass ich nicht hinwollte.«

»Und deine Mutter hat das akzeptiert. Hat sie nicht gefragt, warum?«

»Nein. Solange ich mich nicht beklagte, hat sie keine Fragen gestellt.«

»Hast du über diese Personen nachgedacht, die an dem Wochenende auf dem Lande dabei waren – darüber, was aus denen geworden ist?«

Antonia staunte über diese Frage. Obwohl sie dutzende Male dieses schicksalhafte Wochenende durchgegangen waren, hatte die Therapeutin diese Frage noch nie gestellt. Sie wand sich ein wenig.

»Na ja«, sagte sie zögernd und feuchtete ihre während des Gesprächs ausgetrockneten Lippen an. Die Kanne auf dem Tisch war leer, ihr Glas auch. »Ich habe es wohl vor allem vergessen wollen. Ich rede nur hier bei dir darüber.«

»Woran liegt das?«

»Tja, ich will wohl nicht, dass andere es erfahren. Dann werden sie es nur immer wieder hervorholen und mir Vorwürfe machen, weil ich nicht zur Polizei gegangen bin.«

»Ja, warum bist du das nicht?«

In der Stimme der Therapeutin lag jetzt eine neue Schärfe. Antonia schlug die Augen nieder.

»Ich war so jung, ich brachte es einfach nicht über mich, jemandem davon zu erzählen. Auch nicht meiner Mutter. Ich schämte mich. Nahm die Schuld auf mich, glaubte, es sei wohl mein Fehler gewesen.«

»Dein Fehler?«

»Ja, aber so ist es doch meistens«, sagte Antonia gereizt. »Dass das Opfer die Schuld auf sich nimmt.«

Die Therapeutin ihr gegenüber warf verärgert den Kopf in den Nacken und ließ sich im Sessel zurücksinken.

»Hast du nie an Rache gedacht?«

»An Rache?«

»Ja, verspürst du keine Rachsucht – willst du sie nicht bezahlen lassen? Für alles, was sie dir angetan haben?«

Antonia schwieg eine Weile.

»Doch, sicher«, sagte sie leise. »Aber zugleich ist es so lange her. Und ich würde mich auch nicht trauen. Ich bin viel zu feige.«

»Weißt du, wo diese Leute wohnen? Oder was sie heute machen? Bist du irgendwem von ihnen je wieder begegnet?«

»Nein, Himmel, Gott sei Dank nicht.«

Antonia schauderte, als ob ihr von dem bloßen Gedanken schon schlecht würde. Sie erwiderte den Blick der Therapeutin. Darin lag etwas Neues, das sie nie zuvor bemerkt hatte. Eine Ungeduld. Das eine Bein hatte sie wie üblich über das andere geschlagen, aber jetzt wippte sie mit dem Fuß auf und ab – als warte sie auf eine Antwort, die einfach nicht kam. Die Luft im Zimmer war plötzlich schwer und stickig. Antonia sehnte sich fort. Sie schaute verstohlen auf ihre Armbanduhr – noch zwanzig Minuten, ihr kam das wie eine Ewigkeit vor.

Mehr Schweigen konnte sie einfach nicht ertragen, und nun irrte ihr Blick über die graugelbe Tapete des Zimmers und die nichtssagenden Kunstwerke. Um Zeit zu schinden, redete sie weiter.

»Ich habe mit dem Gedanken gespielt, ihn aufzusuchen.«

Ein fast unmerkliches Zucken war über dem linken Auge der Psychologin zu sehen.

»Ihn aufzusuchen? Deinen Vater?«

Zuck, zuck. Antonia warf einen gereizten Blick auf die schwarzen Damenschuhe der Therapeutin.

»Ja, meinen Vater. Diese Übergriffe haben in so vieler Hinsicht mein Leben überschattet, so ist es einfach, aber ich habe mich wohl auch davon lenken lassen – davon, dass ich ihnen einen so großen Platz eingeräumt habe. Ich habe es so satt, dass Ereignisse, die fünfundzwanzig Jahre zurückliegen, mein Leben noch immer verdunkeln. Ich will sie los sein, ganz einfach.«

Das Zucken hörte auf. Wie eine Maschine, bei der plötzlich die Stromzufuhr unterbrochen worden war, erstarrte der Schuh der Therapeutin in einer Haltung, bei der sie die Sohle schräg legte, so dass die Schuhspitze wie ein Vogelschnabel nach oben zeigte.

»Wie das?«

»Vielleicht wäre es das Beste, ihn zur Rede zu stellen. Ihm die Pistole auf die Brust zu setzen. Ihm klarzumachen, wie er und sein Kumpel mein Leben zerstört haben. Richtig wütend werden, ihn zusammenstauchen. Das ist vielleicht die einzige Möglichkeit. Ich will alles vergessen und weitergehen, es aus dem Leib heraushaben. Wir haben nie darüber gesprochen, ich habe mit niemandem darüber geredet – außer mit dir. Ich habe alles für mich behalten. Es wurde eine schwere Last. Vielleicht hat es größere Ausmaße angenommen, als richtig gewesen wäre.«

»Aber meine Liebe, du bist schließlich vergewaltigt worden«, widersprach die Therapeutin. »Mit dreizehn!«

»Das ist auch schrecklich und grauenhaft, aber ich will es jetzt los sein. Es aus meinem System vertreiben. Sonst werde ich verrückt. Es verschlingt so viel Kraft, so viel Energie. Die will ich auf andere Dinge richten. Will endlich richtig leben. Die Vergangenheit scheint im Weg zu stehen, ein großes Hindernis zu sein.«

»Warum hast du deiner Mutter nie von diesen Übergriffen erzählt, was glaubst du?«

»Ich hatte wohl ganz einfach nicht genug Vertrauen zu ihr. Ich hatte nicht das Gefühl, dass ich mich auf sie verlassen konnte und dass sie zu mir halten und immer auf meiner Seite sein würde.«

»Warum hast du nicht dieses Gefühl gehabt?«

»Weil alles Unangenehme unter den Teppich gekehrt wurde. Sie hat alles weggewinkt – wenn ich mir wehgetan hatte, wenn in der Schule jemand gemein zu mir war oder wenn es mir schlecht ging. Immer bekam ich zu hören: ›Ja, ja – so schlimm ist das ja wohl auch wieder nicht. Kopf hoch!‹ Als ob meine Gefühle keine Rolle spielten.«

»Sie hat deine Gefühle nicht respektiert, und deshalb hast du sie auch nicht ernst genommen. Weder deine Gefühle noch deine Bedürfnisse«, stellte die Therapeutin trocken fest.

»Sicher, so ist das. Aber das ist eine andere Geschichte. Was die Übergriffe angeht, so merke ich, dass ich ein für alle Mal damit aufräumen will.«

»Und wie?«

»Mein Vater war bei den Vergewaltigungen ja nicht dabei – nicht an diesem Wochenende und später auch nicht. Ich meine nicht, dass er deshalb unschuldig ist – ich sage nur, dass er selbst mich nicht irgendwelchen sexuellen Übergriffen ausgesetzt hat. Sicher hat er getrunken, und sicher war er ein großer Egoist, aber er war eigentlich nicht direkt gemein zu mir. Wie meine Mutter das sein konnte. Mit gehässigen Kommentaren oder wirklichen Beleidigungen. Sie hat mich sogar einige Male geschlagen. Papa hat das nie getan. Und ihr habe ich doch verziehen. Hunderte von Malen. Nicht, dass sie um Entschuldigung gebeten hätte. Aber wenn ich mich in Gedanken mit ihr auseinandergesetzt habe, habe ich immer beschlossen, ihr zu vergeben und weiterzugehen. Wieder und wieder. Und es ist vielleicht an der Zeit, das auch mit meinem Vater so zu machen.«

»Ihr habt euch nicht mehr gesehen, seit – wie lange ist das her – fünfzehn Jahren?«

Die Therapeutin sprach langsam und nachdenklich.

»Fast zwanzig. Seit meinem Abitur hab ich ihn nicht mehr gesehen.«

Die Therapeutin ließ sich ein wenig zurücksinken, verdrehte ihren Körper eine Spur, legte ein Bein über das andere und faltete auf ihrem Knie die Hände. An diesem Tag trug sie eine lange Hose. Sie musterte die auf der anderen Seite des Tisches sitzende Antonia schweigend.

»Und was glaubst du, könntest du dabei gewinnen?«, fragte sie endlich. »Ihn aufzusuchen, meine ich.«

»Es ist absolut egoistisch, das gebe ich gerne zu. Ich glaube, wenn ich ihn aufsuche, kann ich ihn danach loslassen.«

»Das ist nicht ganz unmöglich, aber wieso glaubst du, dass er noch am Leben ist?«

»Natürlich lebt er. Sonst hätte ich das gehört. Meines Wissens bin ich doch trotz allem seine nächste Angehörige.«

»Natürlich.«

»Und dann ist da noch etwas.«

»Ach?«

»Ja, das Tonband, das ich dir vor ein paar Wochen gegeben habe, das möchte ich gern zurück.«

»Das Tonband?«

»Ich hab dir das Band gegeben, das ich während des Übergriffes laufen hatte. Weißt du noch? Ich nahm doch gerade Märchen auf, als sie die Treppe hochkamen, und da habe ich schnell das Licht ausgeknipst und mich schlafend gestellt. Aber das Mikrofon lag da, und alles wurde aufgenommen.«

Antonia hatte Tränen in den Augen.

»Ich will es mir nicht wieder anhören, ich will es nur wegwerfen.«

»Natürlich bekommst du das Band zurück«, sagte die Therapeutin tonlos. »Aber ich habe es nicht hier. Du musst bis nächste Woche warten.«

Die Therapeutin warf einen verstohlenen Blick auf ihre Uhr.

Plötzlich lag Ungeduld in der Luft. Als wollte sie ihre Patientin so schnell wie möglich loswerden.

»Dann machen wir für heute Schluss«, sagte sie entschieden und stand auf.

Als Antonia die Tür hinter sich zuzog, blieb ihr Blick an dem blanken Namensschild über der Klingel hängen.

»Margareta Mendel« war dort in verschlungenen Buchstaben eingraviert. Lange betrachtete sie das Schild. Etwas daran kam ihr bekannt vor.

Und plötzlich wusste sie, wo sie diesen Namen schon einmal gesehen hatte. Auf einem viel schlichteren Namensschild – vor langer, langer Zeit.

ÅSA LARSSON

Die Schwestern Hietala

Es gab allerlei Gerüchte über Erik Hietala. Angeblich hatte er den Husqvarnaherd die acht Kilometer durch Wald und Moor auf seinem knochigen Rücken zu dem abgelegenen Weiler geschleppt, wo er sich mit seiner Familie niedergelassen hatte.

Es hieß weiter, dass er, als seine Frau ihr siebtes Kind auf die Welt gebracht hatte, Hietalas sechstes, und als auch dieses Kind wieder ein Mädchen gewesen war, in seiner Verbitterung in die Scheune gestürzt sei, von seinem besten schwarzgebrannten, eigentlich zum Verkauf bestimmten Schnaps getrunken und sich dann selbst entmannt habe.

Er habe seine Hoden in die Zange genommen, mit der er sonst Widder kastrierte, und die Zange mit einem Hammer zugeschlagen.

Der Kaufmann am Fluss in Kurravaara konnte berichten, dass Hietala ihm das alles anvertraut hatte. Der Kaufmann hatte gefragt, ob es nicht wehgetan habe, und Hietala hatte mitgeteilt, er könne sich nur daran erinnern, dass er, ehe ihm schwarz vor Augen wurde, noch einen hatte fahren lassen. Es habe wie Donnerhall gedröhnt.

Doch Hietala hatte sich ganz unnötig seines Mannestums beraubt. Denn als das jüngste Mädchen ein Jahr alt wurde, lebte seine Gattin schon nicht mehr. Sie hatte sich über den Wassereimer gebeugt und war dann leblos zu Boden gesunken. Einfach so. Zurück blieb Hietala mit sieben Töchtern.

Anna, die Älteste, war damals dreizehn und musste die Aufgaben der Mutter im Haushalt übernehmen.

Dieser doppelte Verrat seiner Frau, ihm nur Mädchen zu gebären und dann zu sterben und ihn mit der Verantwortung für alles zurückzulassen, hatte Hietalas Gemüt erst recht verbittert.

»Allein verantwortlich!«, sagte er oft beim Essen zu den schweigenden Töchtern. »Eure Mutter hat es sich wirklich leicht gemacht.«

Mit dem Kaufmann machte Hietala Geschäfte. Sein Haus, eine einfache Kate, die Hietala mit seinen sieben Töchtern bewohnte, lag weit fort von befahrenen Wegen und anderen Siedlungen. Irgendwo draußen im Wald brannte Hietala seinen Schnaps, den der Kaufmann unter dem Tresen verkaufte. Hietala besorgte dem Kaufmann auch Felle, und die Mädchen verdienten durch Buttern etwas dazu. In den Notjahren, in denen es im Fluss kaum Fische gab, konnte Hietala den Kaufmann im Winter mit Äschen, Saiblingen und Felchen versorgen.

Es hieß, Hietala habe draußen im Ödland seine Fischgründe, ertränke die Fische im Sommer in Alkohol aus misslungenen Brennversuchen und spieße diese Fische mitten im See auf eine Stange. Fliegen sammelten sich auf den verfaulenden, alkoholgesättigten Fischen, gingen dann auf dem Rückflug an Land an Alkoholvergiftung ein, fielen ins Wasser und würden zu Fischfutter. Äschen und Saibling, würden von Fusel und toten Fliegen unnatürlich fett. Die Frauen in Kurravaara schüttelten den Kopf, aber was sollte man tun? Der Kaufmann vergrub die Fische in Schneewehen und verkaufte an die Leute im Dorf und auch oben in der Stadt.

Auch der Kaufmann war im Dorf schlecht angesehen.

»Und das lässt sich nicht vermeiden«, sagte er zu Hietala. »Wenn man Geschäftsmann ist. Wie wir, Hietala. Ihr und ich.

Bin ich etwa eine Wohlfahrtseinrichtung? Oder eine Kirche? Die Leute wollen einkaufen, ohne zu bezahlen. Und wenn sie das nicht dürfen, sind sie natürlich wütend.«

Sie vereinten sich in Verachtung der Leute aus der Gegend, die hinter ihrem Rücken über sie tuschelten.

Auch auf andere Weise waren sie Unglücksgenossen. Die Frau des Kaufmannes war vier Jahre zuvor aus dem Boot gefallen und hatte dem Kaufmann eine damals elfjährige Tochter hinterlassen. Und ein Jahr darauf hatte die Tochter auf dem Eis gespielt, war gestürzt und so unglücklich mit dem Kopf aufgeschlagen, dass sie schon vor Eintreffen des Arztes tot gewesen war.

Der Kaufmann war am Boden zerstört gewesen. Und allen, die ihm zuhören mochten, erzählte er, dass er seinen Kramladen verkaufen und weggehen wollte. Vielleicht nach Süden.

»Ich kann den Fluss kaum noch sehen«, sagte er. »Meine beiden Frauen hat er mir genommen.«

Und die Leute im Kramladen schauten auf den Fluss hinaus. Ein glitzerndes, verschlungenes Band aus gehämmertem Metall. Ein schlangenhaftes Götterwesen gleichsam. So war es. Der Fluss nahm sich das Seine, der Kaufmann war nicht der Einzige hier, dem das passiert war.

Und der Kaufmann verstummte, räusperte sich, schnäuzte sich und wechselte zu einem anderen Thema.

Sie waren ein seltsames Paar, Hietala und der Kaufmann. Der Kaufmann, hochgewachsen, in Weste und dunklem Cheviotanzug. An den Füßen Jatsaristiefel. Ordentlich gewichster Schnurrbart. Prachtvolle Wolfsfellmütze im Winter und runder Hut im Sommer. Reden konnte er außerdem. Und das in mehr als nur einer Sprache. Finnisch und Schwedisch natürlich. Aber auch ausreichend Russisch und sogar einige Brocken Englisch.

Und dann Hietala, unter dem mageren Hintern hing der abgenutzte Hosenboden, die Hosenbeine waren in Schnabelschuhe gestopft, er trug ein wollenes Wams über dem schmutziggelben Unterhemd. Filzrock, winters wie sommers. Schweigsam und verbissen.

Als Hietalas jüngste Tochter, Hillevi Karolina, achtzehn wurde, hatte der Kaufmann immer häufiger bei der Kate zu tun. Er fuhr mit dem Boot über den Fluss und wanderte wie ein Flaneur mit Spazierstock die acht Kilometer durch Moor und Wald. Bei sich hatte er zwei Burschen, die tragen sollten. Und zwar die von den Mädchen gegerbten Häute und den Schnaps. Im Winter kam er nicht weniger als zweimal, lenkte selbst Pferd und Schlitten. Anna, die älteste Tochter, versorgte das zottige Pferd, während Hietala den Kaufmann hereinbat, als sei der König in höchsteigener Person vorgefahren.

Anna war inzwischen dreißig. Sie war nicht Hietalas Tochter. Er hatte sie zu der Frau, die er geheiratet hatte, dazubekommen. Zwischen Anna und der zweitältesten Tochter lagen sieben Jahre. Aber sie nannte ihn Vater, wenn sie ihn ansprach, genau wie die anderen. Und wenn er nicht dabei war, nannte sie ihn Hietala, genau wie die übrigen Schwestern.

Anna führte das Pferd des Kaufmanns in die Scheune, wo es bei den beiden Kühen und den Schafen stehen konnte. Es war ein schönes Pferd, breite Brust, zimtbraunes Fell, hellgelbe Mähne. Lieb war es auch, es zwinkerte und genoss es, wenn jemand es abtrocknete oder ihm Eis aus der Mähne zupfte. An einer Stelle vorn wurde es besonders gern abgerieben. Es schob und krümmte sich ihr mit seinem ganzen Gewicht entgegen, und sie musste ihm einen Stoß verpassen.

»Hör auf«, lachte sie. »Sonst fall ich noch um.«

In der Kate hatten die Männer sich zum Essen hingesetzt. Der Kaufmann redete. Munter und ungezwungen. Er schien nicht zu bemerken, wie armselig hier alles war. Die Kate bestand nur aus dem Vorbau und einer Kammer.

Sie tranken außerdem. Und Hillevi Karolina hatte Stoff bekommen. Sie wich dem Tisch aus, denn der Kaufmann wollte gern ihr Handgelenk fassen und sie an sich ziehen. Er schob den Stuhl vom Tisch zurück, spreizte die Beine und klopfte sich auf den Oberschenkel.

»Tule nyt, piikani, istuhan minun polvelle«, sagte er auf Finnisch.

Komm jetzt, mein Mädchen, und setz dich auf mein Knie.

Sie schüttelte den Kopf, aber der Kaufmann ärgerte sich nicht, er lachte nur.

Die Schwestern lächelten spöttisch, als sie den Stoff sahen. Im Sommer hatte der Kaufmann einen Hut mitgebracht. Einen richtigen Damenhut mit Seidenblumen. Über den hatten die Mädchen Witze gerissen.

»Pass auf, Hillevi Karolina, dass ja Mustikka dich nicht damit sieht. Dann frisst sie ihn dir weg.«

»Und erwischt vielleicht den Kopf gleich mit.«

Mustikka war die zweite Kuh der Familie. Die Leitkuh Sköna hatte kluge Augen, fand im Wald ihren Weg und kam zur rechten Zeit nach Hause. Mustikka hatte Hietala billig einem anderen Kätner abgekauft. Sie war von Inzucht geschädigt und minderbegabt und gab nicht sonderlich viel Milch. Aber bis auf Weiteres konnte sie Sköna immerhin Gesellschaft leisten.

Sie hatten den Hut allesamt aufprobiert. Hatten sich über den kleinen Spiegel gebeugt. Aber benutzt worden war der Hut natürlich nie.

Das war im Sommer gewesen. Jetzt war Winter, aber der Kaufmann hatte keine Angst davor, bei Kälte und Finsternis den Wald zu durchqueren. Als einige Stunden später die Zeit zum Aufbruch gekommen war, fing er Hillevi Karolina ab und fragte:

»Willst du mich nicht heiraten? Ich möchte ein Wirtshaus eröffnen und brauche ein hübsches Mädchen, das die Gäste bei Laune hält. Ich würde dich auf Händen tragen, weißt du.«

Als der Kaufmann gefahren war, kam Hietala erneut auf das Thema zu sprechen:

»Jaja, an Geld fehlt es da nicht. Ein Wirtshaus aufmachen, meine Güte.«

Aber sicher war das eine hervorragende Idee, das war auch Hietala klar. Von diesem Dorf aus führte der kürzeste Fußweg nach Kiruna. Man fuhr mit dem Boot nach Kurravaara, von dort ging es zu Fuß oder mit dem Pferd weiter. Und da wollte man doch gern in einem Haus übernachten. Und essen. Ein richtiges Wirtshaus war genau das, was die Gegend brauchte.

Die Sonne kehrte zurück. Der Spätwinter brachte tropfende Dachtraufen und Vogelzüge. Der Kaufmann freite noch immer um Hillevi Karolina. Eines schönen Tages kam er wieder und bat sie um ein Gespräch unter vier Augen; er bat sie, sich die Sache zu überlegen, und fuhr dann zurück ins Dorf. Hillevi Karolina saß unschlüssig auf dem Küchensofa, mit seinen Geschenken in der Hand, einer Brosche, die der Mutter des Kaufmanns gehört hatte, und einem Seidenschal mit Stickerei und verknoteten Fransen.

»Soll sie Magd beim Kaufmann werden?«, fragte Anna.

»Du mischst dich hier nicht ein!«, brüllte Hietala.

»Willst du so werden wie sie?«, fragte er Hillevi Karolina und zeigte auf Anna.

Und Hillevi Karolina, die Jüngste, sah Anna, die Älteste, an. Dieser Blick. Dauerte nur den Bruchteil einer Sekunde. Nein, er entstand im Bruchteil einer Sekunde. Wurde geboren, wurde geformt. Wanderte von Hillevi Karolinas Augen zu Annas Gemüt. Und blieb dort. Wie eine zitternde schwarze Perle in einer Muschel.

Zuerst Erstaunen. Es schien undenkbar, dass sie, Hillevi Karolina, so werden könnte wie Anna. Hillevi Karolina sah Anna an, kostete die Möglichkeit aus, werde ich wirklich in einigen Jahren so sein? Danach ein Anflug von Angst, die Erkenntnis, dass das hier eins der Schicksale war, die für sie in Reichweite lagen. Unverheiratet, kinderlos, arm. Wenn der Körper nicht mehr kann, ist niemand da, der sich um einen kümmert. Dann kam die Scham mit in den Blick. Hillevi Karolina schlug die Augen nieder. Schämte sich dessen, was Anna in ihrem Ausdruck hatte lesen können. Ihre dichten Wimpern warfen Schatten auf die runden Wangen. Sie schaute den schönen Schal und die Brosche an. Keine sagte etwas. Hietala stand schweigend daneben.

Anna sah zu, wie Hillevi Karolina den Seidenschal auf ihren Knien glattstrich. Anna hatte ihn schön gefunden, die Hand aber nicht darüberfahren lassen. Sie, mit ihren gesprungenen, groben Fingern. Das wäre doch, wie mit einem ungehobelten Brett über den Stoff zu streichen. Aber Hillevi Karolinas Hände waren weich. Sie war die Kleinste. Anna hatte ihr immer die leichtesten Arbeiten übertragen.

Ich habe jetzt Mutters Hände, dachte Anna.

Mutters graue Haare, die sie unter ihr Kopftuch schob.

Sie machte sich im Wald zu schaffen. Zog den Schlitten hinter sich her, um Moorheu zu holen.

Schwerer Schnee, der von den Bäumen fiel. Vogelsang. Die Sonne stach ihr wie ein Messer in die Augen.

Sie machte eine Pause und setzte sich auf den Schlitten. Nur für einen Moment, sie war schweißnass und würde bald frieren. Ein Eichhörnchen sprang dicht bei ihr über den Schnee, es sah sie nicht.

Weinen hat keinen Zweck, dachte sie.

Ich werde bei Hietala bleiben müssen, dachte sie. Das ist das Erbe meiner Mutter. Ich muss ihn füttern, seine Wunden pflegen, ihn waschen. Solange ich das über mich bringe. Und danach, was dann?

Sie dachte nur selten über ihre Mutter nach, darüber, wie sie gewesen war, aber jetzt jagten ihre Gedanken nur so durch den Kopf.

»Mein Mädchen«, sagte die Mutter in ihrer Erinnerung.

Das war nicht oft vorgekommen. Dass Anna mit anpacken musste, war eine Selbstverständlichkeit gewesen. Sie hatte schon als kleines Kind hart gearbeitet. Und seit die Mutter Hietala geheiratet hatte, passte sie immer auf die kleinen Schwestern auf.

Wenn ich Glück habe, dann bleiben noch einige von den anderen hier, dachte sie.

Aber es war so, das ging ihr auf, als sie hier auf dem Schlitten saß, dass die anderen eine Chance hatten. Die Zweitälteste, Elina, war doch erst dreiundzwanzig. Wenn sich eine Möglichkeit ergab, eine Arbeit, ein fescher Bursche, dann könnten sie gehen. Anna aber nicht. Sie trug dieselbe Verantwortung für den Vater und das Haus, wie die Mutter sie gehabt hatte. Sie konnte es nicht erklären, aber es war für sie unvorstellbar, ihr Zuhause zu verlassen.

Für Hillevi Karolina war das vielleicht nur gut so. Ein besseres Leben. Nicht so viel harte Arbeit.

Ich bin nicht neidisch, dachte Anna entschieden.

Und das stimmte. Mit dem Kaufmann war etwas nicht in Ordnung. Er hatte keine Liebe in sich. In dieser Hinsicht ähnelte er Hietala. Sie dachte an das Pferd des Kaufmanns. Daran, wie der Vater und der Kaufmann einmal, nachdem sie getrunken hatten, mit dem Pferd auf den Fluss gegangen waren und einfach aus Spaß eine wilde Fahrt unternommen hatten. Sie hatten mit der Peitsche geknallt und das Pferd zum gestreckten Galopp getrieben.

Es war das pure Glück, dass es unverletzt geblieben war, hatte danach eine Frau aus dem Dorf zu Anna gesagt.

Wie Hietala und seine Fallen. Es kam in den Zeiten, in denen er trank, vor, dass er seine Fallen nicht aufsuchte. Und Anna wusste nicht, wo diese sich befanden. Sie sah ihn an, seine roten Augen, seine schweren betrunkenen Atemzüge, seine Schweigsamkeit, seine List. Und dann dachte sie an den Fuchs, der mit dem Lauf im Eisen hing und sich am Ende in dem fruchtlosen Versuch, sein Leben zu retten, die Pfote abnagte.

Aber sie soll tun, was sie will, dachte Anna, verbittert über Hillevi Karolinas Blick. Ich werde sie nicht daran hindern. Ich habe nicht vor, etwas zu sagen.

Hillevi Karolina zögerte ihre Entscheidung hinaus. Hietala machte sich schon Gedanken, ob sie vielleicht in irgendeiner Weise zurückgeblieben sein könnte. Sie war ja auch verwöhnt. Das war Annas Schuld, fand er. Sie hatte ihre kleinen Schwestern verzogen, vor allem die Jüngste. Hatte sie nicht das Arbeiten gelehrt, hatte sie Müßiggang treiben lassen. Und man sah ja, wie Hillevi Karolina geworden war. Begriff nicht, was ihr eigenes Bestes wäre.

Hietala war klar, was eine solche Allianz mit dem Kaufmann ihm einbringen könnte. Dann wäre jedenfalls Schluss mit dem Feilschen. Hietala wusste, dass der Kaufmann für den Schnaps nicht weniger als drei ganze Kronen pro Liter verlangte. Hietala bekam nicht einmal eine Krone. Und die Schneehühner, die Hietala fing, schickte der Kaufmann mit seinen Beziehungen mit der Eisenbahn von Kiruna nach Stockholm. Dort galten Schneehühner in den feinen Restaurants als erstklassige Delikatesse. Man konnte nur raten, was der Kaufmann daran verdiente, und das ohne irgendeine Arbeit. Aber wenn Hietala erst sein Schwiegervater wäre, na, dann könnten sie andere Saiten aufziehen.

Einige Wochen lang war das Eis brüchig und unzuverlässig. Dann kam die Schmelze. Jetzt konnte der Fluss nicht mehr überquert werden.

Hietala besserte den Stall aus, und die Mädchen setzten in langen Reihen Kartoffeln. Und eines Tages trat Hietala sich einen Nagel durch den Fuß. Es war unmöglich, einen Arzt zu holen oder an Heilmittel heranzukommen. Die Töchter halfen ihm auf die Bank in der Küche, und da blieb er liegen. Betäubte den Schmerz mit der Flasche, bis sein Fuß scheußlich dick und blau war.

»Ich weiß nicht, wie das im Winter werden soll«, sagte er.

Der Fuß wurde schlimmer. Schon nach wenigen Tagen stank er. Als man endlich über den Fluss setzen konnte, gab es keine Rettung. Der Doktor amputierte gleich unterhalb des Knies. Sagte, Hietala müsse dankbar sein, weil er nicht am Kalten Brand oder an Blutvergiftung gestorben sei.

Ein Mann ohne Bein kann im Winter keine Fallen legen. Und er trank noch dazu mehr als vorher.

»Heirate den Kaufmann«, sagten die Schwestern zu Hillevi Karolina.

Alle außer Anna sagten das. Heirate den Kaufmann. Du kannst eine feine Dame werden. Im Laden stehen und vornehm aussehen. Und Hillevi Karolina sagte ja.

Die Trauung fand zu Hause statt, da Hietala ja bettlägerig war. Es war gegen Mittsommer, und das Wetter war schön, aber trotzdem setzten nicht viele mit dem Boot über den Fluss oder wanderten zur Kate, um dabei zu sein. Es kamen nur wenige Gäste. Niemand aus der Familie des Kaufmanns. Der schwedische Pastor murmelte einige Entschuldigungen und blieb nicht zum Kaffee.

»Der hatte es aber eilig«, sagte Anna und schaute hinter ihm her, als er zusammen mit dem Küster durch den Wald zum Fluss hinunterwanderte. »Wir sind ihm sicher nicht fein genug.«

»Na, die Münzen, die der Kaufmann ihm in die Hand gedrückt hat, waren offenbar fein genug«, sagte Maja Lisa Lahti.

Maja Lisa Lahti war Witwe und wohnte einen Kilometer flussabwärts am Ufer. Anna wusste, dass Hietala sie bisweilen besuchte. Dafür, dass sie ihn zu sich ließ, bekam sie Felle und ab und zu ein wenig Schnaps. Anna war das egal. Und sie, Hietalas Kinder, konnten es sich nicht leisten, andere zu verachten.

Maja Lisa Lahti nickte zu Hietala hinüber, als der vor dem

Haus saß und Kaffee trank, den Zuckerwürfel in den Mund nahm, den heißen Kaffee zum Abkühlen auf die Untertasse goss, langsam trank und den Zucker in seinem Mund schmelzen ließ.

»Wie soll das hier jetzt im Winter mit euch werden, wo er doch …«

Anna zuckte mit den Schultern. Es würde sich schon eine Lösung finden. Er konnte keine Fallen setzen. Er konnte auch nicht seine Schlupfwinkel aufsuchen und Schnaps brennen. Zu Hause ging das nicht, denn ab und zu kam der Dorfschulze zu Besuch und schaute sich um.

»Sie brauchen Leute in der Ziegelei«, sagte Maja Lisa Lahti. »Du bist stark und arbeitsam, dich würden sie sicher nehmen.«

»Das würde er nicht erlauben«, sagte Anna.

»Der! Der soll doch froh sein, wenn jemand vor dem Winter ein bisschen Geld ins Haus holt.«

Der Kaufmann hatte es fast ebenso eilig wie der schwedische Pastor. Verabschiedete sich und spazierte Hand in Hand mit seiner jungen Gattin davon.

Er ruderte sie über den Fluss. Hillevi Karolina saß achtern und zog die Hand durch das kalte Wasser. Die Mücken sangen um sie herum, aber ihr Kopf war mit Träumereien gefüllt. Die Leute im Laden. Sie selbst hinter dem Tresen, in weißer Bluse und weißer Schürze mit Spitzen am Saum, wog Zucker und Mehl und andere Waren ab und füllte sie in kleine Tüten. Steckte den Kindern ein Bonbon zu, wenn sie brav waren. Sie würden knicksen und einen Diener machen und die junge Frau im Laden schüchtern ansehen.

Was hatte sie erwartet? Was hatte sie für Vorstellungen von ihrem neuen Heim? Nicht diese:

Der Kaufmann hebt seine junge Frau lachend aus dem Boot. Trägt sie den ganzen Weg zum Laden. Scherzt darüber, wie leicht sie ist, fragt, ob er sie den ganzen Weg bis Kiruna tragen soll, da können sie in ein Hotel gehen. Er lässt sie nicht einmal herunter, als er die Tür aufschließt, und er trägt sie die Treppe hoch, die vom Laden zur Wohnung mit zwei Zimmern und Küche führt.

Auch Hillevi Karolina lacht. Später, als sie ihre Tochter heranwachsen sieht, fällt ihr ein, dass sie genauso gelacht hat wie ein Kind, wenn ein Erwachsener buh sagt und es durch das Haus jagt. Freude und Angst zugleich.

Oben vor der Wohnung verstummt sie plötzlich.

Der Kaufmann öffnet die Wohnungstür. Und als die aufgeht, bricht ein erstickender Gestank über Hillevi Karolina herein. Es mieft nach altem eingesperrtem Rauch, es stinkt nach Schmutz, es ist widerlich, sie spürt, wie ihr Magen sich umdreht und wie der Kaffee vom Morgen durch ihren Mund entfliehen will.

Überall schmutziges Geschirr und Töpfe. Auf der verdreckten Tischdecke, auf der kleinen Anrichte neben dem Herd. Die Lampenkuppel ist verrußt und eingestaubt, unter der Decke hängen Spinngewebe. Die Vorhänge sind geschrumpft, wie sie das immer tun, wenn sie nie gewaschen und gebügelt werden. Die Flickenteppiche sind unbeschreiblich. Man kann nicht sehen, was sie für eine Farbe haben. Die Bodenbretter dagegen starren schwarz vor festgetrampeltem Schmutz.

Er bemerkt ihren Blick.

»Mir hat eine Frau gefehlt, wie du siehst«, sagt er.

Die Bettwäsche ist grau vor Schmutz, und als er sie darauflegt, stinkt alles nach Schweiß, sie ekelt sich bei der Vorstellung, ihren Kopf dort hinbetten zu müssen. Und weil er nicht einmal die Bettwäsche gewechselt hat … jetzt, wo sie doch …

Und dann sagt er es wieder, mit einer anderen Stimme. Dass ihm eine Frau gefehlt hat.

Eine Woche nach der Hochzeit kommt der Kaufmann zu Hietalas Kate. Diesmal zeigt er ein neues Gesicht, als er in der Türöffnung steht und bittet, mit Hietala sprechen zu dürfen.

Gerunzelte Stirn, nach unten zeigende Mundwinkel. Wenn er bisher gekommen war, schien er immer einen erquickenden Spaziergang durch den Wald oder eine herrliche Schlittenfahrt hinter sich zu haben. Erfrischt und rotwangig war er dann immer. Jetzt erwähnt er so ganz nebenbei, dass der Laden geschlossen ist und dass er Geld verloren hat.

Die Mädchen stürmen aus der Kate, sie machen sich draußen auf dem Hof zu schaffen. Sogar die Katze verlässt den Napf mit den Fischresten und schleicht sich davon. Anna sieht, wie der Kaufmann verstohlen die grau getigerte Mirri ansieht, und denkt, gleich wird er ihr einen Tritt versetzen.

Aber es ist eine Befreiung, das andere Gesicht des Kaufmanns zu sehen. Erst jetzt erkennt sie seine Gemeinheit, die scharfen Linien, die seinen Charakter gleichsam nach unten ziehen, erst jetzt geht ihr auf, wie wenig ihr sein Lachen und seine Scherze gefallen haben.

Was will er?, überlegen die Schwestern, die draußen auf dem Hof miteinander tuscheln.

Instinktiv hat keine gewagt, nach Hillevi Karolina zu fragen. Sie werden es bald genug erfahren.

In der Kate sitzen der Kaufmann und Hietala, der sich den Beinstumpf reibt, obwohl der Schmerz im amputierten Teil sitzt.

Der Kaufmann verlässt die Kate, macht einige Schritte und steckt sich eine Zigarre an. Schaut in den blauen Himmel hoch, legt den Kopf in den Nacken.

Hietala humpelt hinaus auf die Treppe und ruft nach Anna.

»Tule tänne, piika!«

Komm her, Mädchen.

Und das Mädchen mit den grauen Haarsträhnen und dem lockeren Zahn unten links kommt angelaufen.

»Du musst mit dem Kaufmann gehen«, sagt Hietala. »Deine Schwester braucht ein wenig Hilfe, um sich in ihrem neuen Heim einzurichten.«

Aha, denkt Anna. Hillevi Karolina wird die feine Dame,

und ich werde die Magd. Magd bei Pietala, Magd beim Kaufmann, Magd bei meiner Schwester.

Aber sie sagt nichts. Setzt mit dem Kaufmann im Boot über den Fluss. Die zweitälteste Schwester, Elina, kommt ebenfalls mit. Der Kaufmann sagt kein Wort. Und dabei war er sonst immer so redselig.

Die Mädchen schweigen und denken das ihre.

Hillevi Karolina erwartete das Boot nicht am Flussufer. Anna und Karolina gingen hinter dem Kaufmann her zum Laden.

»Sie ist da oben«, sagte der Kaufmann und zeigte zum ersten Stock hoch. Anna und Elina stiegen hinauf. Was für ein Gestank. Anna kam kurz der Gedanke, die Schwester sei vielleicht tot.

Hillevi Karolina saß, nur mit dem Nachthemd bekleidet, auf der Bettkante. Sie hörten, wie der Kaufmann unten vor sich hin pfiff und den Laden aufschloss.

Hillevi Karolinas Augen leuchteten im Dunkeln. Die Vorhänge waren geschlossen.

»Ihr kommt?«, fragte sie.

Sie hielt die Füße hoch, um nicht den Boden zu berühren, sie sah aus wie ein Vogel auf einer Stange.

»Ja«, antwortete Anna. »Er hat uns geholt.«

Sie machte eine kurze Bewegung in Richtung des Pfeifens unten im Erdgeschoss.

Ihr blieb keine Wahl. Jetzt musste sie den Preis für Hillevi Karolinas Dummheit bezahlen.

Kanapää, dachte sie. Hühnergehirn.

Laut sagte sie:

»Ich habe mich geirrt, nicht du sollst beim Kaufmann als Magd dienen.«

Obwohl sie Elinas Blick von der Seite her spürte, konnte sie sich weitere Gemeinheiten nicht verkneifen:

»Und jetzt zieh dich endlich an. Oder soll ich hier vielleicht auch noch als Zofe eingesetzt werden?«

Hillevi Karolina zog die Füße ins Bett. Sie machte keinerlei Anstalten aufzustehen.

Der Impuls war schneller als Anna. Ehe sie denken konnte. Ehe sie sich beherrschen oder auch nur abwägen konnte, hatten ihre Beine einen Schritt nach vorn gemacht, und ihre Hand war vorgeschnellt und hatte Hillevi Karolina an der Wange getroffen.

Anna schlug ihre Schwestern sonst nie. Obwohl sie es war, die sie aufgezogen hatte und die für sie wie eine Mutter gewesen war. Sie hatte sie ein paar Mal an den Haaren oder am Arm gezogen, aber geschlagen, das nicht.

Und im selben Moment, in dem sie Hillevi Karolina die Ohrfeige verpasst, ist die Erinnerung an ihre Mutter wieder da.

Anna ist sechs Jahre alt. Sie hausten in einer Arbeiterwohnung. Ein Zimmer und Küche. Da sie nur drei in der Familie waren, hatten sie zwei Schlafgänger, Grubenarbeiter. Aber als der Vater krank wurde, verschwanden die Schlafgänger. Und als er starb, mussten Anna und die Mutter ausziehen. Sie kann nicht behaupten, dass sie sich an ihren Vater erinnerte. Vermutlich war er weder besser noch schlechter als Hietala.

Die Mutter weint bitterlich und ohne Unterlass. Sie sind mit Pferd und Wagen zu einer Holzhütte bei Kurravaara gefahren, wo sie umsonst wohnen können. Anna schaut sich um, während die Männer ihre Möbel hereinbringen, die Betten haben sie zurückgelassen, hier stehen schließlich Pritschen, aber noch haben sie einen Schrank und einen Klapptisch.

»Hier gibt es kein Fenster«, sagt sie.

Am Ende fahren die Männer weiter, und es ist beinahe still, nur das Weinen der Mutter ist zu hören. Es ist kalt in der Hütte.

Schließlich öffnet Anna die Tür und schreit hinaus in die Dunkelheit. Ruft ihren Vater. Isä, isä! Dass er kommen und sie holen soll. Und da springt die Mutter auf. Reißt sie vom

Eingang zurück und schlägt die Tür zu. Verpasst Anna eine Ohrfeige, von der ihr Gesicht brennt.

Jetzt. Erst jetzt. Als sie hier steht und Hillevi Karolina dermaßen eine gescheuert hat, dass das Pfeifen im Erdgeschoss verstummt und Elina neben ihr nach Luft schnappt. Erst jetzt kann sie der Mutter diese Ohrfeige verzeihen. Wortlos durchströmt die Versöhnung sie, und sie versteht.

Die Mutter konnte ihre eigene Verzweiflung ertragen, aber Annas dazu, das wurde zu viel. Es ist schwer genug, nicht selbst nach ganz unten zu sinken.

Hillevi Karolina hebt die Hand an ihre glühende Wange, und Anna spürt, dass die Ohrfeige in der Hand, die geschlagen hat, schlimmer brennt als im Gesicht der Schwester.

Steh auf!, will sie rufen. Hat denn irgendwer sie, Anna, gefragt, wie es war, mit den sechs kleinen Schwestern und Hietala allein zu bleiben? Das geht nicht, will sie schreien. Ich kann das nicht. Es reicht, dass Hietala hilflos auf der Bank liegt und versorgt werden muss. Soll sie zwischen beiden hin und her rennen? Hillevi Karolina muss selbst zurechtkommen, sonst wird alles damit enden, dass Anna ins Wasser geht.

Aber nichts wird gesagt. Die Schwestern schweigen, und nach einer Weile setzt das Pfeifen unten wieder ein. Hillevi Karolina steigt aus dem Bett und zieht sich an, mit starren Bewegungen und abgewandtem Gesicht. Das Schweigen ist dicht wie Packschnee. Als sie sich angezogen hat, setzt sie Kaffee auf.

Den Kaffee trinken sie stumm. Und dann machen sie sich ans Aufräumen.

Zeigt mir die Verstimmung, die ein ordentlicher Hausputz nicht vertreiben kann. Drei Tage lang säubern die Schwestern das Haus des Kaufmanns.

Bettwäsche, Vorhänge, Hemden und Blusen werden in Seifenlauge gekocht und in dem großen Eisenkessel unten am

Flussufer umgerührt. Die Flickenteppiche werden am Steg mit Putzwolle gescheuert. Es ist eine Freude zu sehen, wie die Farben zurückkehren. Es sind schöne Teppiche. Die Schwestern sagen zueinander, dass die erste Frau des Kaufmanns Farbsinn und guten Geschmack gehabt haben muss, als sie sie gewebt hat. Sie blicken hinaus auf den Fluss, der sie geholt hat, das arme Wesen. Sie haben sie zwar nicht gekannt, denn zu ihren Lebzeiten ist immer Hietala zum Einkaufen ins Dorf gegangen. Aber das hier hätte ihr Freude gemacht, das wissen sie. Ihre Teppiche frisch gereinigt und leuchtend zu sehen.

Dann wird die Wäsche zwischen den Birken auf die Leine gehängt, sie tanzt munter im Wind, der vom Fluss her weht, und als Anna sie abnimmt, muss sie fast die Nase hineinstecken und den guten Duft der Sauberkeit in sich einsaugen.

Die Mädchen legen ab und zu eine Pause ein und trinken heißen Kaffee aus den feinen Porzellantassen der Seligen. Gießen die Flüssigkeit vorsichtig in die schmetterlingsflügeldünnen goldgeränderten Tassen, als sie da auf dem Steg sitzen.

Auf der Wiese blühen Mittsommer- und Butterblumen. Und der Wind ist gerade stark genug, um die Mücken abzuhalten.

Als sie den Boden in der Wohnung scheuern, tropft schwarzes Wasser durch die Bodenbretter in den Laden hinunter. Der Kaufmann und ein Knecht von einem der Nachbarhöfe müssen alles aus dem Verkaufsraum tragen. Und der Kaufmann muss seine Geschäfte draußen auf dem Hof abwickeln. Er sitzt im Sonnenschein auf dem Boden, raucht Zigarren und beklagt sich darüber, dass er aus seinem eigenen Haus vertrieben worden ist, aber auch er wird durch das Großreinemachen in gute Laune versetzt. Als Anna endlich mit dem Boden zufrieden ist, sind die Bretter aus Kiefernholz fast weiß und glatt. Die sauberen Teppiche werden darauf ausgebreitet.

»Du musst von jetzt an jeden Abend fegen«, sagt Anna zu Hillevi Karolina.

Das ist ein freundlicher Rat der großen Schwester, ohne Tadel in der Stimme.

Sie sitzen im Heu, das sie in den Winterschlitten gelegt haben. Der Schlitten steht in der alten Scheune. Jetzt, während des Reinemachens, schlafen Anna und Elina dort. Draußen hören sie die Schreie der jagenden Abendschwalben und das Gebrüll von Isak Larssons Kühen, die auf dem Heimweg zum Stall sind. Sie haben prallgefüllte Euter und sehnen sich nach dem Abendmelken. Sofia Larsson ruft und öffnet das Tor für sie.

Anna und Hillevi Karolina sitzen schweigend da. Hillevi Karolina nickt. Sie wird das Saubermachen und alles, was dazugehört, schon schaffen. Das ist es nicht. Sie verdrängt den Gedanken, dass sie hier bei dem Kaufmann allein sein wird. Dass die Arbeitsgemeinschaft mit den Schwestern in eine andere Zeit und ein anderes Leben gehört. Anna verdrängt ihre Sorge um die kleine Schwester. Der Kaufmann ist wie ein Bär. Er kann durchaus friedlich wirken, wenn er sich an Beeren gütlich tut und in Ameisenhaufen wühlt. Was aber träumt der Bär im Winterschlaf?

Aber als für Anna und Elina die Heimkehr näherrückt, kommt es wieder zu Reibereien zwischen Anna und Hillevi Karolina. Elina kann nicht begreifen, was zwischen ihrer ältesten und ihrer jüngsten Schwester passiert ist. Anna scheint zu verstummen, und man merkt, egal, was man tut oder sagt, dass es nicht richtig ist. Hillevi Karolina wird nervös und läuft hin und her. Elina selbst fühlt sich so wenig wohl in ihrer Haut, dass sie am liebsten im Wald verschwinden würde. Am letzten Nachmittag ist jede mit ihren Aufgaben beschäftigt. Hillevi Karolina räumt Hausgerät in die frisch gesäuberten Schränke. Anna bügelt mit verkniffenem Mund die Hemden des Kaufmanns.

»Soll ich das nicht fertig machen?«, faucht sie abweisend, als Hillevi Karolina sagt, dass das doch wirklich nicht nötig sei.

Und es stimmt. Wenn sie schon die ganze Wohnung gescheuert und sich um die gesamte Wäsche gekümmert hat, soll alles ganz fertig und schön sein, wenn sie aufbricht. Das fehlte gerade noch, nicht erledigte Arbeit zu hinterlassen.

Elina hängt Vorhänge auf. Gestärkt und frisch gewaschen, so dass sie fast steif aus dem Fenster ragen. Es ist eine Freude, jetzt das Haus zu sehen.

Hillevi Karolina weiß nicht, wie sie sich Anna gegenüber verhalten soll. Wenn sie Anna Geld anbietet, wird die sich gekränkt fühlen, das weiß sie. Sie wird es als Beleidigung betrachten, dass Hillevi Karolina ihre älteste Schwester behandelt wie eine Tagelöhnerin oder eine Magd. Das hier ist ein Gefallen, das begreift Hillevi Karolina. Sie ist Anna von nun an Dankbarkeit schuldig. Nicht, dass sie überhaupt Geld hätte, aber der Kaufmann. Doch, wie gesagt, kein Geld, das wäre eine Kränkung. Aber etwas müssen die Schwestern für ihre Mühe bekommen. Kaffee, Mehl, Zucker, Sirup, diese Dinge werden zu Hause immer gebraucht. Und Stoff. Und Tabak, für Hietala, der auf der Bank liegt.

»Vielleicht gibst du ihnen zum Dank etwas mit«, flüstert sie dem Kaufmann zu, als die anderen es nicht hören können.

Und er fasst sie um die Taille und sagt, das werde er natürlich tun.

Der Kaufmann braucht Anna und Elina nicht über den Fluss zu rudern, denn Emanuel Kyrö vom anderen Ufer war zum Einkaufen da, und die Mädchen können mit ihm zurückfahren.

Hillevi Karolina verabschiedet sich unten am Flussufer von ihren Schwestern. Der Kaufmann kommt dazu, als sie gerade ins Boot steigen wollen.

»Übrigens«, sagt er. »Es ist ja richtig, dass Schwestern einander helfen, aber etwas nehmt ihr doch sicher als Dank für die Hilfe an.«

Dann reicht er jeder Schwester eine Tüte mit Bonbons. Als ob sie Kinder wären! Hillevi Karolina möchte vor Scham in der Erde versinken. Für Hietala gibt es eine Flasche Schnaps.

Denn jetzt, wo Hietala hilflos ist, fehlt es daran in der Kate vielleicht.

Der Kaufmann reicht Anna die erbärmlichen Gaben, aber Anna streckt nicht die Hände aus, um sie anzunehmen, und der Kaufmann steht da und wartet. Elina greift ganz schnell ein. Macht sogar vor Schreck einen Knicks, als wäre der Kaufmann ein feiner Herr oder so etwas.

Mit steifer Würde steigt Anna ins Boot.

Hillevi Karolina schaut hinter ihnen her. Fragt sich, ob Anna Bonbons und Schnaps ins Wasser werfen wird.

Dem Kaufmann macht das alles nichts aus. Er geht pfeifend wieder zum Laden hoch. Er hat ein frisch geputztes Haus. Und endlich ist er allein mit seiner neuen Frau. Nicht eine einzige Sorge auf der Welt.

Hillevi Karolina sieht ein, dass er nicht glaubt, irgendjemandem Dank schuldig zu sein. Er hat sich mit seinen kleinen Geschenken freigekauft. Aber sie spürt die Schuld.

Der Sommer vergeht. Hillevi Karolina macht selbst sauber. Es ist wirklich nicht so, dass sie das nicht kann. Nur war es damals einfach zu viel. Sie kocht. Wischt den Tisch mit einem Auerhahnflügel ab. Lüftet und wäscht. Wenn der Kaufmann unterwegs ist, kümmert sie sich um den Laden. Es gibt eine Glocke, die man betätigen kann, wenn man etwas will. Natürlich ist ihr klar, dass es Unterschiede zwischen ihr und Anna gibt. Wenn Anna hier wohnte, dann würde sie in einer hellen Sommernacht hinter dem Stall ein Kartoffelfeld anlegen, würde das Heu für das Pferd selber mähen, statt den Kaufmann einen Tagelöhner mieten zu lassen.

Einmal, als der Kaufmann für einige Tage über Land fährt, kommt eine Schwester, um ihr Gesellschaft zu leisten. Sie schlafen gemeinsam in dem großen Bett. Es ist lustig, Besuch zu haben. Hillevi Karolina fühlt sich einsam. Sie plaudert so eifrig mit den Menschen im Laden, dass es denen unangenehm wird. Das merkt sie. Trotzdem kann sie sich nicht beherrschen. Und die Kinder aus dem Dorf. Sie hat versucht, ihnen Süßigkeiten zu geben, um sie für sich zu gewinnen, aber sie schielen nur zu ihr herüber, murmeln brav ihr »kiitos« und verschwinden dann mit den Bonbons im Mund.

Wenn die Schwestern kommen, kann sie nach Herzenslust plappern. Und alles ist so lustig. Leider kommen sie nicht oft. Anna kommt überhaupt nicht.

»Sie hat so viel zu tun«, sagt die Schwester. »Jetzt geht sie arbeiten.«

Anna hat für den Sommer Arbeit in der Ziegelei gefunden. Lehm und Sand werden mit dem Boot aus Jukkarsjärvi gebracht. Die fertigen Ziegel werden nach Kiruna getragen. Oder sie werden von Pferden gezogen. In der Stadt wird so viel gebaut, dass sie nicht bis zum Winter warten können, um die Lasten mit Schlitten zu befördern.

Anna verdient am Tag drei Kronen. Zuerst darf sie nur den Lehm mit Sand und Wasser vermischen. Nach einer Weile darf sie die Formen füllen. Das macht sie gut. Keine Luftblasen. Ihre Ziegel platzen nicht beim Brennen.

Jetzt ist es Anna, die Hietala und die Schwestern versorgt. Ab und zu kommt eine der anderen Schwestern, um bei Hillevi Karolina einzukaufen. Mit Geld, das sie von Anna bekommen hat. Hillevi Karolina kann sehen, dass die Einkaufsliste in Annas Handschrift geschrieben ist. Aber Anna kommt nicht.

»Am vorigen Sonntag hatte sie frei«, gibt Maja zu, die mittlere Schwester, als Hillevi Karolina fragt. »Aber da musste sie über den Fluss und sich davon überzeugen, dass wir alle Arbeit erledigt hatten.«

Sie lacht und verdreht die Augen, das war sicher eine angenehme Inspektion, denkt Hillevi Karolina.

Es versetzt ihr einen Stich, dass Anna sie wie Luft behandelt. Sie versucht, an Anna nicht einmal zu denken, aber jedes Mal, wenn die Glocke ertönt, hofft Hillevi Karolina, dass es ihre älteste Schwester ist.

Nie, nie wieder wird sie sie um etwas bitten. Sie versucht

dem Kaufmann klarzumachen, dass Anna sich nicht die Zeit für einen kleinen Besuch nimmt, obwohl sie doch in der Ziegelei arbeitet, nur einige Kilometer weiter an demselben Flussufer.

»Sie ist sicher neidisch«, sagt der Kaufmann.

Und Hillevi Karolina denkt, dass es in der Welt der Männer so einfach ist. Anna ist neidisch, und was ist dann sie, Hillevi Karolina? Hat sie vielleicht das große Los gezogen? Jetzt hat sie sogar eigenes Geld. Auf einem Sparbuch. Das hat der Kaufmann ihr gezeigt. Wenn sie mit dem Buch nach Kiruna in die Bank geht, dann werden die ihr Geld geben. Davon erzählt Hillevi Karolina ihren Schwestern nichts. Aus irgendeinem Grund weiß sie, dass es Anna überhaupt nicht gefallen würde.

Anfang Oktober entdeckt Hillevi Karolina, dass sie ein Kind erwartet. Da der Fluss noch nicht zugefroren ist, kommen die Schwestern zu Besuch und gratulieren. Sogar Anna stellt sich an einem Sonntagnachmittag ein. Sie bringt ein Geschenk mit, eine bestickte Mütze und eine Strickjacke. Hillevi Karolina bedankt sich höflich, zwischen ihnen scheint ein Abgrund zu klaffen, und das Gespräch will nicht in Gang kommen. Anna erzählt, dass sie mit dem im Sommer verdienten Geld an der Kate anbauen will. Sie will für Hietala eine Kammer bauen.

»Der liegt ja doch meistens«, sagt sie.

Hillevi Karolina erzählt ihrerseits, dass die Geschäfte offenbar gut gehen und dass der Kaufmann oft auf Reisen ist. Er muss fähige Lieferanten finden.

Als Anna sich verabschiedet, sagt sie zu Hillevi Karolina, dass sie einfach einen Boten über den Fluss schicken soll, wenn sie irgendwelche Hilfe braucht.

Hillevi Karolina antwortet, dass sie sich diese Mühe nicht machen müssen. Es wird sowieso immer schlimmer aussehen als bei den Schwestern daheim.

Als Anna gegangen ist, wird Hillevi Karolina müde, so

müde. Sie möchte eigentlich weinen, hat aber nicht die Kraft. Sie legt sich auf das Bett.

So vergeht der Winter. Hillevi Karolina liegt im Dunkeln in der Kammer auf dem Bett. Wenn die Ladenglocke geht, schleppt sie sich die Treppe hinunter und macht auf. Die Kälte ist von der strengen Sorte. Klirrend, knirschend, träge. Oft ist es vierzig Grad unter Null. Alles scheint innezuhalten. Die Türen bewegen sich müde an ihren Angeln. Die Nachbarin schleicht müde einher, wenn sie in mehrere Stoffschichten eingehüllt über den Hofplatz zum Melken geht.

Hillevi Karolina verschmilzt mit dieser Müdigkeit. Ihr Bauch wird langsam dicker. Träge führt sie ihre Arbeiten aus. Die ganze Zeit ist es draußen dunkel. Nur etwa eine Stunde mitten am Tag gibt es ein wenig Dämmerlicht. Die Sonne steigt nicht über den Horizont.

Der Kaufmann ist selten zu Hause. Die Einkaufsreisen verschlingen sehr viel Zeit. Er muss Zulieferer finden, und er muss verhandeln. Wenn er zu Hause ist, sieht er sie kaum an. Spricht auch nicht mit ihr.

Die Einsamkeit spinnt sie in ihr Netz. Am Ende kommt es ihr unmöglich vor, aus dem Haus zu gehen. Einige Male versucht sie, etwas im Dorf zu erledigen, aber alle scheinen zu verstummen, wenn sie ein anderes Haus betritt. Pflichtschuldig wird ihr Kaffee angeboten, aber sie spürt, wie die Leute nur darauf warten, dass sie wieder geht. Über Umwege erfährt sie, dass sie das »Liebchen« des Kaufmanns genannt wird, und dabei sind sie doch ordentlich verheiratet.

Die Zeit vergeht, und es ist ein Abend Anfang Mai. Das Licht ist zurückgekehrt. Nur mitten in der Nacht wird es für kurze Zeit dunkel. Bald wird die Sonne rund um die Uhr scheinen.

Dann werde ich wieder Kraft haben, denkt Hillevi Karolina.

Sie ist vor den Laden getreten, um ein wenig frische Luft

zu schnappen. Da steht sie nun mit ihrem dicken Bauch und drückt sich die Hand ins Kreuz. Über ihr hängen lange Eiszapfen vom Dach. Tagsüber tropfen sie. Auf der Südseite des Hauses ist der Schnee geschmolzen. Auf dem Fluss liegt noch Eis. Es ist dick, aber trügerisch. Lange Eisröhren sind es nur, dazwischen Schneematsch. Man kann einfach durchbrechen, obwohl das Eis fast einen Meter dick ist.

Sie schaut über den Fluss und erinnert sich an eine kindische Göre, die der Kaufmann über den Fluss gerudert und zur Kammer hochgetragen hat. Was hatte sie erwartet? Dass die Kinder in der Stadt sie aufnehmen würden? Dass der Kaufmann sie auf Händen tragen würde, wie er es versprochen hatte?

Sie hat saubergemacht und gewaschen und den Laden geöffnet, wenn Leute kamen. Sie hat gekocht. Dazwischen hat sie auf dem Bett gelegen. Der Kaufmann hält sie für faul. Er hat viele Ideen. Wenn sie Brot bäckt, kann er das nach Kiruna bringen und den Grubenarbeitern verkaufen.

»Ach, liegst du wieder«, hat er einmal gesagt, als er sie am helllichten Vormittag schlafend vorfand.

Sie hat gelernt, noch im Schlaf auf seine Schritte zu horchen, springt eilig auf und streicht sich die Haare glatt, wenn sie ihn hört. Er dagegen schleicht jetzt die Treppe hoch.

Trotzdem vermisst sie ihn, wenn er nicht da ist. Die Einsamkeit zehrt am schlimmsten an ihr.

Und sie ist blass geworden. Verschwunden ist das Puppengesicht mit den runden, weichen Wangen. Weiß wie ein Gespenst ist sie, mit schwarzen Ringen unter den Augen. Sie lacht nicht mehr. Früher hat sie oft gelacht.

Heute Abend wird der Kaufmann nach Hause kommen, das hat er gesagt. Er war drei Tage verreist. Die Kartoffeln liegen fertig geschält im Salzwasser, sie muss nur noch im Herd Feuer machen. Sie wird ein wenig Speck braten, wenn er da ist.

Das Kind in ihrem Bauch wacht auf und bewegt sich. Sie

sehnt sich nach ihr, in ihrer Vorstellung ist es ein Mädchen. Dann wird sie Gesellschaft haben. Sie werden immer zusammen sein. Feine Kleider tragen und Bonbons in den Taschen haben. Und wenn die Kinder aus dem Dorf ihr auch nur ein Haar krümmen, wird Hillevi Karolina ihnen den Hals umdrehen.

Sie sollen sie nicht anrühren. Sie soll besser aussehen als Hietalas arme Kinder. Wenn der Kaufmann das nicht duldet, dann wird Karolina Hillevi ihr eigenes Geld nehmen, das vom Sparbuch.

Plötzlich hat sie Lust, dieses Sparbuch zu sehen. Der Kaufmann hat es in dem Schrein eingeschlossen, in dem er seine Wertpapiere aufbewahrt. Der Schrein steht im Schrank oben in der Kammer.

Hillevi Karolina darf nicht einmal über den Fluss fahren und die Familie besuchen, wenn der Kaufmann verreist ist. Und zwar wegen des Schreins.

»Darin liegen Geld und Papiere, die das Diebsgesindel nur zu gern an sich reißen würde«, hat er gesagt. »Das Haus darf nicht leer stehen, sonst haben wir sie gleich hier.«

Sie wäre auch sonst nicht gefahren. Wie ein herrenloser Hund ankommen und sich von Anna verachten lassen, nein.

Der Schrein ist aus Eisen gemacht, und er ist schwer. Sie könnte ihn niemals hochheben. Aber sie kann den Deckel so weit öffnen, dass sie die Hand hineinschieben und das Gewünschte herausfischen kann, ohne den Schrein aus dem Schrank nehmen zu müssen. Wenn sie nur einen Schlüssel hätte, aber den hat der Kaufmann.

Aber die Kasse unten im Laden hat doch einen Schlüssel. Vielleicht passt ja der. Oder vielleicht der Schlüssel zum Schnapsschrank.

Sie beschließt, es auf jeden Fall zu probieren.

Die Schlüssel passen nicht. Beide lassen sich ins Schloss schieben, aber den einen kann sie umdrehen, so oft sie will, ohne dass irgendetwas passiert. Der andere bewegt sich nicht.

Sie schiebt und drückt und rüttelt. Eine warnende Stimme im Hinterkopf sagt ihr, sie soll das lassen, denn sonst verbiegt sich der Schlüssel und wird unbrauchbar, oder sie zerstört das Schloss, oder der Kaufmann kommt nach Hause, ehe sie die Schranktür wieder schließen kann.

Und dann. Der Schlüssel, der sich immer nur dreht, stellt sich quer und steckt im Schloss fest. Hillevi Karolina bekommt es mit der Angst zu tun. Sie zieht und drückt. Und dann springt das Schloss auf.

Ihr Herz hämmert, aber sie öffnet den Deckel, so weit es geht, und jetzt kann sie die Hand hineinschieben. Sie fischt sehr viele Papiere heraus, auf der Suche nach ihrem Sparbuch.

Ihr Blick fällt auf einen Brief. Es ist die Handschrift des Kaufmannes.

»Meine Gattin ist durch Feuer ums Leben gekommen«, so beginnt der Brief. »Ich jedoch habe überlebt.«

Das ist ein seltsamer Satz. Wessen Gattin? Die erste Frau des Kaufmanns ist doch ertrunken.

Sie vergisst ihr Sparbuch für einen Moment und liest weiter. Im Brief steht, dass Laden und Wohnung abgebrannt seien. Jetzt wird sie neugierig. Der Brief ist nicht fertig geschrieben und auch nicht unterzeichnet. Er sieht eher aus wie ein Entwurf.

Sie fängt an, in den anderen Papieren zu blättern. Einige tragen die Überschrift: »Eintritt in eine Lebensversicherung«.

Eines der Versicherungsschreiben ist fünf Jahre vor dem Tod der Kaufmannsfrau datiert.

»Lebensversicherung für Ester Palovaara.«

In einem anderen liest sie, dass Jenny, die Tochter des Kaufmanns, durch die Versicherung der »verschiedenen Ester Palovaara eine jährliche Hinterbliebenenrente« erhalten wird. Im Brief steht, dass die alljährliche Rente bis zum zwölften Geburtstag von Jenny Palovaara ausbezahlt werden wird.

Zum zwölften Geburtstag. Sie war elf, als ihre Mutter ertrunken ist. Also bekam sie nur ein Jahr lang Geld.

Ein Versicherungsschreiben ist kurz nach dem Tod der Frau datiert. Es geht um »Lebensversicherung der Jenny Palovaara«.

Sie ist nicht dumm, diese Hillevi Karolina. Sie begreift, was sie hier liest. Er hat Geld bekommen. Ziemlich viel Geld. Als sie gestorben sind. Die Frau und die Tochter.

Dann liest sie ihren eigenen Namen. Hillevi Karolina Palovaara. Auf einem solchen Papier mit Stempeln.

Sie könnten Schwestern sein, findet sie. Wenn man ihren gemeinsamen Nachnamen in dieser Schrift sieht. Ester und Jenny und Hillevi Karolina.

Und dann, ganz ohne Vorwarnung, strömt es aus ihrem Mund. Ihr Magen hat sich geöffnet, und dünnflüssiger Magensaft läuft über ihr Kleid. Ester und Jenny und Hillevi Karolina.

Entsetzt sieht sie die verschmierte Tinte an und denkt, jetzt wird er wütend werden. Dann denkt sie, dass alles noch viel schlimmer ist. Ihr fällt ein, dass er seit dem Tag, an dem sie ihm von ihrer Schwangerschaft erzählt hat, das Wirtshaus, das er bauen wollte, mit keinem Wort mehr erwähnt hat. Früher hat er ununterbrochen darüber geredet. Und ein Papier auf ihrem Knie stammt aus jenem Herbst und zeigt einen Versicherungsbetrag, der viel mehr wert ist, als der Laden jemals einbringen kann. »Meine Gattin ist durch Feuer ums Leben gekommen …«

Sie glaubt, draußen ein Geräusch zu hören. Vielleicht kommt er jetzt zurück.

Sie versucht zu lauschen, während sie gleichzeitig alle Papiere zusammenrafft. Es ist unmöglich, bei dem Rascheln noch etwas anderes zu hören.

Schnell, schnell, bald wird er hinter ihr stehen. Sie kann alle Unterlagen und Briefe im Schrein verstauen, sie lässt das Schloss zuschnappen, dreht den Schlüssel um, aber das Schloss will nicht gehorchen.

Es will sich nicht schließen lassen, und die Papiere werden zerknüllt, als sie sie in den Schrein stopft.

Plötzlich ist es sehr still, nur der Schlüssel klirrt und dreht sich hilflos um und um. Dann war es nicht der Kaufmann. Er ist noch nicht nach Hause gekommen.

Sie nimmt alle Papiere aus dem Schrein und versucht, sie glattzustreichen, aber das geht natürlich nicht, und die Tinte ist durch das Erbrochene verschmiert worden. Und wie soll sie sich daran erinnern, in welcher Reihenfolge die Papiere gelegen haben?

Hillevi Karolina fängt an zu weinen. Denn der Kaufmann wird sie umbringen. Wie ein Katzenjunges. Wenn er sieht, dass sie im Schrein herumgeschnüffelt hat. Sie denkt an Anna, und ihre Tränen fließen. Wird Anna bereuen, wenn Hillevi mit ihrem ungeborenen Kind in der Grube liegt?

Und während sie das denkt, taucht plötzlich Anna mit verbissenem Gesicht vor ihr auf. Die Ohrfeige lässt ihre Wange brennen. Zieh dich an, sagt sie. Oder hast du gedacht, ich ...

Nein, denkt Hillevi Karolina und wird plötzlich eiskalt. Du brauchst nicht ... ich werde mich schon anziehen.

Aber angezogen ist sie ja schon.

Sie geht hinunter in den Laden.

Das Erste, was der Kaufmann macht, wenn er nach Hause kommt, ist, einen Schnaps zu trinken. Noch ehe er den Rock abgelegt hat.

Jetzt sucht sie im Laden alles Mögliche zusammen. Rattengift. Strychnin. Seifenpulver.

Sieh dir diese Hand an, Anna, denkt sie. Die zittert nicht.

Es ist schon nach elf Uhr abends, als der Kaufmann nach Hause kommt. Der Himmel ist kalt und klar. Der Harschschnee knirscht unter seinen Schritten. Es ist noch immer hell. In der Ferne hört er einen Fuchs bellen.

Er mustert seinen engen Laden und die kleine Wohnung darüber, in der hinter den Fenstern Licht brennt. Aus dem

Schornstein steigt Rauch, sie ist wach und hat Feuer im Herd, das ist gut, die Stube soll warm und behaglich sein, wenn man nach Hause kommt. Bald wird hier ein Wirtshaus mit einem großen Laden stehen. Und wenn die Straße nach Kiruna gebaut wird, wird er sich ein Automobil zulegen. Dann sollen die anderen doch glotzen.

Er legt den Rock ab, und Hillevi Karolina hängt ihn auf. Sie fragt, ob er Hunger hat, und setzt die Kartoffeln auf. Nimmt eine Bratpfanne und steht am Herd und brät. Sie kehrt ihm den Rücken zu, als er den Schlüssel zum Schnapsschrank nimmt, ihn öffnet und sich einen guten Schluck einschenkt.

Zwei will er sich gönnen, der Weg war so lang. Und dann nach dem Essen vielleicht noch ein paar.

Aber es bleibt bei dem einen.

Er packt ihren Oberarm. Es ist eine starke Hand. Wie die eines Lastträgers. Hillevi Karolina hat ihm den Rücken zugekehrt und wagt nicht, sich umzudrehen. Jetzt wird er sie umbringen.

»Wassum...«, sagt er heiser, aber mehr schafft er nicht.

Es sind seine letzten Worte. Danach kommt nur noch ein Geräusch. Es klingt wie ein gedämpfter Schrei. Als rufe jemand, der erkältet ist und die Stimme verloren hat, aus voller Kehle.

Der Griff um ihren Oberarm lässt nach. Sie steht wie angewurzelt da, sieht ihn aus dem Augenwinkel. Der Speck brennt in der Pfanne an.

Der Kaufmann taumelt rückwärts und stößt gegen das Bett. Er stößt einen lautlosen Schrei aus, umklammert seinen Hals.

Dann beugt er den Oberkörper vor, presst die Hände auf den Bauch. Ein dünner Blutstrom bricht aus seiner Nase.

Die ganze Zeit wartet Hillevi Karolina darauf, dass der Anfall ein Ende nimmt. Dass er sich wieder beruhigt. Sich aufrichtet. Sich räuspert. Das Schnupftuch aus der Tasche zieht und sich das Blut von der Nase wischt. Langsam und sorgfältig. Und dann wird er auf sie zukommen.

Jetzt ist er vor dem Bett auf die Knie gefallen. Ein Stöhnen zwischen zusammengebissenen Zähnen: nnggh, nngh.

Er sinkt zu Boden. Nasenblut auf dem weißen Hemd. Die Hand schnellt vor, auf der Jagd nach ihrem Fuß, aber der Schmerz nimmt überhand, und seine Hände ballen sich zu Fäusten. Er krümmt sich zusammen wie ein Hobelspan.

Die ganze Zeit windet er sich und stöhnt. Es nimmt kein Ende. Jetzt liegt er auf dem Rücken, die Füße trampeln auf den Boden, und er gleitet rückwärts, der Kopf landet unter dem Bett, und sie kann sein Gesicht nicht sehen. Der Teppich wird zu einem Haufen zusammengeschoben.

Vielleicht stirbt er nicht. Hillevi Karolina begreift, dass sie von hier fort muss. Ehe der Kaufmann wieder auf die Beine kommt.

Sie springt wie ein Hasenjunges über die strampelnden Beine. Durch die Tür, die Treppe hinunter, so schnell es mit ihrem dicken Bauch nur geht. Von oben hört sie Poltern und Klopfen, wenn er gegen Möbel stößt und auf dem Boden trampelt.

Sie stürzt aus der Tür.

Viele Jahre später, als sie versucht, sich zu erinnern, begreift sie, dass das, woran sie sich erinnert, nicht die Wahrheit ist. In ihrer Erinnerung rennt sie geradewegs weiter, hetzt wie eine gejagte Katze durch die Tür aufs Eis. Aber sie kann doch nicht gerannt sein, mit ihrem Bauch. Und so glatt, wie es war. Und sie hat Umhang und Schuhe angezogen, also muss sie angehalten und sich angekleidet haben, sie trug ja sogar Mütze und Handschuhe. Aber sie hatte offenbar den Verstand verloren. Was hat sie gedacht? Nichts natürlich, sonst hätte sie sich doch niemals, niemals auf den Fluss gewagt.

Sie dachte an den Schnee. Den eisigen Schnee, der unter ihren Schritten knirschte und barst wie Glasscherben. Und daran, dass sie nicht umfallen dürfte. Und sie dachte, dass es jetzt nach Hause ging. Sie sah Annas Gesicht vor sich, und das war nicht streng oder verächtlich. In Gedanken fiel sie in Annas Arme.

Viele Jahre später fällt ihr das ein, als ihre kleine Tochter stürzt und sich wehtut. Als Hillevi Karolinas Tochter ganz schnell in Mamas Arme läuft und das Weinen erst kommt, als sie sicher und geborgen zu Hause ist.

Ich weiß es genau, denkt Hillevi Karolina und wiegt das weinende Kind in ihren Armen.

»Tu nicht so«, sagt Hietala, zahnlos und übellaunig auf seiner Ausklappbank. »Die will nur verwöhnt werden, das tut überhaupt nicht weh.«

Hietala soll ruhig reden, ich weiß es genau, denkt Hillevi Karolina.

Über dem Röhreneis hat sich eine dünne Kruste gebildet. Dünn, aber sie trägt Hillevi Karolina und das Kind, als sie sich breitbeinig über den Fluss schleppt. Fast den ganzen Weg hält das Eis. Als sie das andere Ufer fast erreicht hat, bricht ihr einer Fuß durch. Sie verlagert ihr Gewicht auf den anderen, doch nun bricht auch der ein. Sie versinkt sofort bis zum Schritt, die Mischung aus Eis und Schneematsch wird zwischen ihren Beinen zusammengepresst, sie hat das Gefühl, auf einem breitrückigen Pferd zu sitzen. Die Beine bleiben stecken, und sie merkt, wie sie nass werden, als Wasser nach oben strömt. Das Kind zappelt in ihrem Bauch wie ein Fisch im Netz.

Jetzt geht es direkt nach unten, denkt sie. Es wird so sein, wie in einem Brunnen aus Eis zu versinken. Das lose Röhreneis wird über ihr zusammenbrechen. Niemand wird auch nur sehen können, wo sie eingebrochen ist. Schwarzes Wasser wird ihre Kleider durchtränken und sie nach unten ziehen.

Dann stemmt sie sich mit den Händen hoch und kann die Beine aus dem schweren Schneematsch ziehen. Sie kommt auf alle viere, kann einen Fuß emporhieven, fällt aber vornüber und schlägt mit dem Gesicht auf die harte Eiskruste auf. Beim zweiten Versuch geht alles gut. Jetzt wandert sie ungeheuer vorsichtig weiter, verteilt ihr Gewicht so gut sie kann, damit die dünne Eiskruste sie trägt. Die Handschuhe sind tropfnass, Kleid und Strümpfe ebenfalls, Beine, Füße und Finger schmerzen vor Kälte. Wenn sie nur das andere Ufer erreicht.

Das tut sie. Als sie dort angekommen ist, würde sie sich gern hinlegen und ein wenig ausruhen, aber sie weiß, dass sie das auf keinen Fall tun darf. Also geht sie weiter. Sie schleppt sich über den Harschschnee durch den Wald. Und sie kommt voran. Hier und dort muss sie einfach stehen bleiben. Sie hält sich an der nächststehenden Birke fest oder lehnt sich an eine Tanne. Und zwar, weil sie dumpfe Wehen verspürt und es im Rücken zieht. Es tut wirklich weh. Am liebsten würde sie sich auf alle viere hocken. Aber sie muss sich auf den Beinen halten. Sie atmet durch und wartet, bis die Wehen abebben. Dann geht sie weiter.

Die ganze Zeit nähert sie sich Anna und entfernt sich vom Kaufmann.

Ich werde nicht stehen bleiben, denkt sie. Es macht nichts, dass ich friere. Ein kleines Stück schaffe ich noch.

Gegen Mittag am nächsten Tag überquerten der Dorfschulze Björnfot und sein Landjäger Spett das Eis. Sie waren unterwegs zu Hietalas Kate. Die beiden Männer trugen zwischen sich ein kleines Boot. Sie hielten die Dollen fest, zogen das Boot und schwitzten. Im Boot lagen Ruder und Skier. Wenn das Eis nicht hielt, konnten sie sich ganz schnell ins Boot setzen. Und hoffen, dass es nicht kenterte.

Nur auf diese Weise hatte der Dorfschulze Spett mit übers Eis locken können. Anfangs hatte Landjäger Spett sich geweigert.

»Das ist Wahnsinn«, hatte er erklärt. »Wir werden einbrechen, wenn wir versuchen, über das Eis zu gehen.«

Spett war sonst gehorsam und pflichtbewusst, aber einfach

in den Tod zu gehen, ehe man auch nur verbeamtet worden war, o nein.

Der Dorfschulze jedoch hatte sich nicht beirren lassen.

»Unterhalb von Stålnackes bei Kippiniemi, da ist die Strömung nicht so stark und das Eis noch dick. Da können wir leicht an das andere Ufer gelangen«, hatte er gesagt.

Und am Ende hatte das Versprechen, das Boot mitzunehmen, Spett überzeugen können.

Der Kaufmann lag tot in seinem Haus. Post-Johannes war auf Skiern nach Kiruna gekommen und hatte es bereits am Morgen der Obrigkeit gemeldet. Die Ladentür hatte offen gestanden, als Larssons zum Morgenmelken gingen. Und die junge Frau war verschwunden. Das war seltsam und musste untersucht werden. Außerdem hatte der Dorfschulze so seine Ahnungen, was diesen Todesfall anging. Hietala und seine Töchter waren der Polizei nicht unbekannt. Schon oft hatte er dienstlich die Kate aufsuchen müssen. Hatte Scheune und Vorratshaus auf Jagd nach dem Brennapparat durchsucht, ohne Erfolg.

Jetzt hielt Spett sich an den Dollen fest, bereit, ein Bein über die Reling zu schwingen, wenn das Eis brach. Oder nicht brach, es würde wohl eher mit einem dumpfen »tjoff« unter ihnen versinken. Und dann konnte man nur hoffen, dass man sich wieder nach oben ziehen könnte.

Sie überquerten den Fluss. Legten das Boot am Ufer ab und liefen auf Skiern weiter zur Kate. Der Schnee war im Laufe des Vormittags weich geworden, und der Harschschnee trug nicht. Sie sanken immer wieder ein. Vielleicht wären Schneeteller besser gewesen. Aber sie hatten nun einmal keine mitgenommen.

Anna öffnete die Tür für die beiden Diener des Gesetzes, die schweißnass draußen in der Frühlingssonne standen. Die Haare klebten an ihren Köpfen. Sie waren mit offenen Uniformröcken gelaufen, um sich ein wenig abzukühlen.

Der junge Spett stand hinter dem Dorfschulzen und schloss eilig den letzten Knopf, als Anna aufmachte. Er nahm Haltung an und schaute Anna über die Schulter des Dorfschulzen hinweg mit strengem Blick an. Björnfot stand da wie immer, breitschultrig und glattrasiert, die Mütze in der Hand, im Gesicht rot von der anstrengenden Skitour und nass bis über die Knie.

»Wir suchen Frau Hillevi Karolina Palovaara«, sagte er sofort.

Und dann erzählte er vom Kaufmann.

Anna hielt den Blick zu Boden gerichtet. Sie hatte das Gefühl, dass sie sie sofort durchschauten, dieser junge Zackige und Dorfschulze Björnfot.

Aber das tun sie nicht, sagte sie sich. Niemand kann in einen anderen Menschen hineinschauen.

Sie kannte Björnfot schon lange. Schon oft hatte er die Kate und deren Umgebung durchsucht. Niemals hatte er etwas gefunden. Immer wieder hatten er und seine Gehilfen sich unverrichteter Dinge davonscheren müssen.

Hietala spuckte immer hinter ihnen her, sowie sie den Hof verlassen hatten.

Er will nicht schon wieder vergeblich gekommen sein, dachte Anna.

Hillevi Karolina lag in der Kammer und schlief. In einer Kumme neben ihr lag das Neugeborene. Das alte Kinderbett hatte Hietala nach dem Tod seiner Frau zu Brennholz zerhackt.

Dorfschulze Björnfot musste es selbst sehen. Er hob vorsichtig die Decke hoch. Das Kind schnupperte und schlief. Es spürte die Bewegung der Decke, die hochgehoben wurde, und suchte im Schlaf mit dem Mund.

Dass sie so klein waren! Man staunte doch jedes Mal darüber. Und so sauber und ordentlich, wie sie die Kleine gebettet hatten.

Es war eine gepflegte Kate, das musste er zugeben.

»Weck sie auf!«, sagte er zu Anna.

Die anderen Mädchen standen wachsam an der Wand. Keine sagte etwas.

Anna streichelte die Wange der schlafenden Mutter.

»Hillevi«, sagte sie. »Wach auf.«

Hillevi Karolina schlief wie eine Tote.

»Sie ist einfach übermüdet. Zuerst das Kind und das alles. Zwischendurch dachten wir schon, wir würden beide verlieren. Vielleicht solltet Ihr ein andermal wiederkommen? Ich will ihre Gefühle nicht wieder aufwühlen.«

»Du musst es nachher noch einmal versuchen. Sonst wecke ich sie selbst«, sagte der Dorfschulze. »Wann ist sie hergekommen?«

Anna schien in ihrer Erinnerung zu suchen.

»Heute ist Sonnabend. In der vorigen Woche gab es doch einen kalten Tag, an dem man sicher über das Eis gehen konnte. Wann war das noch? Am vorigen Dienstag, glaube ich.«

Der Dorfschulze trat neben die schlafende Hillevi Karolina. Anna sah, wie er ihre zerschrammte Wange betrachtete. Die Stelle, wo sie auf das Eis aufgeprallt war. Er sagte nichts. Dann hob er ihre Hände. Betrachtete Daumen und Zeigefinger der einen Hand, rot und geschunden. Es war durchaus zu sehen, dass sie erfroren gewesen waren. Auch die Zehen waren rot.

Anna schwieg. Alle schwiegen.

Er sah sich in der Kammer um, dann ging er hinaus in die Küche. Dort lag Hietala auf der Bank und schien ebenfalls zu schlafen.

»Also, Hietala«, sagte der Dorfschulze gebieterisch, »wann ist die Tochter hergekommen?«

Hietala antwortete, aber es war ganz offenbar, dass er log, fand der Dorfschulze.

»Da müsst Ihr Anna fragen. Ich weiß es nicht. Tage und Wochen, die sind jetzt alle eins. Nach dem Bein, wisst Ihr, ist man kein Mensch mehr.«

Er hob die Decke und wies den Herren den nackten Stumpf, ließ sein Gesicht ganz schnell eine gewisse Befriedigung zeigen, als er sah, dass Spett unfreiwillig zurückwich.

Dann schloss er die Augen und zeigte deutlich, dass das Gespräch seinerseits beendet war.

»Bleib auf jeden Fall hier, bis sie aufwacht«, sagte Björnfot zu Spett und nickte in Richtung Kammer. »Ich seh mich mal draußen um.«

Anna folgte dem Dorfschulzen. Er ging wie ein Spürhund über den Hof. Fast wartete sie schon darauf, dass er die Nase hob und in der Luft herumschnüffelte. Sie lief hinter ihm her. Die anderen Schwestern blieben im Haus. Sie hatte ihnen zugeraunt, als sie den Dorfschulzen mit seinem Begleiter über den Hof kommen sah: »Kein Wort. Kein Wort!«

Er ging geradewegs in die Scheune. Als ob er es gewusst hätte. Die Kühe brüllten auffordernd, als sie hereinkamen, glaubten, es sei Zeit für die abendliche Fütterung.

Im gemauerten Kamin brannte ein Feuer. Und vor dem Feuer hingen Hillevi Karolinas nasse Kleider zum Trocknen. Kleid und Strümpfe. Die Stiefel waren auch dort, sie waren gegen die Nässe mit Heu ausgestopft.

»Ach was«, sagte der Dorfschulze. »Jetzt will ich aber wirklich mit der jungen Frau reden.«

Anna wurde das Herz schwer. Hillevi Karolina. Verängstigt, müde und hoffnungslos. Sie würde alles erzählen. Und in dem Moment, in dem sie das tat, würde sie es als Erleichterung erleben. Ja, fast als Freude.

Der Dorfschulze war kein gehässiger Mann, er würde sie vielleicht sogar trösten.

Anna zerbrach sich den Kopf. Würde man ihr wohl erlauben, sich um die Kleine zu kümmern? Das wollte sie doch.

Sie räusperte sich hinter dem Dorfschulzen.

»Er war doch wirklich vom Pech verfolgt, der Kaufmann«, sagte sie. »Aber er hatte eine Versicherung für die erste Frau. Und auch für die Tochter. Auch für Hillevi Karolina hatte er eine abgeschlossen. Man fragt sich, ob er auch sein eigenes Leben versichert hatte. Jetzt, wo die Kleine vaterlos ist und überhaupt ...«

Der Dorfschulze drehte sich um und betrachtete Anna. Sie war größer als ihre Schwestern. Vor fast zwei Jahren hatte er bei Hietalas zu tun gehabt, er hatte dem Gerichtsvollzieher bei einem Steuerbescheid geholfen. Damals hatte er gesehen, dass sie gealtert war. Nicht unbedingt im Gesicht, sondern auf andere Weise. Es war etwas in ihrer Haltung, das sich mit den Jahren bei manchen Frauen einstellt, wenn sie zu viele Kinder haben, oft mehr als zehn. Wenn sie arbeiten und arbeiten. Tagaus, tagein. Die Geduld fängt an, sich mit Resignation zu mischen. Die Kraft der Jugend versickert.

Sie hatte nicht zu viele Kinder geboren, diese Anna, aber er wusste, dass sie die Schwestern erzogen und sich um den Haushalt gekümmert hatte.

Aber im vergangenen Sommer hatte er sie bei der Ziegelei gesehen. Er hatte bei den provisorischen Arbeiterwohnungen zu tun gehabt, dort gab es immer Störenfriede oder Betrunkene, denen er ins Gewissen reden oder die er in Gewahrsam nehmen musste. Auf dem Weg in die Stadt war ihm Anna Hietala begegnet. Sie war mit einer Freundin zusammen gewesen, und die beiden hatten gelacht und geplaudert. Als sie den Dorfschulzen erblickt hatten, waren sie verstummt. Anna hatte ihm zugenickt. Und ihm war aufgegangen, dass sich etwas an ihrer Haltung geändert hatte. Etwas, das selbst verdientes Geld in der Brieftasche bewirkt.

Jetzt war es verschwunden. Die Hände hingen ohnmächtig an ihren Seiten nach unten, und ihr Gesicht schien sich auflösen zu wollen. Sie kniff Mund und Augen zusammen. Sicher machte sie sich große Sorgen um die Schwester mit dem Neugeborenen, das sah er. Und Hillevi Karolina war doch noch ein junges Mädchen. Nicht viel älter, als die Tochter des Kaufmanns bei ihrem Tod gewesen war.

Daran konnte Dorfschulze Björnfot sich noch gut erinnern.

Drei Jahre war es erst her. Es war im Spätherbst gewesen. Das blanke Eis hatte schwarz und dick auf dem Fluss gelegen. Ungewöhnlich, eine so lange Zeit der Kälte, ganz ohne Schnee. So ein nachtschwarzer, klarer Abend mit prachtvollem Sternenhimmel. Das Mädchen hatte nur fünfzig Meter vom Ufer entfernt auf dem Rücken gelegen.

Der Arzt war gerufen worden, aber es war zu spät gewesen.

»Ich konnte nichts mehr für sie tun«, hatte der Arzt zum Dorfschulzen gesagt.

Er selbst hatte das Mädchen zum Laden getragen. Dort hatten sie sie auf die Ausklappbank gelegt. Der Arzt hatte ihr den Mantel ausgezogen.

Draußen vor dem Haus hatte der Kaufmann geheult wie ein Fuchs. Sie hatten sich danach um ihn kümmern müssen.

»Aber komisch ist das schon«, sagte der Arzt danach. »Sieh mal.«

Und er hatte dem Dorfschulzen die Wunde am Hinterkopf gezeigt. Oder die Wunden, eigentlich.

»Sieh mal, wie breit die sind«, sagte er. »Verletzungen in der Mitte und auf der Seite.«

»Vielleicht ist sie nach dem ersten Sturz noch einmal hochgekommen und dann rückwärts wieder umgekippt«, schlug der Dorfschulze vor.

»Ja, vielleicht«, sagte der Arzt langsam.

Mehr wurde nicht darüber gesagt. Man weiß doch nichts. Und noch weniger kann man beweisen.

Auf dem Hofplatz hatte er geheult wie ein Verrückter, der Kaufmann.

Dorfschulze Björnfot ging zurück in die Kate.

»Wir brechen auf«, sagte er zu Landjäger Spett.

»Aber …«, sagte Spett verwirrt. »Muss sie denn nicht vernommen werden?«

Er deutete mit dem Kopf ins Innere der Kammer.

Aber eine Antwort bekam er nicht. Der Dorfschulze war schon vom Hof verschwunden. Und da konnte er nur noch hinterherlaufen und ganz schnell die Skier anschnallen.

Sie zogen schweigend das Boot zurück über das weiche Eis. Die Sonne brannte. Bei jedem Schritt sackten sie ein. Jedes Mal dachte Spett, dass er jetzt versinken würde. Durch den Eismatsch, mit dem Boot über sich.

Die Angst vor dem Tod versetzte Spett in schlechte Laune. Er hatte sonst mit dem Gehorchen keine Probleme, und Björnfot war sein Vorgesetzter, aber was zum Henker hatten sie hier draußen überhaupt zu suchen gehabt? Das wollte er wissen.

»Ich wollte nur wissen, wo die junge Frau steckt. Und jetzt ist sie also in ihrem Elternhaus und hält sich bereits seit einer Woche dort auf«, erklärte Dorfschulze Björnfot. »Es gab keinen Grund, sie zu wecken. Sie kann doch unmöglich wissen, was sich gestern Abend zugetragen hat.«

Sie überquerten den Fluss und liefen zum Kaufmannshaus weiter. Der Dorfschulze hatte den Laden verschlossen, um zu verhindern, dass neugierige Nachbarn darin herumstöberten.

Oben in der Wohnung lag der Kaufmann so da, wie sie ihn gefunden hatten. Feine Weste und Hemd mit Manschetten. Mund und Augen klafften offen in dem weißen Gesicht.

Der Dorfschulze beugte sich über ihn und musterte die kleinen braunen Krusten auf den geschwollenen Lippen, die dick gewordene Zunge, das geronnene Blut von Nase und Rachen.

Er schaute sich im Zimmer um, der verbrannte Speck auf dem Herd, die Schnapsflasche mit dem Korken daneben. Und auf dem Boden lag das kleine Schnapsglas.

Er zog seine dicken Lederhandschuhe an und hob das Glas vom Boden auf. Danach nahm er die Flasche und ging hinaus. Spett folgte ihm auf dem Absatz. Der Dorfschulze leerte die Flasche aus, zertrat den von der Sonne aufgeweichten Harschschnee und säuberte das Glas sorgfältig darin. Die Flasche spülte er in einem Eimer Wasser aus, den er von Spett aus dem Haus holen ließ.

»Er hat einen Schlaganfall erlitten«, sagte er zu Spett. »Er wollte sich ein bisschen Speck braten, und dabei hat ihn der Schlag getroffen. Der Doktor muss noch herkommen und ihn sich ansehen, aber daran ist er gestorben.«

»Selbstverständlich«, sagte Spett gehorsam.

Der Dorfschulze schaute zum Himmel hoch, er dachte an das kleine Neugeborene. Er spürte, wie seine Hände fast automatisch Wiegebewegungen machten, wenn er sich vorstellte, so ein kleines Wesen zu halten.

Dann dachte er an die Tochter des Kaufmannes. Zwölf Jahre und mutterlos. Der Dorfschulze erinnerte sich, wie seine eigenen Töchter in dem Alter gewesen waren, jetzt waren sie beide über zwanzig. Herrgott, viele fangen an zu arbeiten, sowie sie die Volksschule hinter sich haben. Ziehen von zu Hause aus und gehen in Dienst. Müssen erwachsen werden und allein zurechtkommen.

Auch daran hatte er gedacht, dass die Tochter des Kaufmanns ausgesehen hatte wie ein Kind, genau wie seine Töchter. Hatte der Kaufmann sie hinaus aufs Eis getragen und sie dort abgelegt? Oder hatte sie dort draußen gespielt? Bis es dunkel wurde und der Kaufmann kam.

Björnfot entschied sich für dieses Bild. Dass sie dort draußen gespielt hatte. Dass es schnell ging. Dass sie keine Zeit mehr hatte, um sich zu fürchten. Sie spielte. Das Leben bestand nicht nur aus Pflichten.

So muss das Leben sein, dachte er. Nicht nur Pflicht.

HÅKAN NESSER

Wie ich meine Tage und meine Nächte verbringe

I.

Das erste Mal traf ich David Perowne in Harry's Kneipe.

Es war ein Donnerstagabend im November, ich kam direkt aus dem Regen, der seit zwölf Stunden heruntergeprasselt war, und es saß sonst kein Mensch in der Bar. Bis auf einen großen, etwas schief gewachsenen Herrn um die fünfundvierzig mit schütterem schwarzem Haar, getönten Brillengläsern und einem Whiskyglas in festem Griff in der rechten Hand.

Als fürchtete er, jemand könnte versuchen, es ihm zu stehlen.

Was dann nur ich oder der Barkeeper hätte sein können. Letzterer war ein junger Bodybuilder mit Pferdeschwanz, ich hatte ihn noch nie zuvor gesehen. Ich ließ mich nieder, bat um einen Single Malt, eine Karaffe Wasser und ein Handtuch, um mir den Kopf abzutrocknen.

»Regnet es immer noch?«, fragte der Barkeeper.

»Wie aus Kübeln«, bestätigte ich.

»Perowne«, sagte der andere Bargast und wechselte auf meinen Nachbarhocker. »David Perowne. Ich glaube, wir sind uns noch nicht begegnet.«

Ich nannte meinen Namen. Perowne nickte. »Ich weiß. Sie sind dieser Schriftsteller, nicht wahr?«

Ich antwortete nicht. Bekam mein Glas und meine Karaffe. »Sie haben das Handtuch vergessen«, sagte ich zu dem Barkeeper.

Er holte ein Handtuch und reichte es mir. Ich fuhr damit einige Male über meine nassen Haare und gab es ihm dann zurück.

»Ein Sauwetter«, sagte David Perowne.

Ich goss Wasser in mein Glas und trank einen Schluck. Der Barkeeper wandte sich dem stummen Boxkampf auf dem Fernsehbildschirm zu. David Perowne betrachtete mich, während er einen Zahnstocher von einem Mundwinkel zum anderen wandern ließ. Ich vermutete, dass er zu diesen nervösen Typen gehörte, die aufgehört haben zu rauchen, denen es jedoch nicht gelungen ist, den Oraltrieb in den Griff zu kriegen. Die Theorie zerplatzte jedoch nach ein paar Sekunden, als er den Zahnstocher zerbrach und eine Zigarette aus einem Päckchen in der Brusttasche fischte. Umständlich zündete er sie mit einem Sturmfeuerzeug an und ließ mich dabei nicht aus den Augen.

»Sie reden nicht gern mit Fremden?«

»Stimmt genau«, sagte ich. »Meine Mutter hat mich immer davor gewarnt.«

»Ich dachte, ein Schriftsteller braucht Geschichten?«

»Ich verspreche darauf zurückzukommen, wenn es soweit ist.«

»Jetzt haben Sie aber schon angefangen, mit mir zu reden.«

Ich trank noch einen Schluck und schaute mir eine Weile den Boxkampf an. Es waren ein weißer und ein schwarzer Typ, der weiße war größer und schwerer, aber der schwarze bewegte sich eleganter und wirkte technisch besser. David Perowne begann eine Melodie zu summen, die ich kannte, aber nicht genau identifizieren konnte. Wahrscheinlich irgendeine alte Filmmusik. Es verging eine halbe Minute, vielleicht auch eine ganze. Der schwarze Typ konnte eine saubere Rechte anbringen, und der weiße ging zu Boden.

»Ich bin mir ziemlich sicher, dass ich eine Geschichte habe, die Sie interessieren könnte.«

Ich nahm ein Streichholzheftchen vom Tresen und las darauf die Adresse eines neu eröffneten Billardcafés in Löhr.

»Wenn ich sie erzählen darf und Sie sagen hinterher, ich hätte Ihnen die Zeit gestohlen, dann lade ich Sie zu zwei Drinks ein.«

»Zwei«, wiederholte er. Ich versuchte die Telefonnummer des Billardcafés auswendig zu lernen.

»Es geht um Ihre Frau.«

»Um meine Frau? Marlene?«

»Haben Sie mehrere?«

Ich ließ das Streichholzheftchen fallen. »Was zum Teufel haben Sie über Marlene zu erzählen?«

»Eine ganze Menge«, erklärte Perowne.

*

Um es kurz zu machen, wir haben uns vor sechs Jahren kennengelernt und acht Monate später geheiratet. Von Anfang an wusste ich zwei Dinge über sie.

Dass ich sie über alle Vernunft hinaus liebte und dass sie ein dunkles Geheimnis in sich trug.

Letzteres gab sie bereits an dem Abend zu, als wir uns das erste Mal liebten. Das war in einem Hotel in Aarlach im Zusammenhang mit der Buchmesse. Marlene hatte gerade einen Job beim Kulturrundfunksender bekommen, ich hatte meinen zehnten Roman herausgebracht, »Das Beispiel des Gärtnermeisters«. Wir hatten einiges an Wein getrunken, aber nicht im Übermaß.

»Ich habe ein finsteres Geheimnis«, erklärte sie, als wir nach dem ernsthaften Spiel beieinanderlagen und dösten. »Ich möchte, dass du das weißt.«

»Wir haben ja wohl alle unsere finsteren Geheimnisse«, erwiderte ich.

»Kann schon sein«, sagte Marlene. »Aber meines ist etwas anderes. Das würdest du verstehen, wenn du einen Einblick bekommen würdest.«

»Und den willst du mir nicht geben?«

»Dazu ist es zu früh«, sagte Marlene.

Das war im Oktober. Im Mai des folgenden Jahres, ein paar Wochen, bevor wir heiraten wollten, griff ich die Frage nach ihrem finsteren Geheimnis wieder auf, und erneut erklärte sie, dass sie noch nicht bereit sei, es mit mir zu teilen. Wenn ich der Meinung sei, dass das auf irgendeine Art und Weise ein Hindernis für unsere Ehe darstelle, dann sei sie gewillt, sich zurückzuziehen. Ich sagte, dass ich sie viel zu sehr liebe, um zuzulassen, dass eine kleine dunkle Wolke unser Glück verhindern sollte, und sie erwiderte, sie sei dankbar, dass ich die Sache so sähe.

Als wir zwei Jahre verheiratet waren, kam die Sache auf einer Reise nach Griechenland zum dritten Mal zur Sprache – ich erinnere mich nicht mehr, was der Anlass war –, und zum dritten Mal bekam ich die Antwort, dass es zu früh für sie sei, mir davon zu erzählen. Seitdem sprachen wir nie wieder davon. Ich dachte ab und zu daran, aber mehr war da nicht.

Es geht natürlich um ihre Vergangenheit, und ich bin mir dessen sehr bewusst, dass andere Männer nie auf diese Art von Arrangement eingegangen wären. Leben, Haus und Bett mit einer Frau zu teilen, von der du so wenig weißt. Aber so war es bei uns, und abgesehen von den Jahren, über die sie nichts erzählte, gab es keine Unklarheiten oder Ungereimtheiten zwischen uns. Ich glaube, wir waren zusammen glücklicher als die meisten anderen Paare.

Über Marlenes Kindheit und Jugend weiß ich alles, was es zu wissen gibt. Nicht im Detail, das hat mich auch nie interessiert, aber in den Hauptzügen. Sie wurde in Kaalbringen geboren, ein Einzelkind. Als sie vier Jahre alt war, zog die Familie nach Oostwerdingen, wo der Vater einen Job in der Möbelfabrik bekam, die Mutter eröffnete einen kleinen Frisiersalon, als die Tochter eingeschult wurde. Beide Eltern kamen bei einem Verkehrsunfall ums Leben, als Marlene im letzten Schuljahr war, nach dem Abitur wohnte sie bei einer Tante in

Hamburg, wo sie an der Universität Sprachen studierte. Mit dreiundzwanzig zog sie nach London, und von den folgenden neun Jahren weiß ich nichts. Marlene war zweiunddreißig, als sie in ihr Heimatland zurückkehrte, und ungefähr ein und ein halbes Jahr später lernten wir uns auf jener Buchmesse in Aarlach kennen.

Was die Männer in Marlenes Leben betrifft, so hatte sie gerade mit einem Journalisten Schluss gemacht, als wir unsere Beziehung begannen. Bevor sie nach London gezogen war, hatte sie drei oder vier junge Männer getestet, der eine uninteressanter und egoistischer als der andere – das sind ihre Worte, nicht meine –, und was während dieser dunklen neun Jahre geschah, davon weiß ich nichts.

Schon bevor wir heirateten, diskutierten wir, ob wir Kinder in die Welt setzen wollten; ich selbst hatte keinen ausgesprochenen Wunsch, mich selbst zu reproduzieren, und verstand früh, dass das für Marlene eine Art Erleichterung bedeutete.

»Wenn ich eines Tages ein Kind mit dir haben will, werde ich es dir mitteilen«, sagte sie. »Aber es ist ziemlich wahrscheinlich, dass das nie so sein wird.«

»Hast du schon einmal ein Kind geboren?«, fragte ich ein wenig naiv.

»Und wenn dem so wäre«, antwortete sie, »würde das etwas zwischen uns verändern?«

Ich glaube mich erinnern zu können, dass ich ausweichend antwortete, welche Worte ich genau benutzte, daran kann ich mich nicht erinnern.

Natürlich dachte ich von Zeit zu Zeit darüber nach, was denn während dieser Jahre in England wohl geschehen war – schließlich handelt es sich dabei um ein ziemlich großes Stück des Lebens –, aber sie schien kein Trauma davongetragen zu haben. Marlene war es offensichtlich gelungen, ihre dunklen Schatten zu begraben, das war deutlich zu spüren, und warum sollte mir, ihrem Ehemann, daran gelegen sein, sie wieder hervorzuholen? Wozu sollte das dienen?

So hatte ich gedacht bis zu diesem Novemberabend in Harry's Kneipe. Ich wünschte, ich hätte mir einen anderen Ort für meinen Whisky ausgesucht, aber Harry's liegt auf meinem üblichen Heimweg vom Hauptbahnhof. Ich hatte einen Vortrag in Linzhuisen gehalten, und Marlene befand sich geschäftlich in Paris. Sie würde erst in der folgenden Woche zurückkommen, vielleicht war meine Begegnung mit David Perowne irgendwie unvermeidlich gewesen. Jetzt, während ich das aufschreibe, ist alles so anders, und ich bin nicht mehr in der Lage, das Zufällige von dem Schicksalhaften zu trennen.

Wenn es da überhaupt einen Unterschied gibt.

*

»Eine ganze Menge«, nahm David Perowne den Faden wieder auf und drückte seine Zigarette aus. »Ja, ich kann Ihnen Dinge von Ihrer Frau erzählen, die Sie wahrscheinlich interessieren werden.«

»Sie haben eine Minute«, sagte ich. »Wenn Sie dann meine Neugier nicht geweckt haben, trinke ich aus und gehe nach Hause.«

»Eine Minute?«, sagte Perowne, kurz auflachend. »Ist das die Zeitspanne, die ein Autor hat, damit der Leser anbeißt?«

Ich zuckte mit den Schultern. »Es gibt viele neunmalkluge Theorien darüber«, erklärte ich. »Aber ich bin nicht hierhergekommen, um herumzulabern. Und schon gar nicht mit einem Fremden. Also, was war mit Marlene?«

Er nahm ein paar Erdnüsse aus dem Schälchen auf dem Tresen und schien zu zögern. Der Ausdruck seiner Augen hinter den grau getönten Brillengläsern veränderte sich, bekam einen Moment lang einen sanfteren, fast traurigen Anstrich, und er kratzte sich ein wenig nervös am Hals. Dort hatte er ein rotes Ekzem oder irgendeine andere Art von Hautreizung.

»Ich habe nach ihr gesucht.«

»Gesucht?«

»Ja, ein paar Jahre lang.«

Ich hob mein Glas, entschied mich anders und stellte es wieder ab.

»Sie haben ein paar Jahre lang nach meiner Frau gesucht? Was ist das für ein Blödsinn?«

»Mir ist klar, dass das in Ihren Ohren merkwürdig klingen muss, aber es verhält sich tatsächlich so.«

»Und warum haben Sie nach ihr gesucht?«

Eine Alarmglocke begann in meinem Kopf zu läuten. Bis zu diesem Zeitpunkt hatte ich David Perowne als eine Plaudertasche ohne Substanz angesehen. Als einen dieser halb tragischen Kneipentypen, die versuchen, sich interessant zu machen. Die eigentlich nichts bieten können, nur jede Menge trivialer und uninteressanter Lebensumstände, die kein Mensch hören mag. Und die deshalb gern mit einem großen Bluff ihr Gefasel einleiten.

Aber hier gab es etwas, das mich meine bisherige Einschätzung revidieren ließ. Vielleicht lag es an seinem offensichtlichen Zögern. David Perowne hatte mir etwas zu erzählen, aber gleichzeitig widerstrebte ihm das, und ich hatte den unangenehmen Eindruck, dass er aus Rücksicht mir gegenüber zögerte. Dass er wusste, dass das, was er zu sagen hatte, mir nicht guttun würde, und dass ich ihm deshalb ein wenig leidtat.

»Das hat seinen Grund«, sagte er. »Ich würde natürlich nicht so lange Zeit nach einer Frau suchen, wenn es keinen Grund dafür gäbe.«

Ich versuchte eine skeptische Miene aufzusetzen und lehnte mich zurück, die Hände vor der Brust verschränkt. »Ihre Minute läuft gleich ab«, sagte ich.

»Allright.« Er räusperte sich und schob seine Brille zurecht. »Sie nennt sich also jetzt Marlene?«

Ich antwortete nicht. Spürte, wie dieses unangenehme Gefühl mir die Wirbelsäule hinaufkroch.

»Als ich sie kannte, hieß sie Clara. Clara Maxwell. Hat sie das nie erwähnt?«

Ich schüttelte unfreiwillig den Kopf.

»Das erste Mal habe ich sie vor mehr als fünfzehn Jahren getroffen. In London. Damals war sie rothaarig.«

»Fünf Sekunden«, sagte ich. »Sie haben noch fünf Sekunden. Was zum Teufel haben Sie eigentlich zu erzählen?«

Er zog eine Zigarette aus der Brusttasche, zündete sie aber nicht an.

»Sie war mit meinem besten Freund verheiratet«, sagte er. »Sie hat ihn ermordet und ist damit davongekommen.«

*

Unsere Hochzeit war eine sehr private Geschichte. Marlene war diejenige, die es so hatte haben wollen, und da meine erste Ehe, diese fünf weggeworfenen Jahre mit Brigitte, von einer protzigen Kirchentrauung und nachfolgendem Fest für hundertdreißig Personen eingeleitet worden war, hatte ich nichts dagegen einzuwenden. Wir heirateten an einem blassgrauen Junisamstag in einer Kapelle der Keymerkirche, ohne andere Zeugen als Bart und Ulrike, meine ältesten und treuesten Freunde, und die einzigen, die mir nach dem Schiffbruch mit Brigitte weiterhin zur Seite standen. Anschließend aßen wir ein einfaches Menü zu viert im Rathauskeller, und dann nahmen Marlene und ich ein frühes Flugzeug nach Lissabon für unsere Flitterwochen.

Ich dachte nicht weiter über Marlenes Wunsch hinsichtlich einer diskreten Trauung nach, bis Ulrike dieses Thema ein paar Monate später ansprach. Wir waren uns schnell darüber einig, was dahintersteckte; Marlene hatte keine lebenden Verwandten mehr, und ihr Freundeskreis in Maardam beschränkte sich auf ein paar Arbeitskollegen und eine Handvoll meiner Freunde – und so sollte es auch bleiben. Unter den Freunden natürlich Bart und Ulrike. Kurz gesagt: Wen hätten wir einladen sollen?

»Es gibt zwei Sorten von Frauen«, sagte Ulrike und zeigte ihr charakteristisches, nach innen gewandtes Lächeln. »Diejenigen, die sich mit einem ganzen Schwarm von Freundinnen umgeben, und diejenigen, die keine einzige haben. Der erste Typ ist der übliche, aber deine Frau gehört ohne Zweifel zur Kategorie Nummer zwei. Falls du das noch nicht bemerkt haben solltest.«

»Das habe ich wohl schon bemerkt«, erwiderte ich.

»Und das ist auch die interessante Kategorie«, fügte Ulrike hinzu.

»Das habe ich auch schon bemerkt«, sagte ich.

Ein paar Tage später erwähnte ich unser Gespräch Marlene gegenüber. »Du hast nicht besonders viele Freunde«, sagte ich. »Ist das immer schon so gewesen?«

»Ich habe doch dich«, erwiderte sie. »Das genügt mir. Warum fragst du?«

»Ulrike hat das Thema aufgegriffen«, erklärte ich. »Aber ich bin froh, dass du dich mit mir begnügst. Und außerdem wohnst du ja noch nicht so lange hier in der Stadt.«

»Das war schon immer so«, erklärte Marlene. »Ich glaube an die Liebe, mit der Freundschaft habe ich eher Probleme.«

»Das hört sich bei dir so an, als würde das eine das andere ausschließen.«

Sie dachte einen Moment lang nach. »Bist du in irgendeiner Weise mit unserer Beziehung unzufrieden? Ist das der Grund, dass du so redest?«

»Ganz und gar nicht«, versicherte ich ihr. »Ich liebe dich mehr als alles andere auf der Welt. Warum sollte ich unzufrieden sein?«

»Ich liebe dich auch«, sagte Marlene. »Aber man muss das, was man liebt, ja nicht verstehen. Ich glaube sogar, das ist eine Voraussetzung für Liebe, dass wir nicht alle Seiten voneinander kennen.«

Ich dachte nach.

»Zu lieben bedeutet also auf Entdeckungsfahrt zu gehen?«, fragte ich.

»So ungefähr«, nickte Marlene. »Und so eine Entdeckungsfahrt ist ja nur so lange interessant, solange es immer noch etwas zu entdecken gibt, nicht wahr?«

Wahrscheinlich bestätigte ich ihre Annahme, kann mich aber noch daran erinnern, dass ich in der darauffolgenden Zeit mehr als einmal über ihre Äußerungen nachdachte.

Das Unentdeckte? Das eigentliche Drehbuch der Liebe?

*

»Ermordet?«, wiederholte ich.

»Sie haben richtig gehört«, bestätigte David Perowne.

Ich räusperte mich und streckte den Rücken. »Ich denke, es ist an der Zeit auszutrinken und diesen gastlichen Ort zu verlassen. Bevor ich dir eine aufs Maul haue.«

Perowne drehte die Hände vor sich auf dem Bartresen, so dass die Handflächen nach oben zeigten. »Wenn Sie mir eine langen wollen, nachdem ich meine Geschichte erzählt habe, können Sie das gern tun. Aber ich würde vorschlagen, noch ein paar Minuten damit zu warten. Wollen wir uns noch jeder einen Whisky gönnen und uns an einen Tisch setzen? Auch ein Barkeeper hat Ohren.«

Ich schaute auf die Uhr. Es war fünf Minuten nach elf.

»Ich habe die Absicht, heute Abend vor Mitternacht ins Bett zu kommen«, erklärte ich. »Und ich wohne zehn Minuten von hier entfernt. Nur um die Grenzen abzustecken.«

»In Ordnung«, sagte David Perowne und bestellte noch eine Runde, indem er zwei Finger zwischen Barkeeper und Boxkampf hochhielt.

Wir nahmen unter dem Bogart-Bacall-Plakat in der Ecke zur Straße hin Platz. Der Regen prasselte draußen immer noch nieder. Perowne zündete sich eine Zigarette und die fast heruntergebrannte Kerze in einer Bastflasche auf dem Tisch an.

»Jetzt hören Sie«, begann er mit einer Art neu gefundener Autorität. »Es ist nämlich so, dass ich Clara vor ein paar Tagen gefunden habe und bisher noch nicht die Zeit hatte, ausreichend in ihrem Leben zu forschen. Ich weiß, dass sie als Journalistin beim Rundfunk arbeitet, und ich weiß, dass Sie Schriftsteller sind. Sie sind seit ein paar Jahren verheiratet, Sie haben keine Kinder, und Sie wohnen in einer Wohnung unten in Zwille in der Nähe der Brücke des Vierten Septembers.«

»Ich dachte, Sie wollten mir etwas Neues erzählen«, sagte ich.

»Das kommt noch«, entgegnete Perowne und betrachtete mich einen Moment lang wieder mit diesem mitleidvollen Blick. Als bedauerte er, dass er gezwungen war, mich diesen Unannehmlichkeiten auszusetzen. »Als ich sie das letzte Mal sah, hieß sie wie gesagt Clara Maxwell«, fuhr er fort. »Und zwar sah ich sie durch ein schmutziges Zugfenster an der Paddington Station in London, das war vor acht Jahren, und ich kam gerade von der Beerdigung meines besten Freundes, Christopher Maxwell. Clara war seine Ehefrau gewesen. Er war sechs Monate zuvor unter eigenartigen Umständen gestorben, die Beerdigung war aufgrund der laufenden Polizeiermittlungen aufgeschoben worden.«

»Was denken Sie sich eigentlich, hier zu sitzen und …?«

»Aber Clara wurde von jedem Verdacht freigesprochen. Ich weiß, dass sie schuldig war, und es waren ziemlich viele, die das wussten. Sie war nicht einmal mit in der Kirche. Was halten Sie davon? Sie kam nicht einmal zur Beerdigung ihres Ehemannes.«

»Das ist doch lächerlich«, sagte ich. »Glauben Sie, ich lasse mir jeden Bären aufbinden? Ich kenne Marlene in- und auswendig und weiß, dass sie niemals …«

»In- und auswendig?«, wiederholte David Perowne und zog fragend eine Augenbraue hoch.

»Das kann Ihnen doch ganz gleich sein«, sagte ich. »Sie ist meine Frau.«

»Ich weiß«, nickte Perowne. »Und mir ist schon klar, dass Sie es nicht glauben wollen, ich würde es auch nicht tun. Aber wenn Sie mich das eine oder andere erklären lassen, dann sehen Sie vielleicht die Sache in einem anderen Licht. Sie wissen, dass sie ziemlich lange in London gelebt hat?

Und dass sie mit einem Mann namens Christopher Maxwell verheiratet war?«

Ich nickte und bat um eine Zigarette. Er schüttelte sie aus dem Päckchen, ich nahm sie entgegen und zündete sie an der Kerze an, noch bevor er mir sein Feuerzeug anbieten konnte.

»Hat sie etwas von dieser Ehe erzählt?«

»Ich wollte gar nicht alles wissen. Ich habe auch eine gescheiterte Beziehung hinter mir.«

»Ich verstehe. Aber Sie haben keine Kinder? Aus der ersten Beziehung, meine ich?«

»Nein.«

»Claras und Christophers Sohn – hat sie Ihnen von ihm erzählt?«

Ich zog heftig an der Zigarette und spürte für einen Moment, wie das ganze Harry's schwankte. Es war mehr als sieben Jahre her, seit ich das Rauchen aufgegeben hatte, und die wenigen Male, wenn ich einen Rückfall erlitt, hatte ich stets das Gefühl, als träte mich ein Pferd gegen die Brust. Ich schloss die Augen und trank einen Schluck Whisky.

»Ihr Sohn?«, sagte ich wie beiläufig. »Natürlich, was ist mit ihm?«

David Perowne wandte seinen Blick für einen Moment hinaus auf den Regen. Dann beugte er sich auf die Ellenbogen gestützt vor und nahm mich ins Visier.

»Ich sehe, dass Sie lügen«, sagte er. »Aber das würde ich in Ihrer Lage auch tun. Wenn das Leben Schiffbruch erleidet, ist es nicht immer so leicht zu entscheiden, auf welchem Bein man stehen soll.«

»Reden Sie weiter«, sagte ich. »Aber lassen Sie diesen Psychoquatsch. Also, ihr Sohn?«

»Jason, ja«, sagte Perowne. »Er war ein schwieriges Kind. Christopher schaffte es mit ihm, aber Clara gab auf. Natürlich gab es so eine Art von Diagnose, aber es kam ja nie dazu, dass er genauer untersucht wurde.«

Ich nickte. Zögerte und nahm einen weiteren, etwas vorsichtigeren Zug. Perowne faltete die Hände vor sich auf dem Tisch und wartete ab.

»Wieso?«, fragte ich schließlich. »Wieso kam es nie dazu?«

»Weil sie dafür sorgte, dass er ertrank«, antwortete Perowne und kratzte sich erneut am Hals. »Ich kann Ihnen ansehen, dass diese Information für Sie überraschend kommt, aber genauso hat es sich verhalten. Jason Maxwell ertrank in der Badewanne, eine Woche, bevor er zwei Jahre alt werden sollte. Und das Ironische dabei ist, dass sein Vater achtzehn Monate später in der gleichen Badewanne tot aufgefunden wurde. Aber natürlich haben Sie vollkommen recht, warum sollten wir uns die Mühe machen, alles über unsere Nächsten und Liebsten herauszufinden? Am besten, man weiß gar nichts.«

»Entschuldigen Sie mich einen Moment«, sagte ich und ging zur Toilette.

*

Irgendwann nach dem Zusammenbruch mit Brigitte sprach ich mit einem Therapeuten. Nicht, dass ich einen angerufen und einen Termin bei ihm verabredet hätte, auf die Idee wäre ich nie gekommen, es war einfach so, dass wir zufällig während eines Flugs von Sydney nach Frankfurt nebeneinandersaßen. Zuerst einen halben Tag lang nach Bangkok, dann einen halben Tag lang auf dem Weg nach Europa. Es war unvermeidlich, dass wir ins Gespräch kamen.

Er war Skandinavier, ich weiß nicht, aus welchem Land er genau kam, aber ich glaube, er hieß Olsen. Auf jeden Fall hatte er ein Buch geschrieben mit dem Titel *Die Seele des Jägers*. Eigentlich hätte es *Die Seele des Mannes* heißen müssen, wie er mir erklärte, aber das war ein verdammt langweiliger Titel für ein Buch, und man wollte es schließlich verkaufen. Ich hatte ihm bereits erzählt, dass ich Schriftsteller war, deshalb nickte ich einvernehmlich.

»Es gibt nicht nur verschiedene Arten von Frauen«, erklärte Olsen. »Ich meine die Behauptung wagen zu können, dass es auch verschiedene Arten von Männern gibt.«

»Oh, Scheiße«, sagte ich.

Wir hatten einiges an Flugzeugsprit getrunken, und mittlerweile wusste ich bereits die leicht sarkastische Sichtweise meines Flugbegleiters auf die Welt und ihre Bewohner zu schätzen.

»Genauer gesagt zwei«, fuhr er fort.

»Und welche sind das?«, fragte ich.

»Die einsamen Jäger und die anderen.«

»Die anderen?«, fragte ich nach. »Da haben Sie ja eine richtig gute Kategoriebezeichnung gefunden.«

»Ich weiß«, bestätigte Olsen meine Kritik. »Aber es sind ja auch die Jäger, die interessant sind.«

»Und in welcher Hinsicht?«

»Sie scheuen die Gemeinschaft«, sagte Olsen. »Sie haben die wichtigsten Grundregeln des Lebens begriffen. In dieser Gruppe finden Sie alle berühmten Mörder, alle großen Wissenschaftler, alle Entdecker, alle bedeutenden Schriftsteller…«

»Aber als Erstes haben Sie die Mörder genannt«, bemerkte ich.

»Das war ein Zufall«, sagte Olsen. »Der dahinterliegende Gedanke ist jedenfalls, dass diese Jägermänner nur eine Heimat haben, und die befindet sich in ihrem eigenen Schädel.«

»Ich dachte, das gälte für alle«, sagte ich.

»Eigentlich ja«, bestätigte Olsen. »Aber die anderen bilden sich gern ein, dass es so eine Art Forum gibt, wo man sich treffen und mit seinen Mitmenschen austauschen kann. Die Jäger wissen, dass das reine Einbildung ist. Man muss die Geschichte seines Lebens selbst schreiben. Oder bei dem Film

Regie führen, wenn Ihnen diese Metapher lieber ist. Jeder Menge anderer Menschen und Meinungen den Zutritt zu gestatten, das gibt nur Ärger. Höchstens in Form von einer Rolle, wie die eines Statisten im Film, ist es akzeptabel.«

Ich trank von dem Flugzeugsprit und dachte nach.

»Ich gehe davon aus, dass Sie meinen, ich gehöre auch zu den Jägern?«

»Zweifellos«, sagte Olsen und trank auch einen Schluck.

»Schriftsteller müssen Jäger sein, alles andere ist undenkbar.«

»Und wie verhält es sich mit weiblichen Schriftstellern?«, fragte ich.

»Das ist das Gleiche«, sagte Olsen. »Natürlich gibt es auch weibliche Jäger, obwohl der männliche Anteil etwas größer ist.«

»Und was jage ich?«

»Sie sind auf der Jagd nach dem Leben«, erklärte Olsen lakonisch. »Nach dem Sinn dieses verfluchten Hamsterrads.«

»Ach, ja?«, sagte ich. »Und was wollen Sie eigentlich mit Ihrer Theorie bezwecken?«

Olsen dachte eine ganze Weile nach. »Weiß der Teufel«, sagte er schließlich. »Ich nehme an, dass ich nur darauf aus bin, die Fakten zu konstatieren.«

Ich erzählte Marlene einmal von meinem Gespräch mit dem Therapeuten Olsen, und ich kann mich noch erinnern, dass es sie interessierte. Sie behauptete, es wecke eine Erinnerung in ihr, und sie zitierte sogar einen Autor, leider habe ich aber dessen Namen vergessen. »Ich glaube an den einsamen Menschen, der nicht wie ein Hund jeder Witterung hinterherläuft.« Dann erklärte sie, dass wir uns glücklich schätzen sollten, dass das Schicksal uns zusammengeführt hatte; zwei Steppenwölfe in einer Welt, die von verwirrten Kuschelhasen bevölkert war, konnten wohl kaum erwarten, einander zu finden.

»Aber uns ist es gelungen?«, fragte ich.

»Schließlich sitzen wir hier«, sagte Marlene.

»Ich bin mir nicht ganz sicher, ob ich verstanden habe, was du damit meinst«, sagte ich.

»Du und ich, wir sind uns nicht begegnet, damit wir versuchen, einander zu verstehen«, erklärte Marlene. »Darüber haben wir doch schon gesprochen.«

»Ja, das haben wir«, bestätigte ich.

»Aber ich werde dich bis zu meinem letzten Blutstropfen verteidigen, das verspreche ich dir«, sagte Marlene.

»Und ich dich«, sagte ich.

»Unter allen Umständen?«, fragte Marlene.

»Unter allen Umständen«, bestätigte ich.

*

Als ich von der Toilette zurückkam, hatte David Perowne noch eine weitere Runde Whisky für uns bestellt. Ich hatte mich ein wenig sammeln können und ging jetzt direkt zum Angriff über.

»Ihre Geschichte ist mir scheißegal«, sagte ich und schob mein Glas fort, um zu demonstrieren, dass ich gar nicht daran dachte, daraus zu trinken. »Ich gebe Ihnen fünf Minuten Zeit, um zu erklären, was Sie überhaupt wollen. Und nicht eine Sekunde mehr.«

»Sie wussten also bis jetzt nichts von alledem?«

Ich antwortete nicht.

»Sie hat Ihnen nicht erzählt, was passiert ist?«

»Haben Sie sonst noch etwas zu berichten, oder war das alles?«

Wieder zögerte er einen Moment lang, dann holte er eine Brieftasche aus seiner Jacke: »Aber sie hat Ihnen doch zumindest Fotos gezeigt?«

Er zog ein Foto heraus und gab es mir. Ich nahm es und betrachtete meine Ehefrau, zusammen mit einem dunkelhaarigen Mann. Der Mann hatte ein kleines Kind auf dem Schoß, alle drei saßen auf einer Parkbank und schauten direkt in die Kamera. Es schien Sommer oder früher Herbst zu sein. Marlene sah genauso aus wie jetzt, abgesehen von ihrem Haar, das hatte einen helleren, leicht rötlichen Ton. Aber die gleiche Frisur, der gleiche intensive Blick und das vorsichtige Lächeln mit der einen halben Millimeter großen Lücke zwischen den Schneidezähnen. Sie schien auch nicht viel jünger zu sein. Ich nahm das Whiskyglas und trank einen Schluck.

»Auf dem Foto ist Jason eineinhalb Jahre alt«, sagte Perowne. »Das war ziemlich genau sechs Monate, bevor er starb.«

Ich betrachtete den Mann, Christopher Maxwell, er hatte einen kurzen Bart und mehr Haar, ansonsten war er Perowne nicht ganz unähnlich. Er sah ernst aus, fast etwas verbittert.

»Ja und?«, fragte ich und schob das Foto auf dem Tisch zu ihm zurück. »Und warum suchen Sie jetzt nach meiner Frau?«

Perowne zog an seiner frisch angezündeten Zigarette und blinzelte durch den Rauch. »Weil es neue Fakten in dem Fall gibt«, sagte er. »Ihre Frau ist eine Mörderin, nur um Haaresbreite ist es ihr gelungen, sich ihrer gerechten Strafe zu entziehen. Sie hat zwei Leben auf dem Gewissen, und ich will sie festnageln.«

Ich spürte, wie sich meine rechte Hand zur Faust ballte und mein Puls schneller wurde. »Neue Fakten im Fall?«, wiederholte ich.

»Genau«, bestätigte Perowne. »Obwohl sie inzwischen auch schon ein paar Jahre alt sind. Es ist nämlich so. Clara hatte nicht viele Freundinnen in London, aber es gab eine Vertraute. Catherine, genannt Cathy. Ein paar Jahre, nachdem Clara verschwunden war, beschloss Cathy zu erzählen, was sie wusste. Mir gegenüber, sie hatte gerade erfahren, dass sie Brustkrebs hatte, vielleicht handelte es sich also um eine Art Beichte. Auf jeden Fall hatte Clara ihr alles anvertraut. Sowohl was Jason, als auch was Christopher betraf. Sie hat sie getötet, Cathy wusste Details, die es unmöglich machen, an ihrer Geschichte zu zweifeln.«

»Ich glaube Ihnen nicht.«

»Das ist Ihre Entscheidung.«

»Und warum sind Sie nicht zur Polizei gegangen?«

»Das bin ich. Aber die haben ja so einiges anderes, um das sie sich kümmern müssen. Ehrlich gesagt, glaube ich nicht, dass sie Lust haben, in diesem Fall weiterzuermitteln. Case closed, und damit sind sie zufrieden.«

»Aber Sie haben weitergesucht?«

»Zweieinhalb Jahre lang. Meine Möglichkeiten sind auch nicht unbegrenzt.«

Eine Weile blieb ich schweigend sitzen und überließ mich dem Tumult in meinem Kopf, dann trank ich mein Glas aus und stand auf. »Hol Sie der Teufel«, sagte ich. »Und sehen Sie zu, dass Sie bei ihm bleiben. Wenn ich Ihre hässliche Visage noch einmal sehe, dann müssen Sie mit den Konsequenzen leben.«

Dann verließ ich Harry's Kneipe. Als ich auf die Straße trat, regnete es immer noch. Es schien, als wäre der Wolkenbruch außer Kontrolle geraten, als hätte er eigentlich schon vor langer Zeit mit dem Gießen aufhören wollen, aber vergessen, wie man abschaltete.

II.

In dieser Nacht fiel es mir schwer einzuschlafen. Fragmente des Gesprächs mit David Perowne vermischten sich mit Traumbildern von Marlene in verschiedenen Situationen. Erlebte und eingebildete. Angezogen und nackt. Manchmal war sie mit mir zusammen, manchmal mit anderen Männern. Ich schreckte mindestens zehnmal hoch, und um sechs Uhr gab ich auf, stellte mich unter die Dusche und entschied, dass ich, wenn ich alles recht betrachtete, keine Wahl hatte.

Ich musste sie damit konfrontieren. Ihr von David Perownes unsinnigen Behauptungen erzählen und sehen, wie sie reagierte.

Was hätte ich sonst tun sollen? Still dasitzen und Perownes nächsten Schachzug abwarten? Herumlaufen und den Rest meines Lebens darüber grübeln?

So dachte ich. Und ich kann bis heute keinen Fehler in meinen Überlegungen finden.

*

Ich holte Marlene wie verabredet vom Flughafen ab. Das Flugzeug aus Paris hatte fast eine Stunde Verspätung, und es war bereits acht Uhr abends, als wir endlich allein im Auto waren.

»Gestern Abend ist etwas Sonderbares passiert«, sagte ich.

»Ja?«, sagte Marlene.

»Ich habe jemanden in einer Bar getroffen.«

»Du warst also bummeln?«

»Ich habe nur auf dem Heimweg vom Bahnhof einen Drink bei Harry's genommen.«

»Ja, und?«

»Dieser Kerl, er hieß übrigens David Perowne, er hat mir eine Geschichte erzählt.«

»Eine Geschichte?«

»Ja. Die von dir handelte.«

»Von mir?«

»Ja, er wusste offensichtlich einiges über deine Jahre in London.«

Marlene erstarrte. Nicht sehr, aber ich konnte deutlich spüren, wie ihr Körper neben mir sich irgendwie versteifte. Sie holte zweimal tief Luft, bevor sie antwortete.

»Was hast du gesagt, wie er hieß?«

»Perowne.«

»Nie gehört. Und was hat er also erzählt?«

Da war etwas mit ihrer Stimme. Eine Art Wachsamkeit, vermischt mit noch etwas anderem, ich konnte nicht sagen, ob es nur Irritation oder Beunruhigung war. Vielleicht sogar beides. Ich legte ihr meine Hand auf den Arm, aber sie schien das gar nicht zu registrieren. Für einen schwindelerregenden Moment lang hatte ich die Vision, eine mir vollkommen fremde Frau säße neben mir, eine, die ich noch nie zuvor gesehen hatte, die ich nur als Anhalterin vom Flughafen in die Stadt mitnahm, weil ich noch Platz im Auto hatte.

»Es ging um deine Jahre in London«, wiederholte ich.

Marlene drehte den Kopf und sah mich ein paar Sekunden lang an. Dann betrachtete sie erneut den Verkehr auf der Autobahn. Sie sagte nichts.

»Er behauptete, dich zu kennen.«

»Mhm?«

»Dass du mit seinem besten Freund verheiratet gewesen bist und dass ihr ein Kind zusammen hattet.«

Marlene reagierte nicht.

»Das war eine schlimme Geschichte, die er da erzählt hat, ich habe ihm natürlich nicht geglaubt. Willst du sie hören?«

Zunächst gab sie keine Antwort. Saß kerzengerade da und starrte durch die Windschutzscheibe, die Hände im Schoß gefaltet. Plötzlich wurde mir klar, dass unsere Ehe an einen dieser Punkte gelangt war, den alle Ehen vor dem Tod durchschreiten müssen und der immer ohne jede Vorwarnung auftaucht. Dieser nackte Augenblick ohne Gnade. Ich wartete ab.

»Gut«, sagte sie schließlich. »Ist wohl auch egal. Also, was hat er gesagt?«

Ich erzählte David Perownes Geschichte, und Marlene hörte mir zu, ohne mich auch nur ein einziges Mal zu unterbrechen. Ich war gerade am Ende, als wir in die Armastenstraat einbogen, und erklärte abschließend erneut, dass ich natürlich nicht ein einziges Wort von dem glaubte, was ich da zu hören bekommen hatte.

Dass nicht viel gefehlt hätte, und ich hätte ihm eins in die Fresse gegeben.

Ich weiß nicht, ob sie mir glaubte. Ich weiß nicht, ob ich es selbst glaubte.

Eine Weile saßen wir schweigend nebeneinander, während wir uns durch das Deijkstraaviertel zirkelten. Als wir zwischen zwei Linden in Zwille geparkt hatten, seufzte Marlene tief auf und schüttelte den Kopf.

»Wie sah er aus?«, fragte sie.

»Perowne?«

»Ja.«

Ich beschrieb ihn, so gut ich konnte. Sie nickte.

»Und der Mann auf dem Foto? Da auf der Bank.«

Ich beschrieb auch ihn.

»Und dir kam nichts verdächtig vor?«

»Was meinst du?«

»Du hast nicht gemerkt, dass es sich um die gleiche Person handelte?«

»Wie?«

»Die gleiche Person. Der Mann, den du bei Harry's getroffen hast, war der gleiche, der mit mir und Jason auf der Bank saß.«

Ich hob die Hände. »Marlene, ich fürchte, ich…«

Sie unterbrach mich, indem sie mir einen Zeigefinger auf die Lippen legte.

»Komm, lass uns hochgehen und ein Glas Wein trinken, Maarten, ich glaube, ich muss dir einiges erklären.«

»Das Finstere?«, fragte ich.

»Wie schon gesagt«, erwiderte Marlene.

*

»Es stimmt, ich hieß Clara Maxwell«, begann sie.

»Aha«, sagte ich.

»Und es stimmt, ich war mit einem Christopher Maxwell verheiratet. Mit dem Mann, den du gestern bei Harry's getroffen hast.«

»Ich verstehe nicht, wie…?«, sagte ich, aber Marlene wedelte abwehrend mit der Hand.

»Lass mich von Anfang an erzählen, dann wirst du begreifen. Als ich gut ein Jahr in London gelebt hatte, ich arbeitete damals in einem großen Buchverlag, ja, da habe ich diesen Maxwell kennengelernt. Auf einer Party, er war frisch examinierter Chirurg... Haus in Greenwich, Geld wie Heu. Er war ein charmantes Schwein, den Charme sah ich sofort, das Schwein entdeckte ich erst später. Wir heirateten ein halbes Jahr darauf, und dann dauerte es noch zwei Monate, bis mir klar wurde, dass ich den Fehler meines Lebens begangen hatte.«

Sie machte eine kleine Pause, trank einen Schluck Wein.

»Christopher ist ein Psychopath, Maarten, es gibt dafür keine andere Bezeichnung. Er ist der widerlichste, unangenehmste Mensch, der mir in meinem ganzen Leben begegnet ist. Er kann alle manipulieren, ich dachte, ich wäre ihm entkommen, aber das war natürlich eine... eine übereilte Hoffnung.«

Sie erschauerte. Wir saßen beide auf unserem roten Sofa, ich hatte ein Feuer im Kamin entzündet, es war angenehm warm im Zimmer, aber es sah so aus, als fröre Marlene tatsächlich.

»Bist du krank?«, fragte ich.

Sie schüttelte den Kopf. »Das ist nur der Widerwillen«, erklärte sie. »Wenn Christopher mich gefunden hat, heißt das, dass es schlecht für uns aussieht. Ich hatte gehofft, er würde nie...«

Sie brach ab.

»Erzähl weiter«, sagte ich. »Was ist dann in London passiert?«

Sie trank erneut einen Schluck Wein und hob wieder an. »Mehrere Jahre lang versuchte ich von ihm loszukommen, aber es ging nicht. Ich hatte einfach nicht genügend Kraft, ihm entgegenzutreten. Ich versuchte ihn dazu zu bewegen, einer Scheidung zuzustimmen, aber er erklärte, dann wollte er mich lieber umbringen. Oder sich selbst. Oder uns beide. Als ich mich einer Freundin anvertraute, glaubte sie mir nicht. Du weißt ja, wie ich es mit Freundschaften seitdem halte.«

»Und Jason?«

Eine halbe Sekunde lang zögerte sie.

»Jason war die Frucht einer Vergewaltigung. Jedenfalls mehr oder weniger, nach ungefähr zwei Jahren weigerte ich mich, mit Christopher zu schlafen. Aber ab und zu zwang er mich dazu. Ich hätte natürlich eine Abtreibung machen sollen, aber … ja, ich war zu schwach, so kann man es wohl nennen. Und ich war einsam und hatte Angst.«

»Ich verstehe.«

»Es stimmte etwas nicht mit Jason. Er war nicht wie andere Kinder, sondern passiv und introvertiert, es war schwer, Kontakt zu ihm zu bekommen, und manchmal konnte er entsetzlich aggressiv werden. Ich versuchte mit einem Experten zu sprechen, um eine Diagnose zu bekommen, aber Christopher verachtete alle Ärzte. Er wisse es selbst am besten, behauptete er, und eines Abends ertränkte er ihn in der Badewanne.«

»Er ertränkte …«

»Ja. Er versuchte auch mich zu töten, aber ich konnte entkommen. Er stand unter Drogen und war total wahnsinnig. Er wurde für Totschlag, Misshandlung, Bedrohung und einiges andere verurteilt, gleichzeitig aber für vollkommen gesund erklärt und musste seine Strafe in einem normalen Gefängnis absitzen. Zwölf Jahre, wenn er jetzt draußen ist, muss das bedeuten, dass er geflohen ist oder vorzeitig entlassen wurde. Ich habe eine geschützte Identität beantragt und sie auch bekommen, und … ja, um eine lange Geschichte kurz zu machen, da hast du meine Finsternis.«

»Mein Gott«, sagte ich. »Wenn ich nur …«

»Was?«, fragte Marlene. »Wenn du nur gewusst hättest, was hätte das zwischen uns verändert?«

»Vielleicht nichts«, sagte ich. »Aber dass du so eine Hölle hast durchmachen müssen …«

Sie lachte auf, kurz und freudlos. »Ich hatte ja alles begraben, Maarten. Ich war ja frei davon.«

»Aber ich verstehe nicht, warum du ihn nicht verlassen hast. Warum du nicht weggelaufen bist oder so.«

Sie zuckte mit den Schultern. »Manchmal war er auch anders. Dann hat er um Verzeihung gebeten und wollte sich bessern. Ich habe ihm geglaubt, ich wollte mir natürlich einbilden, dass sich alles ändern würde... man belügt sich in so einer Lage selbst, du weißt doch, wie das ist, nicht wahr? Man ist schwach.«

Ich nickte. Natürlich wusste ich, wie das war.

»Aber jetzt ist er also zurück?«, sagte ich. »Was glaubst du, was er will?«

»Mich«, sagte Marlene. »Er will mich, das ist ja wohl klar.«

Und dann war es, als würde plötzlich alles in ihr zusammenbrechen. Das Weinglas, das sie in der Hand gehalten hatte, fiel zu Boden und zerschellte. Sie schrie auf, packte ein Kissen und drückte es sich aufs Gesicht, während sie sich in einer Ecke des Sofas in Fötusstellung zusammenkrümmte und den Kopf hin und her warf. Ich versuchte sie zu umarmen, wiegte sie vorsichtig in meinen Armen hin und her und tat alles, was in meiner Macht stand, um ihr Zittern zu dämpfen. Nach einiger Zeit wurde sie ruhiger, legte das Kissen hin und starrte mich mit roten Augen an.

»Maarten«, sagte sie. »Es tut mir leid, dass es so gekommen ist. Ich habe wirklich geglaubt, ihm entkommen zu sein, ich hätte sonst nie...«

»Immer mit der Ruhe«, sagte ich. »Wir gehen einfach zur Polizei.«

Sie schüttelte den Kopf. »Das ist keine gute Idee, Maarten. Ich kenne ihn, er wird auch sie manipulieren, er wird uns das Leben zur Hölle machen.«

»Nun rede keinen Blödsinn, Marlene. Er hat ja wohl kein Recht hierherzukommen und...«

»Christopher Maxwell fragt nicht danach, wozu er das Recht hat«, sagte Marlene. »Bitte glaube mir, Maarten. Er ist ein Teufel. Ich habe sechs Jahre mit ihm zusammengelebt.«

Ich verstummte. Marlene putzte sich mit einer Serviette die Nase und richtete sich auf dem Sofa auf. Es vergingen fünf Sekunden.

»Also, was meinst du, sollen wir tun?«

Sie zögerte einen Augenblick, ein junges Mädchen rief draußen auf der Straße etwas, und ein Mann lachte laut. »Ich werde ihn töten, Maarten. Es gibt keine andere Lösung.«

»Mein Gott, Marlene, das ist doch wohl nicht dein…?«

»Du musst diese Entscheidung schon mir überlassen, Maarten. Entweder, wir wollen für den Rest unseres Lebens in der Hölle leben, oder ich schaffe ihn aus dem Weg. Das hier ist kein…«

»Ja?«

»Das hier ist keine Entscheidung, die ich jetzt und hier treffe, Maarten. Ich habe immer gewusst, dass ich nur eine Alternative haben werde, wenn Christopher Maxwell jemals wieder in meinem Leben auftauchen sollte.«

»Aber…«

»Ich will das nicht mit dir diskutieren. Du musst meinen Entschluss akzeptieren.«

Ich trank mein Weinglas aus. Betrachtete ihr schönes Gesicht einige Sekunden lang und die fest zusammengepressten Kieferknochen, die sie irgendwie noch schöner machten, dann nickte ich.

»In Ordnung. Dann machen wir es zusammen.«

»Nie im Leben«, sagte Marlene.

»Ich bin dein Ehemann.«

»Das spielt keine Rolle«, erklärte sie.

»Natürlich spielt das eine Rolle«, widersprach ich. »Ich akzeptiere deine Entscheidung, dann musst du aber auch meine akzeptieren.«

Sie beugte sich zu mir vor. Ihr Gesicht war so nah, dass es mir schwer fiel, es genau zu sehen. Ihr Blick schielte ein wenig, sie biss sich auf die Unterlippe, und ich spürte, dass ich auf einer Welle ritt. Mene mene tekel, dachte ich.

Dann kam sie mir noch näher, und wir küssten uns. Kurz, hart und brutal. Anschließend lehnte sie sich wieder zurück.

»Bist du dir sicher?«, fragte sie.

»Ich bin mir sicher«, antwortete ich.

»Gut«, sagte Marlene. »Wollen wir noch eine Flasche Wein öffnen und ein wenig planen?«

III.

In den nächsten Wochen besuchte ich Harry's so gut wie jeden Abend, aber der Mann, der sich David Perowne genannt hatte, war nie dort. Ich blieb selten lange, trank ein Bier, höchstens zwei, meistens saß ich an demselben Tisch, an dem wir an dem bewussten Abend gesessen hatten. Unter einem finster dreinblickenden Humphrey Bogart und einer rätselhaft lächelnden Lauren Bacall. Ab und zu spielte ich mit dem Gedanken, den Barkeeper zu fragen, ob er Perowne noch einmal gesehen habe, aber jedes Mal hielt ich mich dann doch zurück.

In Hinblick auf Marlenes und meine Pläne wäre es dumm gewesen, erneut mit ihm in Verbindung gebracht zu werden, das sah ich ein. Äußerst dumm.

Für die Pläne war in erster Linie Marlene verantwortlich. Wir hatten sie bereits am ersten Abend skizziert, anschließend sprachen wir nicht mehr viel darüber. Alles stand unter dem Motto: So einfach wie möglich. Wenn ich das nächste Mal Kontakt mit Perowne bekommen würde, sollte ich so tun, als hätte ich inzwischen angefangen, seinen Worten Glauben zu schenken. Ich sollte ihm vorschlagen, dass wir uns eines Abends bei mir daheim treffen könnten, wenn Marlene nicht anwesend war, um die Dinge etwas genauer zu besprechen. Und erst einmal in der Wohnung eingetroffen, würden Marlene und ich ihn mit vereinten Kräften umbringen. Es gab diverse Waffen, zwischen denen wir wählen konnten. Ein Schürhaken, ein Baseballschläger, ein Hammer.

Anschließend würden wir ihn in den frühen Morgenstunden in den Kofferraum des Autos verfrachten. In die Wälder zwischen Kerran und Weid fahren und ihn dort so tief wie möglich vergraben.

Ganz einfach, wie gesagt.

Wenn es doch so einfach gewesen wäre.

*

Das Problem war, dass er nicht auftauchte.

In der ersten Woche nicht. Nicht in der zweiten.

Das Problem war noch ein anderes.

In mir begannen Zweifel zu wachsen.

Sie kamen wie ein Dieb in der Nacht. Schlichen sich tagsüber, wenn Marlene bei der Arbeit war, aus den leeren weißen Blättern in der Schreibmaschine an mich heran. Oder an den Abenden bei Harry's, während ich dort saß und auf die Straße hinausstarrte, wo die Leute durch den Regen eilten – und plötzlich konnte ich sie nicht mehr abschütteln. Es schien, als hingen Zweifel und Regen auf irgendeine Weise zusammen, und es regnete jeden Abend.

Ich versuchte den Schein zu wahren. Formulierte nie Fragen, wusste, dass ich es nicht so weit kommen lassen durfte. Nicht deren einschmeichelnde, niederträchtige Existenz erlauben.

Und dennoch war es da, ein wortloses Scheuern, ein Splitter, der unter einen Nagel geraten war und den man einfach nicht herausbekam.

Und was das Schlimmste war: Marlene sah es mir an.

»Worüber grübelst du die ganze Zeit?«, fragte sie eines Abends, als ich nach einer weiteren einsamen Stunde bei Harry's nach Hause gekommen war. »Was frisst du da in dich hinein?«

»Nichts«, antwortete ich. »Ich bin nur einfach diesen Regen leid.«

»Er ist heute Abend wieder nicht gekommen?«

»Nein.«

»Hast du heute etwas geschrieben?«

»Nicht eine Zeile.«

»Ich sehe, dass es noch etwas anderes ist.«

Wenn ich es in Worte hätte fassen können, vielleicht hätte ich es gesagt. Und vielleicht wären wir ab da getrennte Wege gegangen.

»Wir haben uns seit vierzehn Tagen nicht mehr geliebt.«

»Ich weiß.«

»Was passiert da mit uns, Maarten?«

»Ich weiß es nicht.«

*

Marlene veränderte sich auch. Ein äußerer Betrachter hätte es wahrscheinlich nicht bemerkt, ich schon.

Kleine, vertraute Zeichen. Ihre Art, mich anzusehen, wenn sie glaubte, ich würde es nicht merken. Ihr bewusst flaches Atmen, wenn sie im Bett lag und so tat, als schliefe sie.

Ihr Tonfall, wenn sie mir über den Rücken strich und sagte, dass alles gut werde. Da war etwas.

Doch wir sprachen nicht darüber. Das war zu heikel für Worte.

Und wir schliefen nicht mehr miteinander. Mehr als drei Wochen lang schien die Sonne außerdem nicht auf die Stadt. Die Dämmerung ging morgens in ein diffuses Licht über, ohne dass es richtig hell wurde. An gewissen Tagen machte ich mir nicht einmal die Mühe, mich überhaupt an die Schreibmaschine zu setzen.

Und Perowne tauchte nicht auf. Eines Abends, als fast schon ein Monat seit meinem Zusammentreffen mit ihm im Harry's vergangen war, sagte Marlene:

»Maarten, ich glaube, wir sollten uns für eine Weile voneinander trennen.«

So etwas hatte sie noch nie gesagt. Während der ganzen

sechs gemeinsamen Jahre nicht. Ich wusste nicht, was ich darauf erwidern sollte. Mir war klar, dass ihr Vorschlag nicht falsch war, aber ich konnte ihm dennoch nicht zustimmen.

»Willst du das wirklich?«, fragte ich.

»Willst du es nicht?«, erwiderte Marlene. »Spürst du nicht, wie diese Situation uns unter die Haut geht? Wir müssen etwas tun, um sie aufzubrechen.«

»Vielleicht hast du ja recht«, sagte ich.

»Natürlich habe ich recht«, entgegnete sie.

*

Sie fuhr an einem Dienstag ab, wir hatten bereits Dezember.

Bevor wir uns am Hauptbahnhof trennten, umarmten wir uns lange schweigend. Gerade als sie in den Zug einsteigen wollte, sagte sie:

»Ich spüre, dass du glaubst, ich hätte es getan. Du glaubst, ich hätte meinen Mann und mein Kind umgebracht. Wenn du diesen Gedanken nicht von dir weisen kannst, werden wir nie wieder zusammenleben können, Maarten.«

»Ich weiß«, sagte ich.

»Wenn du das Gefühl hast, du müsstest in dieser Sache nachforschen, dann musst du auch den Preis dafür bezahlen.«

»Das ist mir schon klar«, sagte ich. »Ich werde nicht nachforschen.«

Dann gaben wir uns einen schnellen Kuss und wurden voneinander getrennt.

*

Mitte des Monats fiel der erste Schnee.

Ich saß an meinem Tisch bei Harry's und betrachtete die weißen Flocken, die zur Erde sanken und sich in der dreckigen Hoffnungslosigkeit der Straße auflösten. Draußen eilten Menschen vorbei, noch schneller als sonst, jetzt, wo die Temperatur zum Winter hin gesunken war.

Ich hatte es mir zur Gewohnheit gemacht, jeden Abend dort ein paar Stunden zu verbringen. Vorzugsweise trank ich Bier, aber auch den einen oder anderen Whisky. Ich sprach nie mit jemandem, nicht mehr als die paar Worte, die ich mit dem Barkeeper wechseln musste, um das zu bekommen, was ich haben wollte. Ich hatte auch wieder angefangen zu rauchen.

Marlene ließ nichts von sich hören. Ich ließ nichts von mir hören. Ich wusste nicht, wo sie sich befand. Mit dem Schreiben kam ich auch nicht weiter. Jedes Mal, wenn die Kneipentür sich öffnete, warf ich einen Blick dorthin. Jedes Mal erwartete ich den Mann zu sehen, der sich David Perowne genannt hatte, aber es war immer jemand anderes.

In den Nächten fiel es mir schwer zu schlafen. Ich lag da und lauschte den verklingenden Geräuschen der Stadt, meistens fiel ich erst gegen Morgengrauen in den Schlaf. Trotzdem wachte ich meistens nach nur wenigen Stunden unruhigen Schlummers wieder auf. Mehrere Male träumte ich von einem Kind, das in einer Badewanne lag, einmal schreckte ich von einem Schrei hoch.

Es war mein eigener, und wenn ich an die Liebe zu Marlene dachte, sah ich sie wie eine glühende Kohle, die ich wegwerfen musste, um mir nicht die Hände zu verbrennen. Genau so.

Aber ich stellte keinerlei Nachforschungen an. Wartete darauf, dass etwas passieren würde. Dass sich die Lage veränderte.

Zwei Tage vor Weihnachten rief sie an.

»Hast du ihn gesehen?«, fragte sie.

Ich antwortete, dass ich ihn nicht gesehen hatte.

»Bist du deine Zweifel losgeworden?«

Ich gab keine Antwort.

»Es fällt mir schwer, noch sehr viel länger zu warten«, sagte Marlene.

»Mir auch«, sagte ich.

248

»Auf ein derartiges Leben kann ich gern verzichten.«

Mein Kopf war voller Worte, aber sie waren ineinander verwickelt bis hin zur Unbrauchbarkeit. Ich fühlte eine tiefe Scham, insbesondere wegen meiner selbst. Zum Schluss gelang es mir zu erklären, dass ich nicht verstand, wie es zu all dem hatte kommen können.

»Du bist derjenige, der alles entscheidet«, sagte Marlene, und dann legten wir auf.

Es war das Letzte, was sie mir sagte.

*

Ich sah David Perowne zum zweiten Mal bei der Beerdigung.

Das war im Januar, wir waren nur eine kleine Gruppe, die sich auf dem Friedhof versammelt hatte. Bart und Ulrike und noch ein paar. Ein eisiger Wind blies über das offene Feld, und in dem Moment, als der Pfarrer begann, seine kurze Liturgie zu verlesen, entdeckte ich ihn. Gerade als die Urne in der Erde versenkt werden sollte. Es war mir ganz einfach nicht möglich, meinen Platz in der Runde zu verlassen.

Er kam den Bürgersteig die Mauer entlang heran. Blieb zwischen zwei kahlen Ulmen stehen und betrachtete unser Treiben, es waren nicht mehr als zwanzig Meter zwischen uns. Dieses Mal trug er keine Brille, aber ich erkannte ihn wieder, da gab es keinen Zweifel. Seine hochgezogenen Schultern und das lange Gesicht mit den tief sitzenden, bohrenden Augen. Er kratzte sich am Hals und zog an einer Zigarette. Unsere Blicke begegneten sich für ein paar Sekunden.

Fünf oder sechs, schätze ich. Nicht mehr, nicht weniger. Zuerst sah er sehr ernst aus, fast bekümmert, dann wuchs ein Lächeln. Es breitete sich über sein Gesicht aus wie der Schatten eines Raubvogels über eine Landschaft.

Ich verspürte kurz den Drang, zu ihm zu laufen, aber gerade da, genau in dieser Sekunde, legte mir der Pfarrer die Hand auf den Arm. Es war an der Zeit, Marlenes sterbliche Überreste ins Grab zu legen.

Nein, wie die Umstände waren, so gab es absolut keine Chance für mich, Kontakt zu dem Mann aufzunehmen, der sich David Perowne genannt hatte.

Er drehte den Kopf. Warf seine Zigarette fort und ging zu einem schwarzen Auto, das auf der anderen Straßenseite stand. Stieg ein und fuhr davon.

Ich habe ihn seitdem nie wiedergesehen. Ich forsche nicht nach, verbringe aber meine Tage und meine Nächte mit dem Versuch, dieses Lächeln zu deuten.

ÅKE SMEDBERG

Eine alles durchdringende Kälte

Das Erste, was ihm auffiel, war Stille, Schweigen. Nicht ein Geräusch, nicht eine Bewegung. Das Gefühl, dass es sich um einen schon lange aufgegebenen Einödhof handelte. Die Fenster vereist, der Eingang verschneit, der Schnee schon hoch zwischen Wohnhaus und Stall aufgetürmt. Er schauderte, nicht nur vor Kälte. Er fühlte sich überhaupt nicht wohl in seiner Haut.

»Es ist still«, sagte er zu Nordin und sah sofort ein, dass das eine absolut überflüssige Bemerkung gewesen war.

Aber Nordin schien dieselbe Stimmung wahrgenommen zu haben und nickte.

»Ja. So ist das. Die Stille des Todes.«

Es war gegen elf Uhr. Sie waren seit kurz vor sieben unterwegs, etwas über vier Stunden. Anfangs waren sie dem Fahrweg am Ufer des Vitstenså gefolgt, vorbei an Ljusåsbodarna, um dann den Winterweg einzuschlagen, der über das Ende des Sees nach Ede führte. Von dort die Landstraße nach Bränntjärn und dann ging es wieder über das Eis, die letzten zehn Kilometer bis Vindsjönäset.

Es war schneidend kalt, und Lidner sprang ab und zu herunter und lief ein Stück weit hinter dem Schlitten her, um wieder warm zu werden. Als er das mitten auf dem Vindsjö machte, warf Nordin ihm einen raschen Blick zu und versetzte dem Pferd einen Hieb mit den Zügeln.

»Jaja, zum Teufel. Jetzt aber los, Schwarzer!«

Und der kleine kräftige Nordschwede setzte sich mit einem Prusten in Bewegung und hatte Lidner bald weit hinter sich zurückgelassen. Dann sagte Nordin endlich »brrrr«, hielt das Pferd an und wartete, sein scharfgeschnittenes Gesicht unter der Pelzmütze war von einem breiten Grinsen zerteilt.

»Jetzt hat der Dorfschulze wirklich die richtige Farbe, finde ich. Jetzt mag er vielleicht eine Weile still sitzen?«

Lidner kletterte auf den Schlitten, ließ sich neben ihm auf den Sitz sinken und wischte sich den Schweiß aus der Stirn.

»Du bist mir vielleicht einer, Nordin«, keuchte er. »Ich muss wohl versuchen, dich auf irgendeine Weise loszuwerden. Wenn ich überleben will.«

Nordin lachte noch immer und gab keinen Kommentar. Schnalzte mit der Zunge, worauf das Pferd sofort reagierte und sich mit einer Kraft in die Zügel legte, die Zaumzeug und Deichsel ächzen ließ. Es dauerte keine Viertelstunde mehr, dann hatten sie das andere Ufer erreicht und fuhren den steilen Hang zum Weiler hoch.

Nordin band das Pferd am Stall fest, nahm den Heusack vom Schlitten und legte dem Tier einen Armvoll Heu hin. Lidner wartete, bis er fertig war, dann gingen sie zusammen zum Wohnhaus. Lidner trat Schnee von der Haustür, ging durch den engen Flur und weiter in die Küche. Wurde langsamer und betrat mit angehaltenem Atem die Kammer. Blieb vor der Schwelle stehen, zog sich die Mütze vom Kopf. Nordin folgte seinem Beispiel.

Die beiden lagen noch immer so im Doppelbett, wie sie gefunden worden waren. Lidner ging hin, tippte mit den Fingern auf den Arm des Mannes. Der fühlte sich an wie Holz. Er bückte sich, sah sich die beiden Leichen genauer an. Der Mann war in den Kopf geschossen worden, vermutlich von irgendeinem Punkt am Fußende aus. Der Schuss war schräg durch die linke Augenhöhle gegangen, und als er den Kopf hob und ihn vom Kissen löste, konnte er sehen, dass die Kugel durch den Hinterkopf ausgetreten war und dabei einen kleineren Krater hinterlassen hatte. Er ließ den Kopf des Mannes wieder sinken und wandte seine Aufmerksamkeit der Frau zu. Sie war offenbar in die Brust getroffen worden, in der Herzgegend: eine große, schwarz gewordene Blutrose auf dem Nachthemd.

Nordin war um das Bett herumgegangen und zeigte auf ein Schussloch im Gestell.

»Die Alte hat sich offenbar aufgesetzt. Und dabei wurde sie erschossen.«

Lidner nickte.

»Ihr Mann war zuerst dran«, sagte er. »Vielleicht im Schlaf. Sie wurde wach, setzte sich im Bett auf. Und wer immer den Mann ermordet hat, erschoss dann auch sie. So wird es wohl gewesen sein.«

Er zeigte auf Bettgestell und Einschussloch.

»Kannst du die Patrone rauskriegen, was glaubst du?«

Nordin zog mit geübtem Griff das Messer aus der Scheide und fing an, das Holz zu bearbeiten.

»Bestimmt, das kann doch nicht so schwer sein, diesen elenden Wicht zu erwischen, der bietet sich doch geradezu an.«

Nach einer knappen Minute Arbeit reichte er Lidner den deformierten Bleikörper.

»Von einem Remingtonstutzen. Wenn ich raten darf.«

Lidner ließ die Kugel auf seiner Handfläche ruhen und nickte. Er wusste sehr gut, dass der andere in diesem Fall die größere Sachkundschaft besaß. Dann steckte er sie in die Rocktasche.

»Dann werden wir uns mal im Haus umsehen«, sagte er.

Nachdem sie die beiden Toten zugedeckt hatten, fingen sie an, das Schlafzimmer zu durchsuchen, nahmen sich dann die Küche vor und schlussendlich die gute Stube, dieses Zimmer, das

Sitte und Brauch gemäß so selten benutzt wurde. Den »Kalt-
saal«, wie Nordin ihn nannte. Jetzt gab es keine Temperatur-
unterschiede mehr zwischen den Zimmern, das ganze Haus
war ausgekühlt, seit den Morden war nicht mehr geheizt worden.

Sie fanden in keinem der Zimmer etwas Interessantes, und
auch Flur und Eingang blieben ergebnislos.

»Und nirgendwo ein Gewehr«, sagte Nordin, als er endlich
die steile Treppe vom Dachboden herunterkam.

»Glaubst du, er hatte eins?«, fragte Lidner.

»Eine Büchse muss er doch wohl besessen haben«, sagte
Nordin. »Was anderes kann ich mir gar nicht vorstellen. Aber
sie ist weg.«

»Meinst du, das könnte die Mordwaffe sein?«

Nordin runzelte die Stirn.

»Na ja, das weiß man nicht. Aber wer immer hier gewesen
ist, hat vielleicht eingesackt, was er gerade erwischen konnte.
Und eine Büchse ist doch immerhin einige Reichstaler wert.
Also taucht sie vielleicht wieder auf.«

Lidner nickte.

»Dann werden wir uns mal umhören.«

Nordin schlang sich die Arme um den Leib. Der Atem um-
gab sein Gesicht wie Rauch, obwohl sie sich doch im Haus
aufhielten.

»Es ist viel zu kalt«, sagte er. »Wenn wir noch länger hierbleiben, muss ich den Schwarzen zudecken. Oder stell du ihn
in den Stall.«

Er schaute Lidner fragend an, aber der schüttelte den Kopf.

»Wir können auch gleich losfahren«, sagte er. »Dann kommen wir noch bei Tageslicht nach Ede.«

Er fing an, seinen Rock zuzuknöpfen, und ging dabei schon
auf die Haustür zu. Plötzlich hielt er inne. Stieß mit dem Fuß
eine Blechdose an, die vor der Wand lag, bückte sich und hob
sie hoch. Sie war leer, aber trotzdem hielt er sie Nordin hin.

»Was sagst du dazu?«

Nordin drehte die Schachtel um.

»Das könnte eine Kasse sein«, sagte er und grinste. »Und was meint Ihr, Dorfschulze?«

»Sieht mehr aus wie etwas, in dem man kleine Münzen aufbewahrt«, meinte Lidner.

Nordin zuckte kurz mit den Schultern.

»Die hatten sicher keine andere, stell ich mir vor.«

Er schüttelte die Dose. Öffnete sie und drehte sie hin und her.

»Ja, weg sind sie jedenfalls. Egal, wie groß oder klein sie waren.«

»Nimm sie mit«, sagte Lidner. »Dann werden wir ja sehen, ob sie uns weiterhelfen kann.«

Nordin warf ihm einen skeptischen Blick zu, steckte dann aber die Dose in eine der umfangreichen Taschen seines Frieswamses.

»Dann hätten wir wirklich Glück gehabt, Dorfschulze. Eine leere Blechdose ist nicht viel mehr wert als eine leere Blechdose, egal, wie man das auch dreht und wendet.«

»Ich weiß«, sagte Lidner mit einem Seufzen. »Aber das ist so ungefähr alles, was wir haben. Wir werden mit Hägglund sprechen, ob er vielleicht irgendwelche Informationen besitzt.«

Er schob die Haustür auf und ging hinaus auf die Treppe, er schüttelte sich ein wenig. Der Wind, wenn auch schwach, machte die Kälte draußen fast quälend, beißend. Als ob ich mein Gesicht gegen ein Stück Eis presste, dachte er.

»Und dann müssen wir noch einen Blick auf den Knaben werfen«, sagte er und zog sich die Pelzmütze über die Ohren. »Sehen, ob er in einem Zustand ist, in dem er etwas erzählen kann.«

Viktor Hägglund in Ede hatte nichts dagegen, sein Wissen mit den anderen zu teilen. Im Gegenteil. Er legte die groben Hände vor sich auf den Tisch, ließ den Blick zufrieden von

Lidner zu Nordin und wieder zurück wandern, räusperte sich, nahm Anlauf und fing an zu erzählen.

»Also, es war einer von den Fuhrleuten von der Flößerei im Westen von Kånkåsen, der zuerst dort war. Die wohnen in der Hütte und kaufen ihre Milch bei den Falcks, zweimal die Woche, Montag und Freitag. Also kam er am Freitag her, und niemand schien zu Hause zu sein. Kein Rauch und keine Menschen. Er ging ins Haus und rief, bekam aber keine Antwort. Am nächsten Tag haben sie mir Bescheid gegeben, und ich bin über den See gefahren, um mir ein Bild von der Lage zu machen. Da unten schien alles leer zu sein, aber das Haus war ja nicht abgeschlossen, deshalb ging ich in die Küche und dann in die Kammer, und da habe ich sie beide gefunden, erschossen. Aber ich wusste ja, dass sie auch den Jungen hatten, darum habe ich weitergesucht. Ich ging in den Stall, und dort saß er, steif gefroren und ganz weit weg. Er war sicher die ganze Zeit über da gewesen, hatte sich dort versteckt. Und er hatte die Kühe gemolken und ihnen und dem Pferd Futter und Wasser gegeben. Und er hat wohl von der Kuhmilch gelebt, kann man sich ja denken. Ja, die hatte ihm eine arge Verstopfung eingebracht, und als er herkam ...«

»Du hast ihn also mit hierher genommen. Und dann hast du uns Bescheid gegeben?«, fiel Lidner ihm ins Wort, was ihm einen dankbaren Blick von Nordin einbrachte.

Hägglund nickte, schnitt sich ein Stück von einer Rolle Kautabak ab, die auf der Fensterbank gelegen hatte, und schob sich den Priem in die Wange.

»Ja, das habe ich gemacht. Ich bin nach Holmsjönäset gerannt, als ob ich Feuer im Arsch hätte. Die haben da unten ein Telefon, im Postamt, eine Leitung in die Stadt und dann auch noch eine zur Bezirksgrenze, auf der anderen Seite. Von dort aus habe ich angerufen. Ich dachte, so müsste es doch viel schneller gehen, als wenn ich durch den Wald nach Ånge gefahren wäre, um den Dorfschulzen zu holen. Oder?«

»Ganz richtig«, sagte Lidner. »Das war sehr geschickt von dir.«

Hägglund strahlte bei diesem Lob und beugte sich über den Tisch zu Lidner vor.

»Ja, man mag es kaum glauben, das mit dem Telefon. Da steht man und spricht in den Trichter, und dann fliegen die Wörter einfach weg. Und es kommt direkt an, obwohl Meilen dazwischenliegen. Ja, ich kann es nicht fassen...«

»Nein, das ist nicht leicht zu verstehen«, fiel Lidner ihm abermals ins Wort.

Er wollte mit seinen Ermittlungen weiterkommen.

»Wo ist der Junge jetzt?«, fragte er.

»Der liegt im Kämmerchen«, antwortete Hägglund.

Er nickte zu einer Tapetentür zwischen Herd und Anrichte hinüber.

»Ja, da liegt er schon, seit er hergekommen ist. Außer ab und zu, wenn er auf den Topf muss. Er kann sich nicht einmal zum Klo schleppen. Und draußen war es ja auch so kalt...«

»Hat er etwas gesagt?«

»Nein, nein. Wisst Ihr nicht, Dorfschulze, wie es um ihn steht?«

Hägglund starrte Lidner fragend an, und der machte eine vage Handbewegung.

»Ich habe gehört, dass er als debil gilt.«

Hägglund sah ihn noch immer an und runzelte die Stirn.

»Geistig zurückgeblieben«, erklärte Lidner. »Stimmt das?«

Hägglund zuckte mit den Schultern, erhob sich.

»Ich weiß nicht so richtig, was man sagen soll. Er ist jedenfalls nicht so, wie er sein sollte. Aber es ist vielleicht besser, wenn Ihr selbst nach ihm seht?«

Der Junge lag auf einer Ausklappbank, die in der engen Kammer vor der Wand stand. Hägglund ging zu ihm und berührte seine Schulter.

»Hör mal, Bursche, kannst du dich ein bisschen aufsetzen?«

Der Junge fuhr sofort hoch, als ob er auf diese Aufforderung nur gewartet hätte. Schwenkte die Beine über die Bettkante und blieb dort sitzen. Aber er sah die Männer nicht an, sondern hielt den Blick starr auf einen Punkt am Boden neben ihnen gerichtet. Ab und zu zuckte es in seinem mageren Gesicht.

»Ich möchte dir ein paar Fragen stellen«, sagte Lidner freundlich. »Geht das?«

Der Junge blieb in derselben Haltung sitzen, mit keiner Miene zeigte er, ob er das Gesagte verstanden hatte.

»Verstehst du, was ich sage?«, fragte Lidner jetzt, noch immer, ohne eine Reaktion zu erzielen.

»Das hat doch keinen Sinn«, warf Hägglund ein.

Lidner drehte sich zu ihm um.

»Aber er hat offenbar verstanden, was du zu ihm gesagt hast?«

Hägglund schnitt eine Grimasse.

»Na ja, das weiß ich nicht. Ich weiß nicht einmal, ob er hören kann. Aber wenn man ihn packt und ihm sozusagen zeigt, was man will, dann versteht er meistens eine ganze Menge.«

Lidner musterte den Jungen nachdenklich.

»Wie alt ist er?«

»Achtzehn«, antwortete Hägglund.

Lidner wandte sich eilig ab und starrte ihn an.

»Das kann doch nicht sein. Bist du dir da sicher?«

»Als er nach Näset gekommen ist, war er sieben. Und das ist elf Jahre her. Also müsste es stimmen.«

Lidner schüttelte leicht den Kopf.

»Er sieht eher aus wie zwölf, dreizehn. Schwer zu glauben, dass wir es mit einem fast Erwachsenen zu tun haben.«

»Ich lüge wirklich nicht«, sagte Hägglund beleidigt. »Und es gibt sicher entsprechende Papiere, möchte ich meinen. Wenn der Dorfschulze mir nicht glauben will.«

»Natürlich glaube ich dir, Hägglund«, sagte Lidner rasch. »Ich war nur überrascht.«

Er warf wieder einen Blick auf den Jungen.

»Ich glaube, wir lassen ihn einfach so lange in Ruhe. Aber ich will noch mehr mit dir besprechen, Hägglund.«

Als sie wieder am Küchentisch saßen, beugte Lidner sich zu Hägglund vor.

»Jetzt möchte ich alles darüber wissen. Wann ist er nach Näset gekommen? Er war also nicht der Sohn der Falcks?«

Hägglund runzelte die Stirn und strich sich eine Strähne weg.

»Nein, ich hätte es vielleicht sofort sagen sollen. Aber ich dachte, Ihr wüsstet das, Dorfschulze?«

Er machte eine vage Handbewegung.

»Er ist ein Pflegekind. Sie hatten keine eigenen. Sie haben ihn aus der Stadt geholt, er hatte keine Eltern oder war von ihnen verlassen worden, so genau weiß ich das nicht. Und an ihm war nichts auszusetzen, als er hergekommen ist, soviel ich weiß. Aber vor zwei Jahren hatte er eine Entzündung im Kopf, musste lange liegen, und seither ist er so. Nicht ganz richtig. Aber er schafft es ja offenbar, zu melken und sich um die Kühe zu kümmern. Er hatte das doch ganz allein gemacht, als er da im Stall saß …«

Lidner nickte.

»Und jetzt ist er also achtzehn?«

»Ja, so ungefähr«, antwortete Hägglund. »Auch wenn man das nicht glauben will, da gebe ich Euch recht, so klein und schmächtig, wie er ist. Aber er hat sich sicher auch niemals richtig satt essen dürfen. Falck war kein Verschwender.«

»Soll das heißen, dass er geizig war?«

Jetzt schaltete Nordin sich ins Gespräch ein. Es war deutlich, dass er Hägglunds umständliche Art zu reden satt hatte. Der warf rasch einen Blick zu ihm hinüber und verzog den einen Mundwinkel zu einer Grimasse.

»Ob er geizig war? Das ist noch untertrieben. Und wie. Der

hat beim Scheißen geschrien, das kann ich Euch sagen. Nicht einmal das hat er freiwillig hergegeben.«

»Jetzt sei aber still, Erik! So spricht man nicht über die Toten!«

Hägglunds Frau hob plötzlich die Stimme. Bisher hatte sie kaum ein Wort gesagt, seit sie Lidner und Nordin begrüßt hatte. Jetzt drehte sie sich um, trat weg vom Herd, an dem sie mit Kochen beschäftigt gewesen war, und stellte sich breitbeinig vor ihren Ehemann.

Hägglund machte eine abwehrende Handbewegung.

»Das ist nur die Wahrheit. Ich lüge wirklich nicht …«

»Die hatten nicht sehr viel, mit dem sie geizig sein konnten, das ist die Wahrheit«, fiel seine Frau ihm ins Wort. »Und wie sie sonst waren, das geht uns nichts an.«

Damit drehte sie sich zu Lidner um, stemmte die Arme in die Hüften und starrte ihn herausfordernd an.

»Und wie lange müssen die noch so daliegen? Das ist doch nicht christlich. Die müssen doch gewaschen und angezogen werden, oder? Und unter die Erde kommen.«

Lidner räusperte sich.

»Doktor Backman muss die Leichen noch untersuchen.«

Sie riss die Augen auf.

»Der wird doch wohl nicht an ihnen herumschneiden?«

Lidner schüttelte den Kopf.

»Ich glaube nicht, dass das nötig sein wird. Aber jedenfalls muss er sie untersuchen. Wir haben dafür gesorgt, dass er morgen hierhergefahren werden kann. Und danach dürfte nichts mehr die Vorbereitungen für die Beerdigung behindern.«

Die Frau musterte ihn noch eine Weile, dann nickte sie und wechselte das Thema.

»Gleich gibt es etwas zu essen. Und ich habe im Saal für Euch und Nordin alles zurechtgemacht. Ihr könnt dort übernachten. Wenn Euch das recht ist.«

»Ja, sicher«, antwortete Lidner. »Danke. Ich hoffe nur, wir machen Euch nicht zu viel Arbeit, Frau Hägglund.«

Die Frau bedachte ihn mit einem raschen Lächeln.

»An Arbeit bin ich gewöhnt. Das macht mir nichts aus.«

Lidner senkte den Kopf.

»Dann danke ich. Noch einmal.«

Er starrte eine Zeitlang mit zusammengekniffenen Augen vor sich hin.

»Sie hatten es also nicht gerade üppig, die Falcks?«, fragte er, an die Frau gewandt.

»Nein«, sie schüttelte den Kopf. »Das ist doch nur eine Kate. Zwei Hufen Land. Nicht viel, um davon zu leben. Eine Kuh und eine Färse hatten sie. Und den alten Gaul. Nein, dick hatten die es wirklich nicht.«

Dann warf sie einen Blick zu ihrem Mann hinüber.

»Aber sie waren wirklich sehr sparsam, das kann ich nicht leugnen. Da hat er schon recht, mein Hägglund. Sie haben lieber alles beiseitegelegt, als sich etwas zu gönnen. Oder eben dem Jungen.«

Hägglund, der bisher geschwiegen hatte, strahlte bei den Worten seiner Frau und grunzte zur Bestätigung. Lidner drehte sich zu ihm um.

»Weißt du, ob es bei ihnen Geld gegeben haben kann?«

»Etwas bestimmt. Den einen oder anderen Hunderter hatten sie wohl auf die hohe Kante gelegt, habe ich gehört. Sie wurden doch den ganzen Winter hindurch von den Holzfällern für die Milch bezahlt. Im vorigen Winter auch. Und, wie gesagt, direkt verschwendet haben sie ihr Geld ja nicht …«

Nordin war aufgestanden, er ging zur Tür, wo sein Rock hing, und nahm die Blechdose aus der Tasche.

»Weißt du, ob die ihr Geld in so einem Ding gespart haben?«

Hägglund sah die Dose eine Zeitlang aus zusammengekniffenen Augen an.

»Das kann schon sein«, nickte er. »Ich weiß, dass er sein Geld in so ein Behältnis gestopft hat, das habe ich gesehen, als ich ihn für eine Fuhre bezahlt habe, die er für mich erledigt hatte. Das ist schon viele Jahre her, aber wenn sich etwas verwenden ließ, dann hat er es niemals weggeworfen, der Falck.«

Er sah zu Nordin hinüber.

»Die war leer, wenn ich das richtig verstanden habe? Ja, dann muss es doch jemand gewesen sein, der gehört hatte, dass da in Näset auf dem Dachboden ein paar Reichstaler lagen, und der dachte, das könnte leicht verdientes Geld sein. Das war doch sicher der Grund, oder?«

»Denkst du an jemand Bestimmten, Hägglund«, fragte Lidner.

Hägglund beugte sich nach vorn.

»Nein, aber es ist noch nicht lange her, dass Löwenstein Åkerberg erwischt hat, unten in Sillre. Und hier auf den Landstraßen treibt sich noch immer allerlei Gesindel herum, das wisst Ihr so gut wie ich.«

Lidner rieb sich das Kinn. Der Anführer der Delsbobande, Nils Fredrik Åkerberg, war unten in der Stadt Sillre von Lidners Vorgänger Ludvig Löwenstein festgenommen worden. Åkerberg war damals für zwei brutale Doppelmorde gesucht worden, beide mit Raub als Tatmotiv. Er wurde zum Tode verurteilt, die Strafe wurde dann später in lebenslängliche Haft umgewandelt; zwei weitere Mitglieder seiner Bande wurden ebenfalls zu hohen Gefängnisstrafen verurteilt. Das war jetzt fast zehn Jahre her, Ende 1901 war es gewesen, aber noch immer kursierten Gerüchte, dass etliche von Åkerbergs Kumpanen niemals gefasst worden seien, sondern sich irgendwo in den Wäldern zwischen Hälsingland, Medelpad und Jämtland versteckten.

»Ich weiß nicht«, sagte er nach einem Augenblick. »Und ich würde es durchaus zu schätzen wissen, wenn du nicht zu sehr über diese Theorien redetest, Hägglund. Wir wollen den Leuten doch nicht solche Angst einjagen, dass sie am Ende über irgendeinen Unschuldigen herfallen.«

Er wusste, dass das im Nachhall des Treibens der Delsbobande passiert war. Hausierer und harmlose Landstreicher waren gehetzt und misshandelt worden, einige Male sogar sehr schwer, von ebenso eifrigen wie selbst ernannten Hütern von Gesetz und Ordnung.

Hägglund schaute ihn beleidigt an.

»Also, ich trage keinen Klatsch von Hof zu Hof, falls Ihr das gedacht haben solltet. Aber etwas müssen die Leute doch erfahren, damit sie sich wehren können. Statt dasselbe Schicksal wie die Falcks zu erleiden.«

»Natürlich müssen sie das«, sagte Lidner eilig. »Es ist immer gut, wenn die Leute die Augen offenhalten, sie dürfen nur nicht übertreiben. Mehr wollte ich gar nicht sagen.«

Er überlegte einen Moment, dann fügte er hinzu:

»Das sollte keine Kritik sein. Du kannst mir glauben, du warst mir eine große Hilfe. Du und deine Frau. Weil ihr uns Bescheid gesagt habt und weil ihr euch um den Jungen kümmert. Wir sind euch dafür großen Dank schuldig.«

Hägglund nickte und schien besänftigt zu sein.

»Und das Vieh«, schaltete Nordin sich ein. »Er hat sich doch auch um Falcks Kuh und Kalb gekümmert. Und um das Pferd. Oder, Hägglund?«

Hägglunds Blick wurde ein wenig unsicher.

»Doch«, sagte er nach einer Weile. »Aber da konnten sie nicht bleiben, ohne Futter und Wasser. Also habe ich sie übers Eis mit hierhergenommen.«

»Ich werde versuchen, dafür zu sorgen, dass dir diese Kosten erstattet werden, Hägglund«, sagte Lidner.

Hägglund machte zuerst eine abwehrende Handbewegung, dann schien er aber seine Meinung zu revidieren.

»Ja, natürlich, es ist ja nicht umsonst, sie hier stehen zu haben. Das merkt man schon am Futter. Und an der Arbeit. Ein paar Öre könnten da also nicht schaden.«

Später an diesem Abend, als sie gerade schlafen gehen wollten, wandte Nordin sich an Lidner. Grinste und sagte mit leiser Stimme:

»Der ist schon ein Schelm, dieser Viktor Hägglund.«

»Wie meinst du das?«, fragte Lidner.

Nordin machte eine vielsagende Handbewegung.

»Das mit der Kuh. Und dem Gaul. Und die Kosten will er ersetzt haben.«

Er schüttelte leicht den Kopf.

»Er hat doch jeden Tag die Milch. Und das Pferd setzt er beim Holzfällen ein, das konnte ich sehen, als ich den Schwarzen untergestellt habe. Er will sein eigenes schonen. Also werden seine Unkosten ihm bereits ersetzt, finde ich.«

Er schwieg einen Moment lang und starrte mit nachdenklichem Ausdruck in seinem schmalen Gesicht vor sich hin.

»Er hofft wohl, sie behalten zu dürfen, vermute ich. Pferd und Kuh. Falcks haben doch keine Erben, soviel ich weiß. Außer diesem armen Jungen, falls der erbberechtigt ist. Und selbst wenn, der kann seine Sache ja nicht vertreten.«

Lidner runzelte die Stirn.

»Du meinst doch wohl nicht, dass wir uns überlegen sollten, ob Hägglund vielleicht etwas mit diesem Verbrechen zu tun hat?«

Nordin wehrte ab.

»Nein, das nun wirklich nicht. Ich meine nur, dass er aufpasst und an sich denkt. Und reden tut er auch. Es bricht doch wie ein Frühlingsbach aus seiner Kehle hervor, sowie ihm Leute begegnen.«

Lidner sah ihn kurz an, dann zuckte er mit den Schultern.

»Da ist er sicher nicht anders als die meisten anderen, oder?«, fragte er seufzend.

Nordin lachte auf.

»Ja, das kann durchaus so sein.«

Er legte sich auf das für die Nacht vorbereitete Ausziehsofa.

»Jetzt schlafen wir, Lidner. Damit wir uns morgen früh auf den Weg machen können.«

Lidner lächelte in Gedanken über die Geschäftigkeit des

anderen. Anfangs hatte er sich darüber geärgert, aber dann hatte er eingesehen, dass er lernen müsste, damit zu leben. Und es war die Mühe wert. Einar Nordin war ohne Zweifel der tüchtigste Landjäger, mit dem er in all seinen Dienstjahren zu tun gehabt hatte.

Es war noch dunkel, als sie sich auf den Weg machten. Aber die Kälte hatte nachgelassen. Nordin hob das Gesicht in den Wind, schnupperte und schien gleichsam an der Luft zu lecken.

»Das ist der Frühling, der jetzt kommt«, sagte er mit einem Blick in Lidners Richtung.

Lidner schnitt eine Grimasse.

»Dann fragt man sich doch, wie der Sommer aussehen wird.«

»Der wird weiß«, sagte Nordin lachend. »Aber dann bleiben uns die Mücken erspart.«

Lidner schüttelte den Kopf und stieg auf den Schlitten. Nordin schnalzte mit der Zunge, und das Pferd lief los.

Der Wetterumschwung war deutlich zu merken. Auf dem Weg hierher war der Schnee starr vor Kälte gewesen, er hatte unter den Schlittenkufen geknirscht, und der kleine schwarze Nordschwede hatte schon nach den ersten Minuten Reif im Fell gehabt. Jetzt war die Unterlage anders, der Schnee war feuchter, fast zu Harschschnee geworden, und der Schlitten glitt leicht dahin, das Pferd trabte ohne sichtbare Anstrengung. Bestimmt gewinnen wir auf diese Weise Zeit, dachte Lidner. Vermutlich können wir noch am Vormittag unten in der Bahnhofsstadt sein.

Er warf einen Blick auf den Jungen, der neben ihm saß. Er hatte beschlossen, ihn trotz seines Zustandes mitzunehmen; er konnte ja doch nicht auf unbestimmte Zeit bei Hägglunds bleiben. Lidner sah, wie der dünne Körper ab und zu in einem Frostschauer zuckte, obwohl er in ein von Hägglund geliehenes Fell gewickelt war.

»Frierst du?«, fragte er.

Der Junge gab keine Antwort, und Lidner beugte sich vor, versuchte erfolglos, Blickkontakt zu ihm aufzunehmen. Nach einer Weile setzte er sich gerade, knöpfte seinen Uniformrock auf, zog ihn aus und legte ihn über die Schultern des Jungen. Dieser zuckte zusammen, schaute aber noch immer nicht auf.

»Und wie ist es, Dorfschulze?«, fragte Nordin vom Kutschbock hinter ihnen. »Könnt Ihr selbst die Wärme halten?«

Lidner klopfte auf das Frieswams, das er unter seinem Rock trug.

»Das reicht jetzt erst mal. Und ich kann ja abspringen und zu Fuß laufen, wenn es bergauf geht, falls ich doch noch frieren sollte.«

»Dann werdet Ihr aber die Beine in die Hand nehmen müssen, Dorfschulze«, sagte Nordin lachend. »Bei diesem Schnee geht es in Windeseile dahin.«

Draußen auf dem Eis wehte ein kühler Wind, und Lidner biss die Zähne zusammen und kauerte sich auf den Schlitten, um den Schneewehen zu entgehen, aber das brachte nicht viel. Als sie das andere Ufer mit seinem Tannenwald erreicht hatten, wurde es besser, aber er war total durchgefroren, also stieg er ab und ging zu Fuß, sowie der Weg bergauf führte. Nordin machte keinen Ernst aus seiner Drohung, bergauf das Tempo zu steigern, er glitt selbst vom Kutschbock und wanderte plaudernd neben Lidner her.

»Jetzt hat er es doch eine Weile mal leicht«, sagte er und nickte zu dem Pferd hinüber. »Er hat heute wirklich genug geleistet, finde ich. Und ich kann Euch beim Spazierengehen Gesellschaft leisten. Mich dem Fußvolk anschließen, sozusagen.«

Er lachte Lidner zufrieden an, musste seine Aufmerksamkeit dann aber wieder auf den Weg richten, denn plötzlich scheute das Pferd vor einem grauen Federbüschel, das aus dem Tannenwald geschwirrt kam.

»Aber hallo, Junge! Ganz ruhig, ganz ruhig…«

Er zog die Zügel an und wandte sich wieder Lidner zu.

»Hahn oder Huhn, Dorfschulze?«

»Das sieht doch wohl ein Kind«, antwortete Lidner. »Dass das ein Hahn ist.«

Wieder lachte Nordin.

»Richtig«, sagte er und nickte beifällig.

Lidner schaute eine Weile hinter dem Vogel her, bis der zwischen den Stämmen auf der anderen Seite des Weges verschwand. Dachte daran, dass sein Interesse an Vögeln ungeheuer gewachsen war, weil er dadurch bei der Lokalbevölkerung akzeptiert wurde. Eine Leidenschaft, die in seiner Jugend von seinem Umfeld fast als verschroben ausgelegt worden war, traf hier auf ganz andere Wertschätzung.

Ein Dorfschulze, der mit einem Blick den schwarzen Kinnlappen und den Schwanz eines Haselhahnes identifizieren konnte, erweckte Vertrauen bei den Menschen, ein Gefühl von Sicherheit: Auf ihn war ganz einfach Verlass, er gehörte zu ihrer Welt.

»Aber jetzt, Dorfschulze, ist es besser, Ihr springt auf und haltet Euch fest. Und haltet auch den Jungen fest. Denn jetzt geht es los!«

Nordin riss ihn aus seinen Überlegungen. Sie hatten den Gipfel von Ljusåsen erreicht, und der Weg ging von nun an steil nach unten. Bei klarem Wetter hätten sie sicher den Bahnhofsort und die breiten Seen sehen können, die der Fluss dort unten bildete. Jetzt war alles in dichten Nebel gehüllt, und die Hügelkämme verschwanden in der grauen Suppe.

Lidner setzte sich auf den Schlitten und legte dem Jungen eine Hand auf die Schulter, die bei dieser Berührung zu zittern begann. Er hatte das Gefühl, eine Vogelschwinge zu berühren, dachte er, als er das knochige Schulterblatt unter seinen Fingern spürte.

Nordin brachte das Pferd vor dem Haus des Dorfschulzen mit einem »Brrr« zum Stehen. Lidner hatte seine Taschenuhr hervorgezogen und stellte fest, dass die Heimfahrt, genau wie erwartet, nicht mehr als dreieinhalb Stunden gedauert hatte. Er schlug die Decke zurück, richtete seinen langen Leib auf und stieg aus dem Schlitten. Nordin blieb auf dem Bock sitzen und sah ihn an.

»Und es macht nichts, wenn er bei Euch bleibt?«

Lidner schüttelte den Kopf. Sie hatten schon am Morgen darüber gesprochen, wo der Junge bis auf Weiteres untergebracht werden sollte.

»Das ist die beste Lösung, finde ich. Wir haben doch die Extrakammer, und vielleicht kann ich ja doch etwas aus ihm herausholen. Ich will es auf jeden Fall versuchen.«

»Und die Gnädige?«, fragte Nordin und nickte zu Ellen hinüber, die soeben die Haustür geöffnet hatte und auf die Treppe getreten war.

»Das gibt keine Probleme«, antwortete Lidner. »So, wie ich sie kenne.«

Nordin schaute ihn nachdenklich an.

»Wenn es bei uns nicht so voll wäre, hätte er vielleicht dort wohnen können. Aber jetzt schlafen sie doch Kopf an Fuß in allen Ecken, die Kinder. Und außerdem in Schichten übereinander …«

Lidner verzog den Mund. Nordin, der neben seinem Amt als Landjäger einen kleinen Hof betrieb, war Vater von acht Kindern und riss immer wieder Witze darüber, welche Saat bei ihm zu Hause am besten keimte.

»Das ist schon gut so«, sagte Lidner. »Außerdem fällt er rein formal gesehen in meine Verantwortung. Sollte unter meiner Aufsicht stehen, bis wir Klarheit in diese Geschichte gebracht haben.«

»Ja, vielleicht«, sagte Nordin nach kurzem Schweigen.

Dann glitt er vom Bock, um dem Jungen aus dem Schlitten zu helfen.

Ellen hatte wie erwartet keine Einwände. Sie sah den Jungen eine Weile aus ihren dunklen, ernsten Augen an, dann legte sie Lidner eine Hand auf den Arm.

»Mach schon mal Feuer in der Waschküche. Es ist bestimmt besser, wenn wir dafür sorgen, dass er und seine Kleider gewaschen werden.«

Lidner nickte, er musste ihr recht geben. Die Läuseplage war weit verbreitet, und auch er und Ellen waren nicht verschont geblieben. Vor etwa einem Jahr hatte er das Haus ausräuchern lassen müssen, eine Maßnahme, die allzu viele aus der Gegend sich einfach nicht leisten konnten. Vor allem keine Kätnerpaare wie Falck und seine Frau.

Er ging mit dem Jungen in die Waschküche, machte unter dem Kessel Feuer und wartete, bis das Wasser warm wurde. Dann füllte er die Wanne und sah zu, wie der Junge sich wusch. Erteilte ihm Anweisungen, gestikulierte und zeigte. Nach einer Weile brachte Ellen saubere Kleidung.

»Ich habe alte Sachen von dir genommen, Johan. Solche, die dir vor einigen Jahren gepasst haben.«

Sie streichelte seinen Bauch.

»Ja, ich hab stärkere Muskeln bekommen«, sagte Lidner lächelnd.

Dann wurde er wieder ernst und nickte zu dem Jungen hinüber. Seine Schulterblätter und Rippen zeichneten sich deutlich unter der blauweißen Haut ab, als er da zusammengekrümmt in der großen Badewanne saß.

»Es spielt sicher keine Rolle, dass ich ein paar Kilo leichter war, als ich diese Kleider da anziehen konnte«, sagte er mit leiser Stimme. »Wir müssen sie doch einige Male um ihn herumwickeln. Man kann sich kaum vorstellen, dass er schon achtzehn ist, oder?«

»Achtzehn? Das hätte ich nie….«

Seine Frau starrte den Jungen in der Wanne noch einige Sekunden lang an, dann wandte sie sich leicht verlegen ab. Drehte sich um, ging zur Tür.

»Sorg dafür, dass er etwas isst«, sagte sie über ihre Schulter. »Auf dem Herd steht ein Eintopf.«

Später an diesem Nachmittag sprachen sie wieder über den Jungen.

»Was wird aus ihm werden?«, fragte Ellen.

»Backman muss ihn sich ansehen«, sagte Lidner. »Dann kann man vielleicht etwas mehr sagen, hoffe ich. Und ich will natürlich versuchen, ihn nach seinen Pflegeeltern zu fragen. Aber bisher habe ich noch keinerlei Kontakt zu ihm aufnehmen können.«

Er hatte den Jungen in das Zimmer geführt, in dem er schlafen sollte, das ehemalige Mädchenzimmer aus der Zeit, als die Töchter noch ganz klein gewesen waren. Er hatte ihm eigentlich die Kammer nur zeigen wollen, aber sowie sie den Raum betreten hatten, war der Junge sofort zu dem gemachten Bett gegangen, hatte sich hineingelegt und zur Wand gedreht. Lidner stand zuerst unschlüssig daneben. Dann ließ er den Jungen liegen, ging in sein Büro im Nebenzimmer und nahm sich Unterlagen vor, die bearbeitet werden mussten. Ab und zu warf er einen Blick hinüber, aber der Junge lag noch immer so da wie zuvor, er schien sich kaum bewegt zu haben.

»Er macht zweifellos einen zurückgebliebenen Eindruck«, sagte er jetzt. »Möglicherweise hat ein Gehirnfieber Schäden hinterlassen. Aber es kann auch früher schon einen Defekt gegeben haben, selbst wenn die Nachbarn etwas anderes behaupten.«

Er schwieg für einen Moment.

»Er bleibt bis morgen hier. Ich glaube, wir werden ihn kaum bemerken. Offenbar schläft er viel. Aber ich lege mich trotzdem heute Nacht ins Büro, um in der Nähe zu sein. Und Larm darf sicher auch dazukommen.«

Es war zu einer Gewohnheit – oder Unsitte – geworden, dass die kräftige Promenadenmischung nachts im Haus schlief, was nicht zuletzt auf die eindringlichen Bitten der Töchter zurückzuführen war. Eigentlich hatte Lidner nichts dagegen, zumal seine ausgedehnte Reisetätigkeit ihn oft tagelang von zu Hause fernhielt.

Lidner verbrachte den restlichen Nachmittag damit, zusammenzufassen, was er und Nordin über die Ereignisse in Vindsjönäs in Erfahrung gebracht hatten. Er hatte einen kürzeren Bericht zur Telegrafenstation bringen lassen, zur Weiterbeförderung an Richter Hjerpe in Sundsvall, der um fortlaufende Unterrichtung gebeten hatte. Im Ort gab es zwei Telefone, eins beim Bahnhofsschreiber im Eisenbahnbüro, das andere im Eisenbahnhotel, aber Lidner zog es vor, sich des Telegrafen zu bedienen, der ihm noch immer als das zuverlässigere Kommunikationsmittel erschien.

Beim Abendessen überfielen die beiden Töchter ihn mit Fragen nach dem unerwarteten Gast. Lidner antwortete lachend, aber kurz. Die Mädchen waren sieben und neun, gingen beide in die Schule. Er wusste, dass sie mit ihren Freundinnen sprechen und die ihrerseits die Ereignisse mit nach Hause bringen würden, und er wollte den Gerüchten keine weitere Nahrung liefern.

Dann erhob er sich, nahm den Teller mit Broten, den Ellen zurechtgemacht hatte, ging durch das Haus in die Mädchenkammer und stellte den Teller neben das Bett. Als er wieder herauskam, stieß er auf seine kichernden Töchter.

»Macht, dass ihr wegkommt«, sagte er. »Ich will euch nicht hier im Zimmer haben.«

»Aber wir wollen ihn sehen«, protestierte Hanna, die Ältere. »Ob er so ist, wie Mama sagt, wie ein Vogeljunges.«

»Ihr könnt ihn ein andermal sehen. Er schläft. Und das sollten kleine Leute wie ihr auch tun.«

Sie folgen ihm, anfangs widerwillig, protestierend, aber bald war der Ärger vergessen. Lachend hingen sie an seinen Händen, verlangten, dass er sie die Treppe hochhob, eine Stufe nach der anderen.

Danach ging er in sein Büro zurück, setzte sich und machte sich an allerlei Rechnungen. Aber es fiel ihm schwer, sich zu konzentrieren, von Zeit zu Zeit saß er einfach nur da, starrte aus dem Fenster in die Dunkelheit draußen, seine Gedanken trieben ohne eine bestimmte Richtung davon. Er fröstelte ein wenig, als er dort saß, als sitze noch etwas von der Kälte des Vortages in seinen Knochen, also ging er zum Kachelofen und legte Brennholz nach.

Nach einigen Stunden bettete er sich auf die Bank vor der Wand, die Ellen mit Kissen und einer Decke zurechtgemacht hatte. Er wollte nicht schlafen, nur ein wenig dösen, aber seine Augenlider wurden immer schwerer, und bald versank er in einem unzusammenhängenden Traum, wo er sich mit Nordin um den Preis einer Ladung Holz stritt, ohne eigentlich zu wissen, warum, und ob er verkaufen oder kaufen wollte. Dann tauchte sein toter Vater auf, richtete einen knotigen Zeigefinger auf ihn, warf ihm vor, sein Leben und sein – wenn auch jämmerliches – Staatsexamen zu vergeuden, weil er hier in der Einöde diesen kleinen Posten angenommen hatte, er mache den Familiennamen lächerlich, hätte doch zumindest auf die Offizierslaufbahn setzen können, wo nicht mehr Verstand verlangt wurde, als er zweifellos besaß. Lidner widersprach nicht, er ließ den Alten schimpfen, verspürte nur Müdigkeit und Trauer darüber, dass der Vater nicht einmal jetzt, im Tod, ein freundliches Wort für seinen Sohn hatte …

Das wiederholte Klopfen an die Haustür weckte ihn. Mit einem Ruck fuhr er hoch, starrte die Wanduhr an, sah, dass es fast schon elf war. Seufzend stand er auf, nahm diese Schwere in der Brust wahr, die sich durch Anstrengung und Gemütsbewegung einstellen konnte, und das immer häufiger. Ich müsste mit Backman darüber reden, dachte er, wusste aber nur zu genau, dass er es verdrängen und dann vergessen würde. Er holte Luft, ging durch den kurzen Gang und öffnete. Es war

Nordin, der vor dem Eingang zum Büroteil des Hauses stand. Lidner sah ihn überrascht an.

»Ist etwas passiert?«, fragte er.

»Das kann man durchaus sagen.«

Nordin trat sich den Schnee von den Füßen und trat ein. Lidner rümpfte die Nase.

»Was stinkt denn hier so?«

»Mist«, sagte der andere kurz.

Er ging weiter ins Büro des Dorfschulzen.

»Das hier riecht so, wenn man es genau nehmen will«, sagte er über seine Schulter.

Er blieb hinter der Schwelle stehen und wickelte das Ölzeug von dem länglichen Gegenstand, den er bei sich gehabt hatte.

»Hier haben wir den Stutzen«, sagte er und reichte dem anderen ein abgegriffenes Gewehr. »Eine alte Remington, wie ich es vermutet habe.«

Lidner nahm die Waffe entgegen und starrte zugleich Nordin mit unverhohlenem Erstaunen an.

»Wo hast du die denn gefunden?«

»Oben in Vindsjönäs. Bei Falcks.«

»Warst du noch einmal da? Heute?«

Nordin nickte.

»Wir hatten es gestern ein wenig zu eilig, da bei der Kate. Es war aber auch so höllisch kalt. Und wir mussten doch den Jungen holen… ja, wir haben das nicht richtig gemacht, so habt Ihr das doch sicher auch empfunden, Dorfschulze? Und mir ließ das keine Ruhe, ich fand unser Vorgehen zu schlampig. Als ich nach Hause gekommen bin, hatte ich das Gefühl, dass ich mich da oben noch einmal umsehen müsste, aber ich konnte dem Schwarzen doch nicht noch so eine Fahrt zumuten. Als ich ihn also in den Stall gestellt und etwas gegessen hatte, bin ich zu Ivar Jonsson hinübergegangen. Er hat sich vor Weihnachten den Fuß verletzt, war seither nicht mehr im Wald, und sein Gaul steht einfach nur herum. Er hat sich geradezu gefreut, als ich gefragt habe, ob ich die alte Mähre ausleihen könnte, er fand es nur gut, dass sie mal an die Luft kam.«

»Also bist du noch einmal den ganzen Weg nach Vindsjönäset gefahren, am selben Tag?«, fragte Lidner misstrauisch und schüttelte den Kopf.

Nordin verzog ein wenig den Mund.

»Und dann wieder zurück hierher. Durch die Dunkelheit. Ja, wenn man schon verrückt ist, dann gleich richtig. Ich habe das Pferd angeschirrt und bin losgefahren. Und es ging wirklich wie der Wind. Diesmal war ich ja allein. Und so glatter Schneeboden, dass ich schon Angst hatte, der Gaul könnte sich die Beine abrennen. Ich brauchte nur drei Stunden, und als ich ankam, war es noch immer hell. Inzwischen war Dr. Backman offenbar dort gewesen, es war zu sehen, dass erst vor kurzem jemand weggefahren war. Und die Kate war jetzt abgeschlossen, aber das spielt ja keine so große Rolle. Mir ging es um etwas anderes, woran ich nach unserem Besuch dort gedacht hatte. Ich hatte gesehen, dass es Spuren zum Kompostkasten gab, das war deutlich zu erkennen, obwohl es geschneit hatte. Aber ich bin einfach nicht auf die Idee gekommen, genauer dort nachzusehen. Diesmal habe ich mir eine Mistgabel geholt und losgegraben. Und ich hatte gerade erst angefangen, als es klirrte und ich auf das Gewehr gestoßen bin.«

Lidner drehte und wendete die Waffe, ihm fiel aber nichts ein, was er hätte sagen können.

»Und da war noch mehr«, fuhr Nordin jetzt fort.

Er wühlte in seiner Tasche und zog ein Stoffbündel heraus.

»Das sind hundertdreißig Reichstaler. Ich habe gezählt. Das dürften Falcks Ersparnisse sein.«

Er reichte Lidner das Bündel, und der nahm es, öffnete es und betrachtete den Inhalt. Dann drehte er es wieder zusammen, packte Bündel und Gewehr und ging auf die Tür zu.

»Setz dich«, sagte er.

Er lehnte das Gewehr an die Haustür und legte das Bündel mit dem Geld daneben auf den Boden, ging zurück ins Büro und zog die Tür zu dem kurzen Gang zu, was den Mistgeruch aber kaum verringern konnte. Nordin hatte sich neben dem Schreibtisch auf einen Stuhl sinken lassen. Sein knochiges Gesicht wirkte im Schein der Petroleumlampe fast ausgemergelt. Lidner nahm ihm gegenüber Platz.

»Und wie würdest du das alles erklären?«, fragte er.

Nordin starrte eine Weile vor sich hin, dann sagte er:

»Ich war eine Stunde dort. Es wurde dunkel, als ich losfuhr, aber ich habe doch auf dem Rückweg noch beim alten Lundström in Bränntjärn Halt gemacht. Von dort aus ist es bis Näset näher als von Ede aus. Ich habe ihm das Gewehr gezeigt, und sicher, es gehört Falck, daran besteht kein Zweifel. Aber er hat außerdem gesagt, dass es in den letzten Jahren vor allem der Junge benutzt hat. Ja, er hatte schon mit zwölf Jahren üben dürfen und war zu einem guten Schützen geworden, obwohl er so klein und schwächlich ist.«

»Auch nachdem er krank geworden ist?«, fragte Lidner.

Nordin machte eine abwehrende Handbewegung.

»Lundström findet, man sollte das mit der Krankheit nicht so ganz wörtlich nehmen. Der Junge hat zwar eine Zeitlang am Fieber gelitten, aber schwachsinnig wurde er erst, als Falck erfuhr, dass er ein paar Reichstaler von der Gemeinde einsacken könnte, weil er sich sozusagen um einen Pflegefall kümmerte. Und in den letzten Jahren hat er mindestens zweimal Hilfe bekommen, eben aus dem Grund, weil der Junge nicht so ist, wie er sein sollte. Aber wie gesagt, Lundström meint, dass dem Jungen vorher nicht viel gefehlt hat. Das alles ist vor allem Falcks Werk, glaubt er.«

Er rieb sich die rotgeränderten Augen.

»Ansonsten hat er ungefähr dasselbe gesagt wie Viktor Hägglund. Dass sie den Jungen nicht gerade gut behandelt haben, weder Falck noch die Frau. Haben ihn nur ausgebeutet, mehr oder weniger. Haben mit dem Essen gegeizt und dafür um so freigiebiger Prügel ausgeteilt, vom ersten Tag an. Und da wäre es ja an sich auch kein Wunder, wenn er dadurch den Verstand verloren hätte.«

Er sah Lidner lange an.

»Ja, du begreifst doch sicher so gut wie ich, dass es der Junge gewesen sein muss, oder? Der sie erschossen hat.«

Wie schon häufiger in einer ernsten Situation hatte er den Dorfschulzen geduzt. Der schwieg eine Weile.

»Sieht so aus«, sagte er endlich.

»Wo ist er?«, fragte Nordin.

Lidner machte eine Kopfbewegung.

»In der Mädchenkammer. Er schläft.«

»Soll ich hierbleiben? Damit wir uns abwechseln können?«

Lidner schüttelte den Kopf.

»Geh du nach Hause und schlaf dich aus. Das hast du dir redlich verdient. Wenn du morgen früh herkommst, können wir gemeinsam überlegen, was zu tun ist.«

Er blieb am Schreibtisch sitzen, als Nordin gegangen war, und starrte vor sich hin. Schon von Anfang an hatte er den Gedanken nicht loswerden können, dass der Junge vielleicht etwas mit dieser Tat zu tun hatte. Aber nachdem er ihn gesehen und versucht hatte, ihn auszufragen, war ihm diese Möglichkeit äußerst unwahrscheinlich erschienen. Diese schmächtige Gestalt schien doch zu so etwas kaum fähig zu sein. Sein Aussehen, die Bewegungen, seine träge, dumpfe Art, alles hatte gegen diesen ersten Verdacht gesprochen, wie er jetzt fand. Es hatte ihn mehr an die schlurfenden Irren mit den leeren Augen erinnert, die er in Konradsberg gesehen hatte, als sein Vater dort Oberarzt gewesen war. Beängstigend für ein Kind, natürlich, aber ganz und gar ungefährlich, eigentlich nicht fähig zu einem schwerwiegenden Vergehen, nicht in der Lage, mehr als einen Schritt weiterzudenken. Dahinvegetierend, wie ein Stück Vieh.

Nein, er hatte sich diesen Tathergang nicht vorstellen können. War es wirklich möglich? Dass der Junge sich so gut verstellen, sie dermaßen perfekt an der Nase herumführen konnte?

Ein Geräusch ließ ihn aufhorchen. Er fuhr hoch, lief mit zwei langen Schritten zur Kammertür und öffnete sie. Blieb eine Weile mit zusammengekniffenen Augen stehen, bis er sich an die Dunkelheit dort im Zimmer gewöhnt hatte. Der Junge war wach, hatte sich zu ihm gedreht, seine Augen standen weit offen.

»Setz dich auf«, sagte Lidner.

Nach einer Weile wiederholte er diesen Befehl, jetzt in strengerem Tonfall.

»Setz dich auf, hörst du nicht? Ich weiß, dass du verstehst, was ich sage.«

Langsam setzte sich der Junge auf. Schwang die Beine über die Bettkante, hatte die Hände auf den Knien liegen.

»Haben sie dich schlecht behandelt?«, fragte Lidner.

Der Junge starrte ihn lange aus leeren Augen an. Dann fing er plötzlich an zu sprechen.

»Ich habe doch zu essen bekommen. Und ich durfte dort wohnen. Ich verdanke ihnen alles.«

Seine Stimme war überraschend tief, aber fast tonlos. Und die Wörter kamen wie eine auswendig gelernte Lektion. Lidner rieb sich nachdenklich das Kinn. Zog dann den Stuhl von der Wand, drehte ihn um und setzte sich rittlings darauf, er ließ die Arme auf der Rückenlehne ruhen und betrachtete den Jungen.

»Weißt du, warum du sie erschossen hast?«, fragte er nach einer Weile. »Hatte das irgendeine besondere Ursache, die du mir erklären kannst?«

Der Junge umklammerte seine Knie, feuchtete die Lippen mit der Zunge an, sagte aber nichts.

»Du hast sicher gehört, worüber Landjäger Nordin und ich draußen im Büro gesprochen haben«, sagte Lidner jetzt.

»Dann weißt du, dass wir das Gewehr und das Geld gefunden haben. Wir wissen, dass du es getan hast. Ging es dir um das Geld?«

Der Junge biss die Zähne zusammen. Seine blassblauen Augen loderten auf.

»Das war meins! Das hatte er mir versprochen! Ich habe doch gemolken! Jeden einzelnen Tag. Er hat gesagt, ich würde dafür bezahlt werden. Er wollte mir auch das Gewehr geben. Aber dann hat er nur gelacht...«

Er verstummte plötzlich, und Lidner wartete eine Weile.

»Und da bist du böse geworden? Und hast das Gewehr genommen und bist zu ihnen gegangen, in der Nacht...«

Der Junge schüttelte heftig den Kopf, und Lidner unterbrach sich und wartete wieder. Dann fing der Junge an zu reden, diesmal ohne Aufforderung.

»Ich habe in der Küche geschlafen. Das durfte ich im Winter, wenn es kalt war, dann musste ich das Herdfeuer hüten. Aber ich hatte nicht genug Holz mitgebracht, und es ging aus. Ich musste mehr holen, und als ich damit ins Haus gekommen war und wieder Feuer gemacht hatte, hat er mich nach draußen getreten und gesagt, ich sollte beim Vieh schlafen, bis ich meine Aufgaben gelernt hätte. Ich hab sonst im Sommer da geschlafen, im Stall oder auf dem Heuboden. Ja, es kam auch vor, dass ich im Winter dort war. Aber jetzt war es so kalt, dass ich versuchte, mich wieder ins Haus zu schleichen. Aber er hörte mich und fluchte in der Kammer, und da hab ich das Gewehr aus dem Schrank genommen...«

Er verstummte, wie erschöpft.

»Und bist hineingegangen und hast Falck und seine Frau erschossen«, fügte Lidner endlich hinzu.

Der Junge starrte eine Weile vor sich hin.

»Ich wollte das doch gar nicht wirklich«, sagte er, fast flüsternd. »Ich stand einfach da... und dann weiß ich nicht mehr... dann war ich im Stall, bei den Tieren... ich musste ihnen doch Futter und Wasser geben... und melken... und ich konnte doch nicht mehr ins Haus gehen, deshalb bin ich dort geblieben...«

Wieder versagte seine Stimme.

»Aber du hast das Gewehr und das Geld mitgenommen und sie im Mist vergraben?«, fragte Lidner.

Der Junge machte eine vage Kopfbewegung.

»Ich dachte, ich könnte alles da aufbewahren. Und später wieder ausgraben. Wenn es warm würde. Damit in den Wald gehen, dort leben. Allein zurechtkommen.«

Lidner musterte ihn eine Weile.

»Hat er dich geschlagen?«, fragte er dann. »Falck?«

Der Junge starrte ihn an und machte ein Gesicht, als sei das doch selbstverständlich gewesen.

»Er hat gesagt, ich müsste gezüchtigt werden. Hat gesagt, er müsste mir Satan und die Faulheit austreiben.«

»Womit hat er dich geschlagen? Mit den Fäusten?«

Der Junge zuckte ein wenig mit den Schultern.

»Manchmal. Oder mit allem, was er gerade zur Hand hatte. Einem Stock oder einer Schaufel oder der Mistgabel...«

Lidner zögerte einen Moment, ehe er weitersprach.

»Sonst hat er nichts mit dir gemacht?«

Plötzlich wurde das Gesicht des Jungen gänzlich ausdruckslos.

»Nein«, sagte er kurz und biss die Zähne zusammen.

Lidner sah ihn noch einen Moment lang an. Dann holte er Luft und erhob sich langsam.

»Wir hören jetzt auf«, sagte er. »Es ist mitten in der Nacht. Versuch zu schlafen. Wir reden morgen weiter.«

Er stellte den Stuhl zurück, und nun sagte der Junge wieder etwas.

»Wirst du das weitersagen? Was ich getan habe?«

Lidner drehte sich um und sah den Jungen langsam an.

»Begreifst du nicht, dass ich das tun muss?«, fragte er. »Dass das meine Pflicht ist?«

Der Blick des Jungen irrte ein wenig hin und her. Lidner betrachtete ihn forschend.

»Du hast das schlimmste Verbrechen von allen begangen«, sagte er endlich. »Du hast Menschenleben ausgelöscht. Es kann mildernde Umstände geben, aber das ändert nichts an den Tatsachen. Du hast zwei Menschenleben vernichtet und musst damit rechnen, dafür zur Verantwortung gezogen zu werden.«

Er verstummte. Der Junge saß eine Weile da, das Gesicht zu einer erstarrten Grimasse verzogen. Dann jagten seine Hände plötzlich zu seinem Hals hoch, und er knetete mit den Fingern daran herum.

»Werden die mir den Kopf abhauen?«, fragte er heiser. »Werden sie das tun? Diesen Apparat benutzen?«

Lidner runzelte die Stirn. Im November des vergangenen Jahres war der Raubmörder Johan Alfred Andersson Ander guillotiniert worden, und er nahm an, dass die Berichte darüber den Jungen erreicht hatten. Aber die Todesstrafe wurde immer umstrittener, und in den vergangenen zehn Jahren war sie nur an Ander vollstreckt waren. Kein Richter würde einem Jungen, der eher wie zwölf aussah als wie achtzehn, diese strenge Strafe auferlegen, dachte er, während er das kindliche Gesicht betrachtete. Außerdem war er während seiner ganzen Jugend offenbar übel misshandelt worden, und es war weiterhin unklar, wie groß sein Fassungsvermögen eigentlich war.

»Nein«, sagte er. »Das wird nicht passieren. Das kann ich dir versprechen.«

Er machte einen Schritt auf das Bett zu und streckte die Hand aus, um beruhigend die Schulter des Jungen zu berühren, doch der wich zurück und starrte Lidner aus weit aufgerissenen Augen an. Lidner zog die Hand zurück, peinlich berührt von dieser Reaktion.

»Wie gesagt, versuch jetzt, dich auszuruhen«, sagte er endlich, drehte sich um und verließ das Zimmer.

Er lief in seinem Büro hin und her, verwirrt von den Ereignissen der letzten Stunden. Vielleicht hätte er Nordins Angebot annehmen sollen, dachte er. Aber es hatte keinen Sinn, sich jetzt darüber den Kopf zu zerbrechen. Und vermutlich würde Nordin sich, seiner Gewohnheit getreu, schon am frühen Morgen einfinden. Dann würde Lidner sich einige Stunden lang hinlegen können. Später müssten sie den Jungen abholen lassen, natürlich konnte er nicht mehr hierbleiben. Er überlegte einen Moment, ob er Ellen wecken sollte, sie über den Stand der Dinge informieren. Sie hat das Recht, es zu erfahren, dachte er. Aber auch das hatte Zeit bis zum Morgen, es war schon Mitternacht, da wollte er sie schlafen lassen.

Er stand vor dem Fenster und betrachtete sein Spiegelbild in der dunklen Scheibe. Plötzlich ließ ihn etwas erstarren: eine leichte Veränderung, eine schattenhafte Bewegung im Hintergrund. Für den Bruchteil einer Sekunde stand er bewegungslos da, dann fuhr er herum und riss die Augen auf.

Der Junge musste so gut wie lautlos das Zimmer betreten haben, er war vor dem Säbel stehen geblieben, der an einem Haken in der Ecke hing. Jetzt sah Lidner, wie er die Dienstwaffe aus der Scheide riss und mit ruckhaften Sprüngen auf ihn zukam, die Lippen zu einem starren Grinsen verzerrt. Wie verhext starrte Lidner in das grinsende Gesicht, er wusste, dass er nichts unternehmen konnte, ehe die Säbelklinge sich in seinen Bauch bohrte.

Dann wurde die vorstürzende Gestalt plötzlich zur Seite geschleudert und von der knurrenden Promenadenmischung hilflos unter sich begraben. Für einen Moment stand Lidner einfach nur da, hörte den Jungen einen schrillen Schrei ausstoßen. In der nächsten Sekunde war er neben den beiden, beförderte den Säbel mit einem Tritt zur Seite, packte den Hund an der Schnauze, zwang dessen Kiefer auseinander und stieß ihn unsanft zur Seite. Der Junge war verstummt und lag scheinbar leblos auf dem Boden, er blutete aus der Nase und aus der Wunde im Arm, die der Hund ihm beigebracht hatte. Lidner beugte sich über ihn, nahm sein Handgelenk, suchte den Puls und überzeugte sich davon, dass er noch lebte.

»Was hast du getan, Johan?«

Das war Ellens Stimme. Er richtete sich auf, sah ihr verstörtes Gesicht in der Türöffnung. In kurzen Zügen berichtete er ihr, was passiert war, und sie erbleichte, schwankte.

»Herrgott im Himmel«, keuchte sie.

Sie schloss für einen Moment die Augen, dann holte sie Atem und sah ihn wieder an.

»Ich seh mal nach, ob die Mädchen aufgewacht sind«, sagte sie. »Dann bringe ich Wasser und Jod.«

Nachdem Ellen die Armwunde gesäubert hatte, hob Lidner den Jungen auf, trug ihn zurück in die Kammer und legte ihn aufs Bett. Versuchte, sein Gewicht zu erraten: vierzig, fünfundvierzig? Die Augen waren noch immer geschlossen, aber Lidner war sicher, dass er bei Bewusstsein war. Eine Weile blieb er vor dem Bett stehen, er wusste nicht, was er jetzt machen sollte: ob er den Jungen ganz einfach in der Kammer einschließen sollte. Dann zog er den Stuhl von der Wand und ließ sich darauf sinken.

»Ich bewache ihn hier bis morgen früh«, sagte er in Ellens Richtung.

»Ich bleibe bei dir«, sagte sie.

Lidner wehrte ab.

»Geh du zu den Mädchen nach oben. Es besteht keine Gefahr mehr. Und Larm passt doch auf.«

Der Hund hatte sich auf die Schwelle gelegt und ließ die Gestalt auf dem Bett nicht aus den Augen.

»Ich bleibe bei dir, habe ich gesagt!«

Ihre dunklen Augen blitzten. Sie verließ die Kammer, kehrte gleich darauf mit einem weiteren Stuhl zurück und setzte sich neben ihn.

»Ich sitze doch vor allem hier, damit er sich nichts antut«, sagte Lidner nach einer Weile.

Seine Frau nickte.

»Er kann nicht gewusst haben, was er tat«, sagte sie nach einer Weile. »Er ist so schlecht behandelt worden, dass er nicht mehr weiß, was richtig ist und was falsch.«

Sie schwieg wieder. Griff nach Lidners Hand, drückte sie.

»Das ist die Armut«, sagte sie. »Sie ist schuld daran, dass Kinder ausgesetzt werden und auf diese Weise leben müssen. Die Menschen zu wilden Tieren macht.«

Lidner grunzte eine Zustimmung. Sicher war er ihrer Ansicht. Dass die Armut veredelnd wirken könnte, glaubte er nun wirklich nicht, eher im Gegenteil. Und er wusste, dass es vorkam, dass Pflegekinder als Arbeitssklaven und zu Schlimmerem missbraucht wurden. Aber zugleich misstraute er allen einfachen Erklärungen dafür, was Menschen zu irgendwelchen Taten trieb. Die Jahre als Dorfschulze hatten ihn geläutert.

Er dachte an den Gesichtsausdruck des Jungen, als er auf ihn zugestürzt war, an dieses triumphierende, fast erregte Grinsen. Was wohl passiert wäre, wenn Larm ihn nicht überwältigt hätte? Nicht nur ihm, sondern auch Ellen und den Kindern, die im Obergeschoss geschlafen hatten? Hätte der Junge sie am Leben gelassen? Und die Falcks, draußen in Vindsjönästorpet, hatten sie um ihr Leben gefleht, als er das Gewehr auf sie gerichtet hatte? Er muss gewusst haben, was er tun würde, dachte Lidner, sein Entschluss muss schon vorher festgestanden haben. Er musste doch laden und außerdem Munition mit in die Kammer nehmen. Schießen, neu laden, wieder schießen.

Einen Moment lang stand er wieder dort, stand in der ärmlichen Kammer vor den beiden Toten, die Bettwäsche war besudelt von dem schwarz geronnenen Blut, er nahm den trotz der Kälte unverkennbaren Leichengeruch wahr. Die Kälte, ja. Auch die spürte er noch immer. Konnte sich einfach nicht richtig davon befreien, nicht einmal zu Hause. Er fröstelte, als er nun hier saß, und er bemerkte, dass Ellen ihn ansah.

»Frierst du, Johan?«

Er schwieg eine Weile, dann nickte er kurz.

»Ja, mir kommt es ein wenig kühl vor. Ich bin sicher schon zu lange auf.«

Er dachte wieder an die Kälte in der Schlafkammer, im ganzen Haus. Eine Art graue, lähmende Kälte, die überall eindrang, die alles durchdrang. Er hatte das Gefühl, dass diese Kälte dort in den Wänden gesessen hatte, sommers wie winters. Und für einen Moment verspürte er die bohrende Angst, dass er diese Kälte niemals loswerden würde. Dass einer, der sie einmal erlebt hatte, sich niemals wieder davon befreien könnte.

LISELOTT WILLÉN

Durchreise

»Gibt es Menschen, die den Tod verdient haben?«

Sie saß ihm gegenüber im Zug. Jede Woche, auf dem Weg zur und von der Arbeit in der Großstadt, saß sie dort und unterhielt sich mit ihm, aber er kannte sie nicht, wusste nicht einmal ihren Namen. Bei der ersten Fahrt, die sie gemeinsam verbracht hatten, waren ihm Farbkleckse an ihren Fingern aufgefallen, und er hatte angenommen, sie wäre Künstlerin, aber bereits am folgenden Tag waren sie verschwunden gewesen, und er hatte sich gedacht, dass sie vielleicht von etwas Trivialem, etwas Vorübergehendem, herrührten, vielleicht von einer Renovierungsaktion. Gefragt hatte er sie nicht. Er wollte ihre Treffen so bewahren, wie sie waren; voraussetzungslos. Dann, und nur dann konnte das Gespräch in jede Richtung verlaufen, jedes nur denkbare Thema behandeln, wie die Frage, die sie gerade gestellt hatte.

»Ich weiß es nicht.«

Die Antwort schien keine Reaktion hervorzurufen. Vielleicht hatte sie so etwas erwartet. Wie so oft vorher, wurde er von ihrem Unvermögen, sich zu entspannen, ihren Körper auszuruhen, überwältigt. Es wohnte eine Rastlosigkeit in ihr, die in ihren Händen zum Ausdruck kam. Sie bewegten sich ununterbrochen auf dem Schoß. Immer diese Fahrigkeit. Und sie versuchte es gar nicht erst zu verbergen. Vielleicht merkte sie selbst es nicht, oder sie hatte sich schon vor langer Zeit damit abgefunden, es zu einer Gewohnheit werden lassen.

Sie ließ die Frage in der Luft hängen und wechselte dann das Thema. Der Rest der Fahrt verlief ebenso reibungslos wie alle ihre gemeinsamen Fahrten.

Für diese Fahrten lebte er, für sie und die Begegnung mit ihr. Alles andere war zu nichts nutze, ein Muss. Er fand sie attraktiv, aber das hatte damit nichts zu tun. Während der Stunden, die sie jede Woche gemeinsam im Zug verbrachten, vermochte er sich von sich selbst zu befreien, zu einem anderen zu werden.

Erst als er nach Hause gekommen war, als er die Tasche aufs Bett warf und sie öffnete, entdeckte er, dass es gar nicht seine war.

Er kannte die Kleidung nicht; das war ja nicht einmal Kleidung. Das Tascheninnere wurde von zwei weißen Frotteehandtüchern ausgefüllt. Er drehte die Tasche und kontrollierte den Adressanhänger. Die Zeile, auf der Daniel Berg hätte stehen sollen, war leer. Verwirrt setzte er sich auf die Bettkante und versuchte zu begreifen, wie das hatte passieren können. Er hatte es im Zug nicht eilig gehabt. Ganz im Gegenteil, er war rechtzeitig aufgestanden und hatte am Ausgang gewartet. Hatte die Tasche aus der Gepäckaufbewahrung genommen, wo er sie zuvor abgelegt hatte. Oder war er ans falsche Ende des Waggons gegangen? Hatte der Gedanke an die Tristesse, die auf ihn wartete, ihn zu einem Fehler verleitet?

Er dachte an die Diskette, die möglicherweise verloren gegangen war, das Konzept. Was der Chef wohl sagen würde, wenn er nicht das erledigt hatte, was ihm fürs Wochenende aufgetragen worden war? Tief im Inneren war er dankbar für das, was jetzt eingetroffen war. Er verabscheute seine Arbeit: Tabellen, Ziffern, Diagramme. Dieses Sterile und Rechteckige, das auf ihn selbst abfärbte und ihn in die Kategorie von Menschen verwies, die keinen Abdruck hinterließen.

Aber das Gefühl von Dankbarkeit verließ ihn genauso schnell, wie es gekommen war. Das Vermisste musste wiederbeschafft werden. Das war die einzige Lösung. Es musste eine

Verwechslung gegeben haben. Der Besitzer der Tasche saß vermutlich genau in diesem Augenblick mit den fremden Besitztümern bei sich zu Hause und war genauso verwirrt.

Er holte die Handtücher heraus und untersuchte die Innentasche. Leer. Wie er die Tasche auch drehte und wendete, er fand nichts, was ihm sagen konnte, wem sie wohl gehörte. Enttäuscht nahm er eines der Handtücher, um es zurück in die Tasche zu legen. Da war etwas drinnen, etwas Hartes, Unnachgiebiges. Er schüttelte das Tuch. Ein schwarzes Ding fiel auf das Bett.

Eine Pistole.

Ohne darüber nachzudenken, was er tat, nahm er sie, wog sie in der Hand. Fühlte, dass sie aus Metall, nicht aus Plastik war, dass es eine echte Pistole war. Er hatte schon früher Waffen in der Hand gehabt, im Schützenverein, aber das hier war etwas anderes, und er ließ sie schnell fallen, als hätte er sich an ihr verbrannt. In dem anderen Handtuch fand er ein Magazin mit Munition und ein eingeschweißtes Foto. Es zeigte einen Mann in den Vierzigern. Auf der Rückseite einen Namen und eine Personenkennziffer.

Gibt es Menschen, die den Tod verdient haben?

Daniel trat einen Schritt weg vom Bett. Die ganze Situation empfand er als unangenehm. Die Handtücher, die Waffe, das Foto. Er dachte an die Frage, die sie gestellt hatte. War das so ein Mensch? Aber es musste doch sicher eine andere Erklärung geben. Eine einfache, banale Erklärung für den Inhalt. Nicht die, an die er jetzt dachte, die ihm augenblicklich in den Sinn gekommen war. Dass jemand diesen Menschen tot sehen wollte. Dass die Tasche auf dem Weg war, übergeben zu werden, oder bereits an denjenigen übergeben worden war, der die Hinrichtung vollziehen sollte.

Er versuchte sich an die Gesichter der Männer zu erinnern, die im gleichen Abteil wie er gefahren waren. Nur zwei von ihnen hatte er sich eingeprägt: den einen, weil er ohne sich zu genieren ganz offen in einer Herrenzeitschrift geblättert hatte, den anderen aufgrund seines lauten Handygesprächs. Daniel verwarf beide. Sie waren zu jung. Die Frauen zog er gar nicht erst in Erwägung. Es waren Männer, die zerstörten und töteten.

Die übrigen Reisenden waren Schattengestalten, grau und diffus, im Hintergrund angeordnet wie Requisiten. Wie Elise in seinem Leben. Anwesend, aber vollkommen überflüssig. Manchmal wunderte er sich selbst darüber, was ihn dazu veranlasst hatte, ihr nachzugeben. Sie war langweilig und alltäglich, aus einem bestimmten Blickwinkel betrachtet geradezu hässlich. Aber an ihrem Selbstbewusstsein fehlte nichts. Ständig hackte sie wegen Kleinigkeiten auf ihm herum, ließ ihn wissen, dass alles, was er anfasste, nichts taugte, dass er ihr unterlegen war. Aber er brauchte Nähe, Berührung. Und im Augenblick gab es keine Alternative. Im Augenblick, dachte er. Zwei Jahre sind ein verdammt langer Augenblick.

Und momentan fehlte der Sinn. Allem fehlte der Sinn. Dem Schweinestall, in dem er wohnte, der Arbeit, die er hasste, der Frau, die er nicht liebte. Die Tasche und deren Inhalt nahmen ihn gefangen, erfüllten ihn mit Energie, eine sonderbare Mischung aus Angst und Erregung. Er drehte sich zum Fenster hin. Die Dunkelheit draußen war wie eine massive Wand. Das Gesicht spiegelte sich, die Augen zwei schwarze Löcher. Er zwang sich zu ruhigen Bewegungen, als er die Deckenlampe löschte und langsam zu Boden sank, mit dem Rücken zum Schrank. Ein einziger Gedanke erfüllte ihn. Der Gedanke, dass derjenige, dem die Tasche gehörte, nun stattdessen seine hatte und dass er den Text im Adressenfeld gelesen hatte und somit seinen Namen und seine Adresse kannte.

Die folgende Stunde verbrachte er damit, sich kriechend auf dem Boden zwischen der Haustür und den Fenstern fortzubewegen, bis er sich vergewissert hatte, dass alles abgeschlossen und verriegelt war und die Gardinen zum Laubengang hin vorgezogen waren. Dann setzte er sich in der Dunkelheit hin und wartete.

Vielleicht war der Mann auf dem Foto ja bereits tot. Dann war er der Einzige, der davon wusste. Eine Art Zeuge, wenn auch blind. Aber was wusste er eigentlich? Nichts. Er musste das Magazin überprüfen. Wenn es voll war, dann war es noch nicht passiert. Vorsichtig tastete er über die Bettdecke, begab sich dann ins Badezimmer und schloss die Tür hinter sich.

Es war voll. Die Tatsache beruhigte ihn ein wenig. Er löschte das Licht, im gleichen Moment hörte er jedoch ein Geräusch von draußen. Oder kam es aus der Wohnung? Er war nicht in der Lage, sich zu bewegen, zu atmen. Mit unglaublicher Kraftanstrengung zwang er sich schließlich, eine Hand auszustrecken und die Badezimmertür abzuschließen. Mit einem Klicken, laut wie ein Schrei. Entlarvend. *Ich bin hier drinnen, und ich kann nicht fliehen.*

Trotz seiner Anspannung musste er eingenickt sein. Das Klingeln des Telefons weckte ihn. Durch den Spalt unter der Tür konnte er registrieren, dass es immer noch Nacht war. Als der Anrufbeantworter sich einschaltete und er Elises Stimme hörte, fiel ihm ein, dass er ihre Verabredung vergessen hatte.

»Zwei Stunden, Daniel. Zwei Stunden. Wie kannst du nur? Das ist eine bodenlose Rücksichtslosigkeit. Ich bin noch nie so gedemütigt worden ... hier zu sitzen und zu warten ... ganz allein ... und dann dieser widerliche Kellner, der dachte, ich würde lügen, dass ich gar nicht ...«

Weinen. Und dann die obligatorischen zwei Schluchzer, bevor sie fortfuhr:

»Ich weiß nicht, ob ich dich nicht dieses Mal wirklich verlassen soll. Nein, ich weiß es nicht. Und du hast nur mich, Daniel. Denk daran. Du hast sonst niemanden.«

Er sollte sie anrufen, es ihr erklären. Etwas ist dazwischengekommen. Nicht die Arbeit. Etwas anderes. Aber als er versuchte aufzustehen, spürte er einen Widerstand. Sein Körper weigerte sich. Die Tasche war wirklich. Die Waffe, das Foto. Dass es jemanden dort draußen gab, der seinen Namen gelesen hatte. Der genau wusste, wo er suchen musste.

Mit dem Morgen kamen das Licht und die Lösung. Ein Telefongespräch. Mit dem Fundbüro. Wenn seine Tasche dort war, brauchte er keine Angst zu haben.

Das war nicht so einfach. Die Frau am anderen Ende bedauerte es sehr, aber vielleicht könnte er es später noch einmal versuchen. Er bestand auf seinem Ansinnen, sie wiederholte, was sie gesagt hatte. Ihn beschlich das Gefühl, dass sie einen Eindruck von ihm bekam, den er auf keinen Fall wünschte. Als wäre er eine Person, die sie problemlos abwimmeln konnte, grundlos und unbedeutend. Er hatte Lust, ihr zu erklären, wie es sich tatsächlich verhielt, was sich hinter seiner Anfrage verbarg, den Ernst der Lage. Aber er sah ein, dass sie ihn nicht verstehen würde, eine ungebildete Frau. Er schluckte seine Wut hinunter. Er hatte schon vor langer Zeit festgestellt, dass es so am einfachsten war.

Als er das Gespräch beendet hatte, zwang er sich, den Hörer nicht gleich wieder aufzunehmen und Elise anzurufen. Erneut vor ihr zu Kreuze zu kriechen, das erschien ihm wie eine Niederlage. Es genügte, dass er gezwungen war, in der Wohnung hin und her zu kriechen, weil irgend so ein verdammter Idiot die falsche Tasche im Zug genommen hatte. Er dachte an das Konzept. Das am Montagmorgen auf dem Tisch des Chefs liegen sollte, mit einer entschuldigenden Kopfbewegung, da die Schrifttype der Anmerkungen vielleicht nicht die richtige war. Solche Dinge, Kleinigkeiten, von denen er wusste, dass sie wichtig waren, nach denen zu fragen er aber einfach nicht über sich bringen konnte.

Es gab nichts, was er hätte tun können. Zumindest nicht jetzt, nicht, solange er auf dem Boden herumkroch und darauf wartete, dass die Zeit verging, damit er noch einmal im Fundbüro anrufen könnte, erneut erniedrigt würde, das ertragen müsste. Er dachte an den Mann dort draußen. Der die falsche Tasche mitgenommen hatte, der ein Mörder sein konnte. Ein Stümper, ein Amateur. Warum sollte er eigentlich hier sitzen und auf ihn warten? Nur noch eine weitere Erniedrigung, dass jemand Fremdes sein Leben bestimmen konnte, entscheiden, was er dachte und fühlte.

Er holte das Foto heraus, studierte das fremde Gesicht, las die Informationen auf der Rückseite. Dann stand er auf und trat ans Fenster. Zog die Gardinen auf, starrte hinaus in die Dunkelheit. Zwang sich, stehen zu bleiben, obwohl er sich die Kugel in der Mündung vorstellte, die Fernrohrsicht, den roten Punkt auf seiner Brust.

Er würde sich verdammt noch mal nicht verstecken.

Bernhard Schwartz schien ein Mann zu sein, der großen Wert auf sein Äußeres legte. Diese Schlussfolgerung konnte Daniel aus dem Foto ziehen. Das Haar lag perfekt zurückgekämmt, die Kieferkontur wurde von einem gepflegten Bart betont. Er trug Schlips und Jackett und eine gut sitzende Brille, ein teures Modell. Dagegen verriet das Bild nichts, was hätte erklären können, warum jemand ihn tot sehen wollte.

Daniel schlug die Adresse im Internet nach und stellte fest, dass er in einer anderen Stadt wohnte. Früh am Montagmorgen meldete er sich krank. Er hatte keinerlei Schuldgefühle deswegen. In Hinblick auf den Eindruck, den er von dem Mann auf dem Foto bekommen hatte, zog er ein bügelfreies weißes Hemd an, seinen besten Schlips, den Begräbnisanzug und den dunkelgrauen Mantel. Die Schuhe putzte er eine halbe Stunde lang, bis ihn das Ergebnis zufriedenstellte. Drei Stunden später stieg er aus dem Zug in der anderen Stadt.

Die Adresse führte ihn zu einem Haus aus der Jahrhundertwende nahe dem Zentrum. Die Balkone zur Straßenfront hin hatten Ausblick auf einen schmalen Parkstreifen, der von einem Bach begrenzt wurde. Es gab nur wenige Wohnungen, zwei pro Stockwerk, woraus er schloss, dass sie riesig sein mussten. Schwartz wohnte ganz oben. Nach dem Schild zu urteilen lebte er allein. Es war früher Nachmittag. Wenn dieser Schwartz irgendwo arbeitete, wäre er also gezwungen, ein paar Stunden zu warten. Aber es bestand ja auch die Möglichkeit, dass er zu Hause war.

Er holte tief Luft und drückte auf die Klingel. Unzählige fragmentarische Sätze huschten ihm durch den Kopf, während er nervös überlegte, wie er ein Gespräch einleiten sollte, aber nach dreimaligem Versuch sah er ein, dass das noch warten musste. Er hatte nicht besonders intensiv darüber nachgedacht, wie er sein Anliegen vorbringen sollte, mit welcher Formulierung genau. Sich vorsichtig zu nähern, das war das Entscheidende. Er musste einen glaubwürdigen Eindruck hinterlassen, sonst würde er als Wahnsinniger angesehen werden. Die Möglichkeit, das Ganze am Telefon zu erledigen, hatte er genau aus diesem Grund verworfen, und inwieweit die Polizei eingeschaltet werden sollte oder nicht, war einzig und allein Schwartz' Entscheidung. Selbst zur Polizei zu gehen, das war überhaupt keine Alternative für ihn gewesen. Seit jenem Erlebnis mit dem Barkeeper und den folgenden Ermittlungen betrachtete er diese Institution mit großem Misstrauen.

Auf dem Bürgersteig auf der anderen Straßenseite stand eine Reihe von Parkbänken. Er ließ sich auf einer nieder. Von hier aus hatte er einen guten Überblick darüber, wer ins Haus ging oder herauskam, und er rief sich das Gesicht auf dem Foto noch einmal so genau in Erinnerung, dass kein Zweifel bestand, dass er den betreffenden Mann wiedererkennen würde. Das Ziel, dachte er. Derjenige, der sterben sollte. Der schon tot wäre, wenn da nicht er, Daniel, wäre. Das Ganze erschien ihm langsam unwirklich, eher wie ein Traum. Er war gezwungen, die Tasche umzudrehen und noch einmal den leeren Namenszettel anzuschauen, um sich von ihrer Existenz zu überzeugen. Nach einigem Zögern hatte er sie mitgenommen. Sie war das einzige Konkrete, das er zu bieten hatte.

Bereits nach einer Viertelstunde machte sich der Hunger bemerkbar. Das Risiko, dass Schwartz in nächster Zeit auftauchte, war relativ gering. Wenn er sich beeilte, würde er es schaffen, sich ein wenig zu essen zu besorgen und sich vielleicht auch ein Zimmer für die Nacht zu suchen. Nicht schlecht, das rechtzeitig zu erledigen. Nach acht Uhr abends verkehrten sowieso keine Züge mehr.

Gut zwei Stunden später war er zurück. Eine aufgeschlagene Abendzeitung musste als Tarnung reichen. Die Dämmerung hatte eingesetzt. In der Wohnung ganz oben war kein Licht zu sehen. Er musste noch einige Stunden warten, bis Schwartz endlich auftauchte. Ein Taxi hielt vor dem Hauseingang, und im Schein der Straßenlaterne war das Gesicht vom Foto deutlich zu erkennen. Daniel war schon im Begriff aufzustehen, da stieg auch noch eine Frau aus dem Auto. Mit einer graziösen Handbewegung strich sie ihr schwarzes Haar aus dem Gesicht und entblößte ihren weißen Hals. Der Mann tat, was sie wollte, und küsste sie. Hungrig, fast brutal. Daniel hielt mitten in der Bewegung inne, plötzlich unentschlossen, und in dem Zeitraum gelang es den beiden, im Haus zu verschwinden.

So ein Mist, dachte er. Er fror bis ins Mark. Wütend sah er, wie oben in der Wohnung das Licht eingeschaltet und gleich danach gedämpft wurde. Es war jetzt fast neun Uhr. Man konnte annehmen, dass sie es die ganze Nacht treiben würden, und folglich musste er sich ins Hotel zurückziehen und versuchen, ein wenig Schlaf zu bekommen. Aber wenn er jetzt die Chance verpasste, wie lange würde er dann noch warten müssen? Er zog den Mantel enger um den Körper, zwang sich zu bleiben.

Schließlich wurde die Kälte übermächtig. Sein Körper war steif, er konnte kaum die Gelenke bewegen. Was tat er hier? Er hätte zur Polizei gehen können, ihnen alles überlassen, die Verantwortung loswerden. Das hier hatte nichts mit ihm zu tun. Er hätte sich umdrehen und gehen können, bräuchte nichts zu erklären, auf keine kränkenden Fragen antworten. Das, was er von Elise gedacht hatte, war ihm jetzt peinlich. Sie hatte auch ihre Qualitäten. Und auf seine Arbeit war er früher stolz gewesen. Auf die Arbeit in der Großstadt. Die Reisen.

Die Gespräche im Zug, die er an den Tagen, an denen er frei hatte, vermisste.

Er streckte sich mühsam und ergriff die Tasche. Im gleichen Moment hörte er ein Geräusch vom Hauseingang. Die Frau war auf die Treppe hinausgekommen. Aber jetzt sah sie anders aus, nervös, gehetzt. Sie machte einen Schritt auf den Bürgersteig, dann drehte sie sich um und drückte auf die Gegensprechanlage. Keine Antwort. Sie drückte wieder und wieder. Daniel hob seinen Blick zum Balkon, der zu Schwartz' Wohnung gehörte. Bildete er es sich nur ein, oder war es die Glut einer Zigarette, die dort oben in der Dunkelheit schwebte? Die Frau hämmerte mit der Faust gegen die Tür, brummte etwas. Dann verstummte sie, sank in sich zusammen, als würde sie gleich zu Boden fallen. Daniel lief hin, packte sie unter den Armen.

»Was ist los?«

Sie weinte. Jetzt im Licht sah er es. Die Schminke war verwischt und lief ihr über die Wangen.

»Meine Handtasche«, sagte sie. »Das Geld. Er lässt mich nicht rein. Ich kann nicht nach Hause kommen ohne Geld.«

»Das wird sich schon regeln«, sagte er. »Kommen Sie, ich bringe Sie jetzt erst einmal in ein Café, da können Sie sich frisch machen. Und dann spendiere ich Ihnen ein Taxi.«

Ein Hauch von Misstrauen huschte über ihr Gesicht, aber dann schien sie entschieden zu haben, dass er ungefährlich war.

»Danke«, sagte sie. »Es gibt um die Ecke eins, das nachts geöffnet hat.«

Als sie aus der Toilette kam, war die Röte verschwunden. Von Nahem gesehen war sie hübsch auf eine zerbrechliche, vogelhafte Art und Weise. Sie nahm dankbar die Kaffeetasse entgegen, die er ihr hinschob, trank einen Schluck und beobachtete ihn währenddessen.

»Sie sind nicht von hier«, sagte sie mit einem Nicken zu seiner Tasche hin.

»Nein, ich bin auf der Durchreise. Auf dem Weg in den Norden.«

Ihr Gesichtsausdruck verriet, dass sie auf eine Fortsetzung wartete, aber zu seiner Erleichterung begnügte sie sich schließlich mit dieser Antwort.

»Er hat mich rausgeworfen«, sagte sie. »Nun ja, rausgeworfen ist vielleicht das falsche Wort. Er bekam einen Telefonanruf, saß im Sessel und wedelte mit der Hand zu meinen Kleidern und zur Tür hin. Es war nicht schwer zu verstehen, dass er mich los sein wollte.«

Ihre Augen hingen immer noch an Daniel, prüfend. Was ihm unangenehm war.

»Das war nicht das erste Mal. Er nutzt mich aus, und ich lasse mich ausnutzen. Das ist zu einem Spiel zwischen uns geworden, aber manchmal geht er zu weit, und dann wird es ganz offensichtlich, wer von uns das Sagen hat, wer die Macht hat. Sie verstehen, ich bedeute ihm nichts.«

Sie verstummte, holte tief Luft.

»Das Einzige, was ihm etwas bedeutet, das sind die Geschäfte und Kontakte. Und vielleicht noch die Galerie.«

»Die Galerie?«

»Ja, nur ein kleines Hobby.« Ihre Stimme war spröde. »Seine Spezialität sind junge, weibliche Künstler. Nachdem er sie davon überzeugt hat, dass sie Talent haben, und eine Weile mit ihnen gebumst hat, lässt er sie ganz plötzlich fallen. Sie haben ja keine Ahnung, auf welche Ideen er kommt. Manchmal sind sie ausgesprochen hinterhältig. Und er genießt das. Eine von ihnen hat versucht, sich in der Galerie aufzuhängen. Das war insgesamt sehr unangenehm, aber er machte nur seine Scherze darüber, nannte es eine Performance. Die einzige, die ihr jemals geglückt sei.«

»Und warum treffen Sie sich mit ihm, wenn er so unangenehm ist?«

Sie seufzte, fuhr eine Zeitlang mit der Hand über die Rückenlehne, bis ihr einfiel, dass ihre Handtasche nicht da war.

»Rauchen Sie?«, fragte sie.

Ein leicht verärgertes Achselzucken, als er verneinte. Sie schaute aus dem Fenster. Das Glas war streifig vom Regen.

»Ich verlasse ihn immer wieder, treffe andere, aber es endet stets damit, dass ich zurückkomme. Keiner taugt etwas im Vergleich zu ihm.«

Sie schüttelte resigniert den Kopf.

»Manchmal wünschte ich, er wäre tot.«

Schon als Daniel durch die Tür in die Galerie Schwartz eintrat, hörte er die erregten Stimmen.

»Ich habe doch gesagt, dass ich nicht weiß, wo er ist.«

»Du lügst. Du weißt sehr wohl, wo er ist.«

Eine Frau mit einem Kind an jeder Hand stand vor einem schmächtigen Jüngling mit Brille, der versuchte, sich gegen ihren Angriff zu wehren.

»Ich bin nicht sein Sekretär«, sagte er mit noch lauterer Stimme. »Tatsache ist, dass es mir vollkommen gleichgültig ist ...«

»Ich lasse die beiden hier, damit du es nur weißt. Dann müsst ihr das regeln, so gut ihr könnt.«

Sie zog die Kinder zu der niedrigen Bank vor dem Fenster.

»Papa kommt gleich.«

»Will nicht!«, schrie das Mädchen und protestierte mit dem ganzen Körper.

Der Junge versuchte sie zu beruhigen.

»Vielleicht kriegen wir ein neues Spiel.«

»Ich will kein Spiel. Ich will nicht hierbleiben.«

Die Frau zuckte mit den Schultern, huschte so nah an Daniel vorbei, dass er den Duft des Parfüms ihres Haars riechen konnte, und eilte weiter hinaus auf die Straße.

»Ich bitte vielmals um Entschuldigung.«

Der Jüngling versuchte seine Wut zu verbergen.

»Das ist jetzt schon das zweite Mal«, flüsterte er und warf den Kindern, die beleidigt auf der Bank saßen, einen genervten Blick zu. »Ich bin doch kein Babysitter. Ich bin Kunstberater.«

»Aha«, sagte Daniel.

Er schwieg, wartete, dass der andere weitersprechen würde. Als er das nicht tat, erklärte er:

»Ich suche Schwartz.«

»Haben Sie einen Termin?«

Bevor Daniel antworten konnte, fuhr er fort:

»Wenn nicht, ist es unmöglich. Er ist wie gesagt ... beschäftigt.«

Etwas, das wie ein Fluch klang, schloss den Satz ab. Dann ließ der Galerieaufseher endgültig die Maske fallen.

»Stets und ständig so verdammt beschäftigt ... Eigentlich sollte er heute hier sein, ist aber überhaupt nicht aufgetaucht. Ich habe keine Ahnung, was er treibt. Ist wahrscheinlich mit einem Frauenzimmer beschäftigt. Immer sind irgendwelche Weiber im Spiel. Und heute Morgen haben wir einen Makler erwartet – Schwartz will nämlich die Galerie verkaufen, wissen Sie –, aber glücklicherweise ist er nicht gekommen. Vielleicht kennt er Schwartz' Ruf schon und hat sich zurückgezogen.«

Daniel räusperte sich.

»Heute Morgen? Das muss ein Missverständnis gewesen sein.«

Der Jüngling starrte ihn mit dummem Blick an. Langsam ging ihm auf, was da angedeutet wurde.

»Sind Sie das? Ich meine, sind Sie der Makler?«

Daniel entschied sich, nichts zu sagen. Er bewegte nicht einmal den Kopf.

»Dann bitte ich um Entschuldigung. Wirklich. Ich werde sofort versuchen, ihn zu erreichen, und ihm mitteilen, dass Sie hier sind.«

Er verschwand in einem kleinen Raum hinter dem Tresen. Die Bank, auf der die Kinder gesessen hatten, war leer. Daniel hoffte, dass sie sich immer noch irgendwo im Gebäude befanden und nicht auf der stark befahrenen Straße draußen. Aber das war ja nun nicht gerade sein Problem.

Als er sich wieder zum Tresen hin umdrehte, war der junge Mann zurückgekommen. Er stand schweigend da, den Blick fest auf die Tasche neben Daniels Füßen gerichtet. Im nächsten Moment flackerte er weiter, als wäre er nur zufällig dort haften geblieben.

»Schwartz bedauert, aber er kann nicht herkommen. Er hat mich gebeten, einen Tisch im Källaren zu reservieren, so dass Sie dort die Angelegenheit besprechen können. Um acht.«

Der Jüngling erhoffte eine Bestätigung. Daniel ließ ihn warten. Das Kriecherische des anderen amüsierte ihn. Er zeigte eine Miene tiefer Unzufriedenheit, nickte dann kurz zustimmend und entschwand aus der Galerie.

Es war der Gedanke an einen weiteren Abend auf der harten Bank, der ihn auf diese Art und Weise hatte handeln lassen. Zu lügen hinsichtlich seiner Person. Sobald er Schwartz traf, wollte er ihm erklären, worum es eigentlich ging, ihm die Tasche und ihren Inhalt zeigen. Das tun, weshalb er überhaupt hierhergefahren war.

Die Worte waren bereits gewählt und bereit, ausgesprochen zu werden, als Schwartz das Restaurant betrat. Aber die Eingangsreplik des anderen und die Tatsache, dass er nicht allein war, machten Daniels Pläne zunichte.

»Robert Warg, wie ich annehme.«

Ein kräftiger, fast schmerzhafter Handschlag in Kombination mit einem gut gebauten Körper zeigte, dass Schwartz ein Mann war, der dafür sorgte, in Form zu bleiben. Er wandte sich an die zwei jungen Frauen, die nach ihm kamen, und sagte:

»Robert ist eine Größe in der Kunstwelt. Ein Kenner bis in die Fingerspitzen. Stimmt's?«

Daniel war sprachlos. Ein schiefes Lächeln war alles, was er zu Wege brachte. Im Nachhinein sah er ein, dass das, was dann passierte, nicht zu ändern gewesen war. Er war in der Rolle gefangen und musste sie brav den ganzen Abend spielen. Vor keinem anderen Menschen als vor Schwartz allein war er in der Lage, seine Identität zu offenbaren, nicht vor irgendeinem möglichen Besitzer der Tasche, die zur Hälfte unter den Tisch geschoben war.

Schwartz bestimmte die Konversation. Er machte auf Daniel echten Eindruck; seine Wortgewandtheit, dieser fast magische Charme, die große Selbstsicherheit. Er war ein Mann von Bedeutung, der vor niemandem in die Knie ging. Bernhard Schwartz verkörperte alles, was zu sein Daniel sich je erträumt hatte.

»Die Kunst«, erklärte er, als sie beim Hauptgericht waren, »die Kunst gehört dem Betrachter. Wer das nicht versteht, der versteht nichts von Kunst.«

»Dann gehört sie allen?«, fragte seine Tischdame.

»Nein, mit dem Betrachter meine ich den Besitzer. Derjenige, dem die Kunst gehört, der kann mit ihr machen, was er will.«

Mit steigendem Weinkonsum war die rothaarige Frau an Daniels Seite immer näher gekommen. Ein Schenkel drückte sich wie zufällig an seinen, ein Finger ruhte eine Spur zu lange auf seinem Handgelenk, als sie etwas flüsterte. Das erregte ihn, und er musste sich anstrengen, es zu verbergen.

Nach dem Kaffee entschuldigte sich Schwartz und stand auf. Daniel sah die Gelegenheit gekommen, auf die er gewartet hatte. Jetzt konnte er mit ihm unter vier Augen sprechen, ihm den Inhalt der Tasche zeigen. Aber er konnte sie ja wohl kaum mitnehmen. Das hätte merkwürdig ausgesehen. Deshalb schob er sie noch ein Stück weiter unter den Tisch, bevor er seinem Gastgeber zu den Toiletten folgte.

Schwartz war nicht zu sehen, aber die Tür zu einer Kabine war verschlossen. Daniel blieb mitten im Raum stehen, unsicher, was er tun sollte. Er dachte an die Rothaarige und ihre warmen Finger, an die Art, wie ihn alle angesehen hatten, als wäre er wichtig, als könne man mit ihm rechnen. Wenn er sich jetzt offenbarte, wäre er gezwungen, nach Hause zurückzukehren, und der Gedanke bereitete ihm Übelkeit.

Die Tür wurde plötzlich aufgestoßen, und Schwartz trat ans Waschbecken. Im Spiegel entdeckte er Daniel.

»Na, was sagst du?«

»Worüber …?«

»Über das Leben und die Frauen, Robert. Das Leben und die Frauen.«

Er befeuchtete eine Hand und fuhr sich mit ihr durch das Haar.

»Die kleine Rothaarige gehört dir. So mache ich gern Geschäfte. Wenn man das Leben nicht genießt, dann kann man gleich in die Kiste springen.«

Er richtete seinen Krawattenknoten, eine geschmeidige Bewegung, mit einer solchen Eleganz ausgeführt, dass man meinen konnte, Hand und Knoten gehörten zusammen. Eine selbstverständliche Handlung, schon hundert Mal ausgeführt. Eine Arbeit, die in Daniels Welt unerhörte Konzentration und Mühe erfordert hätte.

Schwartz schien sich nicht um dessen Schweigen zu kümmern. Stattdessen schlug er ihm auf die Schulter und nahm ihn mit hinaus zu den anderen.

Das, was Schwartz über Daniels Tischdame gesagt hatte, hinterließ bei ihm einen bitteren Nachgeschmack. Er schielte heimlich zu ihr hinüber, fragte sich, wer sie war, dass Schwartz so über sie hatte sprechen können. Aber zwei Whisky und eine halbe Zigarre später war die Erinnerung an den Wortwechsel verblasst und die Erregung mit neuer Kraft zurückgekehrt.

»Und der Künstler?«, fragte Daniel, um an die frühere Konversation anzuknüpfen. »Was haben er oder sie für Rechte?«

Schwartz schüttelte den Kopf.

»Wenn sie ihr Werk verkauft haben, dann haben sie damit auch das Recht verkauft, darüber zu bestimmen. Mit der

300

Kunst ist es ganz genauso wie mit anderen Waren. Sie ist nicht heilig.«

»In deiner Welt ist nichts heilig, Schwartz.«

Ein kleiner, untersetzter Mann, der den Mantel über dem Arm trug, war an den Tisch getreten. Einen Moment lang schien Schwartz die Fassung zu verlieren, doch das ging schnell vorbei.

»Na so was, hat man dich rausgelassen, Torén.«

Der Mann nickte Daniel zu und sagte:

»Seien Sie vorsichtig. Er geht mit Geschäftspartnern genauso um wie mit Frauen: entführt sie und nimmt sich das, was er haben will. Oder sticht ihnen ein Messer in den Rücken.«

Er beugte sich zu Schwartz und flüsterte:

»Ein Messer im Rücken. Was sagst du dazu, Schwartz?«

»Du hast nicht die Qualitäten, die dazu notwendig sind. Hättest du sie, dann wärst du immer noch im Geschäft.«

Eine Frau kam hinzu und schob Torén die Hand unter den Arm. Sie warf Schwartz einen kurzen Blick zu und errötete.

»Das Taxi wartet.«

Widerstrebend ließ sich Torén fortziehen. Ein höhnisches Grinsen breitete sich über Schwartz' Gesicht aus.

»Der kleine Fuchs. Glaubt, mir drohen zu können.«

Er hob sein Glas, prostete seinen Gästen zu und trank aus. Die Geste war entspannt, der Ton nonchalant. In seinem Gesicht gab es nicht die Spur von Angst.

Schwartz hatte den Verkauf der Galerie nicht mit einem Wort erwähnt. Morgen, hatte er gesagt. Wir treffen uns morgen im Büro. Anschließend waren er und die blondierte Frau in einem Taxi weggefahren. Die Rothaarige blieb an Daniels Seite.

»Wollen wir auch eins nehmen?«, fragte sie.

Daniel nickte. Er traute sich nicht, etwas zu sagen, hatte Angst, seine Worte könnten das, was jetzt passieren sollte, kaputt machen, ihn als Betrüger entlarven. *Du weißt nicht, mit wem du mitgehst.* Stattdessen ließ er sich in die Rolle sinken, die er akzeptiert hatte, versuchte der glückliche Mensch zu sein, der sein Alter Ego Robert Warg ja wohl aller Vermutung nach sein musste.

Schnell stellte er fest, dass es leichter war, als er gedacht hatte. Er imitierte ganz einfach Bernhard Schwartz.

Als er mit dem warmen Frauenkörper neben sich aufwachte, traute er sich zunächst nicht, die Augen zu öffnen. Bilder der Erinnerung überfielen ihn, ließen die Erregung zurückkommen. Die Feuchtigkeit an seinen Fingern, ihre schwere Brust im Halbdunkel.

Sie bewegte sich schlaftrunken neben ihm. Er wollte die Hand ausstrecken und die Wärme ihrer Haut spüren, doch irgendetwas hielt ihn zurück. Ich bin nicht Daniel, dachte er. Das war nicht Daniel, mit dem sie geschlafen hat.

Er stand auf und bestellte Frühstück aufs Zimmer. Die Luxusvariante, obwohl der sparsame Teil seines Ichs erklärte, dass er das lieber nicht tun sollte. Aber er tat, was Robert Warg getan hätte. Er würde sich nicht mit weniger zufriedengeben. Als der Fahrer ihn am Abend zuvor gefragt hatte, wohin er fahren solle, war er schnell wieder nüchtern geworden und hatte ihm den Namen des besten Hotels der Stadt genannt. Er wollte kein Risiko eingehen. Während die Rothaarige ein Glas Champagner an der Bar trank, hatte er unter dem Namen Robert Warg eingecheckt.

Ein Geräusch vom Bett her sagte ihm, dass auch sie aufgewacht war, dass sie dalag und ihn beobachtete.

»Danke für letzte Nacht«, sagte sie mit sanfter Stimme.

»Ich habe zu danken«, erwiderte er und versuchte unbeteiligt zu klingen.

Sie zog langsam die Decke von den Hüften, so dass ihr dunkles Schamhaar zu sehen war.

»Kannst du nicht austrinken und dich dann wieder zu mir legen?«

Elises Bedeutung sank wie ein Stein beim Anblick dieser Frau, die umwerfend schön und auch noch so entgegenkommend war. Die zu ihm aufsah und ihn mit Respekt behandelte. Eine kultivierte Frau. Eine, die ihm das schenkte, was er brauchte, die man sich nicht wegdenken musste, um die Lust zu erhalten.

Schwartz hatte über die Hotelrezeption mitteilen lassen, dass er beschäftigt war und das Treffen um einen Tag verschoben werden musste. Was Daniel erleichterte. Zum ersten Mal in seinem Leben erlebte er, dass die Menschen ihn so behandelten, wie er es verdient hatte. Der Taxifahrer. Das Hotelpersonal. Der Barkeeper, der ihn nicht hatte warten lassen, als er den Champagner bestellte.

Wenn er jetzt daran zurückdachte, was in seinem Heimatort vor einigen Jahren geschehen war, erschien ihm, als wäre das in einem anderen Leben gewesen, das ihn nicht länger betraf. In einer Kneipe an einem Freitagabend. Über eine Stunde hatte er am Tresen gestanden, ohne dass der Barkeeper es für nötig gehalten hatte, ihn auch nur eines Blickes zu würdigen. Er hatte mit der Hand gewunken, diskret, dann immer deutlicher, hatte sich zum Schluss gezwungen gefühlt zu rufen. Seine Begleitung hatte am Tisch gewartet. Die Wut konnte er immer noch spüren, den Stolz darüber, dass er es nicht auf sich hatte beruhen lassen, dass er nach der Sperrstunde auf den Barkeeper gewartet hatte, um ihm zu verstehen zu geben, dass er nicht vorhatte, das, was da geschehen war, einfach hinzunehmen und sich damit abzufinden.

Er traf die Rothaarige am gleichen Abend wieder. Sie flüsterte ihm zu, dass die verstrichene Nacht all ihre Erwartungen übertroffen habe, eine phantastische Nacht, die man nicht so schnell vergaß.

»Darf ich heute Abend wieder zu dir kommen, Robert?«, fragte sie.

Sie gingen zu Fuß vom Restaurant zum Hotel. Die Straße

lag ruhig im Dunkel. Eine Abkürzung, hatte sie gesagt. Da hörte er es. Das Geräusch von Schritten hinter sich. Plötzlich kam alles wieder zurück, die Angst, die er verspürt hatte, nachdem er die Tasche geöffnet und deren makabren Inhalt entdeckt hatte. Er hatte sie an diesem Abend nicht einmal mitgenommen. Das, was überhaupt der Grund für seine Reise gewesen war, war inzwischen in den Hintergrund getreten, erschien ihm unwirklich, wie etwas, das er vor langer Zeit in einem Buch gelesen hatte.

Zwanzig Meter weiter vorn mündete die Gasse auf eine größere Straße. Er ging schneller. Hinaus ins Licht wollte er. Hinaus in eine Welt voller Geräusche und Menschen. Sie stolperte neben ihm, aber er wurde nicht langsamer. Er dachte daran, wie einfach es sich doch machen ließe, ihn hier in diesem Halbdunkel zu töten, in dem sie sich jetzt befanden. Zielen, abdrücken. Die Waffe unter die Jacke schieben, ihn blutend auf der Straße zurücklassen mit der Rothaarigen neben sich, geschockt schreiend, wie ein Todesengel über ihm hockend.

Die Panik ließ ihn fast augenblicklich los, als sie die Straße erreicht hatten. Er blieb vor einem Schaufenster stehen. Aus dem Augenwinkel heraus beobachtete er die Mündung der Gasse, aus der sie gerade gekommen waren, aber es tauchte niemand auf. Hatte er sich alles nur eingebildet? *Nein. Es ist uns jemand gefolgt. Ich weiß, was ich gehört habe.*

Torén, dachte er. Er hat gesagt, er wollte ihn töten. Er muss die Tasche unter dem Tisch gesehen haben, sie wiedererkannt haben.

»Das mit diesem Torén, worum ging es da?«

»Um Geschäfte.«

»Er hat Schwartz bedroht. Glaubst du, er meint es ernst?«

Sie lachte laut auf.

»Er ist ungefährlich. Bernhard hat ihn sicher nicht besonders sanft behandelt, wie ich mir denken kann. Torén hat einen Fehler bei der Buchführung gemacht, der die Firma einiges kostete, deshalb ist er gefeuert worden. Und offensichtlich hat er das übel aufgenommen. Er hat versucht, das Büro anzuzünden.«

»Und das nennst du ungefährlich?«

»Torén würde nie jemandem etwas zu Leide tun. Und am allerwenigsten Bernhard. Er vergöttert ihn, weißt du. Deshalb hat es ihn so hart getroffen.«

Die Rothaarige überfiel ein Schaudern.

»Können wir nicht weitergehen? Es ist nicht besonders warm.«

Daniel dachte an die weinende Frau im Café, an die Frau mit den beiden Kindern, an den Angestellten in der Galerie.

»Bernhard Schwartz scheint einige Feinde zu haben.«

»Bernhard Schwartz liebt es, Feinde zu haben. Das ist sein Lebensinhalt.«

Des Wartens müde, zupfte sie ihn am Mantel und zog ihn mit sich.

»Du weißt sicher, was er mit dieser Künstlerin gemacht hat.«

»Nein«, antwortete er, auch wenn er annahm, dass es sich auf die Frau bezog, die versucht hatte, Selbstmord in seiner Galerie zu begehen. »Das muss mir entgangen sein.«

»Er hat ihre Bilder in der Galerie aufgehängt. Eine Vernissage. Aber eigentlich waren es nicht mehr ihre Bilder, denn er hatte sie gekauft, jedes einzelne. Deshalb konnte er mit ihnen machen, was er wollte.«

Er nickte zur Bestätigung. Er hatte ja Schwartz' Ausführungen am Abend zuvor gehört.

»Die Presse war da, das ganze Kulturetablissement der Stadt. Mitten im Raum hatte er einen Tisch mit Farbtöpfen platziert und einen Kasten mit breiten Malerpinseln. Er nahm einen Pinsel, tauchte ihn ins Schwarz und begann eines ihrer Bilder zu übermalen. Es wurde totenstill. Ich habe noch nie so eine Stille erlebt. Dann begann jemand in die Hände zu klatschen, glaubte wahrscheinlich, dass die Künstlerin damit einverstanden war. Die anderen taten es ihm nach. Die Kritik war überwältigend. Erst nach dem, was dann eine Woche später in der Galerie passierte – sie versuchte sich zu erhängen –, begriff man, dass sie nicht einverstanden gewesen war, dass Bernhards Taten ein absoluter Schock für sie gewesen waren.«

»Und was geschah dann?«

Die Rothaarige breitete die Arme aus.

»Sie hat ihn eine Weile auf Schritt und Tritt verfolgt, aber er erwirkte Hausverbot, und dann hat sie aufgehört, ihn zu belästigen. Offensichtlich haben sie vorher eine Affäre gehabt, Bernhard und sie, man fragt sich nur, was er in ihr gesehen haben mag.«

Letzteres sagte sie mit einem deutlichen Ton der Verachtung. Er schaute sie amüsiert an, sagte jedoch nichts.

»Ich bin froh, dass ich dich kennengelernt habe«, sagte sie. »Du bist so viel besser als er.«

Das Treffen mit Schwartz wurde ein weiteres Mal aufgeschoben. Kurz nach dem Frühstück rief ihn der Sekretär an und teilte den neuen Termin mit. Eine Joggingrunde früh am nächsten Morgen. Daniel akzeptierte sofort. Er nahm an, dass das so üblich war, und beschloss, sich im Laufe des Tages Trainingskleidung zu besorgen.

Das waren nicht seine einzigen Pläne. Die wenigen Tage hatten ihn das ganze Ausmaß des dürftigen Lebens erkennen lassen, das er bisher geführt hatte. So auf Abstand konnte er nicht begreifen, warum er bestimmte Entscheidungen getroffen oder auch nicht getroffen hatte. Aber jetzt sollte alles anders werden. Er hatte einen Beschluss gefasst. Aufzubrechen, alles hinter sich zu lassen, ein neues Leben aufzubauen. Er hatte noch das Erbe von seiner Mutter – seit zehn Jahren hatte er es nicht angerührt aus Angst, einen Fehler begehen zu können, das Einzige, was ihm seine Eltern hinterlassen hatten, zu verschleudern. Aber mit dem Geld konnte er ein Angebot für die Galerie machen. Ein richtiger Makler werden, mindestens genauso angesehen wie derjenige, für den er sich ausgab. Er hatte keine Ahnung, wie viel notwendig war, aber Schwartz wollte verkaufen, und Daniel ging davon aus, dass die Dankbarkeit darüber, von der Tasche zu erfahren, Schwartz dazu bringen würde, ihm mit Wohlwollen zu begegnen.

Darum würde er nicht herumkommen. Es musste getan werden. Der Name. Sein Name. Er konnte nicht für alle Zeiten so tun, als sei er jemand anderes.

Er war überzeugt davon, dass Schwartz ihn verstünde. Schwartz war ein erfolgreicher Mann, verdammt noch mal. Er war alles andere als ungebildet.

Er blieb auf dem Spazierweg neben dem Bach stehen. Die Sonne brach durch die Wolkendecke, sickerte zwischen den nackten Zweigen der Baumkronen hindurch, traf das fließende Wasser. Das Licht überwältigte ihn. Ließ ihn alles so klar sehen, so unerhört deutlich.

All das hier kann meins werden, dachte er. Alles *ist* meins. Ich mache es zu meinem. Ungeduldig zog er das Handy aus der Jackentasche, tippte Elises Nummer ein. Die vertraute Stimme des Anrufbeantworters. Er streckte sich, schaute übers Wasser.

»Es ist vorbei, Elise. Schluss. Ich bin deiner so leid. Ich liebe dich nicht. Ich habe dich nie geliebt.«

Er drückte das Gespräch weg, bereute es aber gleich. So leicht sollte sie nicht davonkommen. Als das Freizeichen zum zweiten Mal durch ihre monotone Stimme ersetzt wurde, sagte er:

»Ich habe die Augen zugemacht, Elise. Jedes Mal, nur um dein Gesicht nicht sehen zu müssen.«

Er holte tief Luft und ließ das Handy in die Tasche gleiten. Das war's, dachte er. Welche Erleichterung. Er fühlte sich wie neugeboren, bis zum Bersten mit Energie gefüllt. Noch einmal holte er das Handy hervor, aber dieses Mal wählte er die Telefonnummer seiner Arbeitsstelle.

Es war überraschend einfach. Die Dinge anzupacken, sie zu verändern. Er rief seinen Chef an und kündigte. *Ich scheiße auf dein blödes Konzept.* Nie zuvor hatte er sich so stark gefühlt, so unüberwindlich.

Ich bin Daniel, dachte er. Ich bin derjenige, der die Macht hat.

Im Morgengrauen stand er in Trainingskleidung vor dem Eingang zu Schwartz' Haus. Es dauerte zehn Minuten, dann kam dieser die Treppe heruntergeschlendert. Er nickte in Richtung Spazierweg den Bach entlang und begann ohne ein Wort zu laufen. Daniel war gezwungen, all seine Kraft darauf zu konzentrieren, sich nicht abhängen zu lassen. Schwartz anzuhalten, um ihm von der Tasche zu berichten, war nicht möglich. Er hätte kein vernünftiges Wort herausgebracht, selbst wenn er es versucht hätte. Nach zwei Kilometern wurde die Bebauung spärlicher, und der Bach mündete in einen kleinen See. Der Pfad führte weiter am Strand entlang, eine Anhöhe hinauf mit einem dichten Waldstück auf der rechten Seite und einem Gitterzaun zum Abhang hin. Dort blieb Schwartz endlich stehen. Daniel war ein gutes Stück zurückgefallen. Oben auf dem Hügel hatte er das Gefühl, keine Lunge mehr zu haben. Schwartz dagegen lehnte sich an den Zaun und dehnte die Wadenmuskeln, ein Bein nach dem anderen, vollkommen ruhig, nicht einmal außer Atem. Daniel stellte sich neben ihn, schaute über den See, der ruhig dalag, über die Waldflecken und die vereinzelten Wohnhäuser, die um ihn verstreut waren.

Als Schwartz plötzlich mit seinen Übungen aufhörte, glaubte Daniel, er wolle weiterlaufen, doch zu seiner Erleichterung blieb er mit dem Rücken gegen den Zaun gelehnt stehen.

»Ja, ja, Robert Warg«, sagte er. »Die Fotos werden dir wirklich nicht gerecht.«

»Fotos?«

Schwartz zog ein kleines Handtuch aus der Tasche und

wischte sich den Nacken ab. Er ließ Daniel nicht aus den Augen.

»Ich habe die Gewohnheit, meine Partner stets zu überprüfen, bevor ich Geschäfte mit ihnen mache. Unter anderem, um nachzusehen, ob sie auch solide sind. In deinem Fall hat es eine Weile gedauert, bis ich die Fakten verstanden habe. Du bist nicht der, für den du dich ausgibst.«

Daniel war viel zu schockiert, um klar denken zu können. So hatte er sich ihr Treffen nicht vorgestellt. Schwartz' Gesicht versteinerte.

»Und worauf soll dieses Versteckspiel hinauslaufen?«

»Es ist nicht so, wie du glaubst. Ich kann alles erklären. Jemand ist hinter dir her. Er will ... er plant, dich zu töten.«

Schwartz wischte sich erneut den Schweiß mit dem Handtuch ab und stopfte es dann wieder in die Tasche.

»Wie schmeichelhaft. Und eigentlich interessiert es mich gar nicht, welche Motive du hast. Aber wenn du jemals wieder in meine Nähe kommst, dann werde ich dafür sorgen, dass du das bereust.«

Bevor Daniel reagieren konnte, war Schwartz schon wieder losgelaufen, jetzt zurück in die Richtung, aus der sie gekommen waren. Die Tasche, dachte er. Ich muss ihm von der Tasche berichten.

»Warte!«, schrie er.

Es hatte keinen Sinn. Schwartz war bereits aus seinem Blickfeld verschwunden. Er verstand das nicht. Er musste doch zuhören. Das lag nun wirklich in seinem Interesse. Daniel atmete tief durch, lief dann hinter ihm her. Es gab keinen anderen Ausweg. Er musste seine Botschaft loswerden, den Grund erklären, den Ursprung von allem. Die Vorstellung, was passierte, wenn Schwartz ihm nicht zuhörte. Blutgeschmack im Mund. Die Lunge kurz vorm Platzen. Doch eine Gerade löste die nächste ab, ohne dass er Schwartz irgendwo entdecken konnte, und zum Schluss blieb er bei einem Baum stehen, nach Luft schnappend, vollkommen erschöpft.

Als er aufschaute, stellte er fest, dass er an dem Punkt angekommen war, an dem sie vor einer Stunde ihre Laufrunde begonnen hatten. Er legte einen Finger auf die Gegensprechanlage zu Schwartz' Wohnung, klingelte. Zwei Mal. Keine Antwort. Ein schwebender Glutpunkt auf dem Balkon über ihm, als stünde Schwartz dort oben und beobachtete ihn. Oder war das nur Einbildung? Die Anstrengung trübte seine Sinne, stumpfte sie ab. Was er da sah, konnte ebenso gut die Fortsetzung dessen sein, was er abends erlebt hatte, an dem ersten Abend, nachdem er in die Stadt gekommen war.

Er beschloss, Kontakt mit der Rothaarigen aufzunehmen – sie war das einzige Verbindungsglied zu Schwartz –, aber niemand antwortete unter der Nummer, die sie ihm gegeben hatte. Er versuchte es mehrere Male ohne Erfolg. In der Hotelbar blieb er stundenlang sitzen, wusste zum Schluss nicht mehr, wie viele Gläser Whisky er getrunken hatte, wusste nur, dass er nicht hierbleiben konnte. Dass er zu der Bank gegenüber von Schwartz' Wohnung zurückkehren musste, dort warten, solange es notwendig war.

Er nahm die Brücke über den Bach, und da war sie, die Rothaarige, nun würde sich alles aufklären. Sie würde dafür sorgen, dass es sich aufklärte. Er lief hinter ihr her, packte sie am Mantelärmel, vielleicht etwas zu hart – er war ja selbst überrascht –, doch sie war es gar nicht, und er murmelte eine Entschuldigung, versuchte, sein Missgeschick zu erklären, und die Frau eilte schnell davon.

Er blieb stehen und schaute ihr nach, ging dann weiter seinen Weg, nur um die Wohnung hoch oben dunkel und leer vorzufinden. Er konnte hier nicht warten. Unentschlossen drehte er sich um und lief ziellos herum, straßauf, straßab, ohne deren Namen zu registrieren. Zum Schluss wusste er nicht mehr, wo er sich eigentlich befand. Ein Stück Park neben ihm, nicht beleuchtet, als hätte er den Stadtkern durchquert und befände sich jetzt auf dem Weg in die Peripherie. Nicht ein Mensch zu sehen. Einen Moment lang bekam er Angst, dachte an die Schritte, die er in der Gasse gehört hatte, an die Tasche und ihren Inhalt. Er blieb kurz stehen, zwang sich dazu, aber alles um ihn herum war still. Ein Bus fuhr vorbei, Ameisensäure stach in der Abendluft. Er folgte mit dem Blick der verblassenden Spur zurück ins Zentrum.

Erst als er schon eine Weile vor dem Fenster gestanden hatte, wurde ihm bewusst, dass sie es war, die Frau am Tisch an der Wand, dass er sie gefunden hatte. Er war vor dem Restaurant angekommen, in dem er Schwartz zum ersten Mal getroffen hatte. Sie saß da, das Gesicht zur Hälfte abgewandt, allein, die rechte Hand um ein Glas Wein geschlossen. Ihr Kleid war tief ausgeschnitten, und um den Hals trug sie eine Silberkette, deren unterster Teil im Schatten ihrer Brust ruhte. Es sah aus, als dächte sie an etwas Angenehmes, etwas, das sie amüsierte, denn in ihren Mundwinkeln war der Schatten eines Lächelns zu sehen.

Er lief schnell hinein, vorbei am Oberkellner, auf sie zu. Ein Ausdruck von Desinteresse, kühler Verachtung. Er wusste nicht, was er erwartet hatte, doch nicht das. Er kam aus dem Konzept, wusste plötzlich nicht mehr, was er sagen sollte. Das Bild ihres feuchten, roten Haars, am Gesicht klebend, als sie sich im Halbdunkel oben im Zimmer bewegt hatte.

Hinter ihr tauchte ein Mann auf. Eine Hand auf ihrer nackten Schulter. Eine Geste voller Besitzanspruch. Schwartz.

»Kannst du ihm sagen, er möchte gehen«, bat sie.

Er sprach leise zu ihr. Etwas von dem Türwächter. Wandte sich direkt zu ihm um. Sagte, es sei an der Zeit zu gehen. Ob er denn nicht verstanden habe? Müsse er unbedingt eine Szene machen? Es sei doch besser, das Ganze mit Würde abzuschließen. Ein Lächeln, nicht für ihn bestimmt, sondern für die Gäste an den Tischen ringsherum.

Daniel ballte die Faust, wollte dieses Lächeln zerschlagen, wollte sich auf Schwartz stürzen, seinen perfekten Anzug und sein arrogantes Auftreten zerreißen, doch er besann sich. Bevor der Kellner ihn zu packen bekam, drehte er sich um und ging.

Als Letztes sah er sie durchs Fenster. Ihre blendend weißen Zähne. Schwartz' Blick, direkt ins Dunkle gerichtet, während er sich in einer eleganten Bewegung vorbeugte und ihren entblößten Hals küsste.

In dem dunklen Hotelzimmer saß er zusammengesunken auf dem Sessel und ging die Ereignisse immer und immer wieder durch. Zwang sich dazu, versuchte, sich an Schwartz' Stimme zu erinnern, die Worte, den Tonfall, mit dem er gesprochen hatte. Zwang sich dazu, sich an die Menschen am Rande seines Blickfeldes zu erinnern. An ihr schlecht verborgenes Grinsen.

Was taten sie jetzt? Hatte er sie mit zu sich nach Hause genommen, in die Wohnung dort hoch oben? Er sah es vor sich, Schwartz' Hände auf ihrem Körper. Ihr schweißfeuchtes Gesicht.

Ich muss weg von hier, dachte er. Muss nach Hause fahren. Muss vergessen. Im nächsten Augenblick sah er ein, dass es nichts mehr gab, wohin er hätte zurückfahren können. Keine Arbeit, keine Elise. Kein Leben, wie er es kannte, denn diese Tage hatten alles verändert.

Schwartz hatte alles verändert. Die Tasche. Die Pistole. Das Foto.

Die Intensität seiner Gefühle überraschte ihn. Es war diese heftige Wut, mit der er nicht umzugehen wusste.

Manchmal wünschte ich, er wäre tot.

Er erhob sich steif aus dem Sessel und legte die Tasche aufs Bett. Die Waffe, sonderbar leicht in der Hand. Er richtete sie auf den Spiegel über dem Schreibtisch, auf das Bild seines eigenen Gesichts, und drückte ab.

*

Sie sitzt an dem üblichen Tisch im Zug, scheinbar von dem Treiben draußen ganz eingenommen. Er hat das Gefühl, als hätte die Zeit still gestanden, als wäre es gestern, dass er sie das letzte Mal gesehen hat. Doch so ist es nicht. Der Unterschied ist spürbar. Sie erscheint entspannt und zufrieden. Ihre Hände ruhen regungslos auf dem Schoß, sind nicht ständig in Bewegung wie vorher. Als er näher kommt, kann er Farbspuren an ihren Fingern entdecken.

Er weiß, wer sie ist. Er weiß es jetzt schon seit einiger Zeit.

Das Bild von Schwartz huscht vorbei wie die Landschaft draußen. Sein Körper an dem Zaun zur Steilküste. Von dem Schuss in den Kopf zu Boden geworfen. Ein wachsender Blutsee, der alles, was sich ihm in den Weg stellt, unter sich begräbt. Kies, Sand, Eispapier. Der Boden wird bis zur Unkenntlichkeit verändert, wie von einem Pinselstrich, als würde er übermalt werden.

Genau wie sonst immer lässt er sich auf dem Sitz ihr gegenüber nieder.

»Angenehme Luft heute«, sagt er.

Langsam wendet sie ihm ihren Kopf zu und lächelt.

»Ja«, sagt sie. »Erfrischend. Das macht es so leicht zu atmen.«

Autorinnen und Autoren

Hans Capelen wurde 1962 in Mariestad, Norwegen, geboren und wuchs dort auf. Seit 1986 lebt er in Rouen in Frankreich, wo er gemeinsam mit seiner Frau einen Antiquitätenhandel betreibt. 2002 erschien der Thriller »Sodoms kniv«, der bislang nicht ins Deutsche übersetzt wurde.

Arne Dahl ist das Pseudonym des schwedischen Autors Jan Arnald, geboren 1963, der neben seiner Schreibtätigkeit als Literatur- und Theaterkritiker sowie für die Schwedische Akademie arbeitet, die alljährlich den Nobelpreis vergibt. Als Arne Dahl wurde er in den letzten Jahren mit seinen Kriminalromanen um den Stockholmer Inspektor Paul Hjelm bekannt. »Misterioso« war Dahls Deutschlanddebüt. Sein bisher letzter Kriminalroman, »Ungeschoren«, erschien 2007. Arne Dahl wurde mehrfach ausgezeichnet, darunter zweimal mit dem Deutschen Krimipreis.

Fredrik Ekelund, geb. 1953, wohnhaft in Malmö, war in vielen Berufen tätig, ehe er sich dem Schreiben widmete und mit einem Lyrikband debütierte. Danach folgten mehrere Romane, u. a. der Krimi »Nina und das Meer«, der 2002 auf Deutsch erschienen ist. Zuletzt hat er drei Kriminalromane geschrieben, die allesamt in Malmö spielen.

Henrik Fock, geb. 1944, ist Managementberater und hat sowohl Fachbücher als auch Romane geschrieben. 2001 erschien sein erster Kriminalroman, der von der schwedischen Presse hoch gelobt wurde, drei Jahre später folgte der zweite.

Mari Jungstedt, geboren 1962, lebt in Nacka und arbeitet als Romanautorin und Fernsehjournalistin. Ihr erster Roman, der Krimi »Den du nicht siehst«, erschien 2003, wie auch ihre späteren Romane spielt er auf Gotland. Ihr vierter und bisher letzter Kriminalroman, »Der sterbende Dandy«, erschien 2006.

Åsa Larsson, geboren 1966, aufgewachsen in Kiruna, lebt mit ihrem Mann und ihren zwei Töchtern in der Nähe von Gripsholm. Sie studierte Jura und arbeitete lange Jahre als Steueranwältin, bevor sie sich ausschließlich dem Schreiben widmete. Bislang sind drei Kriminalromane in deutscher Übersetzung erschienen: »Sonnensturm« (btb Verlag), »Weiße Nacht« (btb Verlag) und »Der schwarze Steg« (C. Bertelsmann). Larsson wurde mehrfach ausgezeichnet, u.a. mit dem Schwedischen Krimipreis.

Håkan Nesser, 1950 in Kumla geboren und dort aufgewachsen, hat im Laufe von gut zwanzig Jahren gut zwanzig Bücher geschrieben. Viele davon sind bereits auf Deutsch erschienen, darunter die zehn Kriminalromane um Kommissar Van Veeteren, für die er zahlreiche Auszeichnungen erhielt und die erfolgreich verfilmt wurden, die Romane »Kim Novak badete nie im See von Genezareth«, »Und Piccadilly Circus liegt nicht in Kumla« oder »Die Fliege und die Ewigkeit« (diese u.a.m. im btb Verlag). Zuetzt erschien »Mensch ohne Hund«, das erste Buch einer neuen vierbändigen Krimiserie.

Åke Smedberg, geboren 1948, aufgewachsen in der Nähe von Sundsvall, wohnt jetzt in der Gegend von Uppsala. Er debütierte 1976 mit einer Lyriksammlung. In den vergangenen

Jahren hat er vor allem Prosa veröffentlicht. Bei Goldmann erschienen die Kriminalromane »Verschollen«, »Tod im Sommerhaus« und »Vom selben Blut«.

Liselott Willén, geboren 1972, ist auf Åland aufgewachsen. Seit einigen Jahren lebt und arbeitet sie in Örebro. Bei btb sind die Romane »Stein um Stein« und »Das Feuermal« erschienen.

Nachwort

ÄRZTE OHNE GRENZEN leistet medizinische Nothilfe, wenn in Kriegsgebieten oder nach Naturkatastrophen das Leben vieler Menschen bedroht ist, wenn Gesundheitsstrukturen zusammengebrochen sind oder Bevölkerungsgruppen unzureichend versorgt werden. In rund 70 Ländern arbeiten internationale und nationale Mitarbeiter: Ärzte und Ärztinnen, Krankenschwestern, Hebammen und Logistiker. Ihre Aktivitäten sind vielfältig: Sie betreiben Kliniken, bauen Ernährungszentren für Kinder auf, führen Impfkampagnen durch und versorgen Flüchtlinge oder Vertriebene mit Medikamenten, sauberem Trinkwasser, Latrinen und Decken.

ÄRZTE OHNE GRENZEN hilft Menschen in Not schnell, professionell und ohne nach ihrer Herkunft, Religion oder politischen Überzeugung zu fragen. An diesem Grundsatz hat sich nichts geändert, seit junge französische Ärzte und Journalisten die Organisation 1971 unter dem Namen »Médecins Sans Frontières« gegründet haben. Wenn in einer Konfliktsituation die Rechte von Zivilisten mit Füßen getreten werden und ihnen Hilfe verwehrt wird, setzen wir uns für diese Menschen ein. Die Organisation ist den Prinzipien der Neutralität, Unparteilichkeit und Unabhängigkeit verpflichtet. 1999 wurde ÄRZTE OHNE GRENZEN mit dem Friedensnobelpreis geehrt.

Die deutsche Sektion von Ärzte ohne Grenzen finanziert sich fast ausschließlich aus privaten Spenden. Dies ermöglicht es uns, unabhängig und ausschließlich der Bedürftigkeit der Menschen entsprechend zu arbeiten.

Mit dem Kauf dieses Buches unterstützen Sie die Arbeit von Ärzte ohne Grenzen. Vielen Dank dafür.

Adrio Bacchetta
Geschäftsführer
Ärzte ohne Grenzen e.V. Deutschland

www.aerzte-ohne-grenzen.de
Spendenkonto 97 0 97
Bank für Sozialwirtschaft
BLZ 370 205 00